安小嘉◎著

圈里人

新世界出版社
NEW WORLD PRESS

图书在版编目（CIP）数据

圈里人 / 安小嘉著. -- 北京 : 新世界出版社, 2017.6

ISBN 978-7-5104-6308-2

Ⅰ. ①圈… Ⅱ. ①安… Ⅲ. ①长篇小说－中国－当代 Ⅳ. ①I247.5

中国版本图书馆CIP数据核字(2017)第129240号

圈里人

作　　者：安小嘉
责任编辑：黄　倩
责任印制：李一鸣　王宝根
出版发行：新世界出版社
社　　址：北京西城区百万庄大街24号(100037)
发 行 部：(010)6899 5968　(010)6899 8705（传真）
总 编 室：(010)6899 5424　(010)6832 6679（传真）
http://www.nwp.cn
http://www.nwp.com.cn
版 权 部：+8610 6899 6306
版权部电子信箱：nwpcd@sina.com
印　　刷：北京市中印联印务有限公司
经　　销：新华书店
开　　本：880mm×1230mm　1/32
字　　数：350千字　印张：10.75
版　　次：2017年6月第1版　2017年6月第1次印刷
书　　号：ISBN 978-7-5104-6308-2
定　　价：39.90元

目录

contents

1 / 三无一有

“菲儿，下午跟我去昌平看个项目，项目资料发给你了，全英文的，翻译好了给我。”说这话的是我师父季云天，投资圈里响当当的一号人物。

“啥？全英文的？我看得懂吗？”我一脸错愕。

“你不是美国留学的吗？”

“师父，留学生跟快易通是两回事，我就会本专业的。”

“就是你那专业的项目，不是我能给你吗？”

“您知道我是哪个专业的吗？”我发蒙。

“高科技嘛。你赶紧翻译，没多长时间了，翻译好了我也学习学习。”

“好嘞。”我就默认这个高科技专业好了。

我叫莫菲儿，性别美女，年龄不想提。我的专业是软件工程，之前在国际知名企业IBN做了三年项目经理，精通各类操作系统和计算机语言，即便是用最潮的Swift语言做个APP也难不倒我。但伴随着年龄的增长，我终于领悟，成天抓耳挠腮地和键盘较劲真的只能是老爷们儿干的活儿，但凡有三分姿色的女生都不该从事这个行业。本想早日脱身，但是无奈已经拿青春换了代码，加上老外Boss不好糊弄，每天和计算机保持至少八小时的无缝交互，无力分心。

我是怎么混进这家赫赫有名的投资公司的，至今我也是云里雾里。没准是老爷子在饭局上有意无意的一句暗示，便有情商高的手下旁敲侧击、暗度陈仓；也没准是面试时我表现出众、艳压群芳。总之我这资深小码农终于摇身一变，LV一背，进入了高端投资圈。

尽管公司给的Title稍微低了一点儿，分析师——听上去无比喽啰的一个职位，倒也合我心意，行业经验为零嘛。只须假以时日，就凭我这150的智商，怎么着也能杀出一条血路。

“菲儿，翻译好了吗？下午就去了，赶紧给我熟悉熟悉。”我拿到资料还不到半个小时，季师父又来催了。

“不瞒您说，这我也看不懂。”电脑上每一个单词我都认识，但连在一起就完全不知道他们在说什么了，“师父，这是一家做光学成像的公司，他们的技术很专业啊。”

“嗨，不用你把技术全看懂了，大概说说他们是做什么的就行了。”

“这个容易，他们做的东西简单点说就是能在车窗上投影出一个导航。”我一边说，一边把企业网站上的展示视频播放给季师父看。

“这个技术奔驰已经有了，我在车展上看过。”坐在我对面的旦旦凑过来，接茬儿道。

旦旦本名石方旦，反正以我的文化水准是参不透这名字中的深意了，帅哥一枚。虽说就坐在我对面，除了每天早上能和我亲切地打个招呼，叫声菲姐，交流的机会极少。

其实没交流倒还好，我们唯一的长聊天记录是这样的：

“菲儿，你哪年毕业的？”旦旦问道。

“三年前。”

“哦，那你比我大三届，我得叫你菲姐。我今年刚大学毕业。”

“我三年前是第二个硕士毕业，大学毕业是哪年来着？”我放任脑海里的回忆慢慢流淌。

“啥？你都这么大岁数啦？”旦旦惊讶地问。

原来这死孩子是变相问我年龄啊！我眉头一皱，恶狠狠地说：“想问年龄，你直接问不就行了吗？”我琢磨着是回答虚岁还是周岁，是用二进制还是十六进制。

旦旦继续补刀：“你怎么这么大了还做分析师啊？”

会不会聊天啊！我一口血差点喷出来：“我之前是做IT的，这不是转行了嘛，所以从头做起。”

“哦，我没别的意思，好奇一下，您这个年纪肯定结婚了吧？”

“滚……”我翻了个白眼儿。

“这是国内的公司吗？怎么项目介绍全是英文？”旦旦指着我电脑上的资料问道。

“显得高大上呗。”我随口答道。是啊，一家本土公司，又是跟中国投资公司融资，只交一份英文BP（Business plan）真的合适吗？

“这家公司创始人是两个美国博士，据说特别厉害。估计他们习惯用英文了，中文都忘了。”季师父说。

拉倒吧，在美国待多少年的中国人中文都溜着呢，不信你看高晓松。我心说，像季师父这种没有出国镀过金的，对海外留学生总有很复杂的情感，时而盲目崇拜，时而又不屑一顾。土鳖or not 土鳖，这问题估计会在他们心中打个死结。

“奔驰那个技术有个问题，强光下面什么都看不见。这家不知道怎么样？菲姐下午可以重点问问这个。”

“好嘞，还有什么我应该问的吗？”闻道有先后，就算是刚毕业的旦旦此时我也得虚心请教，毕竟他也是名校金融系的高才生。

“你就负责问他技术，公司基本面儿的情况我来搞定。”季师父大包大揽，“你一定要显得专业，多蹦点专业词汇，最好还是英文的，镇住他们。”

“师父，我也得会啊。”我长叹一声，继续对着资料惆怅。

万事开头难，没想到我在青上资本接触的第一个项目就是全球领先的技术，资料上通篇在吹捧技术是多么了不起，世界独一份，中国最骄傲，可越是这么写，越是让人感到怀疑。

季师父也不知道都做了什么准备，下午信心满满地拉着我奔赴昌平。

路上我为了增进师徒友谊，没话找话：“师父，您怎么看这家企业啊？”

“见到负责人之前，千万不要做判断。投资主要还得看人，人对了，什么都好说。”季师父一边看着导航，一边说，“商业计划书这种东西，对你们这种新手是有帮助的，但我早就不看了，很多时候完全是误导，看这些干吗啊？知道这企业大概干吗的，就赶紧约着见面，什么事，聊两句就明白了，比在电脑前面研究一个月都有用。”

那还让我给您翻译资料，我心说，嘴里却赶紧说：“是，学习了，以后多出来跟您见人。”

“投资这个事，主要是看感觉，这人感觉对了，就投，准错不了。”

“您说的这是找对象吧。”

“别说，真有点类似。这感觉就是靠积累、靠经验，你什么时候见过一千个企业家了，这感觉就到位了。投资这事啊，说容易也容易，说难也难，很多外行觉得，这事拿着钱谁不会啊。这就大错特错了，拿钱扔给别人是都会，但你能让这钱再回来，还是成倍成倍地回来，这事可就难了。借钱能要回来都是技术活，更别说投钱了。”季师父指指正前方，“你看看，地址是这个楼吗？”

“对，嘉茂大厦，就这儿。”我揣摩着季老师这几句至理名言，投出去的钱，不能回来吗？

“你们坐，别客气。Lucy，倒两杯coffee给客人。”公司CEO Jerry Chow热情地从门口把我们请到了他阳光暴晒的办公室，“这是我的名片，两位怎么称呼？幸会幸会。”

“这位是我们公司的投资总监季云天，我是莫菲儿。”我主动介绍，并顺势和Jerry交换了我的名片。Jerry Chow，身材适中，相貌平平，这名字怎么让人想到鞋了呢？他中文估计是周杰吧。我看着只有英文字样的名片，心想这英文不好的季师父到底是怎么勾搭上这位的。

“您就是季云天，季总啊，久仰久仰。” Jerry Chow脸上掠过一丝惊讶。

这可一点儿不怪他。我还清晰记得和季师父初次见面的尴尬场景。

那是一个阳光明媚碧空如洗的早晨，我正仰望天空回首往事，人力总监楠哥突然出现在我身后说：“菲儿，咱们聊一下工作吧。”

哎，我赶忙直起身，慌乱地关了显示器，一路小跑地跟着楠哥进了会议室，满心懊恼。我怎么就能把电脑屏幕定格在了一张大肥猫的傻脸上了呢？就算不是财经新闻，好歹也应该是投资圈八卦丑闻什么的啊。

“菲儿，你来了一个星期了，感觉怎么样啊？”做人力的说话就是亲切。

“挺好的，都挺好的。”我一脸谄媚地笑道。

“对公司有什么建议都可以说，没关系的。”

“都挺好的。”我继续谄媚。

“有什么困难都可以提出来啊，看看公司能不能帮你解决。”楠哥是那种非常亲切的人，让你随时都做好准备，扑上去和他骨肉相认的那种亲切。

“没什么困难，都挺好的。”

“融入集体都没问题吧？”楠哥继续问道，这一次指向明确，摆明了是要我就范啊。

“有问题，太有问题了，我就没找到组织啊。”我满脸无助。

“可能最近大家都比较忙，都有项目在做。这样吧，考虑到你之前确实没做过投资，有些工作你刚接触可能很难下手，公司给你指定一名导师，你就先跟着他做项目，好不好？”

“好啊，当然好了。”我顿时满怀憧憬。

“给你指定的导师是季总，他是咱们公司最资深的总监。他做投资已经二十多年了，属于最早做投资的那批人，经验非常丰富。”

季总？季云天？我好像在网上看过他的简介，在投资界即便算不上东邪西毒，也绝对是丘处机那样的一代宗师。青上一哥，非他莫属啊。

“你一定要跟着他多学一些东西。投资是一门需要积累的行业，多看多学才能进步。”楠哥继续督促我。

姑娘我到这儿来就是要做一番事业的，最资深的季总，快带我踏上征程吧。“我一定跟着季总好好学。”我踌躇满志。

“嗨，其实这就跟郭靖学武功一样，师父强不强都不重要，但要多拜几个师父，每个师父学一点儿，就是武林至尊了。跟着季总，你一定要把他最独到的地方学会。每个人的投资风格都不一样，能学多少也要看个人的悟性，要是能融会贯通就了不起了。”

“嗯。”我认真品味着楠哥的话，心想我这才智应该是蓉儿级别的吧。

“咱们公司是以年轻人为主，年轻人最关键的就是多学习，公司也会尽量多地给你们提供平台去锻炼。”

“好，我一定努力学习。”我暗下决心，一定不辜负楠哥的厚望。

“那我现在就去把季总叫来，你们就完成个拜师仪式。”楠哥打趣着离开了会议室。

我立刻想象着季总的样子：一米八左右的身高，很难得地没有肚子；一件淡蓝色的衬衫，没有像小年轻一样把袖子挽上去，更显韵味；随意地梳了个背头，发根有些泛白，鬓角也搭调得像挂了霜。如果硬要说他像方中信，我倒觉得他的气质更接近理查·基尔，抬头纹都透着优雅，笑起来让人感觉温暖，行事又充满魄力。人如其名，长风破浪会有时，直挂云帆济沧海。

大约五分钟后，楠哥领进了一位四十岁上下的中年男子。

“莫菲儿，从你一进公司我就注意到你了，年轻，有朝气，好！”

“您好哇，季总！”我热泪盈眶。

……等等，一定是哪儿搞错了。

眼前的这位，看上去比我家老爷子还old，本来就不高居然还有些驼背，凌乱的发型搭配歪曲的裤线，陈年旧款的西服内露出白里泛黄的衬衫……不想形容了，只希望他真的内有乾坤吧。

“季总，您好，您就叫我菲儿吧。”我尽量保持毕恭毕敬，收起内心的浮想联翩。

“嗯，你是搞电脑的吧？”季总认真地问。

“差不多，以后IT有关的项目您一定要找我。”搞电脑是干吗的，我在心里默默地想。

“行，现在TMT行业都很热，就需要你们这种在行业里干过的，有行业经验，懂技术，又出来做投资的。你这种背景最合适，好好干，有前途。”我要是个男生，估计现在季总会拍拍我的肩。季总又继续说道，“我从小就羡慕你们这些搞电脑的啊，TMT项目我那儿有好多啊，以前都不敢接，以后就靠你了。菲儿，还有我经常忘记邮箱密码，这事也交给你了。”

“嗯。”我连忙点头答应着。其实说起TMT行业，我没什么发言权，把科技、媒体和通信（Technology、Media、Telecom）这三个大词放在一起到底是想说什么呢？相较之下，移动互联网这个词可能更得人心，或者再接地气一点，手机上的应用——APP。

季总又絮絮叨叨地说了一堆对TMT行业的看法和对IT民工的高度赞扬。对于季总的夸奖，我还是听得心潮澎湃，知音难觅啊。如果把“好好干，有前途”换成“好好干，有肉吃”，我就更激动了。

我奉上一盏香茶，正式拜师，改口称他为季师父。

“莫菲儿是我们公司的技术专家，年纪轻轻就是双硕士了，所以技术方面您主要跟她介绍介绍。”季师父终于把我从回忆中拉回来。

我赶紧调整自己，清了清嗓子，严肃地问道：“Chow总，”说完又立刻觉得不对，怎么能叫人家臭总呢。“Jerry，奔驰好像也有跟您这个类似的技术，我主要是想听听您这现在的研发成果跟他们有什么不一样吗？”

“区别很大，奔驰那个技术其实是我们上一代的，他们的投影仍然需要媒介，说白了就是幻灯片技术，只不过能投影到玻璃上了。这没什么难度，而我们这个不一样，我们不需要媒介，我们可以打在空气中。就像你们在科幻电影里看见的，直接在空气中就能成像，而且还能做到三维立体成像。”

“这么厉害？您能给我们演示一下吗？”我问道。

“这款产品目前还属于保密阶段，除非签好了投资协议，我们不能轻易展示，you know，我们得防着竞争对手啊。”

“我们就看看什么样，要是看一眼就能抄走了，您这技术可就不值钱了。”季师父调侃道。

“这个确实不行，我们的投资人也不会同意的。产品现在刚从实验室出来，还不是很稳定，不太适合展示，我可以大概给你们讲讲技术原理。”Jerry说道。即便我和季师父都对技术原理展现了不耐烦，Jerry还是侃侃而谈，“我和steven都是Texas A&M University的博士后，我们当时一起跟导师Benjamin lee研究CCD optical imaging的课题。大概是10年前吧，我和Steven发现bla bla bla是可行的。所以我们开始了bla bla bla的研究方向，在通过blabla和blabla代替blabla的过程中，我们取得了重大突破。然后…… 最终自主研发了blabla的optical image device。”

他大约说了半个多小时，但我能听懂的只有上面这些话，其他的我一点儿都听不懂，还几次走神浮想联翩。季师父说如果人的感觉对了就对了。那么明显地，面前的这位和我气场不和，我已经如此强烈地表现出了听不懂，完全听不懂，他怎么还在说啊。中英文混杂地说一个完全不了解的领域，配上这似火骄阳，我已然昏昏欲睡。

“技术这方面我不太懂，菲儿你有什么问题吗？”季师父问道。

“嗯，这个，”我看了一眼强光问道，“您的产品在强光中能成像吗？”

“这个问题提得很好，这也是我们有别于一般光学成像技术的优势所在，我们抗强光干扰的能力，是业界最强的。”Jerry喝了口咖啡继续说道，“我给你们说一组数字，candela，这个你们都懂吧？”

季师父看看我，我使劲摇摇头。

“这个都不知道的话，我解释起来会有点困难啊。”Jerry又喝了口咖啡。

“不用这么复杂，我这么问吧，比如在今天这样的大太阳底下，我能在车里看见您打出来的影像吗？”我试图简化问题。

“你这样问就显得太不专业了，我也很难直接回答你。首先我们要了解视觉成像到底需要什么，光强度、光照度、光亮度这是三个不同的概念。此时的太阳光强是多少你知道吗？”

我继续摇头。

“不管现在的光强到底是多少，当人眼的方向和角度发生变化的时候，成像也会发生变化。所以，你提的问题是没有意义的。我们具体应用的时候会根据不同的情况调节成像角度。这个技术也是我们的专利，正在申请专利保护，这个技术的原理就是……”

“光听您说，我们确实很难想象啊。如果有产品了，演示一下不就都清楚了嘛。”季师父估计怕Jerry再次长篇大论下去，马上打断。

“其实都是些物理常识，我们真正的技术难点我都还没有说呢。”

“现在除了车载导航，这个技术还有其他应用吗？”季师父问道。

“很多啊，比如我们现在就在和P&A谈合作，帮他们定制一些宣传产品，通过我们的成像技术可以在体育场中出现公司的3D Logo，并且不影响场上运动员的比赛，都是定制产品，价格会非常高。并且这个技术，我敢说，除了我的团队，不会有别人能做出来。”Jerry胸有成竹地说。

“我们什么时候能看到啊？”季师父表现出很感兴趣的样子。

“今年年底吧，到时候会非常轰动。当然，那时候再投资我们，也肯定不是现在的价格了。”

“现在的估值就不低了，如果看不到产品的话，很难下决心啊。”季师父装出一副犹豫不决的样子。

“我们是全世界最聪明的脑子，现在这个价格已经是被远远低估了。我和我的partner从小都是科大少年班出来的，这样的人能有几个，都数得过来。你们这些做投资的，就是太不尊重创业者的价值了。”Jerry说这话的时候傲气十足。

“行，那我们回去讨论讨论，之后再联系您。”季师父客气地说。

“投不投尽快给个答复吧，您也知道，我们这个项目现在在资本市场上很热，抢的人多着呢。”Jerry继续着他的骄傲，“Lucy来，送一下客人。”

“留步，下次再见。”季师父临走还很有风度地和Jerry握了个手，之后便带着我下了电梯。

在电梯里我刚要开口，季师父立刻使了个眼色，示意我不要说话。

一直回到车里，我才再敢说话：“师父，这人怎么回事啊？这公司咱不投吧？”

“肯定不能投啊，标准的三无一有。”季师父边开车边说。

“啥叫三无一有？”

“没技术、没产品、没收入，就是三无。”

“那有什么啊？”

“创始人有一张好嘴，光靠说能把这事说圆了。”

“这样的公司上哪儿能融到钱啊？谁投他不是傻吗？”

“三无一有这词怎么来的我给你讲讲。大概两年前吧，有家做材料的企业，老板是美国常青藤学校的博士，长得还帅，特别会说，我都被他说晕过。当时他在研发一种新型电池材料，据说上市之后能做到充电五分钟，开车两小时，电池体积还小，车用电池能做到就移动硬盘那么大。”

“这技术听着够黑科技的啊，真行吗？”我插话道。

“是啊，我跟他聊了两次，总觉得这玩意不靠谱啊。就在我聊这两次的过程中，这公司就从估值5000万人民币涨到了5亿美元。5亿美元的估值啊，我一听就觉得没法投了。”季老师绘声绘色地说着，“我当时为什么不敢投，他们就跟今天这公司一样，说都说得特好，一说看产品就不让，当时别说投资人不让看，好多做电池的大企业，像银隆、万象什么的想说合作看看他们都不让，就是不给看，必须保密。”

“这都什么作风啊？”

“反正我要是有这么好的技术，巴不得门口支个摊给投资人看呢。”

“后来呢？这企业怎么着了？”我问道。

“反正到现在你也没见过他们说的这种电池吧？这企业还活着呢，后来又融了钱，估值可能十几亿美元了吧。”季师父回答。

“十几亿美元，那不就百亿人民币啦？不可能吧，这些投资机构疯啦？产品都没看到就敢给钱啊？”我惊讶地问道。

“你投钱是看见产品再投，别人可不一定，门道多了。大路朝天各走一边，都是个人选择。你既然是我徒弟，就记住了，不见兔子不撒鹰，产品利润这些东西没坐实的企业，说出天来也不投，记住了？”

“您刚才还和我说主要看人，看气场和不和呢。这会儿怎么就变了啊。”

“万事俱备，再看气场，三无一有，坚决不投，记住！”

“嗯，记住了，三无一有，坚决不投。”我坚定地说。

2 / 人生若只如初见

来了公司一个月，经常跟着季师父东奔西跑，日子倒也过得充实。也不知是不是适逢市场小年，看了十几个项目，一个季师父看得上的都没有。我也在每日的碌碌无为中不断总结，但前思后想归纳不出个头绪，渐渐生厌。这投资业不像IT行业，代码只要写了用了，总能看见点东西，就算不能造福国家人民，自己总是能有点成就感。

退意既已萌生，就免不了让人对一切都产生怀疑。

这公司的缺点就一目了然。首先工资完全没有一家大型基金公司的气质，害得我直接拉低了北京市平均工资；离家甚远，路上又堵，每天四个小时的往返车程横跨大半个北京，真真是上班跟取经一样；最不能忍的，是在这寸土寸金的投资大街连个停车位都没有，时不时被贴张罚单，一天就白干了。

同事之间人情淡薄，我来了这么久，除了季师父，跟其他人工作均无交集。想来我进了季师父战队，别的总监视我为异类也可以理解。可就连公司长相最普通的女孩小然也对我置若罔闻，就让人匪夷所思了。本来根据我二十多年的生活经验，长相普通的女孩脾气性格一定出众。这是公理，不然她们怎么生存啊。所以为了打破僵局，我处心积虑地选好时机，调整好自己的笑容，刚刚好露出六颗大牙，步伐轻快而又不失稳重，声线调整到唱《恋人未满》时的key，在小然身旁轻轻地呼唤："你是小然吧，你好，我是新来的莫菲儿。"

"哦，你好，我正在忙，等有时间咱们再聊啊。"小然头也不抬地敷衍了事，继续她手边的工作。我像一头受惊的小鹿跌跌撞撞奔回座位，杏眼含泪，再不敢贸然出击。

还有季师父，虽然在千度百科上面大写着"精英"两个字。但每次看到真人，就让我对千度的可信度又多出一分质疑。季师父到底靠不靠谱啊？不会盛名之下非常难副吧。更凄凉的，每日只能孤零零地一个人去楼下咖啡厅吃色香味都不具备的三明治。

每日如此这般，心里斗争个百转千回，哪还有心情好好工作，免不了唉声叹气。这日正又两手托腮，感叹天生我才总没用之时，行政大美女宋婷婷伴着一阵迷迭香气忽然飘来。此女杨柳细腰，面色清秀，荔枝眼，丝雾眉，说话间仿有丝竹之乐声响起："菲儿，今天要不要跟我们一起去吃饭啊。"

"要啊，"我激动得眼泪差点掉下来，"你们去哪儿吃啊？"

"我和后台的姑娘们每天都是去对面购物中心的超市买吃的，你也跟我一起去吧。"婷婷的声音悦耳动听。

后台是投资公司对于非业务人员的称呼，与之对应的投资团队被称为前台。后台一般包括了行政、人力和财务三个部门。除了后台，公司还有负责风控业务和投后管理业务的中台。这个我懂。

"那就走吧。"我迅速合上电脑，紧紧跟着婷婷往外走，生怕万一走散，错失了这次打入内部的良机。

婷婷很快便召集了四位"妖精"。"妖精"是我对美女的最高评价，我不知道这是不是小时候《西游记》看多了留下的后遗症。别以为是我在IT界混久了，逮谁都觉得是天仙。就这四位，放哪儿都是惹人犯罪的主儿，气质衣品都挑不出半点毛病，妆化得也都似有似无，略施粉黛就已是倾国倾城。

经过简单一番介绍，我认识了前台多多。多多皮肤白皙，头发乌黑，眼睛明亮且有神。管财务的沫沫，长得很像刘诗诗，淡雅精致，只是比刘诗诗身材上又高瘦了些。她那一米二的大长腿真是让我长了见识。还有人力经理小梅，别看身材娇小，但丰乳肥臀，眉眼间自有韵味。

尽管这几位秀色可餐，可惜超市里不过是些乏善可陈的盒饭包子，没什么可吃的。妖精们倒是一点儿不挑，随意买些沙拉叶子配酸奶，就是一顿饭了。饭量都是极小的，没吃两口就喊吃撑了。这就是境界，看看人家那腿、那腰、那锥子脸，不食人间烟火果然是成为美女的第一步。

席间也会聊点有的没的，跟所有办公室八卦估计都类似，现在最火的小鲜肉是谁啊，哪个女星又整容了，周末哪档综艺有看头。

"其他同事都去哪儿吃饭了啊？" 吃了几日素斋，食肉动物的我实在忍不住想去投奔同类了。

“他们都出去吃了，可能会开车去很远的地方。”婷婷说。

我听完就是一阵心驰神往，人生不只有眼前苟且，还有诗和远方的美食街……可惜我连人都不认识，怎么能跟人家去混饭呢，想到这里，我又是一阵神伤。

“菲儿，你结婚了吗？”多多问道。

“没有，我是单身狗。”我直言。

其实身边一直不乏追求我的异性，想找个男朋友本不是难事，但总觉得时候未到。之前闺蜜担心我的终身大事，曾经循循善诱，让我先定出个框框来，就算不能说出身高几许、家在何方，但至少要把类型想出来，这样也方便大家帮忙寻觅。我想了良久，也未得出结论。有车有房这种择偶标准实在让人反感，身为一个有志少女，就算不能为了男友实现摇滚梦去卖血，也绝不可靠着男人吃饱吃好啊。想来想去，如果实在要说，就是20世纪九十年代工体上淡定从容的窦唯，最得我心。那才是男人该有的样子，没有一丝脂粉气，却干净透彻。

“要不给你介绍一个啊？”婷婷忽然来了兴致。

“不用了，此事可遇不可求。”我相信命中自有安排。

“公司的人你认识全了吗？”沫沫问道。

“没认识几个，连名字都叫不全呢。”我沮丧地回答。

“这个容易，我下午给你写个座位表，你照着对吧。”婷婷把自己的苹果切了半块递给我。

瞬间我便有了葵花宝典，这帮家伙的名字尽收我眼底啦。但记人绝对是我的短板，往往记得住脸就记不住名，记得住名就记不住脸。能都记住的要么是长得丧权辱国的，要么是能为国争光的。这家公司虽然美女如云，但满足这两条的还不具备，浑浑噩噩看了个眼花缭乱，还是朦朦胧胧。

但林风这名字是我一眼便记住了，因为这名字旁边画了个小桃心。我赶忙起身巡视这位林风公子，果然是个目若朗星、剑眉入鬓、一袭白衣的小帅哥。我心领神会，这一表人才的确实配得起我这婷婷妹子啊。就在我目不转睛盯着林风公子的时候，林风忽一回头，正好四目交错，电光火石那一瞬间，我看到了夜空中最闪亮的星，心中小鹿狂跳不止，顿觉狼狈。隐约间，他似乎冲我微微一笑。

这日中午，季师父刚跟我讨论完工作又想趁我不备，开溜出去偷吃好吃的，被我一个健步拦住：“师父，您去哪儿吃啊？带上我吧。” 跟着光合作用的妖精们吃了几日叶绿素，实在痛苦不堪。我说话时，声音已带哭腔。

“中午有人请我吃饭，”看着我渴望的眼神，季师父稍作犹豫，终于心软，“要不，你一块去吧，走，我开车。”

“万岁！”果然要开车，我就知道公司附近没什么可吃的。

季师父带着我在胡同里一阵乱窜，终于把车停在了胡同腹地。季师父走到一处紧闭的铁门，轻叩门环，三声长一声短，铁门缓缓打开。

我正想感叹这是什么高科技，难道是自动识别莫尔斯码。里面走出一个门童，小声问道：“您是季总吧？都等您呢。”

我们随其走入宅院，门立刻关严。

门里门外简直两个世界，门内亭台楼阁，花园池水一应俱全，我们沿着古朴木桥一路走进古色古香的小厅，门口写着“雨怡轩”。到了门口，能听见里面声音嘈杂，但碍于屏风挡着，仍是看不到人。我小心翼翼地跟着师父往前走，心想着这么神秘个地方不知道是什么人在里面。

“季爷来了？”此话一出，立刻安静，大家好像都在等着季师父的出现。

“不好意思，迟到了，好久不见啦，各位。”季师父走上前去，跟在场的各位一一打个招呼，还不忘了介绍我一下，“这是我新收的徒弟，莫菲儿，别看年纪小，厉害着呢。”

“这么年轻就跟着季爷混，前途无量啊。”

大家纷纷表示称赞，我礼貌地跟大家换了名片，一看，在场的七八个人不是基金的投资总监，就是知名券商的部门经理，都是些有头有脸的人物。

我和季师父刚一落座，穿着旗袍的服务员便奉上一份开胃前菜，四种精致小菜盛在青色的盘子中，十分别致。

“季爷，咱们可是好久不见了，最近忙什么呢？”

“还不就是打工嘛，天天看项目呗。”季师父倒是毫不客气，坐下便吃。

既然师父吃了，徒弟自然也不甘落后。菜是一道道上的，从前菜到甜点，都是每人一份，西式的吃饭，中式的做法，用的原料也极其讲究，清淡又不失滋味。大家边吃边聊，气氛倒是不错。席间大家互相交换项目意见，每当季师父给出分析，大家就聚精会神地听着。我也在一旁竖起兔子耳朵，认真学习。季师父分析一个项目总有自己的逻辑，无论给出的数据是多是少，他总能判断出一些未知情况，时而根据经验，时而随口说出几个相似案例。

“对，这方面我之前还真没注意，之后我得好好调研一下。”听完季师父的分析，在座的几位都得到了满意的建议。

“哇，师父，您光听就能做判断啊？这么厉害？”我在一旁感叹道。

“年轻人，你不会连季爷的事迹都没听说过吧？”说话的人西装革履，看起来文质彬彬。

“啊？没有啊，您快给我讲讲，我师父有什么传说。”

“季爷在我们圈里，那是绝对的大哥啊。”

“真正的前辈，大咖。”

“咱们行业的祖师爷。”

“别，这话太过了。”季师父赶紧打断，“谁不知道这圈里真正的祖师爷都在里面呢，菲儿，你别听他们的。记住了，这行凡是还在外面混着的，都是不行的，也就挣口饭吃，真正的牛人，你是一个都见不着了。”

“为什么啊？”我问道。

在场的除了我，全都哈哈大笑起来。

“吃菜，别问这些没用的。”季师父喝了口茶问道，“小李啊，刘冉最近有消息吗？消失快半年了吧？”

“嗯，有半年了，望北楼趴着呢吧。”

又是除了我，大家都笑了起来。

我懵懂地看看大家，继续吃菜。这圈里的事不是一天两天就能摸透的，此时我还是先把胃填饱是正事。反正季师父就在身旁，我这近水楼台的，一定能比这帮人混得好。我琢磨着，此行最大的收获除了补偿了我的胃，还摸清了我这师父确实是圈里一号人物，度娘诚不欺我啊。

3 / 内有乾坤

在终于确定了季师父今后就是我的靠山、我的榜样、我的指路明灯之后，我主动地跟师父请缨，暂要努力上进，绝不给师父丢人。季师父也不再客气，给了我上百家企业信息列表，让我挨家挨户地调查企业信息。估计在季师父看来，我是搞电脑的，所以肯定能像黑客一样在互联网上挖掘到这些企业犄角旮旯的消息。收集信息之后，季师父还会让我审慎地研读比较，选出有潜力和投资机会的公司。偶尔也会让我大胆分析一下行业形势。季师父总是耐心地听完，然后指出我的错误和不足，再通过数据和实例向我讲解个中奥秘；还会时不时地发给我一些研究报告、专业书籍，让我学习人家的分析逻辑；偶尔也带我参加饭局，认识点同业中人。

投资圈的精英男士基本上都捯饬得衣冠楚楚，像季师父这般朴实无华、破衣烂衫的实属另类。投资圈的精英男士说话也经常拿腔拿调，不夹杂英文单词好像就表示无能。但我的季师父，大白话伴着浓浓的西北乡音一股脑儿地倒过来，省去了无数去伪存真的瞬间。这些瑕疵在我看来都是季师父曾经沧海看破世俗的表现，唯真豪杰才敢不拘小节。

季师父心情好的时候，也会给我讲讲他们圈子里的故事。

季师父最早在德唯干过几年。说到德唯的时候，季师父故作停顿，估计是在等着我滔滔不绝的敬仰之词。但我只有一脸无知地问道："德唯是啥啊？"

恐怕只有我这种滥竽充数的投资圈小白敢不知道德唯为何物吧。其实，一个行业内非要生硬地制造一些繁杂的术语和神话式的组织，唯一的作用就是对像我这样的新加入者制造行业壁垒，莫名地让我感到自己的无知，从而抬高了在这个行业混迹已久的那些老人儿的地位，仅此而已。这些东西想想真是没有必要，但作为一个专业人士，谁会放过这炫耀的机会呢？对冲，这个词我好不容易明白是什么意思了。但遇到精英们，他们绝不会说对冲基金，他们一定要说hedge fund。

其他行业也是如此，比如现在我问你，你会熟练地在视窗操作系统下使用多线程并行操作吗？你肯定傻眼。但其实正常人都会在电脑上同时开多个窗口工作，就这么点事，都说人话不好吗？最受刺激的一次，我刚回国和一位互联网前辈闲聊，他突然说："现在的TABLE系不可小觑啊。"我一脸惊恐，我就知道WINDOWS，咋又冒出个TABLE啊，完了，两年不读书，智商像头猪，又跟不上计算机日新月异的发展了。当时我后背直冒冷汗，阵阵心虚地点头称是。回家网上一搜，TABLE代表的是当今中国互联网的几位领军人物，T是腾讯的马化腾，A是阿里巴巴的马云，B是百度的李彦宏，L是雷军，E是周鸿祎。多么的牵强，编这个缩写的人一定中英文皆差，我看着都觉得不好意思。

当然季师父说的德唯系和TABLE这种生编硬造的词还是不可同日而语的。德唯是当年中国资本市场刚起步时的泰山北斗，也是资本市场多年来励精图治仍甩不掉的一颗毒瘤。每隔几年，圈子里就会传来德唯又要卷土重来的消息。德唯系的几位大佬如今虽都身陷囹圄，但他们的传说仍旧甚嚣尘上，每年还有成批的富商高管去监狱探视他们，只为得到他们只言片语的点拨教诲。甚至，相传今天的市场还是由他们在桎梏中三分天下得来的。他们的传说多到我每天听季师父讲都不重样，从新疆牧场到福建走私，从私人银行再到地下钱庄。德唯系当年手中的资本量也由最初季师父口中的几百亿，到了富可敌国的上万亿。讲到他们花天酒地挥金如土的事迹时，季师父的眼中还会闪出感怀的泪光。

"法拉利？法拉利算什么啊？他们当年都是开着航母当游艇的。"当我把这些传说转述给别人时，故事情节自然升华。

我想如果有一天德唯系真的死灰复燃，那季师父一定会像食死徒效忠伏地魔一样嗖地一下飞回去。那时，我作为他最为得意的弟子，也能扇着小翅膀鼎力加盟，一起打造资本帝国，尽享荣华富贵。到了那一天，我要带着两麻袋的现金参加海天盛宴，看着那帮为富不仁的家伙玩俄罗斯轮盘，我在旁边玩俄罗斯方块。这情景不止一次地出现在我的梦中，每一次梦醒之后我都默默地为那几位佟氏老板焚香祈福，盼着他们早日回归，万里江山一片红。

季师父除了言传身教，还是秉承实战出真知的优良习惯，经常带着我实地走访企业，教育我在投资圈里唯有与人斗，才能其乐无穷。

这天见的是一家给大企业做定制管理系统的IT公司董事长。

觐见公司董事长之前我又犯了老毛病，对人家的外形充满期待。在IT民工的眼中，IT精英要么聪明睿智，说话风趣幽默；要么冷漠阴沉，行为诡计多端。结果，唉，人生就不该瞎幻想啊，见到什么欣然接受就好了。

当一位身穿麻布长袍、挂着一圈不伦不类紧卡脖子的大水晶项链、面黄肌胖的家庭主妇在门口对我们笑脸相迎时，我还琢磨着怎么也是家大IT公司啊，怎么前台这么不讲究啊，看看我们的前台，混血美女多多，多拿得出手啊。一介绍，我冷汗直冒，还好刚才没有放肆，人家不是前台，是如假包换的董事长林总。我再次认真地审视了她一遍，貌不惊人，身材发福，身上那件衣服现在看来估计是某个大牌的当季设计，但穿在林总的身上，出门买菜绝没有人怀疑她的身份。

"季总，又来了，欢迎啊。你们这次想了解点什么？咱们就开门见山吧，我这儿的情况你大概也都知道了。我们最近正在忙几个项目，都是刚刚中标的，我们费了好大的劲才拿到。需要三个月时间给他们做需求分析，然后再开始设计。当然这种项目我们其实已经挺熟悉的了，直接做也没问题。但还是先做需求分析好一点儿，让甲方能感到自己被特殊对待，这样验收的时候就不会给我们找麻烦了。"

林总一开口，我又被小小地刺激了一下，确实蛮打动人的。首先是语速奇快，堪比新东方的老俞，没有停顿没有节奏，句句都是抢拍。后来一问，林总确实跟老俞是同乡，难怪口音都一样。那里的生活压力到底有多大啊？大家活得都这么紧张。其次是逻辑清晰，很快就给我们介绍他们现在接的几个项目，多久完成，需要多少资金，从头到尾说得清清楚楚。之后的短短五分钟时间里，林总就把公司的前世今生又给我介绍了个通透。

"对了，我家孩子考上初中了，科大附中。"林总说完正事，忽然就没有任何铺垫地话锋一转。当主题变成了她的宝贝儿子，这个女人恢复了买菜大妈的状态，唠唠叨叨没完没了。我起初还随口附和，到后来便听得昏昏欲睡。我和季师父几次挣扎着想把话题转回到公司业务上来，都被林总再次用极快的语速击败。反复几回，我们就彻底放弃抵抗，任由她说去了。

从下午一点到五点，从孩子呱呱坠地到上幼儿园为了颗鸡蛋和别的孩子大打出手，一直说到今年终于将门虎子、天道酬勤地几经辛苦考上了重点附中。我想我已经掌握了足够多的信息可以从容地在大街上把她家孩子绑走了。

季师父也终于忍无可忍，说：“咱们这家公司的利润到底有多少啊？您给我交个底吧，能不能投我们回去再研究研究。”

林总骄傲地笑笑：“财务的事嘛，我现在说不方便。要不咱们下次再聊吧，时间也不早了，我就不留你们吃饭了。我晚上还得和员工们开会谈谈项目。”

我和季师父只得败兴而归。

“这是我第三次见她了，每次都是说孩子。哎呀，这事说个没完，就不知道她到底是个什么意思。”季师父无奈地说。

“您都不知道，我就更不知道了。至少她说还有下次，咱们就下次再聊吧。”我安慰季师父。

之后我有幸跟着季师父走访了这家企业三次，每次都只能见缝插针地谈业务，而她孩子的故事听到后来我已经倒背如流了。

就在我们即将偃旗息鼓的时候，林总终于松了松口风，貌似无意地提起：“老季啊，我们最近想买一座办公楼，钱不怕多，我们账上有几个亿的资金没问题。但位置一定要够好，最好是北京地标那种。你们能不能在北京二环以里帮着找找啊。”

我心想，您该不会是看上天安门了吧？

“行，我们一定帮您找找。我地产界还有几个朋友，到时候我去问问他们。今天也不早了，我们先回去了。”季师父说完，起身就走，再无废话。

“师父，怎么她说完买楼您就跑了啊？”我一路小跑才追上季师父。

“都说到这儿了，咱们还跟人家谈什么啊？凭我的经验，这家公司的规模绝对不是咱们能投得起的。几个亿的资金趴在账上，比咱们基金都有钱，谁投资谁啊？而且要在二环里买楼，这要价也一定低不了，咱们赶紧放弃吧，干点正事。”

“师父，我实在不能理解，这个林总是怎么成功的啊？女老板功成名就的也有，比如董明珠，人家就是业精于勤。比如杨澜，人家就是蕙质兰心，这都正常。但是这位林总，是吧，我一直以为女的想成功相貌是第一位的。不是说一定得好看啊，这太绝对了，而且大部分女强人也谈不上好看，但至少得有点超凡脱俗的气质吧。您看林总那劲儿，怎么看都是食堂大娘。”我觉得应该和季师父分析一下人物个性，毕竟为什么林总能做起这么大的生意，实在是个谜啊。

“我也有点搞不懂她，长得不行还在其次，人也太磨叨了。我开始以为她总提孩子是希望咱们帮她孩子干点什么呢，最后也没有啊，居然是想买楼，那总说孩子干吗啊？他家孩子小学喜欢同桌这种事，跟咱们说得着嘛。早点提买楼不就得了，咱们就不用来了。”辛苦跑了这么多趟，季师父也是诸多抱怨。

“二环内买楼啊，这得多少钱啊！”我扳着手指数了数，“她怎么这么有钱啊。”

“这事说来就话长了，反正她在中标夺标上确实有一套，拿的尽是些利润高的项目。正常做系统的企业都是别人吃肉能喝上汤就不错了，她这倒好，吃的全是上等好肉。”

“她怎么做到的？都是招标项目，真价格贵了也不会中吧？我听她说完也没觉得他们公司技术特别好啊，不就是管理系统嘛，很多企业都能做的。国外公司就不用说了，我以前都设计过管理系统，可能报价贵点。但国内也有很多大型软件企业啊，像东软啊、北极星辰什么的，何必找他们做啊？”

“这你还不懂吗？肯定是有关系的。这林总不定是哪个老总的女儿呢！”季师父解释道。

“老总的女儿应该有大家闺秀的气质吧。她们应该琴棋书画、岸芷汀兰啊，哪能天天跟咱们家长里短的。”

“别总把她们想得那么好。”

“那咱们真的就放弃啦？”我有些不甘心，毕竟跑了这么多趟了。

“还去干吗啊，她儿子过两天上初中的事你还想听啊？我是再也听不下去了。”

4 / 何许人也

苦学了近两个月，自觉可以出师，但总是碰不上个季师父看着顺眼的项目，让我背熟了的拳脚功夫都无处施展。

“师父，咱们什么时候能正式做个项目啊？”我看着季师父又抱来一堆厚厚的资料问道。

“这就开张了，赶紧学习一下吧，还是影视行业的，你本行。”季师父少有的心花怒放。

“师父，您别什么都是我本行啊，我做IT的，离影视也太远了吧？”我眉头一皱。

“影视制作现在全是拿电脑做的，你说这是不是你本行。”

“得了，能沾点边就行啦。”

“好好看看，这企业有点意思。”

就这样，我投资生涯中第一个正式的项目——鸣视影业终于来了。

接下来的几天，我都陪着这家影视公司的材料度过。我看得阵阵头疼，先从业务说起，号称是影视公司，成立七年，一部拿得出手的影视剧作品都没有，就一部电影上过院线，还是彻头彻尾的一日游。能挣钱的业务全是广告制作。影视剧制作不了解，但广告制作我还是略知一二的。上大学的时候为了补贴夜夜笙歌的亏空，我给一家广告公司做过文案。广告制作拿得出手的作品都出自4A公司，所以大企业普遍只找4A。给小企业做广告，做过的都知道，生不如死，设计越俗越好，越下三滥越好，纯粹是强奸观众的心灵。即便符合了甲方要求，最后给不给钱还要看甲方老板的心情。再看财务报表，应收账款占了总收入的70%。虽然我不懂财务，但数儿我还是识的啊，应收的意思不就是没收到吗？这么多没收到的钱以后到底还能不能收到啊？能收到的话什么时候能收到呢？想想就觉得心慌意乱。

我打电话给影视公司的朋友，想了解一下情况。

对方的反馈意味深长："菲儿啊，怎么说呢，鸣视在业内也算小有名气，挺能折腾的。尤其是他们老板，许总，你可得见一见，相信我，绝对值得一见。"

"哦？怎么值得一见了？特别帅？你觉得这家公司值得投资吗？"我直接问。

"投资的事我就不懂了。不过，影视行业，值得投资的公司都上市了吧。哈哈，鸣视你好好了解了解，有空咱们吃饭你也给我汇报汇报。"

朋友这话一点儿不务实，听得我一头雾水。

八月初的北京，热得不可理喻。我和季师父在一个气温高达40摄氏度的下午，顶着炎炎烈日，奔驰在荒凉的南五环。路面宽广，无马无车。

"师父，我印象中的北京都到不了南二环，我们小时候一说长安街往南，就觉得遥远得不得了。"我感叹道。

"你小时候住哪儿啊？"

"西北五环，科大那边。"

"你都住五环了，还瞧不起南二环？"

"这就是您不懂了，老北京讲就住我们那边儿，玉泉山、颐和园、西山，都是皇家龙脉所在，人杰地灵的好地方。南边不一样，我大学之前长安街往南就去过一次，还是去周口店看北京猿人。"

"这趟看来不白来啊，让你这北京土著看看现在南边发展得多好，你看亦庄这些楼建得多漂亮。"

"多漂亮也不行，真的，上风上水上海淀，宁买海淀一张床，不买亦庄一套房。"

"还一套一套的，你们市长现在都住在亦庄了。你们北京人真是的，把好地都占了，还挤兑我们外地人。"

我也纳闷干吗自己要跟季师父说这些，其实没有表达优越感的意思。只是觉得北京这些年膨胀得太厉害了，膨胀到河北人民对终有一天能拿到北京户口越来越自信了。亦庄的路真好开，极目所至没有一辆车。季师父的GPS上根本没有显示出我们正在行驶的这条路。估计这里几年前还是村庄，不高的围墙上写着"生男生女都一样”，有小溪，有稻田，有人插秧。

别说亦庄，我小时候出了机关大院不远就是一片稻田，也曾有过放了学小伙伴们结伴去河里摸小鱼抓小虾的年景。如今稻田早变成了海淀公园，每年五一举办个金属音乐节，汇聚全北京的奇装异服人士，皮衣上满是金属铆钉，把我童年的泡泡扎得粉碎。

就在GPS已经彻底晕菜的时候，我俩误打误撞地找到了目的地。站在公司院落中，感觉沿途的蛮荒都被隔在了墙外。两幢独栋小楼令人意外地颇具设计感，凹凸不平的外立面，中间连了条透明的走廊；楼前草坪铺成一张酷似展示百分比时用的饼图，中间石子路斜着划开；旁边一溜儿停车位，这会儿摆得挺满。

大学教C++的老师有一句话让我印象深刻：一个人的水平应该首先反映在他的鉴赏力上。他的意思是看到一段代码你起码要能看得出好赖，才有可能写得更简洁高效。看书也是一样，有人说天下文章一大抄，可你连谁写得好都看不出来，怎么可能会抄。眼前这番景象，虽然难掩东施效颦之感，但至少说明这帮人还有感官上的诉求，对美还有追求。

老远就看见一位男接待站在楼下恭迎我们，他一身白色运动服，连鞋都白得一尘不染。

“季总，你们好。我们这儿不太好找吧。这位美女怎么称呼啊？”男接待看见我们立刻小跑赶来。

“这是我们公司的莫菲儿。菲儿，这位是鸣视的董事长许总，年轻有为啊。”季总和来人握了握手。

要不是季师父迎上去打招呼，打死我也不信这位就是市值5亿的鸣视影业董事长。跟着季师父见了不少老总，动辄身家过亿，却从没出现过一位高大全或者铁娘子式的人物，不是像厨子就是像嫂子，我不禁怀疑这是不是季师父所谓的气场相吸、物以类聚的结果。即便有食堂大娘在前，眼前的许总还是让我大跌眼镜。他身形消瘦，浓眉小眼，薄唇塌鼻，五官简陋得有点可笑，站立时猫着腰低着头，说话时恭恭敬敬总是让人三分。这扑面而来的碎催气实在太过浓重，让我不自觉地就挺直了腰板儿，抬高了嗓门儿。任何一个人站在他身边，我都会误以为那是他领导。

许总带我们进了公司的会议室，然后立刻招呼秘书端茶送水，好不殷勤。

平时一向低调谦逊的季师父在许总的气场笼罩下都忘了客套，一落座就开始劈头盖脸地数落道：“许总，咱们公司的问题很多啊，有些非常严重，你打算怎么解决啊？”

许总在一旁点头哈腰地应对：“是，是，我们今后都会改的，还需要有您这样的专家多指导。”

“光说不行，得真改啊，你看你们的财务报表，简直惨不忍睹啊。”

“我们之前没有找到专业的人才，现在新招了一个财务总监，以后应该就没问题了。”无论季师父的指责多么严厉，许总都小心地回应，一会儿又叫秘书送来了两盘樱桃。许总毕恭毕敬地端给我们：“二位尝尝，天热，辛苦你们了，快，吃点水果。”

老板要都是这样该有多好啊！我看过许总的个人介绍，今年才28岁，老家在湖北的偏远农村。是真农村，去一趟十堰都要先坐两个小时驴车，再坐四个小时长途车。就这么个出身，靠自己奋斗，如今已经上亿身家，多励志的故事啊。我一边吃着樱桃一边感慨着。在季师父数落许总的时候，我环视了一下他们的办公环境，布置得很好，比起我们公司毫不逊色。虽然地方偏点儿，可公司里里外外还算让人感觉愉悦。

就在季师父吃过樱桃嘴短，逐渐偃旗息鼓时，许总向我们介绍了他的高管团队。董秘、新来的财务总监和一个项目总监，一个胜似一个的柳叶弯眉樱桃嘴，一个赛过一个的丰乳肥臀大长腿。原来真正的美女都窝藏在影视圈了，小小一家影视公司就这么此起彼伏的。撑场面的大仙都展示过后，我们便告辞了。

美女看多了也腻，我和季师父离开的时候都有些审美疲劳了，回去在大街上不停地搜寻茫茫众生中的歪瓜裂枣。

“您说这位许总怎么弄的这么大的产业啊？他也不是富二代，偏远山区来的，也看不出有什么真本事，整个儿一跟班儿的啊。就这还搞文化呢，师父您说，我和他谁看着像有文化的。”我十分虚心地请教。看了许子鸣的长相，再知道了他的身价儿，我整个人生观、价值观都动摇了。

“是啊，看着真不像文化人啊，我也纳闷呢。不过越是这样的人越有手段，咱们再看看，人多接触接触就能弄明白了。”

“那这公司咱们能投吗？”

“现在说这个还太早，咱们得好好看看。你不是一直想知道什么是尽调嘛，咱们明天就组团来鸣视尽调。这个项目光咱俩还不行，我得再物色两个帮手。”

“您都准备叫谁啊？”我一听还有新同事加入便兴奋了起来。

“容我掐指算算。”季师父沉稳地说。

第二天一上班，季师父便着手打造项目团队。

出于对财务状况的疑虑，季师父首先招来了唐仁宇，并把仁宇哥热情地介绍给我：“菲儿，认识一下，唐仁宇之前是安永的高级经理，你多跟他学习财务知识。我这还有事，你先跟他汇报汇报项目进展。”

“现在有进展吗？”我的话还没说完，季师父就一溜烟地跑了。

“仁宇哥好。”我赶紧跟仁宇哥打招呼，仁宇哥长得就是一副大哥风范，身材健壮，面色红润，眼睛不大却炯炯有神。

“嗯。”仁宇哥打量了我一番，“你之前上过班吗？”

“上过啊，我在IBN干过三年。您之前是在哪儿高就啊？”刚才好像听季师父说了一句，但光顾着看人，完全没记住。

“我是四大的。”

“哪四大啊？”我一脸茫然地问。

我直到现在听到“四大”这个词都生理反感。四大会计师事务所管自己叫四大，四大资管公司管自己叫四大。有个朋友身在工行，居然也说自己是四大的。麻烦各位四大的，以后跟我就别提四大了。四大在我这儿永远是港台那四大天王，其他四大一律不知道。如果我问一个人什么学校的，他总不能告诉我北清人师吧，肯定是哪就说是哪啊。拉帮结伙是一个多么不好的传统，我能联想到的就是八大门派齐聚光明顶，五大剑派抢夺葵花宝典，都是些龌龊的勾当。就算强强联合也得主次有别吧，爱扎堆的在我看来一律都是乌合之众。

仁宇哥一脸鄙夷地说：“我是安永的。”

哦，我是不是应该立马卑躬屈膝，下跪认错，但我只能做到强装好奇：“安永是不是挣得很多啊？”

我看着仁宇哥那充满蔑视的眼神，估计此时此刻他心里一定在骂我是个唯利是图的小人，但我真的不知道关于安永我还能说点什么。我一个学IT的，安永离我那么遥远，我就知道它和算钱管账有关。

“我以前挣得比现在多两倍吧，嗯。”仁宇哥满不在乎地透出骄傲。

他的回答等于没回答，我哪知道他现在能挣多少钱。我装出很是羡慕的样子，睁着大眼睛，闪着长睫毛，一脸崇拜地望着他：“那真多啊。”

“你跟我说实话，你是托了什么人进的咱们公司？” 仁宇哥说的是反问句。

有这么聊天的嘛，我内心一阵咆哮，强压怒火：“托没托人我不知道，反正我面试了四次。”这是句实话，至于其他的，您怎么想我就管不了。

“咱们公司面试最多两次，你怎么面试这么多次啊？”

“我也想问天问大地呢，不知道啊，反正就是这么多次，面的是谁我都能告诉你。”我一脸无奈。

“我提醒你一句啊，这公司好多人都有背景，你别乱说话，也千万别乱给自己揽事，记住了吗？” 仁宇哥那张严肃的脸阴云密布，胡子也立起来了。

“嗯。”我点头如捣蒜。萍水相逢，第一次见面就跟我说这些，我认定这绝对是善意的提醒，但到底谁有背景其实我也不关心。知道又能怎样呢？工作还不明朗，哪有心思去拜山头。况且我这人的一大优点就是不卑不亢，扫地的阿姨和公司老总我都点头微笑，从没想过去巴结谁。不过仁宇哥的关心我虚心笑纳了。之后的时间，我把关于鸣视影视的所知一股脑地倒给仁宇哥。仁宇哥似乎很快就听出了其中的端倪，眉头一皱，计上心来。

除了仁宇哥，季师父还拉上了年轻貌美、时尚前卫的律师小如，估计是上次见识了人家的几位镇店之宝，我们团队也得往文艺圈靠靠。

项目组正式建立。工作立刻分配下来，我负责研究影视行业，仁宇哥主抓财务，小如做法律顾问，季师父统揽全局。一队人分工明确，打算转天再去探山。

那倒霉地方离我家实在太远，我起先并不想开车，还好仁宇哥及时出谋划策，设计了一条省时省力的路线。我先去仁宇哥家接上他，换他开，再接上小如，之后直奔亦庄。季师父家住在南四环，也属于北京猿人的地界儿，就由他老人家自生自灭了。

仁宇哥开车果然跟我这个空有七年驾龄的老司机不一样，主要也因为不是他的车，油门哐哐地踩。

“哥，你别踩这么狠啊，你这一脚油，我十块钱就没了。”我哭丧着脸说。

“哪至于的啊，照你那开法，中午也到不了。菲儿，你在哪儿学的开车啊？

不是说国外开车更快嘛，怎么你开就跟蜗牛一样。”

“安全第一嘛。”我心说要是个靠谱的企业也算不白去，这家不知怎么回事，总是让我不放心，“哥，那个应收账款是不是有问题啊？”我虚心请教。

“当然有问题，70%应收，这还用说嘛。而且不光是这个问题，他们的财务比你想象的还烂。除了应收账款占比过大的问题，他们还以货抵债。就是找他们做广告的公司不给他们钱，都拿货抵。卖酒的给酒，卖药的给药，这玩意儿怎么处理啊？以后怎么记账？我看根本就没法儿上市。”

“是啊，这行业是不是就这样啊？我以前也混过几个广告公司，有个公司天天发果冻当员工福利，就因为那果冻公司是我们客户，拿果冻抵广告费了。我到现在还一见果冻就恶心。其实想想影视公司还真是不容易，接影视制作，回款周期就很长，接广告就以货抵债，不接活儿就没生意，接活儿也不一定收得到钱。给货的就算不错了，还有不少直接赖账的吧。”

“他们的法律问题也多着呢。”小如在后座幽幽地说道，“办公地点都没变更过来，现在在哪儿上税都成了问题。那个许子鸣我查了一下，他名下有二十多家公司，这些企业之间都是关联交易，还有几家海外注册的，维京群岛有，开曼有，美国也有，还有一家香港的，真不知道这是想干什么，还有……”小如一口气说了十几个法律问题。

我望着小如妖艳的红裙，与她嘴唇的颜色相得益彰，说话时更透着唇红齿白。亚麻色的鬈发慵懒地搭在半裸的香肩上，浑身上下散发出律政俏佳人的魅力。我暗暗感叹，小如啊小如，你要是说话能稍微收敛一点儿，早就嫁入豪门了。可能律师出身的都这么牙尖嘴利，小如一张嘴就是吵架的口气，难怪时至今日仍没人敢娶。

仁宇哥对小如的质疑深以为然，不住地在一旁煽风点火，搅得一车人开始轮流炮轰鸣视。如果此时恰好某个路人听见了我们的对话，他一定会以为我们是公检法准备去查抄这家公司，并且逮捕公司的负责人许子鸣。

出城方向基本错开了车流高峰，仁宇哥又开得飞快，我们居然赶在季师父前面到了鸣视。许总再一次下楼迎接，还是白色的休闲T恤衫配运动裤，雪白的运动鞋，还是一脸的恭敬谦卑。我敢肯定仁宇哥和小如看不出这人的来历，为他们相互引见时颇为期待两人的反应。

“这位就是董事长许总。许总，这两位是我的同事，唐仁宇和小如。”

仁宇哥的错愕实实在在地写在了脸上，毫无收敛：“这，这位就是许总？”

我接过仁宇哥疑惑的小眼神，心下一阵坏笑，点头示意：“对，这就是许总。”

比起仁宇哥，小如的表现要得体很多，尽管我知道她也吃惊不小。

“这位就是许总啊，真没想到这么年轻。您好！您好！”小如伸出玉臂，主动和许子鸣握了握手。

许子鸣有些局促：“欢迎几位啊。咱们上楼吧，外面太热了。”

我心想虽然许子鸣公司里的那几位也算有鼻子有眼，可气质上肯定是我们小如更胜一筹。队伍里有这么一位有里有面的玉女，我都觉得脸上有光，季师父果然是老谋深算啊。

许总没有领我们去上次去过的会议室，而是带我们到楼上参观他的办公室。整整一层楼，打造得金碧辉煌，总的来说不算恶俗，没有万马奔腾图、一帆风顺的玉雕或是桌上摆个军刀之类的设计，也没有难得糊涂之类的刻意风雅。办公桌旁的鱼缸是那种可以在发愣时盯上一两个小时的微观水世界，珊瑚、水母、热带鱼相映成趣。门口一块硕大的泰山石也给足了斤两。办公室正中央放了个巨大的地球仪，真的很难想象卑微的许子鸣坐在这里指点江山的样子，我对此人愈发感到好奇。

见我对鱼缸有兴趣，许总饶有兴致地介绍起来：“这里面的鱼都是从南美空运过来的，国内比较少见。这条尾巴分开的叫剪刀孔雀鱼，游起来特别好看。还有这条小丑鱼，是前不久一个朋友专门送给我的，还搭配了几叶海葵过来，说小丑鱼必须得和海葵共生，要不活不了。”

仁宇哥含蓄地表示谈正事要紧，提醒我不要玩物丧志。

参观办公室之后，许总带我们回到了会议室。桌上各式鲜果一应俱全，还准备了五色养生奶、格瓦斯、乌龙茶等多种瓶装饮品，不用说，这肯定也是以货抵债来的。两串葡萄下肚，季师父才姗姗来迟。

还没等老季说不好意思，许总抢先道歉：“是我们公司太远了，不好走，您辛苦了！”

“真是太远了，我老早就出门了，没办法，堵车。”季师父就坡下驴。

"哎，可不是嘛，北京这路况真是没辙。您先吃点水果，歇一会儿。我去把我们高管都叫来，你们先问，什么都可以问，别客气啊。几位稍坐片刻，喝点水。"说完，许子鸣猫着腰出去了。

我真是想不通，许子鸣一个身家过亿的人，光在北京的房产就有六十多套，他怎么能这么低三下四呢？他凭什么就这么低三下四呢？

一会儿时间，公司高管陆续到齐，访谈正式开始。

小如首先发问，问题之尖锐我都坐不住了。而许总认真地回答了每一个问题，没有一丝的偷工减料。有些问题已经解决了，有些还存在，也在想办法怎么能解决。

小如的炮火刚刚熄灭，仁宇哥又开始了刑讯逼供，主要针对去年的交税、应收账款、以货抵债的重点问题发问，绝对是纪检委的气势。这哪里是访谈，根本就是三堂会审嘛。

"影视制作也好、广告制作也好，都是靠客户赏饭吃。"许子鸣收起了之前的殷勤，一脸实在地说，"影视行业市场很乱，监管不严，制度也不明确。您刚才提出的这些问题，在所有影视公司都存在，包括你们知道的那些大公司，也都是这么过来的。咱们国情和国外不同，国外签合同是要先付定金押金的，咱这儿就没有这个规矩。拿应收账款来说吧，我们也希望早点能收回来。但凡是能给我们活儿的都是朋友，人家说今年手头有点紧，我们就只能等着。影视这行是要靠朋友靠关系吃饭的，为了要钱得罪了朋友，这活儿就没法继续干了。我们也不愿意以货抵债，收这么多货物，谁不想直接收钱呢。这不还是没办法嘛，实在是客户真的没钱，拿不出钱来给我们。但是货物我们也不会一直存在库房里的，这点你们可以放心。去年思明体检中心给我们的体检卡，除了一部分发给内部员工，作为员工福利，剩下的我都转手卖掉了。牛奶厂会给我们牛奶来抵广告，酒厂给我们酒，我就把牛奶卖给酒厂，把酒卖给牛奶厂，这样最后到我手里的还是现金，就相当于广告款嘛。只不过我自己麻烦一点儿，还得给他们当销售。但出来混嘛，都是朋友，能帮忙的都尽量帮忙，我做生意的原则是尽量追求双赢，如果实在没办法，必须有一方受损失，我宁愿让我受损失，让我朋友赢。"

在他慷慨陈词的同时，我方人员基本不为所动，没有配合地发出赞同的声音，我也尽量面无表情地记录下我认为重要的信息。对于他的这番说辞，我认为还算诚恳。但就像季师父之前说的，买卖人没有光靠赔本赚吆喝的，能做到今天的位置，肯定不是只靠这么简单的几句话就能办到的。虽然是第一次参与项目尽调，成功与否我反倒不是那么看重，我现在只想弄清楚，一家光鲜的企业背后是不是真的有不为人知的内幕，这些从泥里一步步爬到云端的成功人士到底有什么手段?

会谈一直进行到中午才结束。许子鸣坚决要留我们吃饭。

“你们可不能跟我客气啊，几位大老远来一次都不容易。生意成与不成都没关系，咱们就当交个朋友。”

季师父见盛情难却只得从命，我估计他也想借此机会进一步了解这个人。

开起车来的许子鸣一扫人前的颓势，驾驶着全新的奔驰S600驰骋在路上，舍我其谁的架势实非仁宇哥所及。他不说话还好，一张嘴又是抱歉：“亦庄这里好饭店不多，只能委屈大家了。对不住了，几位多担待吧。”

十几分钟后，车停在了眉州东坡门口。

“这也太家常了吧，诚意欠奉啊。”小如皱起眉头，嘟囔了一句。

早已等在这里的董秘丹丹马上迎了过来，熟练地给季师父拉开车门，我们随之鱼贯而下。丹丹这姑娘美而不妖，眉宇间带着几分英气，举止干练，不像只会贴在领导身边温言软语的那种秘书。她步履轻盈地带着我们绕过眉州东坡，沿着小径走到了后面藏匿很深的吴裕泰内府菜。

“我就说嘛，许总这么讲究的人，哪儿能随便打发咱们。”我对小如嘀咕道。

竹林小径，流水潺潺，走进包间茶已备好，满屋茶香沁人心脾。我对这吴裕泰内府菜未吃就已颇多好感，可能以茶入菜本来就是文人雅士的偏好，满屋子的钧瓷茶具又极其古朴典雅，很是讨人喜欢。

我们刚一落座就开始走菜，七凉八热，荤素搭配，鲍参翅肚，一应俱全。每道菜看起来都是精雕细琢的艺术品，看来许子鸣把这家店最贵的菜都点全了。

我尝了一口苦尽甘来，这道菜是用鲜嫩的鸭肝搭配绿茶冻做成菱形糕状，吃起来先是鸭肝的微苦，然后是绿茶冻的清甜，最后嘴里还留下一抹淡淡的茶香。连凉菜都是如此精致，这一顿饭恐怕价格不菲。

许子鸣在席间只字不提工作，倒是对我们几个关爱有加：“我敬几位一杯，各位今天辛苦了，几位看起来都气度不凡，之前都是哪儿毕业的啊？”

季师父简单介绍了一下我们几个人的情况，许子鸣听得手舞足蹈。

“我最敬重有学问的人了，几位都是名校毕业，太厉害了。又是海归，又是安永，我今天真是开眼了。不怕几位笑话，我们影视界真是不行，有文化的少。”在他嘴里我们几个全都成了人中龙凤，从头到脚一顿猛夸。

我注意到不论许子鸣如何吹捧，仁宇哥始终没有表示，只是埋头吃菜，心里暗叫世上真有如此不识抬举的家伙。

这顿饭的主题好像就是交朋友，做东的不谈公事，我们倒也吃得心安理得。菜点得实在丰盛，放下筷子已是个个肚歪。

临走时，许子鸣一如既往地表现出不舍、留恋和敬仰混合的复杂情感：“几位，一定要再过来指导工作啊。我们公司要是能有你们这样的人才就好了。”许子鸣一路跟我们走到车前，目送我们上车，就差挥泪追车了。

回去的路上，依然是我同仁宇哥、小如一路，我想探探仁宇哥的口风，问道：“哥，你看看人家许总待人接物那架势，咱能不能也学学啊，我都被他感动了。”

“菲儿啊，见识太浅了，这糖衣炮弹最适合俘获你了。你看看，一顿饭就把你拿下了。” 仁宇哥的笑容简直称得上轻蔑。

“你刚才可没少吃糖衣炮弹啊。”

“我就把糖衣吃了，炮弹还得给他打回去。” 仁宇哥自信满满。

回到单位已是下午两点，一肚子山珍海味顶得我昏昏欲睡。正在半梦半醒之间，仁宇哥走过来拿笔戳了戳我的后背：“耿总有请，快走吧。”

我赶忙掏出记事本，用力睁大眼睛，跌跌撞撞地随着胡吃海塞四人组一起进了会议室。

耿总，全名耿直，青上资本的合伙人之一，另外两位合伙人只是在公司挂个名头，从来没见过，平时管理公司业务的似乎只有耿总一人。耿总人如其名，一身的浩然正气，吐气铿锵有力，四十岁上下，但因为常年健身，身材和长相都维持在了年轻人的状态。

“看完了有什么感觉，你们都说说吧。”季师父还没等我们坐定，就朝仁宇哥的方向说道。

仁宇哥立刻义正词严地历数企业的罪状，说得血肉横飞，好像鸣视到现在还没倒闭完全是司法部门失察。我看他似乎很享受吃人家嘴不短的这个状态。

仁宇哥说完，小如也不甘示弱，抢过话茬继续补了几刀："他们的问题短时间内都解决不了，想近两年上市是不可能的。"

耿总心平气和地听他们说完，把目光投向我。

我瞬间紧张，情绪复杂，中午的美食还在胃里余音绕梁，让我如何开得了口啊。"嗯，鸣视确实存在他们刚才提到的那些问题。"我支支吾吾，胃部消化异常导致大脑缺血，反应明显跟不上了，"不过好像影视行业都会有这样的问题，别的公司也有。我对影视公司接触也不多，没什么经验，想再多了解一下行业再做判断。"

耿总表情严肃地看着我们，半天没说话，会议室里静得连呼吸声都没有。眼看第一次汇报工作就要不及格，我真切地听见了自己的心跳。

"你们看了半天就看出这些吗？这些毛病我翻一下财务报表不就全知道了吗？你们就不关注一下人家一年那么大的业务量是怎么来的吗？"

"这种小影视制作公司业务多半是靠关系拿到的。"仁宇哥答道。

"靠关系？一年几个亿的业务全靠关系？什么关系能这么硬？这也不是拿的一家公司的单，几百家公司的合同，全是关系？那你们说说到底是跟谁有关系啊？跟谁有关系能做到现在这种规模？这个搞明白了也算你们有点收获。"耿总的语气不怒自威。

"他们都没接触过影视企业，一上来自然都是挑毛病。"季师父赶紧出来打圆场，"我之前看过光兰传媒，比这问题还多呢，应收账款里还有白条。我当时一看这企业谁敢投啊，没敢往下跟，结果现在人家都上市了，股票还一直在涨啊。影视公司就是这样的，都有问题。只要不影响上市就没关系，业务我们还需要进一步了解。我初步的判断是这家公司还是不错的，许子鸣虽然年轻但挺会为人处世的，没准真能做成。"

"做投资不可能都是你们熟悉的行业，要想办法去了解，去深入地研究。这么随随便便就得出结论，这怎么能让人信服。我希望你们下一次汇报的时候多少有点含金量，如果还是认为人家是靠关系，就把关系是谁告诉我。"耿总又恢复了往日的柔声细语，"好了，今天就先这样，我没什么事了。"说完拂袖而去。

“季哥，咱们怎么深入研究啊？”出了会议室的门，小如问道。

“只能再去他们公司多问问了。上次没问到的，下次都问了，还得走访一下他们的客户。看来耿总对这家企业很感兴趣啊，这就是督促咱们做呢。小唐，你认不认识什么私家侦探啊？找他们查查许子鸣的底细呗，钱我出。”季师父豪爽地拍着胸脯。

“我上哪儿认识去，快拉倒吧。” 仁宇哥不屑地一摆手，“我去业内找找朋友，打听打听吧，好像之前九顶看过鸣视，我过几天去问问。”

估计仁宇哥和小如也没有被领导这么训斥过，再次奔赴前线时一个个显得干劲十足。仁宇哥还特意早起给我和小如买了热气腾腾的包子，巴巴地站在烈日底下捧着。看着他那笨拙的样子，我心里一阵感动，脑海里出现了某个胖墩墩的父亲捡橘子的场面。心软了没两分钟，我就开始在心里抱怨，这要是许子鸣，肯定会多买个汤汤水水的搭配着，干吃包子真是要噎死个人。

小如比我更绝，看见包子一脸的嫌弃：“哎呀，你们吃吧，我可不吃，多味儿啊。菲儿，你吃的时候离我远点。”

“今天是高管访谈，你们都准备好问题，估计要访谈的人比较多，咱们得一个一个来，不要浪费时间。” 仁宇哥边开车边给我们分配任务。

“我看了一下高管介绍，大部分都很年轻，这内容总监居然是90后的，这是刚毕业啊？”小如问道。

“我昨晚也大致看了介绍，除了一个营销总监还稍微有些年纪，剩下的全是80后，莫非真是影视公司爱美女，传媒行业无白头。”

连续两次的拜访，对鸣视已是熟门熟路。我们比预计的时间早到了二十分钟，但一身白衣的许子鸣还是已经等在了院门口，但这次不是他一个人，身后还站着比他高出一头的董秘丹丹。

稍事问候，许子鸣便道歉说：“我今天要出去拜访客户，实在不能陪着几位了，之后的行程全部由丹丹负责安排。丹丹一定要招待好了各位，有什么问题拿你是问。”

没有了许总的寒暄和客套，顿时感觉效率大大提高，访谈于早上九点准时开始。最先出马的是他们的营销总监。这家伙完全是个老油条，没等我们开口就反客为主：“今年的广告业务，肯定是没问题，对，上半年就谈妥了十几家，都是大公司。你们看看，有奔驰、康师傅、牛栏山，这些可都是大公司啊。今年的预期是肯定没问题的，八千万利润我心里都有数……”一通侃侃而谈之后，他又开始大谈明年的销售业绩，“明年我是这么考虑的，今年的这些客户明年一定挽留住，然后再新招几个销售，开发点新业务。”

这业绩大饼画得又大又实，让我们丝毫挑不出理来。跟这样的人打交道，我的经验是不要试图插话，顺着他说只会助长他的气焰，逆着说则免不了迎来更猛烈的回击，最好的方式就是静静地听着，点头微笑。既然是无懈可击的主儿，就让他速速离去吧，我们要找的是弱不禁风、经不起刑讯逼供的。

这位老兄足足侃了二十分钟的前途光明，最后忽然话锋一转："几位都是挺有门路的人，认不认识什么大企业想做广告的？给我们介绍，我们这儿回扣可不低。"

年轻的内容总监很合我路子，是那种很注重形象经营的文艺青年。刚刚二十出头却蓄了一挂修剪整齐的山羊胡子，衬出棱角分明的脸，穿戴都很潮。铆钉皮靴带刺绣的牛仔裤，上身是亮黄色的T shirt，外面还穿了个到处是口袋的马甲，手上的戒指居然很讲究地设计成了一顶绿帽子。他对自己的定位一定是搞艺术的，说起话来明显带着那种自命不凡的劲头儿。

“对，我是刚毕业的，但我从去年就在这家公司实习了。为什么这么年轻就是内容总监，怎么都问我这个问题啊。很明显嘛，别人做不过我啊。影视制作这行是拼脑子，拼创意的，不是论资排辈的，谁的创意好，脑洞大，大家一眼就能看出来。”

“你现在的团队和你配合起来有问题吗？团队有多少人？” 仁宇哥不耐烦地问。

“我手下现在有个三十多人的团队，分成几个项目组，主要还是得我把关，我设计出好的想法，交给他们去实现。底下的人应该都比我年龄大吧，经验可能也比我多。他们开始是不服气，但现在都挺服我的，这行我告诉你们，就是作品说话的。作品好，大家都得服气，现在配合得也挺好的。”

“您是哪儿毕业的”？我问道。

“我是传媒大学编导专业毕业的，全国牛点的编导全是传媒大学出来的。你可以去我们年级问问，在校期间我一共得了多少奖。我现在的成绩完全是努力得来的，当然我也非常感谢许总，能给我这个机会，敢用我这种新人。”

“你们做的广告和4A公司比，还是有一定差距的吧？”我问道。

“4A肯定是比我们做得好，定位也更专业，这点我承认，但是价格他们也比我们高啊。国内的公司，就是大企业也很少有选择4A的。这个你们可以去查查，为什么国内广告做得那么烂，就是因为咱这儿还没有做广告的习惯。你看看奔驰一年拿出多少利润来做广告，15%啊，吉利呢，能有5%就顶天了，所以民企根本请不起4A公司，他们只能找我们。当然4A做的对民企也有点曲高和寡，落不了地，我们做的反而更能满足他们的要求。”

“客户选择你们的原因是什么呢？”小如问。

“这个问题不太好回答。广告制作归根结底其实是一门艺术，艺术是很抽象的，你很难判断哪个艺术品更好。但是我们现在是要为客户服务的，客户觉得好，就是好，客户选择了我们没有选择4A，就是对我们的肯定。”

“那你为什么没有去4A公司呢？”

“这个问题很简单吧，4A不可能让一个刚毕业的大学生当内容总监啊。我的才华在这里能被认可，我就选择了这里。如果有一天我认为自己的才华在这里被埋没了，我会选择跳槽的。”

“您有以前的什么作品吗？我们想看看。”

“很多啊，有个奶糖的广告，你们看过吧？就是一个小女孩儿吃了这个糖，然后画面就切换到一个男的骑车带着这个女孩儿，伴随着《甜蜜蜜》那首歌。还有，一个农民工仰望远方，忽然出现一行字，只要三十万坐拥西域别墅的广告。”他一连说了几个广告，看我们都是一头雾水，问道，“你们平时看电视吗？”

“很少看，”我摇摇头，“不过有看‘我是歌手’那类的娱乐节目，那个节目时段有你们做的广告吗？”

“怎么可能，你知道那个时段的广告多少钱？15秒2000万，买得起那个时段广告的公司不会找我们做广告的。”

采访完这位意气风发的少年总监，我们都为自己的郁郁不得志长吁一口气，结果下面这位比我们还不得志。

“你们找我干吗啊，许子鸣这一早上催命似的把我催来就为了陪你们几个唠嗑是吗？！”眼前这位，身高八尺、浓眉大眼、气宇轩昂，一副领导派头。说他是这家公司的董事长我肯定信，起码看着比许总来得伟岸，来得有担当。

“你是负责大客户的市场总监吧？”我小心翼翼地问。

“对，我是负责大客户的，你们去看看，这公司拿得出手的客户哪个不是我找来的，制作团队好，狗屁。谁有工夫看那帮小孩儿拍的东西啊。我告诉你们，这也就是我的关系，我跟这些企业关系都硬着呢。为什么硬，哪个企业没找我帮过他们的忙？你们去北京打听打听，北京城求人办事有没有我耿少爷这一号，打听完了你们再问我行吗？什么都不懂，来干吗的？”耿少爷边说边拿了根中华烟准备点着。

“您先别抽烟，我怕烟味儿。”小如冷着脸说道，“我们打算去您的客户那儿拜访一下，您看方便吗？什么时候去合适？”

耿少爷估计是让着美女，竟真的把烟收了回去：“你们想去企业，可以啊，哪天得空跟着我去呗，我去他们都得给我面子。我就是磨不开面子帮许子鸣个忙，我怎么可能是这家企业的编制呢，我的档案能放这儿嘛，可笑。至于我什么背景啊，这你们就别管了，反正今天我还耐心陪你们几个说话，就是本少爷心情不错了。”

我边听边想，你不用说你是谁了，你直接说你爹妈是谁就行了。有关系怎么了，这年头谁家也不是八代贫农了，有什么好炫耀的。我看着这位耿少爷露出的两胳膊纹身，左青龙右白虎，不知道胸口是不是还有只玄武正襟危坐，说不出的厌恶，吓唬谁啊！

“反正许子鸣求我一天，我就继续帮他一天，帮谁不是帮啊，他那人重情，我对他也得重义。具体的你们别问我，业务、财务这些我从来没关心过。这些年我就负责帮他拉客户，他给我回扣，就这么简单的关系。回扣给少了我肯定不干。对了，你们是什么人啊？来干吗的啊？”

“我们是一家投资机构的，因为许总现在有融资的需求，所以我们就来拜访一下，如果合适，也许以后能合作了。”仁宇哥边说边递给耿少爷一张名片。

“哦，你们是做投资的啊，我有自己的投资公司，我还有几家别的公司。我这人爱揽事，不瞒你们说，看几位都挺厉害的，要不你们跟着我干得了。”说到这儿耿少爷的口气终于缓和了一点儿，两只眼睛在我和小如之间转来转去，真像给自己的公司物色员工呢。

“行，您要是肯收留，我们一定去投奔。”我赶紧迎合，别这主儿一会儿又暴躁了。

这事后没几天，耿少爷还真单独请我和小如吃了顿饭。饭后，他又挑了个宰人不见血的夜店，请我和小如喝酒。我一向滴酒不沾，也不爱去夜店，但看小如意犹未尽，不好丢下她先走。刚坐下耿少爷就递过来一杯芝华士。

“我得开车，今天就不喝酒了。”我把酒杯一推。

“还不能请个代驾啊，代驾的钱我出，你放开喝吧。”

“我酒精过敏，喝完还得找代驾送我去医院。”

耿少爷面露不快，我只当没看见，自顾自地要了杯果汁。

小如怕尴尬，接过了酒杯，说：“我替她喝，今天一定陪你喝好了。”小如酒量果真不弱，推杯换盏间，一瓶烈性洋酒很快见底。

喝了酒，耿少爷彻底放开了，坦言他的不俗家世：“我爷爷，那是第一任民生部长，你们应该都知道吧。我爸爸是银行的副行长。我姥爷是参谋长。我妈是国企的高管。我舅舅现在是湘南的厅长，现在当市长。你们知道吧，就那个老卢，那是我爷爷一手提拔的。所以北京的事，你们尽管来找哥，哥都能给你们办了。哥别的不敢说，就是仗义，你们叫我一声哥，放心，说出去都好使。”

嗯，比我想象中还差一点儿嘛。我原以为您祖上是耿精忠一支，尚可喜、吴三桂那都是常客，说让圆圆弹个曲儿她就得弹个曲儿，连康熙爷都得让您家三分呢。等他扯完淡已经一点多了，我不客气地说：“咱们要是再待下去我只能找地儿先睡了，您喝得也够了，咱散了吧，改日再喝。”

耿少爷已然喝得有点多了，借着酒劲气势汹汹地说：“莫小姐，耿少爷不是欺负人的人，你说不喝酒我也就不说什么了，这又要早走可就不对了，我和小如还没尽兴呢。”

“耿少爷，我这可是多愁多病的身，晚睡就生病，要不你们玩着，我可得先走了。”我冲小如狂使眼色。

“我也不能再喝了，再喝我就不知道要做什么了。”小如作势头晕欲倒，“咱们下次再喝吧，机会有的是。”

“散了散了！下回去我那儿喝，有地方住，谁也别走。”

我呸，做梦！

送小如回家的路上，她共下车吐了三次，看得我又心疼又内疚，觉得这都是替我挡酒造成的。

“喝不惯洋酒，要是白酒肯定没事。”小如很抱歉地说。

“你还真能撑，不离开耿少爷的视线你就不吐啊。”小如这酒量真是让我惊到了。

“那是，喝酒拼的就是个酒胆，酒量没那么大就更得要这个气势，下回丫就不敢灌我了。菲儿，这招你也可以学学。不过记住了，喝酒之前一定得吃饱了，不然空着肚子喝酒特别容易醉。”看不出来，平时知书达理的小如还有这么一副嘴脸。还有下回啊。我心说你不喝他还真能硬灌你不成，置这气干吗？

“我感觉这耿少爷就是纨绔子弟，霸道惯了，心倒也不坏，以后说不定真有找人家办事的地方。你也是，别太不给人面子了。你看他那胸无城府的样儿，哪儿像坏人啊。”

“嗯，坏人也不是都写在脸上的，也得先骗取你的信任啊。”

“你听他的家世，真挺震撼的啊！怎么一家子全是当官的？”

“就那么回事吧，我反正一个都没听说过。北京就是当官的多，正常。”

“他家都是什么级别了？这样的也不多吧。”

“你怎么个意思，不会真要跟他吧？”我侧目看了一眼满面红晕的小如。

“不会，本姑娘哪有那么好追啊，不过可以把他当作一个candidate。”小如嫣然一笑。笑得我心中一寒，早知道我也把家谱跟你说一遍了，你现在是不是就跟我好了。

不过自这之后，小如在我心中的印象就直接晋升为女中豪杰。因为这一路上，小如三次要吐，都事先跟我说明，我找地方停好车，她忍到下车才吐，一点儿都没吐到我车上，就是这么讲究。

财务总监和人力总监都是标准的废柴大花瓶，仁宇哥本来准备严加拷问，结果人家一问三不知。

“这个我刚来也不是很清楚，要不你们问问丹丹吧。”

“这个问题啊，应该没什么吧，要不你们问问许总。”

"哎呀，我真的不知道啊，我也没来多久。"

"你们怎么知道这么多啊，这些我都没看过啊，哈哈哈！"

看那杏目一睁，柳眉一挑，轻薄的红唇上下翻飞，谁还在乎她们说的是什么啊。花瓶的好处，就在于她们傻得令人发指的时候你却被风光旖旎所吸引。这娇滴滴怯生生的语气，我听了都觉酥麻，更不用说季师父和仁宇哥这种血气方刚的壮年男子，被奉承了几句也就不再难为她们，放其归洞了。

一天的时间匆匆过去，晚上许子鸣回来，又要带我们去吃饭。

季师父极力反对："许总，今天实在不方便，晚上我得回家和媳妇吃饭。今天访谈都挺顺利的，还有一些问题估计就等会计师事务所和律师事务所进来的时候一起问了。您看这样行不行，您给我们安排一下，我们去访谈一下您的几家大客户和咱们有关系的领导们。"

许总面露难色："这个可能有点麻烦。"

"您要是觉得实在不方便，我们就再想想别的办法，但客户我们是一定要确认的。"

许子鸣思忖了片刻，表情忽然从疑虑重重变成了豁然开朗，直至喜上眉梢："要不下周你们过来，正好，我也得去他们那儿走一遍，你们就跟着我一起去。"

这一周时间季师父和我分头找了几家著名的影视公司去访谈，访谈的结果对鸣视传媒褒贬不一。名气倒是很大，圈内的都知道，尤其是许总那奴颜媚骨的做派早就声名远播。仁宇哥去九顶找了个朋友，了解了当年不投这家企业的原因主要是当时许子鸣要价太高，两边没谈拢。但朋友对鸣视和许子鸣都给予了充分的肯定。

这天中午，照例，我和几个"妖精"一起吃饭。

多多吃完盘子里几根伶仃的菜叶子，突然抬头问我："菲儿，你最近做什么项目呢？怎么总不来公司啊？"

"鸣视影业，说是做影视的，其实就是拍广告的，影视剧基本没怎么做过。还特远，在亦庄呢。"我划拉着碗里的土豆粉儿，连碗里的葱花都没放过，还是没吃饱。

“做广告的啊？我以前就是广告公司的。”多多看出我没吃饱，递过一个削好皮的梨。啊？早说啊，真是踏破铁鞋无觅处，得来全不费工夫啊，想不到我身边就有个业内人士啊。

“你是哪家的？”

“白龙传媒，香港上市公司。”多多不无得意地介绍。

“那跟你们公司肯定没法比，他们不太正规，水平也不行。你在白龙是做什么的？”我啃着大梨问道。

“我之前是销售经理，就是拉客户的。”

“你是销售经理？”我重新审视着面前的多多，这个大美女以前竟然是卖广告的，据我所知，广告公司的销售经理可都收入不菲，“你那时候挣多少钱啊？”

“一年40万吧，多的时候100多万。”多多轻松地说。

“这么多啊？”我有些惊讶，以多多现在前台的身份，她一个月工资4000顶天了。

“嗯，还可以吧，我在白龙也就是个中间水平，我们那儿挣得多的有的是。”

“那你图什么来咱们公司啊？”

“图没人欺负呗，不受气。”多多说这话的时候下意识地低下了头。

“卖广告有人欺负你吗？”

“你以为呢，可不好卖啦，我上班半年才开单，第一单就一分钱都没赚。我当时也是打定主意了，就是要开单，不在乎挣不挣钱，把回扣都给了中间人了。”多多抿了一下薄薄的嘴唇，“广告这个圈很黑的。有回一个开酒店的老板说要找我们做广告，那时候我已经上班挺长时间的了，对主动找上门来的客户都比较怀疑。当天晚上一起吃了顿饭，吃饭的时候还挺正常的，说了说业务。然后饭后就不对了，拉我去三里屯陪他喝酒，我推说有事。他就急了，说你们卖广告的还这么玩不起。”说完多多沉默了一下。

“后来呢？”

“后来我就跟他说，你们这种人我见得多了，我卖广告又不是卖身的，你想做广告就做广告，别扯别的。说完我就走了。”

“那后来他做广告了吗？”

“我后来还真在圈里问了一下，那就是个骗子，压根就没打算做广告，跟我们这儿没做，跟别家也没做。我们公司小女孩经常有被欺负的。这种坏人太多了。”

“看来高回报还是要有高付出的。”我感叹道。

“也不是，一般还都是想要钱，要拿回扣的多。我后来掌握的原则就是宁可给钱也不陪酒，钱少赚点没关系。”

我用心打量着这位曾经年薪百万叱咤风云的广告销售经理，今天贤淑文静淡定自若的小前台，她得经历多少事才能如此从容地看淡这一切啊。

“连你们这上市卖广告都这么不容易，可想而知国内这些小企业得有多艰难了。”

“那也不一定，国内企业比我们没底线得多。什么方法都能用，从我这儿也没少抢走客户。”

“什么方法啊？你给我讲讲呗。”

“请客吃饭这些就不说了，帮着卖产品、搞推销，这些也都算是正经的路子；还有给回扣的，直接招厂家负责人的亲戚在广告公司任职；再有就是招女销售去公关了，具体干什么不用我说了吧。”

没想到一顿午饭，我竟然能有意外收获。

我把多多年薪百万的故事告诉了身边的旦旦。旦旦同样惊得失魂落魄，大呼生不逢时：“我怎么就没投胎当个女的呢。”感叹完了像是想起了什么，说，“姐，你们现在看的是广告公司吗？”

“不是，影视公司，不过主业说白了就是卖广告，我都研究两周了，快崩溃了。”我们公司最不好的一点就是项目不透明，大家各自研究自己的，对别人的项目都一无所知。

“哪家啊？我哥是广告公司的，没准能帮你们约点圈儿里的人。”

“那敢情好啊。”原来青上公司里藏了这么多卧底，你们都自觉给我站出来吧，别等我一个一个揪了。

旦旦做事极其有效率，第二天下午就帮我们约到了一家4A公司驻中国办事处的总经理。我和季师父跟着旦旦驱车前往位于北四环的这家大型广告公司。

公司装修得很精致，墙上挂着一些波普风格的海报，地上还摆着伍迪艾伦的画像和滚石杂志的封面复刻，和鸣视显然不是一个段位的。接待我们的杨总看起来三十出头，穿着休闲。欢快的薄荷色T恤配卡其绿的休闲裤，Nike运动鞋，酒瓶底一样厚的眼镜，度数应该很深。

杨总对我们很是热情："你们别客气啊，随便坐，那边有饮料，自己拿，跟自己家一样就行了。小石，你是第一次来我这儿吧，看看我这儿怎么样，去年装修的，你哥总来。你以后常带朋友过来，别客气。你们也别拘着了，有什么想问的就问吧。"这位杨总说话的语气说好听点是随和，说难听点是流里流气，颇为轻浮。

"您在这行几年了？您以前是学广告的吗？"我直截了当地问。

"呵呵，不是，我以前是南大中文系的，学文学的哦。我曾经是一个理想主义诗人，不知道怎么就沦落成现在这样了。我当年可是河北省的高考状元哦，你们不要不相信哦。"说话的时候，他做出了一个手枪的手势，指着旦旦，"你哥可以做证的哦。"

因为做广告挣钱多呗，我心想，这年头写诗的不自杀就只能是饿死。

"您感觉国内广告行业好做吗？"季师父严肃地发问，想端正杨总的态度，"咱们4A和国内的广告公司比，主要优势是什么？"

"嗨，有什么好做不好做的，凑合做呗，别看我们这行不受重视，钱可不少挣。当然也分大小年啊，经济好，公司有钱，做广告的钱就多；经济不好，我们就得求爷爷告奶奶跪下拉着客户的腿求人家做广告。爷爷，赏口饭吃吧，今年真活不下去了。"杨总即兴表演了一下，"这广告啊，分很多种，有的是希望新品上市推销新产品的，比如康师傅出了一个新口味，立马就得做广告，这是刚需，这笔钱哪个企业都不能省。还有是为了扩大品牌知名度的，比如奢侈品。这种呢，就主要靠拉关系了，因为他找谁做效果都差不多。再有一种，就是为了打击竞争对手的，你们都知道吧，就比如那个什么什么凉茶。那就已经不是为了推广自己了，就是要挤垮对方，这种广告的难度最大，他们肯定得来找我们4A，给他们做全面统筹策划。对，国产那家找的就不是4A，这不就快不行了嘛。"

"还是4A的广告做得好啊。你看总监都是南大的人才，我们看的那家毛孩子就当总监了。"季师父适时地给杨总戴了高帽。

“目的不同，要求不同。但不管你的目的是什么，做广告吸引眼球肯定是第一步，你这广告没人爱看，或者看了什么都记不住就瞎了，钱就白花了。有的还可能造成不好的影响，那就更划不来了。4A比其他广告公司的优势就在于能提供整体的解决方案，从消费人群到市场营销都有整体的控制能力，不只是简单地做个广告，还要提供广告的发行媒体、发行地点等等，这些都是小广告公司做不了的，他们不具备行业资源整合的能力。”

“所以大品牌肯定都是找4A吧？”我附和道。

“对，一般国际大品牌肯定是找4A做，BBA（奔驰、宝马、奥迪）这种公司不可能放心把广告交给小公司的。国产大品牌可就不好说了，你们看看电视上那些个国产品牌的广告，那能是4A做的吗？当然这个你们可能有一个误区啊，以为国际大公司给的广告费就多，这真没有，也抠着呢！哎哟，算钱算得这个细啊，要了命了。回款也不一定就有多好，宝杰公司到现在去年的钱还没给我们结呢。不见得给国内公司做广告就不好，但是这些民营企业家吧，怎么说呢，都特别没文化。其实真要一点儿文化都没有，这事也就好办了。我最怕的是那种似懂非懂的，没文化还非得装得有文化的，你说你好不容易做出一个创意，非得给你改，非得给你这儿较真儿。您会改也行啊，最后改出来的，我都不好意思说，狗屁不通，简直就是砸我们牌子，真不爱跟他们打交道。国内就这样，什么事儿都能外行指导内行，整个节奏全被他们打乱。”

“您听说过鸣视影业吗？这家公司怎么样啊？”我问道。

“鸣视啊，你们看上的就这家儿啊？早说啊，认识，小许嘛。他总张罗着请我们吃饭，圈内都挺熟的。你们怎么看上他们了？”

“我们也是经人介绍，现在做这家企业的尽职调查呢，所以这不来您这儿问问情况嘛。”旦旦回答道。

“小石啊，我跟你哥也是过命的交情，我跟你也不说虚的了啊。这家公司你们可千万别投，听见了没有，我今儿把话撂这儿，谁投谁傻叉。”

杨总这话直白得我们半天没听明白，我好容易转过弯儿来，问道：“这是为什么啊？”

“我都说这么清楚了，你们还问我为什么，别问了，做人要留有余地啊，懂不懂？来，喝奶茶，这就是那‘一年洒满银河’的奶茶，创意就是我想的，你们尝尝。”

“杨总，我还想问一句，那个脑抽筋的广告不是您给做的吧？”

“那广告确实是我们做的，但那广告词是他们傻老板自己想的，人一生来不喝酒啊，喝酒就喝脑抽筋，脑、抽、筋！”杨总一边扭腰一边吆喝了一遍广告词。

杨总的表演引来大家的阵阵笑声，但出于对鸣视业务的担心，季师父笑得并不十分尽兴。杨总跟旦旦他哥确实是过命的交情，为了让我们意识到问题的严重性不但爆了粗口，还给我们推荐了两家传媒公司。

临别前，杨总继续叮嘱："这两家都是和鸣视一个级别的公司，你们多看两家就明白这里面的门路了。看见小许你们可别提我啊，我跟他关系也不错的，按说真不该拆台。哎哟，我以后还怎么好意思蹭他饭啊。”

杨总是急性子，让我们当天下午就去，估计他是真怕我们投在鸣视身上的钱打了水漂。

旦旦作为项目组的编外人员，又马不停蹄地开车带我们来到位于东三环的一家传媒公司。地方极其难找，我们在东三环的长虹桥周围转了三圈才找到这家坐落于居民楼里的公司。公司是两间民宅打通，地方很小，但人口密度极大，平均四个人用一张桌子，工作环境如菜场一般脏乱差，但办事效率好像还挺高，接电话的，画图的，写字的，每个人都忙得四脚朝天。

我们一路辗转腾挪，终于挤进了董事长张总的办公室，办公室目测也就五平米左右，放了老板台之后就没什么栖身之地。张总正在打电话，示意我们随便坐。但空间狭小，实在无处安身，我们几个只能站在一旁恭候。张总也很快意识到我们的窘境，对着那边说了句我要开会了，挂断了电话。我定睛一看，眼前的张总是位绝对不亚于高圆圆的绝世美女，那眼睛大得快从眼眶里掉下来了，脸尖得真跟狐狸似的，皮肤白得跟漂过似的。美中不足的只有声线，略带些沙哑的东北腔一出，一切幻灭。

“你们是来干哈的啊？”

季师父赶紧解释来意，并递上名片一张："我们是杨总介绍的，说你们企业经营得很好，让我们来看看，有没有机会合作。”

“投资公司？想给我们投资是吗？我们最近确实正在融资呢，不过马上就要

close了啊。你们要是想投，最晚明天告诉我，想给我投钱的人多着呢。”

“明天，您这不是开玩笑吧？我们这头一回接触，怎么也得让我们研究研究啊。”我在一旁搭话道。

“那真不行，最晚明天。”张总从抽屉里拿出一沓儿文件，交给季师父，“我这有几家要投资的都谈得差不多了，你们看协议人家都写好了，真没办法等你们了。”

季师父翻了翻，就将文件递给我。我仔细看了看，是几家全是没听说过的投资公司，协议条款也写得十分模糊，不由得起了疑心。

“我们这个公司是有流程的，必须先立项，立项之后还要请专业机构尽调，然后上投委会，基金合伙人都同意了才行，不能我们说投就投啊。”季师父无奈地解释。

“我们这也不是第一轮融资了，规矩都懂。你们不用请别人尽调了，我们这儿有专业的审计报告，一会儿给你们一份，你们看看。还有其他几家公司出的尽调报告，都可以给你们。你们今天把这些看看，行就行，不行就拉倒，明天给我个痛快话儿。”张总说话咄咄逼人。

“您这么着急是为什么啊？”我问道。看着张总的步步紧逼，我料想这家公司一定问题很多，生怕我们尽调查到什么，一准就是心虚。

“能不着急吗？我这事多着呢，哪能成天接待你们这些投资人啊。别的投资机构都跟我谈了好几个月了，终于要敲定了。你们这才过来，我也不能为了你们这新来的又误了人家时间吧。你们想看什么，今天都没问题，随便看，我张萍在广告这个圈也摸爬滚打很多年了，有口碑的。你们可以去打听打听，不信问问杨总嘛。”

我心说杨总就是把你这当反面典型推荐给我们的，但嘴上还是客套着：“我们想多了解一下，您公司的优势是什么啊？”

“我们跟一般的民营小广告公司可不一样。”张总很是得意地介绍道，“我们政府关系做得好，别的广告公司是求客户做广告，我们公司都是客户求着我们。天天追着我，让我们帮他们做广告，有时候活儿太多了，我还得出去躲他们几天。我给你们看看合同，这都是今年刚签的。”张总指着桌角放的一摞文件。

如果说因为漂亮就能搞定领导，就能让自己的公司有立足之地，那张总的脸蛋儿确实是绰绰有余了。我端详着这张毫无破绽的脸，默默有些嫉妒。不过话说回来，这女人虽然保养得很好，也是四张儿上下的人了，这石榴裙还值得一拜吗?

“您这儿去年的利润是多少啊? ”我问道。

“去年做得不太好，4000万，今年8000万没问题，你过来看看合同，这都是签好了的。”

我配合地走过去佯装查看，随便一翻就发现了问题：“怎么您这客户都是曲北市的企业啊? ”

“不瞒你们说，曲北市里所有大公司的广告都是在我这做的。为什么，因为我跟他们市长关系好呗。”张总又露出了得意的笑容，确实美得如画一般，“他们市长、市委书记都是我的蓝颜知己，哪家企业敢不买我的面子啊。”

我心想这真没问题吗? 万一这市长有个三长两短，您不得陪着坐牢啊。

“咱们这财务情况好吗? 有没有应收账款收不到的问题。”季师父一边翻着合同，一边见缝插针地问了一句。

“我们财务好着呢。应收账款，哈哈，我这根本就没有应收账款，哪个企业敢欠我的钱啊。这么说吧，你们看看合同里写的，来我这儿做广告，是要交预付款的。我这真的不差钱，我钱早就挣够了。要不是真想做出一番事业，我早就在加州海滩晒太阳了。我天天这么辛苦，就是想把公司做好的，能做出点名堂来。”张总下意识地用手甩了一下蓬松靓丽的秀发。

“您这儿既然不差钱，您还融资干吗啊? ”季师父问道。

“我要扩大业务啊，现在就北京这么一家公司。我计划要在全国开十九家公司，在重要省份都得有分公司。这部分我算过了，得有个七八千万的。我还准备弄个文化产业基地，曲北那块地都批了，但开发不得要钱吗? 这部分的投入少不了。我要是就安于现状，公司运营肯定是没问题。”

我心想您要每家公司都像北京公司这么省，那也花不了多少钱。

“我们这儿真的没办法这么快做决定，您看要不再等我们一个月，我尽快做工作，行不行? ”季师父一脸假诚恳。

“不行，我下个月得去法国shopping，之后去挪威住一阵子，北京太热了，我得过去避暑，机票都订好了，真等不了。”

您回松花江住一阵子避暑不行吗？还挪威，真够高端的，我对她外表的好感正在消耗殆尽。

“那太可惜了，看来咱们这次是无缘合作了。没事，您下一轮融资的时候，我们排在最前面。对了，鸣视影业您听说过吗？”季师父终于转入正题。

“鸣视？小许吧，当然知道了，还没破产吗？”

“这两年业务也挺好的，怎么您听说他们要破产了吗？”一听破产，我立刻来了兴致。

“那倒也没有，他们又没什么硬关系，在这行怎么混啊？谁非得跟他做生意啊？背景不够硬。”说完她自己又开始媚笑，“跟我这儿没法比。”

“是，跟您不能比。他们有熟悉的领导吗？”

“许子鸣是走哪儿拜到哪儿，见谁都磕头，没准这几年傍上哪尊真佛了。”

又寒暄了半天，我们终于离开了这位红颜一笑百媚生的主儿。

路上我问季师父：“这张总怎么感觉这么怪啊，这种公司咱们敢投吗？”

“哼，这公司才真是谁投谁傻叉呢。”

另外一位赵老板约在了现代城的一个咖啡厅见面，北京地王的位置上的这几座火柴盒似的夹板儿楼，在北京的建筑物中真是数一数二的丑。楼内更是藏污纳垢，蟑螂老鼠都经常出没。一座城市的建筑物是何其的重要，这些看似无关紧要的楼宇其实奠定了市民的审美基础。

我们到达咖啡厅时，赵老板已经点了一壶茶在等我们了。季师父简单地介绍了一下我们公司的情况。

“哦，投资公司的，我们文化企业太需要投资了。”赵总那副肃然起敬的样子真让我感动，“我们主要做平面媒体广告，尤其在三四线城市和农村做得比较多，主要就是建筑物楼顶和墙体这类的平面广告。我有一个打算，要把所有农村的墙体资源全部整合，统一打广告，形成自己的广告网。”

“农村墙体？”我脑海中出现的就是一幅少生孩子多种树的红墙白字画面。

“对，以前墙体上主要写的都是一些标语，现在都已经换成广告了。比如中国移动、信号村村通。农村现在是一个很好的广告市场，因为城市居民，尤其是一线城市居民对广告都有了免疫力。比如咱们这种住在北京的，看见广告跟没看见一样，广告说得再好也不相信了。但是农村居民不一样，他们这些东西还比较少见，看这个还比较新鲜，看到有说服力的广告就会信，会去买广告里的产品。所以只要找准定位，找到适合他们的产品，肯定可以打出一片天地。”

我想了想，觉得赵老板的话也有几分道理。但是，我把疑虑直接问出来：“农村居民的购买能力是不是不行啊？”

“购买能力不行也得买东西啊，他们买不起奔驰、宝马，可以买奇瑞QQ啊。他们不买进口食品，但也得吃方便面、喝哇哈哈啊，而且农村居民人数多，这个市场其实很大。”

我以前看过一篇文章，上面浓墨重彩地书写了农村人的锱铢必较，比如为了省钱宁可使用废旧报纸，也不会去买干净柔软的手纸；比如为了多一个人干农活儿，就让孩子放弃上学的机会。文中结尾的总结是，广大农村并不是一个良好的消费市场。在这样的市场里投放广告也许远不如降价来得实惠，当然降价本身就是一种促销广告。对于赵老板把全部业务压在农村市场上的做法，虽然新颖，但实际效果如何还真不好说。

赵总继续洋洋洒洒地讲了自己的农村理念，终于被季师父拉回了正题：“您这个想法很好，咱们以后再研究一下有没有合作的可能。我们这回找您，主要是想了解一下鸣视影业，您知不知道这家公司？”

“鸣视啊，圈里都知道。他们老板啊，出了名地会做人，不光是对客户有一套，圈子里的人也是能巴结的全巴结，在圈里挺有名。业务做得怎么样我就不清楚了，毕竟我跟他的行业还是不太一样嘛。”

看来聊了一上午就这么一句有用的，我和季师父悻悻地走了。不过通过对广告公司的走访，让我们对广告行业整体也是喜忧参半，确实是一个夹缝中求生存的行业，上面有政府部门严管，下面的客户又是上帝，两边难做人，对许子鸣习以为常的卑躬屈膝不禁多了几分理解和同情。

5 / 英雄莫问出处

一周后，我们项目组四人再次踏上征程。

许子鸣依旧殷勤地献上时令鲜果，让我们在会议室稍事休息，自己则出了办公室。一会儿工夫，许子鸣拿着一沓信封再次回来，很是诚恳地说："这些天真是辛苦大家了，双节将至，一点点小心意，你们一定要收下。"边说边给了我们一人一个信封。

"别，别，许总这不合适，我们不能要。"季师父赶忙把信封往许子鸣手里塞。

"这是应该的，您不要咱们今天就在这儿耗着，哪儿都不去了。"

季师父和许子鸣推搡了一番，终归还是季师父败下阵来。

"您这么客气干吗啊。"季师父十分不好意思。

"各位，再客气就不对了啊，你们来来回回这么多趟，都是我应该的。我去叫丹丹备车，咱们马上就走。"许子鸣再次出了门。

小如率先把信封拆开，看了一眼便惊呼："啊，这给得也太多了。"

我凑上去，看着小如打开的信封，里面是几张螃蟹礼券和月饼礼券，螃蟹礼券上赫然写着2000的数字。这几张算下来，估计票面价值得上万了。我有点脸红心跳。

我紧张地看着季师父，颤颤巍巍地问："这么多，咱们收合适吗？"

"嗨，就是点儿吃的，不算什么，你们要是不敢拿都给我，我送人去。"

季师父说着就要来抢，小如立刻把信封收回包里。我也赶紧把我那份藏好。

许总这次开了他的宝马X5，开了将近百余公里，从北京的最南部一路顺势开到了北六环，一度让我怀疑许子鸣这厮是不是在耍我们，终于在正午时分来到深山老林之中的一处私人会所。这座私人会所建造得富丽堂皇，霸气十足。

下车后，许子鸣给我们做了简单介绍："这位客户来头很大，河北的房子有一半都是他家盖的，他爸爸现在已经退隐江湖了。公司事务全部由今天要见的瑞阳负责。瑞阳是牛津经济学硕士毕业，别看现在还很年轻，但做事极其稳重。我一直很看好他。大伙也饿了吧，咱们一会儿就在这儿吃饭，他们这儿的厨子正经不错。"

不劳许子鸣介绍，我们一眼就认出了他口中的瑞阳，眉清目秀，一身崭新的黑色Amani高档西装。瑞阳迎上前，用戴着镶满碎钻熠熠发光满天星的手跟我们几人一一握手作为迎接："各位好，欢迎你们过来。"

以瑞阳为圆心，一尺为半径的圆中一共均匀矗立了五个保镖，统一的黑色西装搭配墨镜，站得笔挺。我暗想这在室内戴墨镜还能看见人吗？一米之内站五个人还是稍显拥挤的，局促之间便失了风范。如果真有歹人出现，动起手来，恐怕他们几个还要先自相残杀，方能杀出一条血路跟凶手对抗。

瑞阳和许子鸣显得十分熟络，言语间透着亲切。我也在他们的这些谈话片段中逐渐理清了脉络。

许子鸣最早就是帮瑞阳的爸爸做房地产广告起家的。当时许子鸣刚开了影视公司，除了接一些大影视公司剩下的转包活儿，主要是给瑞阳父亲的地产公司制作广告，还帮着瑞阳父亲卖房子，赚取一些提成。2008年房市不景气，瑞阳父亲的地产公司压了大量的房产难以套现。许子鸣当时拿出自己的全部积蓄，又和亲朋好友借了些钱，贷款买了瑞阳父亲十几套房产。他本意只是要帮助瑞阳父亲解决燃眉之急，谁料2009年房价回暖，许子鸣大赚了一笔，从此发家。时至今日，瑞阳父亲依旧顾念许子鸣当年的恩情，房产的广告还是全部交给许子鸣全权负责。

许子鸣看了下表，说："瑞阳，时间也不早了，我们今天就在你这儿吃了。我这几位可都是贵客，你得给我招待好了。"

"咱们开饭吧，我已经叫厨子准备了家宴，我这儿没什么好东西，大家将就一点儿，别见怪了。"瑞阳客气地将我们领到饭厅。饭厅装修得金碧辉煌，硕大的水晶灯晃得人头晕目眩。

此时此刻的我早已饿得饥肠辘辘，一说开饭顿时眼冒绿光，一听家宴又泄了气，这野村之中能有什么好吃的，该不会是农家菜吧。上桌一看，几盘冒着仙气的刺身已经上桌。刺身之外，还有几道做法摆盘都极为细致的凉菜，光冷菜就满满摆了一大桌。

我们相继落座，刚蜻蜓点水地吃了几口凉菜，热菜就开始上桌。

一位长相标致的妹子是这里的服务员，上菜的同时还不忘报菜名："这道是佛跳墙，这汤我们师傅煨了三天。里面的海参鲍鱼都是野生的，各位放心食用。"我打开小盅的盖儿一看，鲍鱼海参肉厚饱满，颜色鲜亮，确实都是上品。一吃更是叫好，味道浓郁肉质弹牙。尤其海参，估计是极品梅花参，泡发的程度也刚刚好。品一口汤，更是入味，浓香中又有一丝甜味，足以鲜掉眉毛。

汤还没喝完，服务员双手托着一个大瓷盘向我们走来。一只四斤以上的龙虾雄赳赳气昂昂地上了桌。别看个儿大，肉质一点儿不老，绵软爽口，鲜嫩多汁。

龙虾吃得正欢，服务员又端上了几道素菜，并介绍说："这莲藕和茭白都是一早在我们这儿的荷塘里采的，非常新鲜，和外面买的味道不一样，大家尝尝看。"

"这盘菜心也是我们附近的农家单给我们种的，不打农药，没有污染，大家请放心吃。"

哎，都这时候啦，谁还有心情吃青菜啊。我大嚼着龙虾心里暗想，不知道后面还有没有压轴大菜。果然，服务员端了一盘造型精致的小包子上桌："这是我们厨师的拿手菜，豆腐皮包子。"

自打这豆腐皮包子上桌，我两眼就没离开过，心心念着怎么还没转到我这儿啊。我自小看了《红楼梦》，知道晴雯好这口儿，一直爱吃。每次在饭店中看见都会试试。豆腐皮包子的皮大同小异都是油皮，但馅料可是有三六九等之分。今天这只咬开一看，果然是最上等的鱼翅馅儿的，我立刻对瑞阳家的这位私厨肃然起敬。豆腐皮包子本来就不好做，鱼翅馅儿的就更是复杂，鱼翅要事先煨汤入味，包时更是要加倍小心，做起来需要不少工夫。包子是按人数上的，偏偏有一个没见识的家伙没吃，我暗暗祈祷盼望着能再转到我这儿一次。结果一只肥肥的爪子以迅雷不及掩耳之势把包子拿走了。我顺着肥爪往上一看，正是仁宇哥。这家伙吃得正欢，脸上一片欣欣向荣。我暗骂一句：没出息的吃货！

就在我和仁宇哥为了抢食忘乎所以的时候，小如还时不时地去给瑞阳敬敬酒："承蒙您的款待了，希望咱们以后有机会也能合作。您现在开发的项目叫什么？我有几个朋友正打算置业呢，您能不能给优惠一点儿？"

我看着小如不顾美食，端庄地和人家联络感情，对她甚是钦佩。

“老板您看，咱们还需要什么其他的主食吗？”服务员询问着瑞阳。

“各位吃饱了吗？要不要再加份水饺？”瑞阳询问大家。

“饱了，早就吃饱了。”季师父拍拍隆起的小腹答道。

酒足饭饱之后，不容我们休息，许子鸣又带着我们绕了半圈北京城，拜访了几家客户。这几家都是知名的房产企业，负责人跟许子鸣的关系也是不言自明，都瓷实得很。每到一家许子鸣都不忘了送上点礼品。企业老板自然都是对许子鸣和鸣视影业大加赞扬，并承诺山无棱天地合才敢与君绝。

晚上许总在丽兹酒店请大家吃饭。虽然又点了一桌山珍海味，但和中午那顿一比就索然无味，大家都只是象征性地动了动筷子。

“各位，今天看得还满意吗？”许子鸣一边帮我们添饭加汤，一边问道。

“满意，非常满意。”季师父痛快地答道，“不过，我听说您和几位影视行业的大老板关系都不错啊，能不能给我们引荐一下啊。”

“这个没问题，我明天就安排。”

第二天，我们就跟着许子鸣来到了一家政府部门，如果不是许子鸣带路，我这辈子都不知道光天化日之下、朗朗乾坤之中，我大北京还有这么个部门。而且他们也没别的事，只负责管理影视发行。

一位大腹便便、面如满月的老板接见了我们。空话说了一骡车，绕来绕去毫无中心思想，大致表达了许总办事他放心的意思。

老板旁边的女下属倒是口齿清晰，接话道：“子鸣跟我们就像一家人一样，总往这儿跑，我们认识他得有五六年了吧。他要有什么难处，我们还能不帮忙吗？每次还都带着东西来，我们早就跟他说了，不许带东西，还是拦不住他。”

这话说得意味深长啊。许子鸣赶快跑过去把信封送上，说道：“姐这是哪儿的话啊，逢年过节的能不带东西吗？这都是我应该的，这些年多亏你们，好事总想着我。”我抬眼刚好看到这位女下属手腕上的玉镯，水头儿不错，晶莹剔透，估计价值不菲。

中午老板亲自设宴，在他们内部食堂的单间招待我们。菜品很讲排场，但味道差强人意。一碗小米辽参，竟狠狠地扔了三只肥胖的大海参。仁宇哥边吃边在我耳边嘀咕：“做得不行啊，好东西都被糟蹋了。”

席间，许子鸣向这位老板成功推销了两万张月饼礼券，想来这位老板也要给人送礼，看这架势需要送礼的人数还不少。这月饼券估计也是某家月饼厂商抵广告费用的。看着许子鸣一顿饭就做成了几百万的大生意，我们都很佩服，同时也发自内心替他高兴。

回家路上，小如忽然浓情蜜意地说："刚认识的时候觉得许子鸣这人不行，其貌不扬也没什么本事。熟了之后吧，别说，越来越觉得这人不错，重情重义还会做事。他成功真是有道理的，咱们以后也应该学学。他才二十九岁啊，就上亿身家了，真是厉害。"

"她中了糖衣炮弹。"我捅捅仁宇哥挺起的大肚腩。

"没事，一切有我顶着。" 仁宇哥一副视死如归的英雄本色。

回到公司，我和仁宇哥匆匆准备了立项报告。立项会全票通过，这个项目就这么波澜不惊地立项了。

立项后，季师父找了专业机构入场尽调，并交给仁宇哥全权负责，自己找了个借口就回家避暑了。

我和小如、仁宇哥每天按时去鸣视报到。如果不是仁宇哥事无巨细，如果不是小如吹毛求疵，我们完全可以天天乐得清闲地当监工。但仁宇哥的精益求精、小如的寸步不让，使本来轻松的工作变得繁杂不堪。两人还经常在外人面前针锋相对地对簿公堂，完全不记得我们是一伙儿的。随着项目的推进，争吵发生的频率也越来越高。我的劝说阻拦和稀泥全都无济于事，我感到唯有号啕大哭方能终止他们的争斗。我能号啕大哭吗？当然不能，所以我只能选择冷眼旁观。

论口才、论辩论技巧，律师出身的小如都高出仁宇哥数个段位。但仁宇哥有他自己的杀手锏，还是无敌杀手锏。每当仁宇哥已经明显处于劣势，小如已经看到了胜利曙光时，仁宇哥会以总结陈词似的口气说："这事咱不讨论了，我再最后说一句——"此句必是仁宇哥的观点精髓，然后他就以一种风轻云淡的姿态跟这场争论告别。如果此时小如还想继续争论，仁宇哥会用世外居士的口气回答："我说过了，咱不讨论了，到此为止了。"甩甩手，不留下一片云彩。仁宇哥就这么一次次完胜了。

在看了几次这样的表演后，我暗暗惊叹仁宇哥的手段之高，出招时间掌握之妙。而小如在吃了多次哑巴亏之后，终于弄清了仁宇哥的这套招式。在一个关键性的时刻，小如怒吼道：“凭什么你说不讨论就不讨论了？！”

我为小如的觉醒暗暗叫好，差点鼓起掌来。我幸灾乐祸地转头期待着仁宇哥的答复。结果，仁宇哥一语不发地走了……好吧，他又一次完胜了。

估计是看我日子过得太清闲，仁宇哥派给我一大活儿，让我跟着鸣视的财务经理王正去趟天津，去银行打印公司的流水。

临行前仁宇哥不停叮嘱：“菲儿，你这一趟可是责任重大，别看这王正年龄不大，可是在鸣视待得最久的员工了，又是许子鸣的同乡。而且，我看出来了，” 仁宇哥狡黠地说，“他才是真正的财务总监，那个花瓶什么事都没干过，财务的事都是他管的。我估计他是许子鸣的心腹。知道为什么我一定坚持让你跟他去吗？”

仁宇哥说这个话那劲儿，让我瞬间觉得自己就是一国民党女特务。“因为什么啊？”我急道。

“因为你聪明啊，你得去套话，多套话，知道了吗？小如去我可不放心。”

“骗谁啊，那你为什么不亲自出马呢？”我心说这早上六点就得到北京南站的破活儿，除了我谁还会去啊。

“我去就太暴露了，王正肯定会防着我的。人一旦戒备了，就什么都问不出来了。谁能防备你呢？是吧。”

“哦，合着是看上我长得傻了，别人都不防我是吧？”

我早上六点准时在北京南站和王正会合。火车站的广播里正播放着二胡经典曲目《二泉映月》，跪地上伸手跟人要钱的冲动瞬间涌上我的心头。

这趟天津之行的确不白去，虽然从北京到天津的车一共才三十多分钟，但在这短短的时间里，我掌握了大量信息。

“你们公司的财务总监真的比你差太远了，我们全看出来了，其实你才应该是财务总监。”在一阵寒暄之后，我抓紧把这个王正最敏感的话题抛了出来。

果然，正中下怀，王正立刻抱怨起来：“还不是因为我学历是大专，现在那个财务总监是名校的MBA，许子鸣就想要高管的背景都好看。”

“想不到许总还挺看重学历的。”我看出王正的不满，继续煽风点火。

“他自己高中都没毕业。董秘，就是丹丹也是大专文凭，之前是个演员，一直不红，也是混进哪个MBA镀了个金就直接到我们这儿当高管了，什么业务经验都没有。平时反正也就是搞搞接待，正经事也用不着她。”

“许总不是人大的吗？”我看过许子鸣的介绍，清楚地记得他是人大经济系的本科。

“那是他后来有了钱找人买的文凭，也不是人大，是挂了人大名头的私立大学。他才上到高一就不念了，十六岁就来北京发小广告，就是街头那种卖房子的小广告。后来在房地产公司卖房子。因为能说会道，能哄人开心，他在一群销售里卖的房子最多。后来攒了点钱，也不知道怎么就看上广告这行了，自己开了家广告公司。”

原来如此，我在心里想了一下，许子鸣的行事做派确实不像正经大学走出来的，但出身这么低我也确实没想到。倒是和在瑞阳那听来的故事接上了，许子鸣的发家史已经在我脑中融会贯通了。

“你和许总是同乡，好像你们公司不少都是他同乡吧？”

“嗯，许子鸣是很照顾我们同乡的，他刚开公司那会儿也招不到人，就把他的远房表姐表妹全叫来公司帮忙。后来公司做大了，村里人想来北京打工的他都照单全收，反正影视这行只要吃得了苦，谁都能做，也不需要什么技术，门槛很低。我大专毕业在北京也不好找工作，许子鸣就把我招来了。这些年也没亏待我，虽然我名义上不是财务总监，但工资待遇和财务总监都是一样的。许子鸣还经常鼓励我再读个文凭。”王正不无感激地说，“他在我们村里的口碑非常好，大家都夸他。”

“许总家在你们村肯定特有势力吧？”我想象他家肯定是一个大庄园，跟唐顿庄园似的。

“特破，我今年六月回村的时候去过一趟，就两间农房。他家早就搬来北京了，没人住。许总也就亲戚结婚能回去一趟。我们那村子现在还是特别穷，交通也不方便，他开车回去路也不好走。别说他了，我现在一年也就回去一两次。”

“许总的父亲是做什么的啊？好像还开了几家公司？”

“他爹就是特朴实的农民，种了一辈子地，现在替许总兼任两个公司的董事长，就是挂个名，平时什么都不用管的，在别墅里种菜，前两天你们在公司吃的桃，就是他爹送来的。老爷子还挺逗的，经常给我们送点农产品。”

“咱们公司这两年经营情况都挺不错的啊，蒸蒸日上啊。”

“时好时坏也是，这两年文化热，你们这种投资公司我也接触了不少，我们都被调查了好几遍了。其实这行主要还是靠和客户搞关系，客户找哪家媒体公司不一样啊，制作上能差多少啊。我们公司的优势就是能和客户搞好关系，而且一旦关系建立了，都能维持下去。”

到了天津时间还早，王正简单带我吃了个天津大煎饼作为早饭。随后我们就蹲守在银行门口，等着银行开门。

当我拿到只剩下几千元的银行对账单时，终于明白了仁宇哥派我亲自跑一趟此地的良苦用心。

“我们账上的现金确实不多了，客户欠款太多，我们生意也不好做啊。”王正解释道。

“我懂。”我善解人意地答道。

我把对账单交给仁宇哥的同时自然也把上述对话一字不差地转述给他。仁宇哥故作深沉地若有所思了一下，说：“看吧，我早就说过，许子鸣不可能是大学毕业。”

我大脑迅速闪回了八十遍，没想起来他什么时候有过这先见之明。

“走，中午哥带你吃好吃的去。” 仁宇哥脸上展现出一种料事如神的得意。

“好啊，咱们去哪儿吃啊？”我心头大喜，终于不用跟着妖女们吃糠咽菜了，终于能跟着仁宇哥一起去吃好吃的了。

“你就跟着我们走吧，我去把小侯叫上。”

“还有他，好啊。”小侯目测是公司里的第一帅哥，五官俊美，身形修长，帅得十分标准。虽是公司里的老人儿，但跟我一样同是低端分析师。据说是因为他出言不逊，经常得罪领导，生生当了五年分析师。不说话时深沉忧郁得像梁朝伟；一张嘴，那口条儿、那身段儿，绝对是相声界熏陶多年的。

仁宇哥开着车七拐八拐，钻到了一个很窄的小胡同儿，说：“到了。”

我一看门脸，很是失望，走进去也不过是个仅能放几张桌子的小馆子。“就这儿啊？”

仁宇哥看出我一脸的鄙夷：“菲儿，要不说你还是不会吃呢。北京四九城最好吃的地方全在这胡同儿里。高档馆子大饭店那都是骗外地人的。咱自己人得吃点地道北京味儿。我问你一句，你吃过羊蝎子吗？”

“大哥，我当您要带我喝豆汁儿呢。羊蝎子有什么新鲜的啊，我当然吃过了。”

“吃过烤的吗？”小侯挑衅地问道。

“没有，羊蝎子不是炖的吗？吃完还能涮个火锅。”想到羊蝎子，我默默地咽了口水。

“今天就让你尝尝烤的。”仁宇哥一脸的满清贵族。

仁宇哥熟练地点好菜。一会儿工夫，满满一脸盆烤羊蝎子就上桌了。

“这咱们哪儿吃得了啊。”我看着脸盆感叹了一下。

“吃得了吃不了你甭管，你吃就行了。”小侯已经挽起袖子，直接上手拿，“你也甭装斯文了，快吃。”

本来我也没装，我是在扫视呢，吃东西一定要做到稳准狠。我在挑肉最多最好啃、孜然又撒得均匀的。他们倒是毫不客气地已经开吃了，动作十分迅速。

寻摸半天，我拿了一块肉厚骨架清晰的。烤制的羊蝎子果然是极品的美味，兼具了羊肉串的浓香和羊蝎子的鲜美，口感软烂，肥而不腻，配上孜然粒儿和星星点点的辣椒粉，确实是极大的享受。我吃得甚是高兴，不由得手舞足蹈，又拿了一块，边啃边感叹着：“太好吃了！你们怎么挖到这家店的？”

“这家店开了好多年了，最早也是朋友介绍我们来的。菲儿，你尝尝这个羊尾巴，看着肥，吃起来可不腻，赶紧趁热吃，凉了就不好吃了。”小侯递过一根焦黄的肉条给我。

“羊尾？我没吃过，我尝尝。”这确实比羊蝎子更加肥美，虽然看起来油腻腻的，但是吃起来实在太香，我根本顾不上热量超标这件事了。

“真好吃！”我仔细地啃了一根儿，吃完喝了口北冰洋汽水，感觉童年的时光又回来了，“这儿的羊肉怎么一点儿膻味都没有啊？”

“烤的嘛就这点好，没膻味，你再吃点儿。”

“吃不动了，真的，再吃我的胃就爆炸了。”我揉着肚子说。

“来块烙饼吧，也挺不错的。” 仁宇哥再次推荐。

“真吃不下了，再吃我就站不起来了。”这几坨大肉塞得我肚子鼓鼓的。

我一边喝着汽水，一边看着小侯和仁宇哥胡吃海塞，两人都极具战斗力。顷刻间，一盆羊蝎子被消灭得干干净净，连肉渣儿都没剩。这一胖一瘦，忽然觉得他们像极了两个人，那两个伴着我童年成长的人：猴哥和八戒。

“你吃爽了吗？”

“吃爽了，戒哥。”

“戒哥，这是什么？”仁宇哥问道。

小侯看了仁宇哥一眼，立刻明白，哈哈大笑起来：“她管你叫二师兄呢。”

“好啊，我们好心好意带你出来吃饭，你还给我起外号。” 仁宇哥只差一对能呼扇起来的招风耳了，从此他就是我的戒哥了。

“戒哥，以后我就跟着你们混了，不许抛弃我啊！这顿我请！”我说着就叫服务员结账。

“早就结过了，还能等着你结账，走吧。”戒哥一脸的仗义疏财。

“你以后就跟着戒哥混吧。”小侯也在一旁起哄。

幸福来得太突然，我还没有准备好啊。从此以后，我跟着这对猪猴走进了酒池肉林的世界，过上了幸福美好的生活。

再去鸣视，我们有幸碰见了一位大人物。相传这两年许子鸣的业务做得如鱼得水很大程度是得益于这位大老板的提携。无论是影视剧审批，还是广告业务介绍，这位大老板都帮了不少忙。季师父生拉硬拽地把这位大老板骗来接受我们的访谈。大老板还算有涵养，看出推不过去，就跟我们进了许子鸣的办公室。许子鸣推说有事出了门，留下我们纵情去问。

季师父在拐了黄河九十九道弯之后，终于含沙射影地问道：“您看您这样的大人物，到底是因为什么要帮许总啊？”

“这个话题啊，怎么说呢？”大老板说话自然是领导派头，同样绕遍了北京的小胡同儿，在狠狠地表扬了一番鸣视公司能力强、设计新颖、品牌底子硬之后，看到我们仍不满意，终于松口道，“我就跟你们直说了吧。”

我心想您早点直说不就得了，我这中午饭都快吃不上了，这洋洋洒洒一本子的废话多不环保啊。

“我很多年前就认识许子鸣了，那时候我还是个局长，管的事和许子鸣他们的业务关系也不大，跟他也没怎么打过交道。只有一回，他有个项目送到我这儿，其实我也不算帮忙，就是照章办事，顺水推舟地做了个人情。那次之后，许子鸣逢年过节就来看我，那会儿我也没当回事。之后因为一些小问题，我被免职了。”

我继续心理活动，能免职的问题一准不是小问题吧，肯定是大事。

“虽然还在原先单位工作，但人走茶凉，之前前呼后拥我的那些人一夜之间都躲着我走。以前每逢佳节我收到的礼家里都放不下。那两年过年只有一个人来看我，就是许子鸣。我都想不明白，他干吗还来看我呢？我也问过他，他就挺诚恳地说，以前我帮过他的忙，他永远都记得。其实我也真没帮过什么忙。”说到这里，大老板顿了顿，整理了一下思绪，“后来峰回路转，内部斗争，两边人马都闹得人仰马翻不可开交。最后提拔就提了我，因为我哪边儿都没沾，我提上来反而大家都没意见。单位的事有时候就是说不明白，福兮祸兮。说来也巧了，我这个位置正好管着子鸣他们的业务，人心都是肉长的，真的，我现在就把子鸣当兄弟看，有好处，我肯定先想到他。”

听到这儿，一切已然水落石出了。看来江湖上对许子鸣请客送礼拉关系的传言也不可尽信。许子鸣绝对是个送礼的高手。收买人心真做起来谈何容易，唯有用我真心方能换你真情，尤其是患难见真情。许子鸣对这位大老板无权无势时的雪中送炭，到底是投机成功，还是他本就是个滴水之恩涌泉相报的主儿，我无从知晓。但我可以确定，未来只要这位大老板在位一天，便少不了许子鸣的好处。

项目调查临近尾声，我们在鸣视影业也驻扎了一个多月，临别之时还真有点依依不舍。

季师父提议："许总，您请我们这么多顿大餐了。这回一定我们做东，请您吃一回。您挑地儿吧，想吃什么千万不要客气，尽管说。"

许子鸣想了半天："这样吧，咱们晚上找个地方吃个粥，最近经常吃饭喝酒，胃不行了，就想喝碗粥。"

我们在亦庄七拐八拐地实在找不到像样的粥铺，最后按许子鸣的指点，来到了一家路边摊。

“我们哪儿能请您吃这个啊？”小如看着路边摊简陋的环境，立刻招呼大家走人。

“就这家吧，真的，我喜欢。”许子鸣赶紧说道，“在我心里什么好餐厅都不如路边摊，在路边摊吃饭我特踏实。”

回到公司，我们一起来到耿总办公室准备汇报工作，却看到屋里有个花枝招展的女人正在滔滔不绝。

“她是知名FA（财务顾问）沈清梦，是个祸水。”季师父低声给我介绍。

我赶紧扒在门边偷偷看了看这位传说中FA界的大美女。美是美，但脂粉气过重，矫揉造作，而且谈吐完全不加分，一股20世纪80年代末期的港台味还夹杂着隐藏不住时隐时现的山东口音。穿着也与年龄十分不符，白色蕾丝吊带，粉红色超短裙让一轮雪白的屁股时隐时现。隐约间，我好像听到她和耿总讨论鸣视。

“那我就先告辞了，耿总您留步吧，有事咱们电话联系。”沈清梦起身，挎起chanel 2.55，扭着水蛇腰一步三晃地走出了耿总办公室。

“季哥，好久不见啦，您最近忙什么呢？该请吃饭了啊。”沈清梦轻拍季师父的肩膀说道。

“改天吧，最近有点忙。”季师父回答。

“那我走了，有事联系。”沈清梦临走还不忘了抛个媚眼，留下一股浓重的香水味。等沈清梦走远了，我们才鱼贯而入。

对于这次的项目汇报，耿总颇为满意：“嗯，这回算是把事都说清楚了。你们以后做工作也要这样，把事情弄明白，不要人云亦云。靠关系，哪家公司没点关系，但有关系就能解决问题吗？不能，无论做人做事，靠的还是日积月累，日久见人心嘛。你们这次表现都不错，尽快把材料准备好，就可以开投委会了。”

耿总能给予肯定，就是我们工作的最大动力。会后季师父给我们分配了写报告的任务，自己则再一次置身事外：“小如，我信得过你，后面的事就由你负责吧。我还有另外一个项目得去盯着，你加把劲儿啊。”

“季哥，您就这么跑了啊，太不仗义了吧？”对于季师父的临阵退缩，小如很是不满。

“哎呀，季哥那么多事你就别留他了。”按戒哥的说法，季师父还是回家好，留下来也是捣乱的。原因是季师父这代人接触电脑的时间太晚，童子功没练出来，打字极慢。我见过一只手打字的，也见过一指禅神功的，季师父比他们略强，是二指禅，两个指头分别是左手食指和右手食指，我看着就着急。季师父对于PPT的操作更是一窍不通，勉强写出的几页都丑得七扭八歪。

时间紧，任务重，我们只好天天加班赶报告。

没过几天，小如的身体就顶不住了："我不行了，我头疼得和炸了一样，再这么加班下去我就死了。"

戒哥和我都十分不忍，放其回家。

戒哥也不忍心让我加班："菲儿，你也回家吧，我一个人加班就行了。你明天早上再过来写吧。"

"没事，戒哥，我之前是做IT的，加班是常态，不加班是变态，天天正常下班我很不习惯的。我跟你一起做吧，你管饭就行。"我安慰道。

"哎，没问题。"戒哥大受感动，"我给你叫金湖的外卖，他们家的云吞面不错，云吞里面包一整只虾，你尝尝，再给你要个例汤补补。"

"得嘞，只要管吃，加班没问题。"

我和戒哥连续三天写报告到凌晨两点，我几欲吐血。在半昏迷的状态下，终于把报告写完。

赶完报告的深夜，戒哥开车疾驰在东四环主路上。我睡眼惺忪，两眼时睁时闭。突然戒哥一个急刹，车子发出心碎的声音。我被安全带狠狠地拽住，人反弹回座位，脖子被拉得生疼。还好系了安全带，不然我肯定一头撞到玻璃上。我正想责怪戒哥好端端的干吗急刹车，就看见一张大白脸从我眼前飘过，我惊呼一声："鬼啊！"

戒哥在旁边愤怒地说："就该成全丫的，让丫做鬼。"

我这才回过神儿来，定睛细看，不是鬼，是一个穿了一身黑色夜行衣的人横穿四环主路，黑夜是他最好的保护色。

"你不要命了，大半夜地横穿四环，你特么自杀别连累别人行不行！"戒哥摇下窗户，恶狠狠地骂道。

那人头也不回地逃走了。

"算了，算了，他估计也没想到这个点了路上还能有车。"我赶忙安慰戒哥，心里也是一阵后怕。真是好悬啊，还好是戒哥反应快，换我开车，今天肯定是一条人命。

我每天开车都是提心吊胆，谨小慎微。但即便如此也是险情迭出，忽然冒出的行人和自行车经常弄得我措手不及。我五点二的视力正常范围本来不存在问题，但有些死角是真的看不见，有时候也是反应不过来。那些违反交通规则、横冲直撞的行人和自行车爱好者们，他们自己到底有没有珍惜过生命呢？看到骑着电动自行车带着小孩在十字路口逆行闯红灯的大叔，我真的想破口大骂，他们到底是为什么？就为了节约两分钟的时间吗？这会给自己和家人带来多大的危险，他们有没有想过呢？君子不立危墙之下，所谓没有素质的人，可能就是指的这些做事无所顾忌、只图一时之勇的冒险者吧。

汇报前夜，我和戒哥又反复整理校对。戒哥那副事无巨细的态度，再次把我逼上了绝路，连标点符号都不能有丝毫闪失。戒哥对自己更是严格要求，彻夜未眠地练习了多次。

第二天的投委会，是戒哥的独角戏，我在一旁不住地打瞌睡。戒哥则一扫疲倦，连续奋战，给股东们讲了三个多小时的PPT，听到后面，我真怕戒哥体力不支当场断气。

项目顺利过会，我高呼了几声万岁。

“小唐，太厉害了，把他们都侃晕了，你们辛苦了。”季师父夸奖道。

“季哥，我们这么辛苦，你得请我们吃饭吧。”小如说。

“行，咱们改天啊，今天我有点事，河北那个项目我得去一趟，下午的火车，再不走来不及了。这顿你们记着，我下回请。”季师父说完就脚底抹油，溜之大吉了。

“你们放心吧，他这顿饭你们这辈子也吃不上。走吧，我请你们。”戒哥豪爽地带着我和小如，开到了西直门附近的一家极上档次的粤菜馆。

“咦？怎么今天不吃那种地下餐厅了？戒哥，你不对啊，小如在你就请高档的？”我不满地抗议道。

“她挑地儿，你挑吃，待遇能一样嘛，给你点只乳鸽，别闹了。”戒哥迅速点了菜。

我真怀疑有没有哪家饭店的菜谱是戒哥没背下来的，以后戒哥要是改行当伙计都不用培训的。

我席卷着桌子上的各色菜品。饭后，又是戒哥爽快地结账。北京爷们儿就这点最好，埋单一点儿不犯嘀咕，要多大方有多大方。想到第一个项目就这么顺利完成了，我心中阵阵窃喜。投资看来也不是很难嘛，虽然也有些辛苦，但好吃好喝的过程着实让人神往。事实证明，我得意忘形得太早了。

项目完成，人力经理小梅分别找项目组成员谈话。

小梅在问了我项目经验教训之后，突然袭击："你们访谈的时候季总天天都在吗？"

"没天天在，去过几次。"我如实回答，然后立刻自省，这样不会害了季师父吧？

"你们报告主要是谁负责写的啊？"小梅乘胜追击。

我心里紧张，没敢说话，该说谁呢，说谁对呢，怎么说呢？

看我不说话，小梅柔声道："你直说就行了，这也不是什么大事。我就是例行公事。"

"主要是仁宇哥负责的，我们都写了。"这会不会又害了季师父呢？我心狂跳。

"你这次项目是不是参与得比较少啊？季总对你的评价不高，说你做得不多啊，当然他解释是因为你经验少，所以能参与的部分不多。"小梅一副挑事儿的神情。

"啊，季师父真这么说？"我瞬间无名火起。

小梅直接拿出季师父写的项目总结给我看，给我的分数是80，评语是没有项目经验，行业分析不到位，项目参与度不高，文字能力有待加强，真是一句好话没有啊。看到最后，我已然恼羞成怒，小梅后来说了什么我全部忽略。

跟小梅谈话结束，我气急败坏地奔到季师父面前，质问他为什么给我这么低的分。我从小学到大学，到出国留学，我就没见过80这么低的分儿，我一个三好学生。

估计季师父也从未见过这架势，颤颤巍巍地说："菲儿，这分儿不低了啊，我给他才85。"季师父一指戒哥。

"给他85，给我就只能80是吗？我比他做得差什么了？！"我继续大发雷霆，"您说我项目参与度不高，有一天你们去的我没去吗？我光访谈记录都上万字了，怎么就参与度不高了？"

"我的意思是你经验不足。"季师父继续解释道。

"经验不足您就写经验不足，您写其他的干吗？我文字能力不强，您去数数那报告多少页是我写的，有一个错别字您这句话我就认了。报告您连看都没看过，就说我分析得不好，您得实事求是吧。”

“好了好了，季哥也是给你点压力，希望你以后进步更大。”看着季师父已然被我抢白得进退两难，小侯和戒哥赶紧跑来打圆场。

“菲儿，别生气，就那么点事儿，你看我就不在乎，他爱打多少分打多少分，咱们自己问心无愧就行了。”戒哥显然也对季师父给他的低分很不满。

“就是，生什么气啊，中午带你吃好吃的啊，别气。”小侯边说边使劲拉我走，并低声说，“别让人家看笑话，跟我走。”

我还想说话，但用余光四下一望，确实公司的其他同事都像看稀有动物一样看着我。争辩已经于事无补，我跟着小侯愤然离去。

吃饭时，小侯和戒哥不断安慰我。

“这种事儿在工作中会经常发生，大家都希望领导认为自己做得多，自然会说别人做得少，很正常，是不是？你这孩子又不是没上过班，怎么这么不成熟啊。”小侯悉心教育着，“而且，老季给你的低分什么都影响不了，跟项目奖金不挂钩，你放心吧。”

“我不是怕奖金少了，不过是没有得到应有的肯定觉得不公平。我以前的工作都是分工明确的，谁做的就是谁做的，真没见过自己不做还说别人没做的。我就忍不了这种颠倒黑白的事儿。”我愤愤地说。

“这你就不懂了，你以前是IT民工，当然分工明确了。这投资行业做多做少你能说得清楚吗？有的事就是吃饭谈下来的，你能量化吗？说我吃了三顿，你吃了两顿，所以我干得多，不可能啊。而且老季那人鸡贼着呢，我都吃他多少次亏了，以前看你崇拜他，没好意思告诉你，你现在自己看清楚了，不是坏事。”戒哥也很不平。

“而且，菲儿，你这样在大庭广众之下发火只会让人觉得你很幼稚，没有职业素养。人家以后会拿这个说事儿的。下次记住了，人前一定要忍着，真想吵架去会议室吵，别让外人听见了，明白了吗？”小侯边说边给我夹菜，“来，多吃点，没事啊，适应了就好了。我们这圈儿，不比你们IT，你们那帮人多单纯啊，这圈儿可不是清水衙门，跟钱打交道的行业都不太平。人际关系就是你的第一课，能不撕破脸就不撕破脸，回头见面你给季哥赔个不是。没有永远的敌人，以后没准儿还得合作呢。”

“对，记住了，克制自己的情绪。你看我们这脾气也都不好，但工作就是工作，不能把情绪带到工作中，下来之后怎么都好说。”

我虽一直在低头不语，但心里依然怒火难平。我和季师父将近三个月的相处，我一向对他尊敬有加，他交代的任务也都尽心尽力完成，没想到他第一次给我的评价就这么低。我这个身份低微的分析师，和他不存在任何竞争关系，他怎么下得了手啊？以后怎么办呢？今天这么大张旗鼓地闹了一场，以后还能合作吗？我不会从此在公司就没人搭理了吧？

想到这里。我心中瓦凉，食肉已无味。

6 / 口沫横飞

尽管事后我和季师父还是师徒相称，但师徒情谊似乎已经宣告破产。每当我试图还原整个事件的始末，满脑子浮现的都是一辆力不从心的小车吃吃赶路的情景。回头想想，许子鸣在我心里都比季师父来得亲切。或者说，如果是老季处在许子鸣的角色，事情会麻烦很多。对这么一个绵里藏针的人，你不可能知道他在想什么，似乎也没人能从他身上占到便宜。没人愿意和这样的人做对手，估计也没有人想和这样的人做队友。反正还没等他老人家清理门户，我便自行遁去。

无门无派的我再次成为公司中的伶仃，回到无所事事的状态。恰逢年底，我着实闲散了一阵子。倒也没有虚度光阴，趁着大家都在公司，我便主动出击和主要人物打成一片。

年会时，我更是苦练了一曲《私奔》，自弹自唱，技惊四座。

我刚唱完，林风走上台，不知从哪儿变出一束玫瑰花递给我。“唱得真好。”他赞许地说。眼前的他看似波澜不惊，但曲线坚毅的下巴已经暴露了他的桀骜不驯，飞扬跋扈的小寸头出卖了他的放荡不羁……主要遇上他这副长相，你不往飞檐走壁上联想得多没有童年啊。有的人帅，可你很难想象他穿上古装的样子。林风不一样，西服笔挺精神，扎个簪子依旧风流。总之，他有一张百看不厌的脸。来了公司小半年，竟然从来没有机会跟他说话，我也很少听见他和别人说话。

我稍一晃神，台下已经起哄之声四起。

“谢谢。”我赶紧接过花，脸上一片绯红。

本来这事儿着实可以让我春心荡漾一阵子，可我刚回到座位，小梅就凑了过来。

“菲儿，我提醒你，林风你可千万别惦记，他女朋友一大堆，我都见过好几个了。”口气完全是隔壁搬弄是非的二大妈。

“没惦记。”我不知小梅这没头没尾地来这么一句是怎么个意思。

“他有个女朋友还是个小演员呢，我看过照片，可漂亮了。”

“是吗？”心中的小鹿偃旗息鼓，手里拿着的玫瑰花好像也在瞬间凋谢了。

年后上班，我惊讶地发现一位新来的保洁阿姨坐在了我对面的座位上。我一向与人为善，跟公司常驻的几位保洁阿姨都关系不错，平时迎面而过都会互相点头，微笑示意。我从小就爱叫人，父母同事、同学的家长、卖冰棍的老太太，逢人便叫，没被爸妈特别教过，属于天性友善。我正琢磨着要不要主动过去和保洁阿姨攀谈，突然见她从自己的大包里拿出一个看体形就知道是上个世纪末的巨型笔记本电脑。哇，笨球，多久没见过BenQ的笔记本电脑了，自从大学毕业之后它似乎就告别了历史舞台，曾经的经典高端就一骑绝尘了。

我正暗暗惊叹着，这阿姨是从哪个旧货市场淘换来的，婷婷恰到好处地出现在我身边。

“这是新来的投资总监哦。”婷婷朝阿姨的方向一努嘴，“你还不赶快去亲近一下，以后让她带你做项目。”

她是投资总监？我咧开嘴无声地扯了一下，惊讶之余重新端详起这位乔装打扮的女士。一米五左右的身高，面色黝黑（千万不要想到古铜色什么的，就是黄脸婆的黄，黄到极致成了黑）；五官不是很到位，最佳表情应该只有很温暖很质朴的那种笑，才能勉强看出人形；穿着打扮和楼里的清洁工阿姨有点像，墨绿色的麻布外衣，呢绒的灰色裤子，连鞋看起来都是防水耐磨的款式。

这身打扮是总监？季师父有竞争对手了。她什么来路啊？我琢磨着能空降到这里做投资总监怎么也得有两把刷子吧。

“你可别小瞧了，人家可是从美国回来的，在摩根斯坦利做过投资总监的哦。回国还在一家加拿大基金做过合伙人呢，很厉害的。你以后得多跟人家好好学学啊。”婷婷轻声说。

摩根斯坦利啊，多么高举高打的名字！我记得在美国的时候，我那出身显贵的室友为了一封摩根斯坦利发来的约她面议其实就是骗她投资的邀请函都激动得彻夜难眠。可见这家公司在投资圈的地位是多么的高不可攀。Never judge a book by it’s cover，我在心里一遍又一遍地对自己说。莫菲儿呀莫菲儿，又以貌取人了不是，吃了多少亏，还不吸取教训。我重新审视了一下新总监的这一身装备，没准是哪个我不认识的大牌儿吧。

婷婷好人做到底，径直把我领到阿姨面前，先是狠狠地把我夸了一遍："金总，她叫菲儿，是软件工程硕士，也是美国回来的，之前在IBN做过项目经理。您以后要是有科技类的项目就找她，准没错，千万别客气。"

我赶忙诚惶诚恐地说了句："金总您好，您以后有事尽管找我。"

"好，你也别这么客气。其实我也没比你大几岁，就是阅历比你丰富得多。"金总高傲地说，"你以后也不用叫我金总，我在国外待久了听不习惯，你可以叫我Madam，或者Ms Kim，都没问题。"

啥？没比我大几岁？阿姨您别逗了，您跟我妈站一块要是有人说我妈是那个岁数大的，她都得生气好几天。您那电脑跟我差不多大我信，您就算了吧。她说话就是属于会让人莫名生气的那种。我也说不清楚到底是语气还是腔调，反正就是自然而然流露出毫无根据的优越感，可举手投足间又毫无气质涵养，拍手跺脚只会让人心烦意乱。

好歹是领导，我心里别扭，嘴上还是得让着，继续毕恭毕敬地迎合着："是，没跟您客气，我在中国待惯了，还是叫您金总吧。"

不知道婷婷之后又在这位金总面前说了我多少好话，仅仅两天时间，我就已经确立进入到她的核心团队，并俨然成了她在公司的第一心腹，只要一有空就被各种邮件轮番轰炸，嘘寒问暖，搞得我有些无所适从。

这天中午，戒哥他们带我驱车一路狂飙，来到了位于天坛的南门涮肉旗舰店。

"菲儿，这家之前吃过吧？"小侯趁着戒哥点菜，又来跟我挑衅。

"没吃过啊，这家有名吗？"

"你是北京人吗？怎么连南门涮肉也不知道啊？"

"我家北城的，没来过南城。"

"行了，别说那么多了，你一吃就明白了。这是北京城第二好吃的涮肉。"戒哥挥舞着筷子往锅里扔肉。

"第一好吃的是东来顺吗？"我问道，"不过我最爱吃的是海底捞。"

“你真是不懂吃啊，枉做了一名吃货。”小侯做出一副痛心疾首的样子，“菲儿啊，你白活了这么些年，北京第一好吃的涮肉叫聚宝源。海底捞那能叫涮肉吗，那是四川火锅。要说四川火锅最好吃的，在北京有两家，孔亮和杨家，不过你和仁宇哥都不吃辣，就别惦记了。”

“别介啊，咱们可以去吃鸳鸯的，我吃白汤的，带我去吧。”

“哎呀，四川火锅白汤没法吃。涮的都是内脏，白汤下去腥气去不掉，不好吃。行了，开锅了，你尝尝，他家的毛肚最好，肉还是聚宝源的好。”小侯边说边七上八下地涮了几片毛肚给我，“对了，菲儿，你是不是和大魔女走得很近啊，这人靠谱吗？”小侯边吃着一块嫩红色的羊肉边问我。

“大魔女？你怎么给人起这么难听的外号啊，就算她长得难看，也不该这么叫啊。”

“人家是摩根斯坦利出来的，大摩的，所以叫大摩女，你说你，什么都不懂，别瞎接茬。”

完了，又给他抓到把柄了，我闷声吃肉，听着小侯用时三十分钟的排山倒海，我被教育得服服帖帖。我忍，我无知，我有罪。

“你倒是说说啊，她到底怎么样啊？”戒哥问道。

“她就跟我说过她做的都是几十亿上百亿的大项目，还给上一家基金融到了30亿美金。据她自己说，她在圈里人脉很广，什么人都认识。这些都是她说的啊，真的假的我也不知道啊。”我进入收官的烧饼阶段。

“我怎么看着不像呢？怎么都不觉得她是大摩出来的。”小侯质疑着。

“我也觉得不像。”戒哥附和道，“别说大摩了，国外回来的哪有这么打扮的？按说菲儿你这一身就不咋的了。”

“我这一身怎么了？”我咬着烧饼，艰难地说。

下班的时候，大魔女亲切地硬拉着我一起走，还貌似不经意地问：“菲儿，你家住哪里啊？”

“我家住得可远了，东四环呢。”我小心翼翼地答道。我觉得和大魔女两人一路没话找话有点别扭，大海龟您可千万别是住在东边。

“真的啊？”她居然一脸激动，“太好了，我家也在那边，咱们离得很近啊。”

“咱顺路吗？”听她的语气我觉得有点故作惊喜的感觉，这不会是已经调查好了指望我送她回家吧？送就送吧，如果不远，路上还多个伴，长得难看还有助于我精力集中好好开车，“您家住哪儿啊？”

“我家在东五环外，东坝那边，不远吧？”

东坝这地名听起来是不很远，但也谈不上顺路吧，好像我家更近啊。“您会开车吗？”问完我就觉得这句话多余了，外国回来的有几个不会开车的，不会开车在美国能活嘛。

“不会，我以前在大摩是有专职司机的，之前在卡特也有，不知道咱们公司什么时候给我配司机。”

在网上聊天的时候觉不出她这么不招人待见，语气明显是居高临下，做作，露骨，而且傲慢。“哦，咱们公司好像没有专职司机吧，不过我也没来多久，不知道啊。”没想到我连第一个路口都没挺过去就开始犯冲。

“怎么能连司机都不给配啊？国内投资公司真是不行。我在摩根的时候，司机、秘书都给我配全了，出门都是有人帮我拿包的。你们一定都对我的经历充满好奇吧，其实都是些陈年往事了，我也不愿意跟别人说，你要是特别想知道，我就勉为其难告诉你吧。”

我没转头也知道她把脸扭了过来，“哼”了一声算是应答，心说这不能算是特别想知道吧。回完这没着没落的一个字，我又觉得太过生硬。有心想找补两句，却发现她已经开始唾沫横飞了。

“嗯，很多人都跟你一样好奇的，像我这样一个女人，又是一个人在外国，没有靠山也没有关系，怎么能在摩根斯坦利这样的地方当上总监。我实话告诉你们，成功是没有捷径的。我上学的时候就是最努力的，剑桥全奖一年一共才有几个名额，我就申请到了。我在美国也是，什么工作我都认认真真地完成。我在摩根一共只待了五年，但是摩根的合伙人对我的工作没有不满意的。他们都很惊讶，一个中国人竟然能把工作做得这么好。”

“您拿到绿卡了吧？”我听不下去她继续吹，赶紧问了个问题。

“我不是不能办绿卡，早就能办。但一直都觉得没有必要去办，我现在的护照虽然是中国的，但也是哪儿都能去，去欧洲都是免签的。”

“为什么啊？”中国护照哪儿都能去我可真没听说过。

“我在联合国当过两年官员，所以我的护照比较特别。我那会儿代表联合国走访过五十几个国家，一本护照签证都盖满了。”

我尽量不去看她的脸，但依然听出得意忘形。

签满了换一本就好了，虽然我去过的地方不多，但也签满了。我忍着问：“您都去过哪儿啊？去过澳大利亚吗？”

“没有，我只去欧洲和美国，不去第三世界国家，怕乱。我这种在发达国家生活惯了的人，不适应developing country。”

那你还不赶紧滚回去。再说您这对澳大利亚的不屑是从何而来呢？人家也是发达国家吧。

“那您能去五十几个国家把欧洲走遍了也不够吧？”我就是天生的杠头，感谢你还给我这么好的支点。欧洲一共才四十三个国家，这还包括了已被拆分的塞尔维亚和黑山，我就不信你去过。

“欧洲所有国家我都去过了，很多国家还去过好几次，像巴黎那些你们中国人爱去的地方，我早就去腻了，去那儿购物多土啊。”

“那您都去哪儿购物啊？阿塞拜疆？”

“说了你也不知道，我的衣服都是大品牌的设计师专门为我量身定做的。高定，这一套衣服都得几千美元吧。但我特地嘱咐他们不要牌子，有牌子就土了。也就你们这些中国人追求牌子。”

阿姨，够了。我再次仔细端详了一下大魔女的打扮，绿色带白点的衬衫，灰色老式外套，既不合身也不得体。这能值几千美元，我怎么就不信呢。我在心里盘算着到底应不应该撕破脸，要不要撕破脸呢？毕竟是我领导，爱吹牛而已，就假装无知闭上眼睛听她念经不就得了。有和季师父的不愉快在前，此番要是再按捺不住，真别在这儿混了。我一直在心里念经似的稳定自己的情绪，小侯教育我要和同事搞好关系，不涉及本质的事得过且过。

大魔女却更开心地启动了自吹自擂模式：“联合国特招我的原因是我精通五国语言，你知道法语是最难学的语言吧，我半年就熟练掌握了。我从小就是个学语言的天才。我外公是外交家，我从小就耳濡目染地跟着学。德语也不好学，但德国人听见我说话都以为我是在德国出生的。我那些联合国的同事都以为我是在欧洲长大的，根本不相信我是中国人。”

其实我也不相信您是中国人，我也觉得您从小就在德国生的，您折磨起人来完全就是纳粹的架势。您会五国外语，您有五个国家的人民可以进行交流，可不可以放过我啊，我不想听，我不关心。您的丰功伟绩留给有出息的人去顶礼膜拜吧。我只求今天吃饱明天吃好。哎，天啊，我到底造了什么孽啊？路啊，你还能再堵一点儿嘛，我要快点回家。

“刚才我还没回答你的问题吧，我是怎么在摩根做到总监的职位的？”

“我好像没问过吧。”我答道。

“没事，这个问题我不介意。我一开始进摩根的时候就是分析师，跟你现在的职位一样，当然我专业水平肯定比你强多了。我当时跟着一个总监参与项目，那个总监是个中年男子，风度翩翩的。他工作上对我一直很照顾，有一次我们跟客户出去吃饭，时间很晚了，我又喝了点酒……”

我暗叫一声不好，这该不是想要说什么奸情吧，赶紧打住吧，这画面太丑我不敢看，交浅言深，担当不起。

“您家是在这个小区吧，前面特堵，您要不就这儿下吧。”

她看了看面前一望无际的车流，意犹未尽，磨蹭着不想下车：“明天你几点走啊，顺路来接我一下吧。”

我这一路都隐隐觉得哪里不妥，却又找不出来有什么不对劲。现在，当大魔女把她热乎乎的阴谋和盘托出，我发现它比我想象的要猛烈得多。我心说，阿姨啊，咱们不顺路啊，我到公司一共17公里，接你要绕出10公里来，这能算顺路吗？

“早上特别堵，我都特别早就出门了，您起不来吧？”我故作镇定，气若游丝。

“没事，我喜欢早起，以前工作经常到深夜，第二天还是能六点起来。我没问题，你几点到我这儿合适啊？”

您几点都能起来，我不能啊，我为了接您我还得早起半个小时。

“那七点吧。”我听到喉咙里传出一个声音。

“好，你明天到了门口给我打电话我就下来。”

“你特么站门口等会儿是能死吗？”我正式在心里给大魔女打了个大叉叉。

大魔女离开后，我足足在这条朝阳区最堵的路上耗了一个小时。这一个小时我反思了我的性格，核对了我的星座，检讨了我的人生观、价值观，我精心策划以后与人的相处之道。我为我明天不来接她想了一百个理由，我为了今后不继续接送她想了一万个借口。但我永远学不会拒绝别人，我就是生性善良，乐善好施的同时又有那么点逆来顺受。

沿着这个良好的开端，每天在天雷滚滚的牛皮声中，我足足车接车送了大魔女一个月。每天我心里都默念着《大话西游》中周星驰的那段经典台词："大家看到啦？这个家伙没事就长篇大论婆婆妈妈叽叽歪歪，就好像整天有一只苍蝇，嗡……对不起，不是一只，是一堆苍蝇围着你，嗡……嗡……嗡……飞到你的耳朵里面，救命啊！所以呢我就抓住苍蝇挤破它的肚皮把它的肠子扯出来再用它的肠子勒住它的脖子用力一拉，呵！整条舌头都伸出来啦！整个世界清净了。现在大家明白，为什么我要杀它。"

我为什么没杀了她，这不单单是一个体力问题，尽管我弱不禁风手无缚鸡之力，但还是可以备好工具趁其不备，从背后手起刀落的。这是一个形而上的问题，一个我至今为止不能出人头地只能任人宰割的根本原因，我太善良了，善良到刀子嘴豆腐渣子心。我悲天悯人，我受不得人家求我，我怜香惜玉，我见不得别人受苦。既然不能选择回避，那就充耳不闻好了，反正我的嗯啊应答对她来说也足够受用了。

一个月后，大魔女终于神奇般地接了个项目。项目是婷婷推荐给公司的，公司就直接放心地交给了大魔女，我真为婷婷伤心。

这是一个为银行做U盾的公司，大魔女理所当然地叫上了我这个根正苗红的IT女，又叫了电信出身的高级投资经理罗旭。罗旭眉清目秀，身材单薄，看起来斯文孱弱，戴着无框眼镜，喜欢穿浅色衬衫配蓝色西装裤，由于过瘦，裤腿总是晃来晃去，像古代人的长袍。最扎眼的是系在腰间的皮带，老远就能看见那镀金发亮的大H。罗旭完全可以素颜完成《聊斋志异》，他不爱说话，之前也没打过交道，但看起来就道行不浅。

初次去企业调研，我感觉企业的业务不错，客户都是大银行，订单稳定，业绩在行业内能排进前十。业内的两个老大都已经上市了，第三名也已经报了材料，在会里排队。

罗旭问了不少技术上的问题，连我这个经验丰富的IT民工都钦佩不已。看来有罗旭在，做成这个项目是大有希望了。

大魔女没有过多地发问，但还是找机会表明了她的态度："我以前看的企业都是上百亿规模的，你们这种几千万利润的我不太熟悉，真不知道该关注什么。"不知道就别说话，我恨得牙痒。

企业接待我们的董秘小张马上接道："我们规模还比较小，这不是希望你们来了，给我们指导一下，让我们早日做大做强嘛。访谈了一上午，各位也都辛苦了，中午就留下来，我们一起吃个便饭吧。"

"算了，"罗旭说，"我们还是先回公司汇报吧，时间挺赶的。"

"回去不是也得吃饭嘛，我们这儿附近有一家新疆菜馆还挺有特色的，我已经订了包间了，几位就别嫌弃了。"小张诚恳地说。

"别安排得太远就行。"大魔女毫不客气。

"这家不远，开车五分钟就到了。几位有没有什么忌口的？"小张很贴心地征求我们的意见。

"简单一点儿就行。"罗旭不等大魔女开口，抢先客气地回答，估计他也是害怕大魔女说话。

一行人来到开在植物研究所里的绿色楼兰，饭店门口堆满了新疆空运过来的特产，四周环境很好，绿树成荫鸟语花香。

小张安排得十分贴心，我们进入包间，凉菜水果已经摆满了一桌子。小张又快速点了几个热菜："这里的原材料都是新疆空运来的，所以味道很正宗。这儿的它似蜜是全北京做得最好的，你们一定要尝尝。手抓羊肉你们也得试试，一点儿都不膻，还有大盘鸡。几位看看，再加点什么吗？"小张笑容满面地把菜单递给大魔女。

大魔女接过菜单说："我看你们没点鱼啊，再加个鱼吧，有清蒸石斑吗？"

服务员和小张都是一愣。我心说新疆馆子点石斑鱼，你怎么想的？

"石斑鱼我们这儿真没有。"服务员微笑着说，"要不给您加份功夫鱼吧，是我们店的特色菜。几位喝点什么？"

"喝白水就行了。"罗旭很客气地说。

"嗯，水就行。"我也附和着。

"鲜榨果汁吧。"大魔女就是这么的不客气。

“那就要一扎鲜榨的哈密瓜吧，大家都尝尝。”小张终于缓过劲儿来，“这儿的哈密瓜特别甜，要是吃着好，我给各位买一箱带走。”

菜上来，小张都会先转到大魔女面前，让她先吃。大魔女来者不拒，旁若无人地第一个动筷。它似蜜作为小张的重点推荐，自然引起了大魔女的兴趣。没想到大魔女只吃了一块就开始夸张地吐，还差点吐到我身上，边吐边说：“我不能吃羊肉，这怎么是羊肉的。”

阿姨，这是新疆馆子，菜以羊肉为主，这是常识吧。“您不吃羊肉怎么不早说啊，这桌子上的菜一半都是羊肉做的。”我在旁边皱起眉头，说不出的心烦。

小张非常尴尬，赶忙道歉：“不知道您不吃羊肉啊，要不再给您点几个别的菜，您看看想吃什么？服务员，菜单——”

“能不能把这道菜换成牛肉的？”大魔女问道。

“不能，要不给您加个牛腩西红柿吧，我们这儿的西红柿也是从新疆运来的，特别好吃。”

“你们做事也太不上心了，下次提前告诉我一下这是什么肉的。我从小就不能吃羊肉，看见就恶心。”大魔女责备小张。

“是是，那这个菜还有这个菜，您都别吃啊，也是羊肉的，对不住了。”小张面露难色，虽说身为董秘也应该身经百战了，但大魔女这么不要脸的估计以前也没碰见过。

阿姨，人家企业又不欠你的，您能不能不把自己这么当大爷啊。我又开始牙痒。眼瞅着大魔女又夹起一个烤包子，我心中大叫一声不好，直接起身躲在一边，果然，她又开始妊娠反应。我在一旁看着罗旭的脸红一阵白一阵的，估计他和我一样觉得颜面扫地了。这到底是个什么货色啊，公司的脸都被她丢尽了。

回到公司，大魔女几乎是一溜小跑地冲进了耿总办公室汇报项目。我和罗旭落在后面一大截。老远就听见她中气十足地开始汇报，无非是把企业回答罗旭的问题断章取义地重复了一遍。

就在我和罗旭刚刚迈进办公室的时候，突然听见大魔女说：“他们现在的规模应该是行业第二了。”

我心里咯噔一下，回头看到罗旭也瞬间变了脸色。两家上市公司随处可查，你这行业第二是从何说起啊？

耿总也愣了一下：“是吗？这个规模就已经是行业第二了，这个行业这么小吗？”罗旭想往回圆，但又不好直接纠正大魔女这天大的错误，环顾左右言了其他。我也只能配合着聊聊技术。汇报结束，罗旭的脸色阴沉难看。大魔女却是满脸的得意，怎么就能这么没有sense呢？我又在心里骂开了花。

几天后，罗旭通过朋友约到了保密部门的工作人员，去进行企业资质的相关调查。罗旭招呼我一起去的时候不幸被大魔女听到，她也非闹着要一起去。罗旭无奈，只得带上她一起。罗旭在路上特意警告道：“今天咱们要去的单位比较特殊，一会儿问技术就可以了，别的问人家也不合适。”

我听出这言下之意就是让大魔女免开金口，技术方面她是一窍不通的。

在我和罗旭一路讨论token口令的时候，大魔女摸着罗旭奥迪A7上的真皮座椅，不时地发出兴奋的声音，一副没见过世面的联合国官员嘴脸：“你这车不错，得不少钱吧？”

“嗯。”罗旭答道。

大魔女这一路上手就没闲着，摸这儿摸那儿，连罗旭的西服都没放过：“你这西服料子不错啊，这是什么牌子的？贵吗？”

“不贵。”

“你这手串真好看，开没开过光啊？这是哪儿买的啊？”

“忘了。”罗旭比我还会敷衍。

“我也有一条特别高档的手串儿，是乌木的，好几百万呢，下次我戴上给你们开开眼。人要是没见过好东西，就不可能有品位。我品位为什么这么好，就是因为见多识广。下等人戴金银，中等人戴宝石，只有我这种真正有品位的人，才知道戴乌木、紫檀这些好东西。你们肯定都没见过，哪天你们去我家看看。看看我吃的用的都是什么，让你们长长见识。”大魔女越说兴致越高，根本停不下来。

我幸灾乐祸地躲到一边，想看看寡言少语的罗旭怎么能容忍她。罗旭并不答话，一路闷头开车。可能是路上话说得太多，访谈开始阶段大魔女还真的安静了好一会儿。可随着话题的深入，大魔女终于按捺不住自己那颗躁动的心，她还是张嘴了。她轻声地咳嗽了一下，打断了罗旭和对方的谈话：“我首先声明一下，我不懂技术，我是剑桥经济学博士。我之前一直是在美国的摩根斯坦利工作，行业经验非常丰富。”

咱能不吹嘛，人家公务员凭什么因为你出自摩根斯坦利就高看你一眼，而且这是保密部门啊，最忌讳的就是外国间谍好不好，您吹牛分个场合不行嘛！我狠狠白了大魔女一眼。

“我就是好奇啊，像你们这种单位，最看好的是行业内哪家企业啊？”大魔女继续发问。

“我们没有看好的，只要技术过硬能通过资质认证的企业，就可以跟我们合作。我刚才提过的几家技术都是不错的。”公务员回答道。

“那先泰公司您觉得好吗？”大魔女还来劲了。

我看了罗旭一眼，他的脸正在趋于扭曲。如此不专业的问题，还是罗旭的领导，他肯定觉得颜面尽失。人家凭什么回答你具体企业的事。

“它有我们颁发的二级涉密资质，就等于得到了我们的认可。二级涉密资质的申请比较严格，用时也比较长，而且我们会从多方面考量。现在有这个资质的企业只有十几家。所以先泰公司的技术肯定是不错的。”公务员还是很耐心地给予解答，真是人民公仆爱人民啊。

看到大魔女还不罢休，罗旭赶紧解围：“今天就到这儿吧，耽误人家太久也不好，非常感谢，帮助我们了解了很多，谢谢！”

我明白如果大魔女再提几个问题，罗旭的可信度、公司的可信度都要跟着往下掉。

几天后，耿总亲自询问了行业老大，清楚地获知了先泰公司仅能排在行业第五名，与行业第二相距甚远，这个项目就无疾而终了。

我想它死于一种叫作落差的心态上，本来在一个大行业里排第五也算拿得出手，但是从第二滑落到第五，就让人觉得好像离破产不远了。尽管先泰自己从未标榜过自己是第二，但就在大魔女的主观臆断和无知无畏下，它在耿总心中变成了第二，之后又变成第五，让无辜的耿总体会了一次喜气洋洋地去参加家长会却得知孩子篡改成绩的屈辱。

在仅凭着无知无畏便pass掉一个项目之后，大魔女依然不知死活地在公司宣传着她如何先知先觉地看不上这个项目，如何发现项目的问题，又如何苦口婆心地劝说耿总悬崖勒马放弃了项目的一段神话，似乎项目破产正合她意。在大魔女营造的虚假氛围中，只有我和罗旭知道真相，并暗暗吞了一肚子苦水。

消停了没两天，大魔女抱着厚厚的一沓儿资料让我去会议室开会。我措手不及，忙问："什么项目啊？"

"一个做纳米农业的项目，我朋友推荐的。今年利润上亿，和你们平时看的那些几千万的小项目不一样。"她又恢复了那副骄傲之中透着得意的神情。

"农业我不懂，纳米农业我更是听都没听说过。"我赶紧回答。有了前车之鉴，我再不想和她为伍，好的学不着，再把我本性带坏了。

"没事，你一块儿过来听听吧，我还叫了许晚晴，让她一块分析分析。也是让他们这些没见识的总监长长见识，别总跟那些小企业玩了。"

听到许晚晴的名字，我倒是来了兴致。许晚晴是青上资本投资总监之一，也是在大魔女来之前唯一的女性总监。一米七五的身高，齐耳的短发，利落大方，眼神锐利，公司的几位帅哥全聚在其麾下，行事作风颇有一股侠气。这才是我心中的职场女性，我倒要看看大魔女在人家女侠面前怎么上蹿下跳。

我走进会议室的时候，许晚晴已经十分端庄地坐在里面了，她开门见山地说："您先介绍一下项目吧，纳米农业我没接触过，估计是新领域，未必能帮得上忙。"

"哦，这是河南的一家农业公司，掌握了用纳米技术增产的方法，去年利润五千多万，今年预计利润上亿，明年应该就能报材料了。材料比较多，我也没仔细看，你们看看吧。"

"它这个纳米技术主要是应用在哪个部分呢？是在化肥里吗？还是在播种插秧的阶段？"许晚晴问道。

"这种技术方面的东西我不懂嘛，才叫你帮着看看。我是投资领域的专家。"

我就知道你不懂，我就没觉得你能懂，自打有了纳米这个词，多少产品拿纳米当幌子忽悠人啊。纳米其实跟厘米一样就是个长度单位，但是取名字用纳米就显得高端大气上档次，要是叫厘米农业，肯定没人搭理。

"哦，那这个企业的利润率是多少呢？"许晚晴问。

"利润率50%。"大魔女自信满满地回答。

"啊？农业项目利润率50%，这不太合理了吧？"许晚晴的脸上已是疑云密布。我也觉得非常不合理，我以前听季师父聊过农业项目，他说农业项目他最不敢碰，财务基础差，利润低，白条随处可见。农民，被封建君主制压抑了三千年，即便在新中国翻身解放也没有共享荣华富贵，这是一个锱铢必较、对价格非常敏感的群体，从这个群体身上挣钱很难。

“这上面写的你自己看嘛！”大魔女不屑地把项目资料递给许晚晴。

“我看看。”许晚晴一页页速读起来，立刻就找到了问题，“这公司今年七月才注册啊，这是今年新开的企业，怎么会去年利润五千万呢？你是看的这段写的吧，他说的是预计到报材料的时候能达到利润五千万。”许晚晴还不失耐心地给大魔女逐条讲解，“他这个技术说得也比较含糊，我不太能看懂啊，用激光为种子进行纳米处理，这为什么就能增产，他也没有说清。”

“你也不懂技术啊？咱们公司到底谁懂啊？”大魔女叫唤着。

“咱们先不说技术了。投资结构您是怎么和人家谈的？咱们投多少，占多少股比呢？”许晚晴继续问。

“投3000万，说是按十倍估值，占多少股比他们没说。”大魔女已经把她一无是处的本性表现得淋漓尽致了。她终于有些怯懦了，她终于发现她和真正的总监之间的距离不是纳米，而是光年。

如果说之前大魔女的表现只是情商低，好大喜功，那么此时此刻我才真正认定，她的能力有问题。联合国、大摩这些光环非但不能掩盖这一事实，反而让人对这个人的诚信也产生了怀疑。

“那我算算吧，给我找个计算器。”许晚晴淡定地说。

这就是我心目中的女强人，针针见血，拳拳到肉，所有问题都拿报表和数据说话。任你在对面唱念做打，她只关心事实真相。我内心都已经澎湃得洪湖水浪打浪了，许晚晴还是沉稳地计算着。

“按他们写的这个今年收入预测，3000万能占75%以上了，这个可能不适合咱们投。”许晚晴面带微笑地说。不知道她此时此刻对大魔女有什么看法。我心说许晚晴啊许晚晴，你怎么还在和她说话啊，我都准备掀桌子了。

“这样啊，你知道我以前接触的都是几百亿的大项目，对于这种小项目确实没有感觉，做起来也不顺手。以后还是得找你帮忙啊，你在这些小企业上经验丰富，能给我把把关。”大魔女在示弱中还不忘了踩别人一脚。

吹吧吹吧，天雷滚滚，早晚劈死你。我终于找到合适的形容词来形容大魔女了，滚刀肉。我不停地给许晚晴使眼色：撤吧，还聊什么啊?

“一定一定，呵呵，咱们以后经常互通有无。”许晚晴更客气了，客气得我都觉得有点可气了。

“我这儿真没接触过这种size的项目，我以前在大摩，你也知道，都是大业务。圈里认识的朋友也都是大企业的。你有没有什么项目？我帮你做也可以。”

赤裸裸地要项目你也分个人啊，人家也是总监，也有业绩压力的，人家的项目凭什么给你。也不知道她来的时候面试没有，估计人力被她这目空一切的气势和显赫的经历给唬住了。就凭这智商和情商，别说联合国了，就是在居委会她也玩不转啊。

“好的，我要是有合适的项目就给您看看，不过您不一定瞧得上，我这儿的项目都小，业绩也都一般。”我终于听出许晚晴的反感了，有点心的都听出来了。当然，除了大魔女，她正打听人家的背景呢。

“你之前在哪儿工作的啊？我听说你也是美国回来的？”

“我跟您比不了，我在的都是小机构，说出来您也不知道。我还有点事儿，咱们下次再聊。”许晚晴已有去意。

“要不咱们中午一起吃个饭，你也是美国回来的，难怪我第一次见你就觉得亲切。”

“不了，我中午约了人，咱们改天。”

两人又瞎寒暄了一下，我终于飞也似的跑了。

当晚送大魔女回家的路上，她果不其然地在我面前说起了许晚晴的坏话，不过她说的点很奇怪，她说许晚晴不够白，不会保养，并且在最后加了句：“当然，像我这么白的，确实还是要靠底子好，天生丽质。”

我转头看着她那黑锅般油乎乎的脸，默默把她头上的镜子放下来。

就是这样的一个动作，居然都没有引起大魔女的不适，她愣是很上路地照了起来，边照边说：“菲儿啊，这女人就是要靠保养，原来我工作忙没时间打理，也是就这两年保养得好了。我每天都吃冬虫夏草，喝胶原蛋白，你看看，我这皮肤也白了，头发也黑了，脸也越来越清秀可人了。你摸摸我的皮肤，特别有弹性。”

她身体前倾，脑袋离镜子越来越近，左手放在自己脸上摩挲感受着。

我怔怔地望着她，你是清秀吗？你是白吗？你就是自恋狂也别睁着眼睛说瞎话啊。我已经把车上的音乐开到最大，竟然还能听见她在说话，逼死我吧。如果有一天我真的把她碎尸万段了，我一定要在她的尸体前，拿块捏碎了的馒头，长叹一声：就是你，剥夺了我做一个好人的机会。

大魔女还不甘心，继续凑到我跟前说：“你摸一下，我的头发有多软，多顺滑。”

我实在下不去手，随着大魔女的凑近，我嗅到了一股体臭味。“这是什么味道啊？”我厌恶地问道。

“你一定以为是高档香水的味道吧，不是，这是我的体香，完全天然的，你闻闻。”大魔女昂起头，把脖子使劲往我这边凑。

就在此时，天遂人愿，我如愿撞车了。我到现在也搞不清楚到底是我前面的帕萨特急刹，还是我太想摆脱大魔女，故意踩狠了油门。

7 / 此女只应天上有

上帝为你关上了一扇门，必会再为你打开一扇窗。在我经历大魔女非人折磨的同时，我有幸结识了另一个女人——晁佳音。她的出现弥补了我交往过女生类型的空白。她满足了我对女人的所有幻想，她的言谈举止都被我奉为圭臬。

我们的初次交谈来自于戒哥和小侯的饭局，我们的相知得益于对季师父的同仇敌忾，我们的相吸缘自于对大魔女的冷嘲热讽。自打认识了佳音，我每日的工作时间从八小时变成了七小时，我们每天约定了一个小时的happy hour，去咖啡店喝杯拿铁，去茶馆泡壶清茶，或者干脆去吃个甜品。不管在哪儿，我们都能就地圈出一块只属于我们俩的私密空间。

前面说过，我们公司最不缺的就是美女。跟那些妖女比起来，佳音硬性的美丝毫不落下风，眼波若水，摇曳生姿。不同的是，对于她的美，男人和女人会难得地达成一致。戒哥之流对我们亲密关系的艳羡自不必提，就连我身边的女同事也对我在季师父和大魔女之后终于弃暗投明表示欣慰。这大概是因为佳音美得实在无懈可击。

有的女人出于对容貌的自信而在很多事上有恃无恐，睡眼惺忪是可爱，唱歌跑调是可爱，不修边幅大大咧咧也是可爱。可爱和美是有着本质区别的。像佳音这样的女人，出门之前必化妆，头发永远没有一丝凌乱，7寸起的高跟鞋提得小腿圆润紧致。本就完美的身材配上这样的姿态，女人不能不服气，因为她们更知道这样需要有多上进。佳音说话永远都是柔声细语，适应了才明白，那靡靡之音里是无限的柔情蜜意，是隐晦的似海深情，是需要玩味的暗流涌动。佳音是一个lady，真正的lady，让男人欣赏、女人羡慕的lady。

佳音挥金如土的手笔更是惊世骇俗，与我们公司微薄的工资形成了极其鲜明的反差。她开的是玛莎拉蒂，穿的是香奈儿职业套装，背的是限量款的秋千包，但这些都不足以显示她的财力。她顶级会所的VIP卡，加班晚了就入五星级酒店时的闲庭信步，和动辄就为了帮朋友购买的几百万信托，才是她真正实力的冰山一角。与佳音在一起，我觉得自己无比的粗犷豪迈、没心没肺、神经大条。每日的下午茶成为了我最惬意的时光。跟戒哥和小侯在一起，我是大碗喝酒大口吃肉的疯狂女汉子。但跟佳音在一起，我学会了如何喝茶小口品，蛋糕慢慢吃，吃牛排要左叉右刀切成小块再细嚼慢咽。

当我声泪俱下地诉说我对季师父和大魔女的不满时，我能得到的永远是浓厚的温柔与理解。佳音总是用闪烁着绵绵爱意光芒无限的眼睛深情地凝视着我，温柔地用她那特有的嗲声嗲气安慰着我："小姐啊，你也真是的，总这么生气干吗呀？那些人怎么样，是他们的事，咱们以后不和他们接触就是了，别生气。"

当我费尽心思地把她逗笑时，她会如百合般娇羞地低下头，抿着薄薄的嘴唇偷笑，最后还不忘酥酥地来上一句："小姐啊，你可真是的。"

这天，我们正在丽思·卡尔顿享受下午茶，我给佳音讲了我撞车的经过："你知道吗？大魔女居然还说她自己很白，这简直就是世上最逗的笑话。你看看她那张脸，黑得连老年斑都看不见了，还白呢。我有时候就想不明白，你说这美丑还有可能是抽象的，萝卜青菜各有所爱，这黑白你总不能颠倒了吧？她不白吧，不是我瞎了吧。"

"小姐啊，你可真不会做人。"佳音故作嗔怪，"她今天也跟我说了，说她白，天生底子好，从小就不用化妆品，还一直能保持得这么好。"

"那你怎么说啊？"我拿过一个水果塔啃食起来。

"我就仔仔细细地看了她一下，说，是挺白的啊，肯定是吃了什么保养品吧。然后她就给我介绍几种廉价保健品，还说我气血不好，让我多吃点黑芝麻。你看，她人也挺好的啊，呵呵呵。"佳音很淑女地笑起来。

"好什么啊，就你们这些人给她惯的，让她越来越不知道自己是谁了。你们要都跟我一样诚实，她哪会这么自强不息啊。"

"小姐啊，人家也不容易啊，你多体谅体谅她。据说她才三十多岁，我怎么看都不像啊，你看她的脸啊，都老成什么样了。我怎么忍心再伤害她呢？"佳音优雅地端起茶杯，呷了口茶。

"我还伤害她呢，是她伤害我啊，再这么下去我就快让她逼疯了。"

“你也是的，想送就送，不想送就不送呗，天天生那么大气干吗呀，以后直接跟她说你晚上有安排，不能送了就行了。”

“我现在就是想送也送不了，车还在修呢，我这都天天坐地铁来上班了。你是不知道地铁有多挤啊。”

“那你坐我车就是了，跟我你还客气什么啊。”佳音递给我橄榄枝的同时，又给了我一块巧克力蛋糕，“这个好吃，你尝尝。”

我跟佳音还真是从来没客气过，第一，我无论如何发自肺腑地抢单还是抢不过她。好不容易有一次我趁其不备先给服务员递过了信用卡，结果佳音只一个眼神，服务员就立刻把卡还给我了。这事儿戒哥给出了分析：“服务员都有眼力价儿，看得出谁是真心要埋单的。”这话着实让我闹心了几天。第二，佳音带我去的地方确实也不是我这个工薪阶层消费得起的。所以除了极个别我请个星巴克之外，吃饭喝茶全是佳音掏钱。请我喝的茶也是极好的，小侯跟我们喝了一次就再不去了，说这茶他喝不起，喝多了怕档次上去就下不来了。如今她还要送我上下班，我的感动怎是言语能表达的，一定是天可怜见派了这女神来拯救我于水火啊！我怎能逆天而行，一口答应，当晚便蹦蹦跳跳地坐进了玛莎拉蒂。

虽然经常迎合我对季师父的抱怨，但佳音一直未提她和季师父的过节儿，我也一直单纯地以为只是外形气场不和。终于在送我回家的时候，佳音跟我缓缓吐露了季师父令人发指的所作所为。

“那时候我也刚来公司，业务转型很多都不懂。”佳音叹了口气，语速更为缓慢，“我想把工作做好，人力也鼓励我，要多给公司介绍项目。有天吃饭正好碰见个老朋友，现在做连锁牙科诊所，不少投资机构都在和他联系，要投资他的诊所。哎，我觉得这机会多好啊，赶紧告诉了公司。公司说老季对传统行业最有经验，就派他带着我。我那时候就纳闷，私人诊所不是这两年才有的嘛，怎么就算传统行业了呢？我在银行这么多年，也知道这圈儿里的规矩，跟老季也推心置腹地谈了一次。我说我什么都不懂，这次就是跟着他学习。如果做成了，公司的项目奖励费我一分不要，都给老季。老季当时表现得可大度了，说奖励费该是谁的就是谁的，他绝对不要，只要项目好，他肯定帮我做好。”

“后来呢？”我插嘴是希望佳音能提高一下语速，不然说到我下车估计都讲不到结局。

“后来啊，你那师父就真儿真儿地让我体会了一把两面三刀啊，哈哈哈……”我也随着佳音笑着。

“我带他去诊所看了，跟人家的负责人也都聊过了，他跟我说项目不错可以做。结果回到公司，他跟耿总汇报就完全是另一副嘴脸，说这个项目不确定的因素很多，要价太高，不适合咱们公司。耿总就信了，不做了。我还幼稚地以为真是老季说的那样，自己还不好意思了一阵子，请老季吃了顿鲍鱼王赔罪。没想到啊，过了几天，我那诊所的朋友给我打电话，说老季带着其他投资公司去他那儿了，问我知不知道。我当然不知道了。”说到这儿时，佳音停顿了一下，平息自己的怒气。

“季师父这是为什么呢？”我一时有点转不过来。

“还不是为了钱嘛，他推荐到别的公司去，项目奖励费自然是给他啊。”佳音恨恨地说。

“你不是已经答应全给他了吗？是他自己不要啊，何必还要多此一举地推荐给别的公司？”

“妹妹啊，你还年轻，这场面上的话也就咱们当真，老季哪会相信啊。再说了，咱们公司给的奖励费在业内也算最少的了，一般机构都是千分之八，咱们是千分之五。他能介绍给别人自然不会放过机会的。”

“他带的那家机构投进去了吗？”

“当然没有了，我和我朋友说得很清楚，以后老季去一律不许接待，我们多少年的交情，这个面子他还是得给我的。”佳音嫣然一笑，“哎，我也是长了个教训啊。”

“你跟咱们公司说了吗？”

“说了，楠哥也跟我道歉了，还一个劲儿地劝我，说这种事在投资圈很常见，让我不要太在意，放宽心，也不要跟大家说，免得破坏了公司的安定团结。哼，我看公司拿老季也没办法，由他去了。”

我知道佳音这口气是咽不下去了，她对公司每个人都和和气气，笑脸相迎，唯有见到季师父，立刻秀眉微蹙。在我初次听到这个故事的时候，我和佳音一样不能释怀，义愤填膺，为自己拜过这样的人为师羞愧不已。

和佳音交往的过程中，我的生活从衣食住行各个方面都得到了提升。

“小姐啊，你真得学学穿衣服了。你本来就是短头发，还天天牛仔裤加衬衫的，这样可不行，别人会以为你是tomboy的。”在反复端详了我一个月后，佳音终于对我的衣品忍无可忍了。

“你觉得哪个牌子适合我啊？”我也一直想换换形象，但对于时尚潮流都没有感觉，不敢轻易尝试。

“这不是牌子的问题啊，名牌穿在身上也不一定就好看，得找到适合自己的衣服。很多人穿名牌是为了找自信，但如果穿上名牌还是不好看，不就更没自信了。你看看罗旭挂的那条Hermes的皮带，简直就是灾难啊，我都不忍心去看。”佳音摇了摇头。

“你这条裙子是什么牌子的啊？我看你有好多件类似，我也想买一件试试。”我对佳音的很多衣服都觊觎已久，跃跃欲试。

“这是DVF的维裹裙，穿起来特别方便，用带子一系就行了。你看就是这样，”佳音演示了一下，“不过这种裙子你穿不合适，太女性了。走，我带你转转，帮你挑挑衣服。”

在佳音的精心选购下，我终于脱离了IT女民工的打扮，穿着越来越成熟职业。这些改变也终于得到了同事们的赞扬。

这天，林风就被我新买的湖蓝色Burberry风衣惊了一下：“菲儿，你穿这个还挺漂亮的，你以前实在穿得太……”

“太怎么着……”我凑过去伸出了拳头。

“太好看了，就是会以为你是打网球的。”

“你是说我像库尔尼科娃吗？”

“小威廉姆斯。”

8 / 行有行规

又是一个月无事可做，和大魔女的恩怨情仇还在继续上演。

大魔女自打听说我车修好后，每天给我轮番上演苦肉计、反间计和连环计，我只遵照佳音和戒哥的教导，每日早早地走为上计。

冬去春来，我眼看着身边的旦旦做成了四个项目，而自己还是只有鸣视影业一个项目入账，心里十分着急。

Happy hour时间，佳音听我感叹了又是一个春秋虚度之后，安慰道："小姐啊，公司没有合适的项目给你做，你就主动找个项目推荐给公司啊。"

"我找的项目公司能看得上吗？"我明显缺乏信心。

"只要项目好，公司不在乎是谁引进的啊。咱们项目奖励费虽然很低，但跟你的工资比还是很可观的。你要是投个四千万，公司一次就给你20万的奖励费，比你一年工资都高，多好啊。而且你找的项目，自己可以选择总监，也不用再看大魔女、老季他们的眼色了。"

"行啊，我要是能做成一个，请你吃大餐啊，咱们说好了。"

"不用啊，做成了，姐姐请你，来，再吃块蛋糕。"

佳音到底为什么对我这么好，我当然不会去追究，反正我是安心笑纳了。

这日跟大学同学聚会，恰好听说好友小陶的家族企业准备明年上市。真是踏破铁鞋无觅处，那人就在灯火阑珊处啊。

我简单地上网了解了一下企业背景，情况竟然出乎意料的好。主营装修材料，在国内是龙头，连奥运会场馆用的都是他们的材料，出口欧美。早年给国际几个大牌子做OEM（代工），现在都是用自己的品牌了。我看得心花怒放，忽然感到情况不妙，这么好的企业融资吗？他们能缺钱吗？

我掏出手机，给小陶打了电话。

“莫菲儿，好久不见啊，你什么时候回国的？”小陶一下就听出了我的声音，十分激动地说。也不奇怪，我大学四年一直是计算机系的系花。作为一场只有五个人参与的比赛，胜出者也无须太过骄傲。

“回来都一年多了，你最近怎么样啊？”三言两语的寒暄过后，我直奔正题，“听说你家公司要上市了，需要投资不？我在投资公司混呢，青上资本，在投资圈儿还是很有名的，你可以上网查查。”

“需不需要投资，我还真不清楚，我回去问问家里告诉你吧。”

为了促成合作，我和小陶正式约见了一下。都说岁月是把杀猪刀，怎么刀刀都砍在了小陶身上。我认识的富二代，大部分子承父业自强不息，小部分自甘堕落花天酒地，还有很少一部分，就如小陶这种，上进得一塌糊涂，对继承家族企业完全不感兴趣，非要另辟蹊径。他大学毕业后，跟家里借了钱创业，办了个软件公司，这几年也折腾得风生水起小有规模。

我看着当年人见人爱的小帅哥，如今已是体态臃肿、面色憔悴、头发所剩无几的大叔，创业的辛苦一目了然。我不由得悲从中来，人上进是好的，但到底该不该给自己的生活调成hard模式，还是应该及时享乐，挥霍青春呢？无解。两种我都很羡慕，但我都没做到。我选择了最为平淡的人生，正常上学，正常工作，朝九晚五，庸庸碌碌。如果终此一生就这样活着，我玷污的是二十年寒窗苦读流下汗水的信念，愧对的是父母从我一出生就许下的期盼。我暗下决心再也不能这样活，我也要奋斗。

奋斗的第一步就是促成青上对小陶家公司的投资，但奋斗的保质期总是停留在受过刺激的两周之内。就在我又恢复了胡吃猛睡、晃晃悠悠的时候，小陶给了我回信：“菲儿，我问了，我们确实不缺钱，但是现在IPO上市速度很慢，你们公司业务比较熟悉，能帮忙提速，我们可以出让一部分股权。其实我们家企业上市也不是为了圈钱，还是希望扩大影响力，尤其跟国外企业打交道，上市公司他们更放心一些。”

“我们公司在业界还是排名很靠前的，也做了不少上市项目了，应该能帮你们解决不少问题。”其实我说这话的时候真是心虚，我连上市到底是怎么个流程都不知道。

“是吗？那太好了，你看你哪天有时间过来一趟吧，我带你参观参观。让我们负责融资的副总接待你一下。”我跟小陶约好时间。

当天我就沉不住气，急于邀功地找楠哥说了。

楠哥很高兴：“菲儿，不错啊，知道给公司介绍项目了。那给你分配个总监一块儿去吧，金总怎么样？”

我一听让大魔女跟我去，吓得面如土色，赶紧央求道：“别啊，金总不合适，我朋友家那企业规模很小，才几千万利润，金总肯定看不上，她都是做几百亿项目的。”

楠哥想了想说：“那让杜总跟你一起去吧，杜总以前是地产公司出来的，跟装修公司也打过交道，对装修材料比较懂行。你看行吗？”

“那太好了。”我心想只要不是大魔女，谁去都行。

杜文熙也是公司的总监之一，人如其名，颇有一副文人该有的文质彬彬，眼镜很厚，身材微胖，但着装打扮实在令人匪夷所思。比如今天，他穿了一件灰色的老式长袍，梅花扣一直扣到脖颈，这类长袍只有在德云社看见我才能不起疑心。足下蹬着一双老北京懒汉鞋，右手金光闪闪的劳力士和左手紫檀佛珠相映成趣。杜总的背景我也从婷婷那儿打听过，南大经济系毕业后在黄河商学院读了MBA，标准的精英男，在公司很受耿总的赏识，三年间连升五级。

我对黄河商学院MBA的名头并不感冒，同样的课程、同样的教师、同样的我和你，学费却可以轻轻松松多收数十倍。而身家上亿的富豪们不但争先恐后地来此进行再教育，出门之后还都志得意满地以在此毕业为荣。逢人便说，我在黄河商学院的收获颇丰，骗术之高可想而知。在这些亿万富豪趋之若鹜的同时，各界美女也纷至沓来，大家各怀鬼胎地混入这个上流社会，颜如玉黄金屋各取所需。

我和杜总简要介绍了一下企业，杜总听完，热情地说道：“听起来这家企业不错啊。”杜总跟我要了企业资料，大概翻看之后又跟我探讨了一下企业情况。

“业务看起来不错，订单也很稳定，不过嘛……”杜总露出了担忧的表情，“最近这几年涉及房地产行业的项目都发展得不太好啊。咱们公司也不太愿意碰涉及房地产项目。再加上，这两年木材价格也涨得厉害，不知道对他们有没有影响。”

“这些事我也不太清楚，咱们一起去企业看看，问问企业的人应该就知道了。”

“嗯，也好，我就陪你去一趟吧。”杜总一边看着企业的资料，一边摇起了一柄硕大的羽毛扇，大有羽扇纶巾间，樯橹灰飞烟灭的势头。

刚刚开春，天气一点儿不热，我纳闷地看着杜总。

“摇扇不是为了降温，是为了放平心绪。内心的平静对我们非常重要，只有平静的内心才能做出正确的判断，佛法有云……”杜总不辞辛劳地给我这凡夫俗子授业解惑。我从小学理工，唯物主义思想根深蒂固，听了几句便不耐烦，找了个借口跑掉了。

去企业那天，杜总却穿得异常正式，西装革履，连裤线都熨烫得笔挺，羽扇木剑都没带，这真让我大跌眼镜。之前我还特意和小陶打了招呼，来的是位修炼多年的崂山道士。两人见面时我非常的不好意思。

小陶带着我们到企业的各个厂房参观，厂房设在郊区，面积很大。

小陶介绍说：“当年公司扩建，把这些地都买了，如今地价升值，光这几处地就值几个亿了。”

我和杜总纷纷点头。杜总感慨地说：“在咱这儿干什么都不如房地产，还是房地产挣钱快。你们这企业兢兢业业干十几年，业绩才增长了多少啊，肯定不如这地价涨得快。”

中午，小陶叫来负责融资的副总和我们一起吃饭。大家就近吃了一家韩国烧烤。吃饭时间大家都是不冷不热地寒暄着。

下午，副总给我们介绍了一下企业的情况和未来几年的发展方向。

“你们打算什么时候股改？”杜总问道。

“今年下半年就股改，也准备趁着这次股改把企业的一些遗留问题一并解决了。没有意外的话，明年下半年报材料。”副总坚定地答道。

“这么快就能报材料了吗？咱们这企业财务都规划了吗？”杜总又问。

“我们已经找好券商，从去年开始就陆续规划财务了。券商说我们这种情况，明年报材料应该没问题。我们企业以前主要是给国外公司做OEM，财务一直都还比较规范，问题不大。”

“这个可不好说啊，这几年涉房地产项目都管得很严啊。我跟过一家企业，做板材的，几经周折都三年了还是没报上去啊。”杜总说。

“我们做的业务和房地产关系不大，我们可以再找几个券商问问。”副总露出一丝不屑的微笑，“你们公司是个什么背景啊？我听小陶说是他朋友就让来了，都没有了解过。”

我听出这位副总是在质疑我们公司的专业性，赶紧把公司的背景叙述了一遍，还不忘搬出公司以前投过的几个上市项目炫耀一番。

“哦，青上啊，你们公司我听说过。”听我说完，副总稍微缓和了态度，“我们这几年也没少承担大项目。奥运场馆、上海世博会、广州小蛮腰都用的是我们的材料。最近人民大会堂翻新，也跟我们提前预订了。我们材料最大的优势就是无污染，没有异味。你们去厂房的时候应该也感受到了。我们以前给立邦、大师这些油漆都做过代工，技术方面肯定没有问题。”

副总洋洋洒洒地说了一堆公司优势，却只字不提融资计划。鉴于以前的经验，我对融资方不提融资也是可以理解的，毕竟自报身价等于自废武功，最后的价格就只会低不会高了。但我不能理解的，杜总也不提投资，而是很客套地顺着副总搭话。两人你来我往如唠家常一般说了一个下午。我和小陶都听得有些不耐烦了。我生怕破坏了杜总的谈判节奏，还是坚持没有插话，一直听着。

终于，还是小陶绷不住了：“咱们今天要不就到这儿吧，他们都住在市里，再不走该堵车了。”

看副总也无意挽留，我和杜总就顺势走了。

回去的路上，我好奇地问杜总：“您今天究竟是唱的哪出啊？怎么您聊的都和投资没关系啊？”

杜总很是得意地给我解惑：“这个副总一看就是个老油条，很精的。他说他们公司发展成今天这样要感谢银行、感谢政府。这里面都是有深意的，你明白吗？”

“深意？什么深意啊？”我一脸困惑地望着杜总。

“感谢银行，就是说他们经常和银行打交道。投资圈里面的规矩都懂，咱们想要什么条件他们都能接受。感谢政府，加上他说的那几个项目，都是跟政府合作的，就是要告诉我们，企业和政府的关系好，让咱们别太黑，人家也能找到领导。这两句话连起来就是让咱们开价。”杜总得意地一笑。

“不是他开价，咱们给他投钱吗？怎么还成咱们开价了？”

“菲儿啊，你是真不懂啊，还是假不懂啊？别跟我装啊。”杜总做了个摇扇的手势，可惜没带扇子。杜总故弄玄虚地停顿了一下。

“真不懂啊。”我一脸茫然。

“这么说吧，融资成本你明白吗？”杜总盯着我，一对绿豆眼炯炯有神。

“明白吧，就是跟银行借钱要付利息嘛。”

“对，银行的利息很低，这个大家都知道，所以谁都想跟银行借钱。但银行有自己的审批制度，会派人去调查，看企业有没有偿还资金的能力。等调查结果都出来，才能决定给不给这个企业放贷。这个调查的过程和咱们尽调大同小异，只不过关注的侧重点不太一样。”

“这些我懂。”我心说杜总，您也把我看得太低了吧。

“懂咱们就往下说。市场上很多企业都不错，都能达到银行借钱的标准。但银行的钱也是有限的，不可能每个企业都借钱，对吧。这时候，给谁钱，不给谁钱是谁决定的呢？就像咱们调查企业，咱们认为好，就会说服耿总和股东，让公司投钱，所以决定权在咱们手里，明白了吗？”

“您的意思是企业应该贿赂我们？”我终于恍然大悟。

“也不算贿赂，这就是行规吧。”杜总轻描淡写地说，“你跟老季混了那么久，连这个都不知道吗？”

“那行规是多少钱啊？”我从来没想过跟小陶要钱，我也坚信小陶不会给的，想不到杜总已经算计上了。

“听说过‘八归十三还’吗？”杜总的语气让我想起了那句“地主家也没有余粮了”。想不到昨天还和我研究佛法，今天就改头换面再世为人了。

“没有，什么意思？”我在心里又默念了一遍“八归十三还”，感到了一股浓浓的江湖气。

“说白了就是你跟银行借100块钱，最终给到你手里的钱是80，而到期你得还130，里面除了10块钱作为利息还给银行，其他多付出的40全部是打点中间人的钱。明白了吗？这就是资金成本。”杜总半眯着眼睛看着我，这千言万语不过一个钱字啊。

“就是说我才拿到了80，最后要还130，这么高的利息我还不如去借高利贷呢。”我对“八归十三还”的说法充满了质疑。

“高利贷利息更高。而且企业跟银行借钱有一个好处，今年借了，明年还上之后还可以继续跟银行借，反正关系已经建立了，信用额度也调高了，明年说不定还可以多借点。你用明年借的钱还了今年的债就好了。不靠这些，银行的人都是怎么发的啊。银行员工的基本工资可一点儿都不高，但你看看人家过的是什么日子。”杜总煞有介事地说，“银行可比咱们黑多了。”

“按您这个算法，用不了几年这个企业可就资不抵债了。万一企业宣布破产了，那这笔烂账谁来还啊？以如此高的资金成本使用资金，除非卖毒品，其他生意都还不上啊。”我还在扳着手指算账。

“银行的坏账是最多的，越大的银行坏账率越高。逼得急了，行长跳个楼了事。企业能不能还上，你也不用操心，都是一个愿打一个愿挨的事。银行心黑企业都明白，所以企业融资还需要其他途径。像咱们这种做股权投资的公司，就能帮上那些抱不到银行大腿的公司。咱们以股权的方式投资企业，很久才收回，有的可能就收不回来了。最后企业只要宣布破产，这笔钱就一了百了了，谁也不用担责任。投资有风险嘛，一开始就说明了。所以，企业给我们的应该比给银行的更多，因为他连还都不用。”

“那这个数到底是多少啊？”

“我是比较正派的，一般就要3%到5%的财务顾问费就可以了。有的愿意多给我也不拦着，有给20%的。但这是你朋友的企业，咱们也不用要太多，免得你难做人。”

“那我打个电话问问我朋友吧，看看他们给不给？我用不用也给他讲一遍‘八归十三还’？”我当着杜总的面打电话给小陶。我一定要告诉杜总，他就是在白日做梦。

“不要着急，你还是等我回避了再打吧，这样不好。”杜总憨厚地笑着。

看着杜总那一脸的道貌岸然，我心里一阵恶心。我坚持给小陶打了电话，自己兄弟还客气什么。

“小陶，你们那副总是什么意思啊，还融资吗？”

小陶不好意思地说：“他嫌你们那个总监烦人，什么也不懂，一点儿诚意都没有，不想再跟他谈了。而且我们本来也不缺钱，你知道的。你看呢？”

“哈哈，这样啊，那最好了。等你们需要融资再给我打电话啊，你得请我吃饭啊，弥补我的精神损失，我这大老远地跑一趟。”

“没问题，想吃什么尽管说。”小陶答应得极为痛快。

我挂了电话，告诉杜总，企业那边不融资了。

“这样啊，可能他们有些问题怕咱们查出来。回公司可千万别跟人说我今天跟你讲的这些啊。这都是行业潜规则，under table的，不能拿到台面说的。”

我看着杜总脸红得十分不均匀，暗暗好笑，他还是继续做“八归十三还”的春秋大梦吧。

第二天到公司，我第一件事就是找到佳音，她在各大银行从业十年，银行的事没有她不清楚的。

我把杜总说的“八归十三还”原原本本地告诉她，然后问道：“可有此事？”

佳音惊讶地用水汪汪的大眼睛盯着我说：“小姐啊，姐姐在银行干了这么多年，从外地到北京，从支行做到总行，从来没听说过要这么多的。融资加三个点（3%）就是不得了了，你这是要一半还多啊。银行要是敢这么要，哪还有企业敢贷款啊。而且银行上面也是有监管机构的，这么胡来早就被查了。根本就不可能，你不要听杜总乱讲了。”

“你真没听说过？”

“绝对没有，你放心吧。咱们银行没有这么黑。”佳音再次保证，“送点礼，给点回扣都是有可能的，但哪家也不敢这么干啊。”

中午，戒哥和小侯开车到北四环，去吃一家门脸普通的驴肉火烧。

“开这么远，就吃个驴火啊？你们早说啊，咱们公司门口就有一家。”进了店我已饥肠辘辘，趁势发了个脾气。

“驴火和驴火能一样吗？咱公司门口那家，和大部分驴火店都一样，驴肉不是自己卤的，买真空包装的驴肉，热一热就夹饼里了。这种不好，吃不出驴肉的鲜味了。这家不一样，这家真是买驴肉自己煮，煮完了再卤，味道特好。你尝尝就知道了。”小侯边介绍边点菜，“两斤驴肉，一斤驴杂，你能吃几个火烧？”

“一个。”我听着这三斤肉已经被震住了。

“瞅你这点出息吧，那就一共九个饼，三碗汤，上菜快点。”

就着火烧，我把“八归十三还”的事讲了一遍。

“什么玩意？”戒哥喝着汤差点喷出来，“菲儿，你叫丫过来跟我说说，让我也长长见识。我给那么多企业做过审计，哪家敢给银行这么高的回扣。这不是作死嘛。这么多钱给出去，怎么做账啊？杜总就是个棒槌，什么都不懂还跟这儿穷搅和。”

“我给你讲讲这个杜总的事迹吧。”小侯吃了口驴肉，接过话茬，“我跟他一起来的公司，刚来都是分析师，平级。现在人家是总监了，我还是分析师。咱不是嫉妒人家啊，但这人办起事来心狠手辣。咱们公司的总监，论坏，老季根本就不是个儿。”

“你怎么混得这么差啊？”我不解地看着小侯，“我看你也不笨啊。”

“你知道他这总监是怎么当上的吗？他挤走了咱们公司两位总监。论出身、论能力、论智商，他和我都比不了，但他就是有本事抢项目。他投的那两个上市项目就是从那两总监手里抢来的。”小侯义愤填膺地说。

“项目怎么抢啊？谁投的不就是谁的嘛。”我疑惑地问，“而且人家是总监，他才是个分析师，他怎么能抢得到呢？”

“这事儿就说来话长了。我简单点说，本来是别人的项目，带着他一起做，就跟之前老季带你做鸣视那个项目一样。项目投成之后，他不知道用了什么手段，具体里面怎么回事我确实也不知道，总之他就能和企业串通一气，项目就变成是他推荐的了。这戏他演了两回，耿总居然都买账了。这里面的原因我也懒得跟你解释了，你自己领悟。那两位总监都是心高气傲的主儿，受不了这气，就愤而辞职了。”小侯边说边给我夹了块驴肉，“来，单吃块肉尝尝，特别鲜。以后记住了，杜总的项目你别跟着掺和，卖了你，你还帮着数钱呢。你这项目做不成不是坏事，真要投成了最后说不定怎么着呢。”

“这个杜文熙，他是想钱想疯了吧，‘八归十三还’，编得还挺像那么回事儿的。”戒哥一边说一边乐，“对，你回去问问你老丈人，有没有这事？”

“不用问，肯定没有。”小侯潇洒地一摆手。

“你老丈人是谁啊？”

“银行行长。”小侯轻描淡写地说。

“啊！”我张大了嘴巴。

9 / 卧虎藏龙

“就你这一天到晚不是驴火就是羊蝎子的主儿，能娶到行长女儿，她和她爹都瞎吧？快说，你怎么嫁入豪门的？”虽然我天天搭乘小侯的GLK吃饭，但对他的显赫身世还是有些猝不及防。

“别闹啊，什么嫁入豪门，我明媒正娶的好吗。”小侯吃完剩下的几片驴肉，一仰头，汤也喝干，留下一个干干净净的碗，哪儿有一点儿有钱人的做派。

“你家干吗的？门当户对吗？”我继续刨根问底。

“我家做房地产的。”小侯依旧轻描淡写。

“那也很有钱啊，又娶了行长的女儿，强强联手啊。你家这么有钱，你还上什么班啊？”我心里暗暗盘算着小侯的家当。

“我家有没有钱和我上不上班没关系好吗，你这什么逻辑啊？”小侯一脸的鄙夷。

“我的意思是，你家里条件这么好，你可以去接你爸的班，继续干房地产嘛，或者拿点钱出来创业，都好过在这儿上班吧。咱们这儿的工资够你养车的吗？”

“嗨，我刚回国的时候也是这么想的，觉得五年内肯定能闯出一番事业，在北京这四九儿城内有我小侯爷这么一号儿人。后来连续上了几次当，被人坑了几回，才发现自己其实什么都不懂，什么都不会。做点事全得靠家里人的面子、父母的关系，没有谁瞧得起我。慢慢地，心态就平和下来了，还是应该多学点本事。我现在创业，别说我爹妈他们不放心，我自己都不放心。”

从小侯平和淡定的脸上，我看到了他的蹉跎岁月、他的过往败绩。以他的性格、他的刚愎自负、他那聪明反被聪明误的劲头儿，没有可能不吃一堑，就长一智，估计当年没少吃亏。

“那你怎么不接你爸的班啊？”我继续问道，“子承父业也未必不好嘛。”

“接什么班啊，我爸退休都快十年了，早就不做了。我爸说了，你干什么都行，但就是不能做房地产。这行在我家是明令禁止的，碰都不能碰。我爸他们做的地产不像你想的那么高端，不是潘石屹、王石他们那种的，说难听点就是帮着大房产公司拆迁的，一个村儿一个村儿地赶人走。我爸那会儿也年轻，遇到难缠的钉子户，都是见一回打一回。你想想，这活儿多招人恨吧。”小侯叹了口气，“知道我当年为什么出国嘛，为了防追杀。”

我这是第一次听说房地产商也有自己的心酸。

“追杀？朗朗乾坤，光天化日，还有这种事？”在我看来那都是香港警匪片里的情节。

“当时和我爸一起干的另外两个朋友，一个是媳妇被人绑架了，一个是儿子被绑架了，他们都给了赎金，最后还是撕票了。后来公安局把绑匪抓到了，他们说就是为了报复，不是为了钱。我那会儿才上初中，我爸就让我出国躲着去了。这活儿是挣钱，让你干你干吗？你肯定不干。”

“嗯，我当然不干了，我也干不了啊。那后来你爸转行干吗了？”

“什么都不干，现在就坐吃山空呢，靠收房租维持生计了。”小侯继续淡然。戒哥在一旁认真地听着，看来小侯他爸的这段历史，戒哥也不知道。

“我看你天天看炒股的书，你是在炒股吗？”

“炒股，别提了，哥刚回来的时候跟家里借了200万炒股，没几天就赶上2008年那个暴跌，就剩下60万了。赔到现在还有20万在股市里晃荡着。这股市说不清的东西太多，想挣点钱太难了。”

连这猴精猴灵的主儿都挣不到钱，炒股能挣到钱的恐怕都是神仙吧。

“你们家这么好的背景，待在咱们公司真是浪费了。”我惋惜地说。

“我这背景你就觉得好了，咱们公司比我背景好的多着呢。我这都算不上。”小侯一脸的似笑非笑。

“你这是说谁呢？”我一愣，以为小侯已经知道了我的底细。

“说你男神呢。”戒哥低头喝汤不忘搭话。

自打我跟戒哥他们分享了我认为公司最帅的是林风之后，他们就不停地拿他取笑我。

“林风吗？”我想起大魔女之前好像也煞有介事地跟我提过。

她当时说：“你知道林风家是干什么的吗？天啊，说了吓死你。”

我那天怕被吓死，就没敢接茬。

“对，就是你的林风公子。”小侯继续一脸的坏笑。

“他是什么背景啊？”我终于有点好奇了。

“你自己想想，他姓林，你猜是谁啊？”戒哥挤眉弄眼地说。

“姓林的也太多了吧？这让我怎么猜啊。”

“猜不出来就算了，你看他长得像谁？”

“有那么点像明星吧。”

“你能不能正经点啊。”小侯说完就要走。

“别走别走，你们说嘛，我谁都不认识，你们也知道的。”

“你不也是官宦世家出身嘛，怎么什么都不知道啊。”小侯一副恨铁不成钢的表情。

“我真不知道嘛，我也不关心，谁家有背景能跟我有多大关系啊。”

“我跟你说一次，你给我记住了，林丹青，知道了吧。你要再说不知道，就从这个门给我出去。”小侯一指门口。

这个名字倒是耳熟，我想了半天，终于想起来了，确实是泰山凌绝顶，一览众山小的人物啊。我一瞬间由羡慕转到嫉妒继而恨到了极点，内心有个声音在嘶叫：凭什么这样的家庭出身，他还长得这么帅，凭什么？上天也太不公平了吧！我想着他那张完美无瑕的脸，真恨不得拿把刀去刻个乌龟。

小侯看着我自惭形秽的样子，在一旁幸灾乐祸道：“你知道他是谁了吧，他还帅吗？”

“当然帅啦，而且更帅了，简直腾云驾雾，口吐莲花。”话虽如此说，多少还是有了几分忌惮，看来以后跟他说话得小心了。

“他还不是咱们公司背景最硬的呢。”小侯还嫌我受的打击不够多，非要把我吓死。

“还有？再有就只能是……”我惊得目瞪口呆，想不到这小小的一家公司，还能有皇亲国戚藏身。

“哼，人上有人，这也是我来了咱们公司才明白的道理。你吃完没有，吃完走了。”

“到底是哪位高人啊？”我决定这一次打破砂锅，死个明白。

“我给你三次机会，你自己猜怎么样？”卖关子是小侯的拿手好戏。

“您给我一百次机会我也想不出来啊。我看大家都装得挺平易近人的，感觉不到皇亲国戚立体声环绕的氛围啊。”说真话，在接触了杜总、大魔女和季师父之后，我一直觉得我在这公司都是屈才了，怎么也想不到公司竟然还藏着这么多高手。这些高手真是犹抱琵琶半遮面，狐狸尾巴藏得真深啊，我连一点儿端倪都看不出来。

“那我就不告诉你了，是谁、是什么背景我也不说了，反正人家要是愿意告诉你，你早晚能知道。还是那句话，在咱们公司说话办事都小心点，别人找你办事千万别管，赶紧吃，吃完走了，都几点了。”戒哥招呼服务员埋单。

“既然公司这么多高人，你们也都知道，干吗天天跟我一起吃饭啊？也傍傍人家的大腿啊。明知道林风的背景，干吗都不和他说话啊？”我吃完最后几口烧饼，问道。

“我自打知道林风是谁，就没跟他说过一句话，我就怕人家误会我巴结他。我告诉你，我犯不上。”戒哥说得气势汹汹，好像林风真的误会了他一样。

“人家有没有背景没关系，咱们应该团结一切可以团结的力量嘛，有背景又不是坏事，是吧？”我上了小侯的GLK，还没有完全脱离惊讶，心想着以后见到林风是不是也应该谨言慎行。唉，可惜啊，没想到林风兄如此高高在上。男的都难逃巴结之嫌，一个跟他谈恋爱的女孩儿，家里要是没个把撑腰，怎么能让人相信是真爱呢？

“行了，你知道就行，别出去乱说了啊，小心被拉去菜市口砍头。”小侯恐吓着说。

“嗯。”我小心地答应着。

五一放假前一天，大家都在游手好闲中度过。小侯和戒哥抓我到阳台，耐心地给我普及了青上的发展历程和过往经历。我也理解了这里工资不高，却人杰地灵的原因。

公司的创始人是一位论名气论才华都响当当的投资圈老大哥。老大哥在谋划之初显然不是以挣钱为目的，而是奔着名利双收去的。基于这个原因，公司投资的项目都不要求挣快钱，但是要利国利民，票房不重要，口碑才重要。而耿总，正好是一位充满了理想主义、士大夫情结的儒商，对投资圈抱有无限的憧憬。通过和老大哥的几次交流，两人一见如故，一拍即合。依靠着老大哥的威望，融资并不十分困难，基金在短时间内就募集到位了。耿总顶着著名大学物理博士的头衔，自然也吸引了不少江湖名士前来投奔。所以公司大部分同事的学历都高得骇人，全部来自国际名门。

许晚晴是耿总的大学同学，同学聚会时听到有这么个志存高远的公司，经不起诱惑，放弃美国的百万年薪毅然决然跟着耿总创业了。至于小侯和林风，家里上一辈都和老大哥相识，出于对老大哥的信任和对投资业不切实际的幻想，把他们安插在了青上资本学本事。

“我来青上之前，”小侯悻悻地说，“我岳父跟我说，一定要来这家公司，比什么银行都好，做PE的年薪都是800万到1000万。来了之后我发现，我岳父一定是老眼昏花看串位数儿了。我一年工资连10万都不到。刚上班的时候，哥开的是法拉利，发现和大家落差太大，改开捷豹，差距仍然很大，只好含恨换成了奔驰GLK，忍辱偷生地混了五年了。五年了，哥这日子都是怎么过的啊！”

“开GLK还忍辱偷生啊，那我开尼桑SUNNY的直接死去得了。”我恨恨地瞪了小侯一眼。

“就你开车那速度，开尼桑都多余，买个电动自行车得了。”小侯从来不敢让我开车，他说我开得太慢，他怕被树追上。

五一长假，婷婷盛情邀请我去她家做客。我本以为她邀请了众仙女一起，结果到了她家才发现她只邀请了我、林风和小侯。自从知道了林风的家世后本来就交集无多，现在更是有意无意地敬而远之，婷婷这次把他叫来让我觉得有些意外。婷婷一人在厨房忙活，从一开始就明确表示不需要我帮厨。借着不添乱的借口，我也乐得和两位帅哥东拉西扯。

难得今天当事人都在场，小侯怎么肯放过这个插科打诨的机会：“哎，林风，她说全公司最帅的就是你了，有什么感想吗？”

“难道不是吗？”林风斜眼看了看小侯，又望向我，“品位不错啊。”

“反正他比你帅！”我避开林风的目光，把矛头也指向了小侯。

“别跟我比啊，你那是情人眼里出西施。林风，那你说，全公司最漂亮的是谁？肯定不是她吧？”小侯又是一脸讪笑。

“这个啊，不好说。菲儿可能不是最漂亮的，但她和别人不一样啊。你看她们哪个敢素颜？是不是？”

我对林风的回答十分满意。

“你这也没回答我的问题啊。菲儿你也是的，平时怎么连妆都不化，本来长得就不如人家，还不知道捯饬捯饬。”小侯左右树敌。

“我就这么素面朝天都不够招人的了，略施粉黛怕忙不过来。再说，你一有主儿的，化妆也不能给你看啊。”本小姐也不是好惹的，看到林风向我投来的目光，我有些脸红心跳。

“得得，我今天就多余来。婷婷，这儿不欢迎我啊，我走了。”小侯说着就起身要走。

婷婷端着一盆吱吱作响的水煮鱼走了过来，大家赶紧腾出桌上的地方。硬菜上了，婷婷这才落座：“你别走啊，我欢迎你，拉你来就是陪我当电灯泡的。”

“哪儿跟哪儿啊这是！”我有点不好意思，“婷婷，你不会是看上他了吧？你看上林风也不能看上他啊，不说话还是个人样，一张嘴哪个正经姑娘能跟个说相声的啊？”

“你瞎说什么呢，人家婷婷都结婚两年了，你以为都跟你似的嫁不出去啊？”小侯捞了勺鱼，“真香啊，跟俏江南做的一个味儿，婷婷你可以啊！”

“你老公呢？”我也尝了一块，确实好吃，还不是很辣。

“我老公回老家了，这不才腾出工夫请你们吃个饭嘛。”婷婷笑眯眯的样子分外可爱，当然在我眼中，面前的水煮鱼更是国色天香，“好吃你们就多吃点啊，菜还多着呢。”

“老公不在才有空给咱们露一手啊？当然啦，我肯定是沾了你俩的光了。”小侯盛了满满一大碗米饭，自顾自地闷头吃起来。

“别着急啊，还有个排骨莲藕汤没好呢。”婷婷劝道。

“放心，我胃大，都能给你包圆儿了。菲儿，吃啊，别林风在你就绷着，把你平时那吃货劲头儿发挥出来吧。”

“这话题怎么还没完？”我对此毫无准备，偷眼看看林风，他正吐着一根鱼刺，看不出什么态度。我这人开得起玩笑，脸皮也不薄，但是毕竟心里有鬼，表现得不算淡定自若。我夹起一根鸡腿，扔进小侯的碗里："赶紧吃吧你，话那么多。人家有女朋友，小梅还见过呢。"

"没有啊？谁啊？我自己都不知道。"林风平静地问道。

"不还是个小演员吗？"

"在哪呢？你们变个演员让我看看。"林风似笑非笑地问道。

"他是单身，咱们公司都知道。"婷婷接话道，"估计小梅是想介绍个演员吧。"

"嗨，你美什么呢？"

我就那么一瞬间喜上眉梢，就没逃过小侯的眼睛："这个鸡翅特别好吃，你尝尝。"

"该给谁给谁，我也是有主儿的人了。"

婷婷把排骨莲藕汤端上桌："你们快点趁热吃啊，别客气。"婷婷夹了排骨给林风，又给我盛了勺鱼，"菲儿你多吃点儿，这个菜你也尝尝。"

婷婷手艺很好，菜品色香味俱佳。但这顿饭我始终没吃踏实，心里琢磨着座位表上那个小桃心。

饭后，我们离开婷婷家。

"菲儿，你住哪儿啊？我送你。"林风面无表情地问道。

"谢啦，我开车了。"

"就不能给个机会啊？"

"下次。"我心花怒放道。

"那就说好了，下次。"林风微微一笑。

10 / 天下英雄大可知

这世界上有很多事存在一种叫作精神的东西，比如体育精神、人文精神、摇滚精神，跟这些相比，我最欣赏也最同情的是IT精神。我大学鬼使神差地进入了软件学院。我那文史哲博士出身的父母，认定了软件是未来最有前途的专业。在21世纪初，他们高瞻远瞩地预见到了将来的中国，必有一天会和当时的美国一样，出现IT大泡沫。而在他们心中，集智慧美貌天真于一身的天之骄女，一定能赶上这波浪潮并轻而易举地成为比尔·盖茨。

然而当我不负众望地拿到软件硕士学位之后，才恍然大悟，这行是真真正正的屌丝行业啊。春蚕到死，蜡炬成灰；吃的是草，吐的是血啊；一年到头，只见白头不见金。在我日复一日点灯熬油，写代码到东方渐亮的时候，在我年复一年苦思冥想，编算法到不知寒暑的时候，我真是恨透了IT。但当上万行代码终于转化为成品的时候，当千家万户都在浏览我制作的网站的时候，当男女老少都在用我开发的软件的时候，那种欣慰之情实在溢于言表。

尽管快乐是短暂的，在昙花一现之后，我仍然要吃着泡面，对着电脑独自死磕到天明。但那种精神就这样在一次次回光返照之后深深地扎根在了我的骨髓里，它让我可以面对一切调不通的程序，想不出的算法和看不懂的注释，让我可以忍受深夜、寒冷、贫穷和疾病，让我在一次次赌咒发誓再也不做程序员之后，又乖乖地继续敲击键盘造福人类。

诚然，最终我还是放弃了，无可奈何地转了行。但我那颗炽热躁动的心仍会在看到好的IT产品时激动不已。我心中的英雄仍然是Elon Musk和乔布斯。我的信仰依然是科技改变生活，IT改变科技。

所以当苏樱带着一个软件项目来请教我的时候，我的激动之情可想而知，竟狠狠地咽了一下口水。苏樱是青上资本的高级投资经理，温柔却不失干练，跟戒哥一样，也是四大出身，财务背景扎实。

我看着苏樱给我的微密公司资料。微密是一家专门设计加密软件的公司。所谓加密软件，顾名思义就是为了保护信息安全，对信息进行加密处理的软件。微密的客户主要是银行和财务公司。能为银行提供软件，技术实力自然不可小觑。各项数据表明，微密的规模已然不小，很可能是国内加密软件行业的龙头老大。

“这是做加密软件的啊，这行可不好做啊。这家企业你是怎么找到的啊？”我好奇地问。苏樱是文科出身，和IT界全无交集。

“我同学在这家公司做财务总监，他给我介绍的。企业财务的三张表我都看了，从财务角度看没什么问题。这两年发展得也很顺利，增长稳定。技术上我看不懂，麻烦你来帮我把把关吧，跟我去看看，好不好？”苏樱十分谦虚地说。

看着苏樱炙热的目光，我又一阵激动，为自己在一家投资公司胜之不武地取得了IT大牛的身份沾沾自喜。我一直都对苏樱有莫名的好感，和众仙姑比起来，苏樱姐外表并没有那么出众，但别致的紧身衬衫搭配一条看似普通的小黑裙，却散发出强大的职业女性气场。

“好啊，我现在没项目，随时都能跟你去啊。”我两手一摊。

“那就明天吧。”看得出来，苏樱也想快速推进。

微密公司藏身于西二旗一个不起眼的园区内，有一栋属于自己的四层办公楼。楼内装修简单，但整洁有序。一间间的机房看起来十分专业，密密麻麻的座位上分布着蓬头垢面的IT民工。键盘声噼噼啪啪此起彼伏地回荡着，好一片敲击代码的忙碌景象。离开IT公司已经有一阵子，来到这儿竟让我有一种故地重游之感。微密的执行总裁王总亲自接待我们。王总四十岁上下，长相完全满足我对一个IT精英的要求，身高在180~183cm之间，身材偏瘦，五官端正，浓眉大眼中透着一股灵气。王总在带我们简单参观了一下公司的各部门之后，把我们领进了会议室。

“在我这儿你们就别客气了，想看什么问什么都随意啊。”王总一口地道的京腔京韵。

“我们这次就是来了解一下基本情况的，您先给我们介绍一下公司的业务吧。”苏樱做事说话都十分谨慎。据她自己说，这是多年干审计得的职业病。

“微密做加密软件已经十年了。最早就是四大行有需求，需要有自己的加密软件。这个必须得国产，国外的再好也不敢用，银行里的数据都是机密。加密软件对算法的要求非常高，我和几个科大的同学觉得这块市场不错，就把他们从高校挖出来，和我一起创业。我们主要的优势就是技术，一般加密软件都是在应用层加密，我们是在物理层加密。”王总怕我们听不懂，又补充了一句，“就是在数据传输的最底层加密，安全性更强。”

我脑子里默数着物理层，数据链路层，网络层，传输层，会话层，表示层，应用层。物理层是OSI七层模型中的最底层，想在这一层加密数据从技术角度而言是最复杂的，当然要解密也是最复杂的，所以在物理层加密最为安全。

王总看苏樱一头雾水，一时也想不出怎样解释，停顿了一下。

我赶紧帮腔："应用层加密就相当于化妆，物理层加密就是整容。”

苏樱立刻意会。

“对，莫经理理解得没错。”王总很感激地冲我点头，继续介绍道，“现在我们的客户主要还是银行等金融机构，这些机构对数据的保密性要求比较高。还有一部分大订单来自于海外，主要是和中兴、华为合作，帮他们加密或者破译一些东西。这几年和一些小公司也有合作，但不是大规模的订单，而且涉及其他领域，还需要对其他领域的数据做分析，我们就不在这儿介绍了。在技术方面，微密在国内加密领域是绝对的老大。”

王总后面说的有些隐晦，我脑海里瞬间闪回了一堆《风声》类的国产谍战片，想想就觉得酷。

“咱们这么说，你们可能会觉得很抽象，我给你们看看我们的软件。”王总拿来自己的笔记本电脑，给我们做当场演示，“软件使用起来并不复杂，在一台电脑上安装好之后，每次开机自动运行，将这台电脑上的所有文件都进行加密，当前用户可以顺畅地打开使用，但是如果更换了用户，或者通过邮件、QQ等工具把这些文件发出去的时候，文件就被自动加密了。只有同样装有这套软件并拥有解密权限的用户可以解密获得文件，其他人看到的只能是乱码。”

“那如果我使用U盘把文件拷走呢？”我提问。

“拷到其他机器里也是乱码，除非他有权限查看。”王总拿来一个U盘演示了一下，果然换了一台电脑就不能看了。但当王总通过后台系统更改了权限之后，文件再次以明文形式跃然纸上。

“这就意味着你无法把公司的文件带走，只能在安装了微密软件的机器上使用和阅读文件，想要截图也是不可能的。”王总进一步演示。

“我可以手机拍照吧？”我想听听王总如何回答这个问题。

“这个当然没办法，任何的加密软件都挡不住。但是很多保密机构是不允许带手机进机房的，这点他们想得更周到。”王总睿智地一笑，“快到中午了，两位美女，赏脸跟我一起吃个饭吧。”

“不用了，不麻烦您了。”苏樱赶紧推辞。

“别，这么远来一次，吃顿便饭，我们旁边就有家川菜，味道还不错。”

我和苏樱只得客随主便。

席间，我又和王总攀谈了起来：“我也是学IT的，还专门学过密码学，学到后面都是算法，RSA，MD5。我现在想起来都头大，感觉太枯燥了，就放弃了。”我语气带着悔意。看到微密做出的产品，我还是有几分羡慕的。

“是，研究算法的最后都得累死。我导师当年被军队特聘，帮他们研究情报加密解密，五十几岁就去世了，真的太累了。我们这儿负责算法的那位，也是我同学，每天都在那儿计算、编码，下次带你们见见，真是个狂人。他对密码是完全的热爱，每天不吃不睡地在那儿研究，精神还特别亢奋。别人看见他，都以为他六十多了，其实他今年才四十岁。你说这等他六十了可怎么办？”王总边说边摇头。

“是啊，我以前在IT公司也总加班，我就是加班加怕了，才转行的。”我附和道，“以前在国外做IT其实还好，不用加班，工资也还行。回了国就完了，天天看日出。”

“我们四大也是一样的，这不是行业问题，在国内加班是很正常的。”苏樱之前所在的会计师事务所也是个累死人不偿命的地方，猝死率一点儿不比华为低。

“女孩子还是别干这行的好，太累了。我们那儿有几个去年来的小伙子，刚来的时候都倍儿精神，人也帅气，干了一年，肚子也出来了，头发也快掉没了，我都想劝他们转行算了。过去都说IT能一夜暴富，其实多少人干了一辈子也没挣到钱。我和我这几个同学一路走来也很不容易，但我们是真的喜欢，太喜欢了。我是70年代出生的人，上大学的时候就想一心报国，可怎么能报国呢？那会儿就认准了电子信息产业，想发展经济必须发展电子信息产业。那会儿天天听美国的新闻，听人家的科技神话，觉得国内也可以。”王总说到此处甚是动情，“我也在美国享过几年福，那时候也幻想着将来买房买车，养两个孩子三条狗的生活。但等真毕业了，就想回来，想在国内创业，开创一片自己的天地。我刚回国那会儿，看见新闻里总说谁谁放弃美国的百万年薪，毅然决然回国，为了祖国奋斗。在美国年薪百万根本不算什么，那会儿汇率也高。别说做IT的了，擦玻璃的也是年薪百万，当然擦玻璃的肯定不会回来的。”王总打趣道。

听到这一席话，我对王总的好感倍增，对微密公司也爱屋及乌起来。

回到公司我和苏樱简单讨论了一下，微密高管团队都出自科大计算机系，技术上肯定没有问题。公司基本面也都很好，财务看上去也靠得住。下一步就是尽快找个总监带队，一起推进项目。

“找谁负责这个项目呢？”苏樱眉头紧蹙。

“我合作过季总、杜总和大魔女，这几个你就别找了啊。”公司一共就五个总监，我枪毙了仨，想想未来的日子还真是艰难。

“老季我肯定不会找。”苏樱咬牙切齿地说，看来苏樱也吃过季师父的亏，“但是许总和何总好像都在忙自己的项目，只有金总闲着，我找她试试吧。”

“千万别啊，”我急得眼泪都快下来了，“找谁也别找她啊。”

“只能找她了。我是高投，不能独自做项目的，必须要拉个总监进来。”

苏樱没和大魔女打过交道，完全不知道等待她的会是什么。

我见劝阻无望，只好挥手随她去了，身上骤起一股寒意，心道：风萧萧兮易水寒……

大魔女的反馈大大出乎我的意料，她竟然看不上这家微密公司。据说她一听到是做软件的就开始摇头，认定做软件是没有希望的。我心想就算大魔女不知道中科软、启明星辰这些，总应该听说过腾讯、百度吧，他们不都是做软件的嘛。我顿时心里一阵敞亮，这个开心啊。

“她不做我就放心了，咱们找许晚晴吧。”我满怀信心，有一个好领导是多么的重要。

“嗯，只能去试试了。”苏樱还是一如既往的谨慎。她担心项目不够好，怕许晚晴看不上。

“放心，许晚晴是学理工科的，肯定喜欢微密这种公司。”我继续鼓励苏樱。果然，许晚晴看过资料后就一口答应下来，并在隔天就随着我们一起来到了微密公司。

“王总，这是我们的投资总监许总。”看到王总我赶忙介绍，“这位是微密的执行总裁王总，王总也是科大毕业的。”

“物21。”许晚晴递上自己的名片。

“计24，咱们是同级啊，怎么在学校没注意到你啊，不应该啊。科大像你这样的美女可是凤毛麟角啊。”我完全相信王总的称赞是发自内心的，不要说美女，科大连女生都是凤毛麟角。

“你认不认识徐非？也是你们系的。”许晚晴问道。原来攀熟人这个习惯科大也有。

“认识，我室友啊。你还认识我们系谁？”王总更加热络起来。

“计算机系我认识的不多，还认识个陆达，好像是2班的吧。”

“他就在我们公司呢，负责技术，我一会儿把他叫来啊。你毕业之后就开始做投资了吗？”

“我毕业之后去美国混了几年，之前在埃森哲做咨询。回了国才开始做投资的。你这企业做了多久了？我看资料好像时间不短了。”

“我在美国读完PHD就回来创业了，一晃都十几年了。这几年国内国外变化可真大啊。”王总把我们请到了会议室，和许晚晴旁若无人地聊了起来，同学之间竟有说不完的话。两人一直聊到了饭点。

“走，今天我做东，咱们一起吃饭去，庆祝我和许总老同学相见。”

“把陆达也叫上吧，我也很久没见过他了。”

“我这就去叫。”一会儿工夫，王总领来了一位背已微驼、两眼无神的光头老爷爷。

“陆达！”许晚晴如亲人一般扑了过去，“咱们得有十年没见了吧？”

“十多年了，你怎么还是这么年轻漂亮啊，我都老了。”陆达说这话时稍显不安。陆达和许晚晴站在一起，我无论如何也不会想到他们是同学，说是父女俩恐怕更合适些。

王总带着大家到了一家颇有档次的酒楼吃饭，席间继续以科大叙旧为主题，我和苏樱时不时地应和几声。饭后，王总安排了陆达给我们介绍技术。

“陆达当年在科大可是大牛啊，前后几届都知道他，拿过国际上的奖。”陆达还没开口，许晚晴先给我们科普了一下。

一听是科大计算机系的大拿，我这个IT小辈更加不敢造次。认真听完了陆达对算法的讲解之后，我弱弱地问了一句：“咱们这个和其他加密软件比，算法上的优势是什么？”

“这个我可得多说几句。”看来我确实问到了点子上，陆达一下来了精神，“算法的原理都是一样的，都是基于RSA标准算法，但是我通过几年的时间研究，在传统算法上做了改进，使用我们的软件，比其他的加密软件平均要快十分之一秒。”

在说到十分之一秒的时候，陆达煞是兴奋。我能理解十分之一秒对陆达的意义，我也充分理解十分之一秒对普通人的意义。十分之一秒你什么事都做不了，你甚至不会意识到这十分之一秒的流逝。但这就是一个IT人倾其所有去追求奋斗的，让你的用户体验好一点，再好一点。这十分之一秒就是IT精神。陆达拿来一台电脑，亲自给许晚晴演示。许晚晴很专业地问了几个问题，陆达一一回答。

回去的路上，许晚晴难掩心中的喜悦，不停地感慨：“这企业真不错啊，没想到能在这儿碰见陆达，真不容易啊！”

“微密能立项吗？”我趁热打铁。

“没问题，你们回去抓紧把立项报告完成，写完咱们就和耿总汇报，争取早日立项。”许晚晴信心十足。

“好嘞。”我心满意足地看着苏樱，找许晚晴果然没错。

耿总听说是科大校友创办的公司，也一路大开绿灯，没挑毛病，就让我们上了立项会。

立项会上，许晚晴主讲，我和苏樱补充。

“大家看看有什么问题吗？如果没有，就正式立项了。”耿总按部就班地询问着大家的意见。

“这个行业我不看好。”我闻声寻去，说话的是万子建，人称“万娘”，人长得浓眉大眼四方脸，蛮周正的，就是一说话就兰花指，“这个公司都办了十几年了，利润才三千多万，说明业务增长非常缓慢。而且加密软件市场很小，天花板很低，中国有多少家银行，市场就那么大，其他行业根本不需要这种软件。”

“国内银行的市场并不小啊，而且微密并不是只为银行做。我们刚才也介绍过，华为等一些通信公司每年也有固定的业务，其他公司也有不少订单。”许晚晴沉稳地说。

“这个市场都是噱头，能不能拿到钱都不一定。华为有自己的加密业务，不太可能用他们的技术。”万娘摆出一副专家的嘴脸，“再说，就算所有银行都买他们的加密软件，这也就是一锤子买卖，未来市场怎么办？”

我看清了万娘不懂装懂的本质，软件要是一锤子买卖，微软早就倒闭了。

“软件行业并不是像万子建说的那样是一锤子买卖，除了更新软件必须付费之外，微密公司对银行每年还收取一定的维护费用。仅维护费用算下来，一年就有1000万以上。随着银行信息化的普及，对于加密软件的需求会越来越多，要求也越来越高，所以微密的市场会越来越大。”许晚晴耐心地解释着。

“我可以给你们约几个银行的人，加密软件市场竞争非常激烈，并不像你们说的微密一家独大。”万娘继续无理搅三分。

“竞争肯定是有的，微密也不是一家独大。微密现在的市场占有率也只有30%左右。我们刚才已经说过了，微密的技术是他们的最大优势，对于技术要求高的四大行肯定会选择他们，但是对于一些规模较小的城商行，考虑到性价比，可能会选择其他公司。”许晚晴继续回答，“对于其他几家做加密软件的公司，我们也进行了调研，规模和技术都和微密相差很多。”

“四大行也不一定用的都是微密的，你们还是再调研一下市场吧。这个市场我很多年前就关注过了，没有明显的行业老大出现，都很分散，集中度不高。我几年前做过详细的调研，这个市场很难起来，需求不大。”万娘誓要将伪专家进行到底了。

“既然子建这么说，你们就再看看，看清楚了咱们再立项吧。”耿总显然是被万娘的架势蒙蔽了，“你们查一下四大行都是用的谁的软件。万子建，你也查一下，一起告诉我。”

散会后，我和苏樱都觉得很憋屈，明明是很好的项目却立不了项。

“没事，咱们就再调研一下市场嘛，也没坏处。”许晚晴安慰我们，“等年会回来，约几家银行访谈一下，再给耿总汇报。”

“年会？怎么这么早开年会？”我一下来了精神。

“你不知道啊，以后年会都不在年底搞了，都提前了。”苏樱看着我，“年会去厦门开啊，都发通知了。”

11 / 良辰美景奈何天

我自打听说了旅游的消息就开始激动，一直激动到上飞机。

美女们换上休闲装后，露胳膊露腿更见风流，齐齐地在候机厅坐了一排，引来众多旅客的侧目。男士们都穿上了短裤T恤，看起来比平时青春阳光了许多。候机时，大家都是一片喜气洋洋，唯一的不安定因素大魔女却迟迟未到。

楠哥十分焦急，打了几个电话都没打通。

我正在窃喜可以有一周见不到大魔女时，那熟悉的身影却忽然出现在了人海之中。今天她老人家的着装显然是精心设计过的，印有南大燕园Logo的T恤衫，土灰色略显陈旧的运动裤，头上戴着一顶有蕾丝花边的帽子，帽子顶端还有一个圆滚滚的大球，有点《水浒》里时迁的意思。不知道是不是戴了帽子的原因，大魔女的头部显得异常的硕大，和五短身材形成巨大的反差，这大概就是传说中的三头身吧。我发现她朝着我迎面走来了，尽量低着头，避开她的视线。无奈，任我如何左躲右闪，她还是蹿了过来。在这个公司里，大魔女还是跟我最熟。

"菲儿，你们来这么早干吗啊？你们就是坐飞机的机会太少了，像我这种经常坐飞机的都是算准了点儿来，来早了没用，还不是在这儿等着嘛。"大魔女一脸的傲慢。

我心里就是一句滚蛋。如果此后的旅行我都摆脱不了她，我现在就想跳下飞机。飞机缓缓起飞，大魔女开始了一如既往的聒噪。

"啊，我的耳朵，我的耳朵。"大魔女杀猪一般地号叫着。

"你耳朵怎么了？"我不耐烦地问。

"我耳朵好痛啊！"这港台音是大魔女新学的毛病，之前普通话还说得挺顺溜儿。

阿姨，你不会连飞机都没坐过吧？您也是在英国剑桥留过学，在美国大摩工作过的人啊，您之前都是坐船去的吗？我看怪胎一样地看着她："没事，气压原因，一会儿就好了。"

大魔女仍然很紧张，这紧张程度实在不像装的。我把头扭到最大程度，看着过道一边，尽量不去看她。我惊奇地发现过道另一边竟坐着林风。自婷婷家赴宴之后，我们两人每次见面都有些尴尬，索性连招呼都不打了。

林风正和季师父、周申一起在斗地主，我假装饶有兴趣地凑过去观战，把正在担心自己聋了的大魔女抛在九霄云外，我真的想把她抛出去。

这三人牌技极不相当，林风无论出牌速度还是出牌质量都遥遥领先，胜负毫无悬念。还没开始发饮料，林风就赢了二百多。

赢钱的林风不无得意，难得的一脸笑容，话也多起来："菲儿，你会打吗？要不你替他们玩。这俩人水平太差了，看哥这把，又赢了，真没劲。"

在这之前，我看到的林风永远面无表情，我一度以为他就是个面瘫。

打到后面，季师父和周申开始通牌，形成二打一的局面。即便如此，林风还是赢多输少。我心说这二位爷以前就没玩过斗地主吧，怎么能笨成这样。最后两人使出杀手锏，赖债不还，清零重新来过，我都看不过去了。

林风倒并不在乎，一脸的阳光灿烂："不跟你们玩，非要玩，输了还不给钱，真是的。菲儿，咱们玩抽王八吧，不理这两只了。"

在欢声笑语中，时间飞逝，飞机降落停稳。大魔女再次经历了短暂失聪，她无助地看了看我，这回没敢再乱喊乱叫。

出了机场就是一片仙气缭绕，烟雾蒙蒙。天色已晚，温度依然很高，没走几步，就觉得浑身上下湿漉漉的。一行人迅速安顿好住宿就马不停蹄地奔赴饭店，酒菜早已备好了。

公司四十多人分三桌就座，耿总所在的自然就是主桌。我身为底层员工，自不敢去那桌凑热闹。看到戒哥、小侯那桌也人满为患，只好另辟蹊径，跟楠哥坐在了一桌。抬眼一扫，真巧，对面又是林风，心里一阵高兴。

酒席之上大家推杯换盏，喝得好不热闹。我自知酒量不行，只顾闷头吃菜，不时留意一下战况。据说观察人最好的机会，就是在酒桌上看其表现，人不管多能装，唯有酒品和牌品是装不出来的。

耿总不断被人敬酒，都是来者不拒，一会儿工夫就干了十几杯，依然面不改色。小如、佳音和苏樱三位女将主动出击，四处挑衅，逢人就敬。

当日喝的酒是当地特产土司王，38度的烈性白酒。开始大家还用口杯喝，菜过三巡之后，有酒量的都直接对瓶吹了。我被这喝酒的气势深深镇住，更加低调做人，生怕有人留意到我。一桌菜虽然鸡鸭鱼肉俱全，但味道都极其普通，吃了几口就觉得索然无味了。

楠哥的酒量也极好，但喝得克制，有人敬便喝，也不多话，更不劝别人喝。

当日喝得最多的是何总，也是总监级别。大家轮流灌他的原因，主要是他酒量好在公司是出了名的。越是酒量好，大家就越喜欢挑战。何总来公司前是上市公司的高管，长得一脸正气，说话也透着一股官风，作报告长篇大论连草稿都不打。何总酒量确实很好，所有去敬酒的都是满意而归。何总越是这般来者不拒，越是激发了大家要灌醉他的斗志。

“只要大家高兴，让我喝多少都喝。”何总发了这话，自然敬酒的更是源源不绝。

何总这边春风得意地喝，另一边万子建也是逢人便敬，边敬酒边炫耀：“我也是久经沙场的，有一次把备投公司的八个人都喝倒了。那次光白酒我就喝了三斤，还喝了不少啤酒。来，佟总，我敬您一杯，多谢您的照顾了。”

“好说，都是应该的，子建啊，少喝点儿，别喝多了。”楠哥好心劝道。

“您放心吧，这酒才38度，我以前70多度的原浆酒喝了都没问题。”万娘拿着酒瓶在我们这桌敬了一圈，又走到下一桌。

我再次听到：我之前喝倒过八个人。我因为上次项目汇报对万娘已有反感，今日就更不必说，酒量好喝酒就是了，不用讲什么过往事迹。这就好像唱歌比赛，开嗓前非得来段父亲去世的噩耗，真没有必要。

当然说起自吹自擂，我又想到了大魔女，这厮躲到哪儿去了。我在人群中一寻摸，立刻看到时迁的大球。

大魔女竟毫无眼力价儿地坐到了耿总身边，端着杯茶给耿总敬酒：“耿总，我以茶代酒敬您一杯，希望咱们以后都能合作愉快。”

“哦。”耿总显然没有料到竟有如此白目的下属拿茶杯给自己敬酒，迟疑片刻，还是一饮而尽，“你多吃点菜。”

大魔女尝到甜头，继续拿着茶到处敬人。

敬到戒哥时，大魔女一脸亲切：“老唐啊，我来了这么久也没和你说过话，咱们以后一定要找机会合作啊。这杯你可一定得喝啊。”

“您得叫我小唐吧，我年纪肯定比您小。”戒哥恶狠狠地说，“您这喝茶可不行，我喝酒，您也得喝酒。”

“我从来不喝酒，我在国外待久了，不像你们中国人成天喝酒。今天就以茶代酒吧。”大魔女说着就要碰杯。

“您要不喝，咱就别喝了。”戒哥拿着酒杯起身走了。戒哥在午饭时间早已听我说了很多大魔女的事迹，像他这种疾恶如仇的主儿，早就把大魔女恨透了。

大魔女举着茶杯，僵了一晌，见无人理她，便无趣地走了。她晃了一圈，又走到阿豪身边：“阿豪，一直听说你能力挺强的，咱们还是校友，下个项目带你一起做吧。”

“对不起，我实在不能再喝了，我已经酒精过敏了。”阿豪说着挽起了袖子，整条胳膊都变得通红，看来他的酒精过敏是真的。阿豪是个地道的广东仔，发型讲究，穿着时尚。说来也巧，阿豪也是剑桥毕业的，而且跟大魔女就读的专业都一样，但阿豪谦逊内敛，大魔女飞扬跋扈，两个人差距极大。

看着阿豪面红耳赤的样子，还真觉得有点可爱。他一路念叨着：“我不行了，我头好晕啊，我要回去睡觉了。”便自行回了酒店房间。这是当晚第一个退出酒场的。

小如的酒量我是见过的，没料到佳音和苏樱的酒量竟比小如还好。三个美女周游列国一般敬了每个同事一杯酒，仍保持着千娇百媚，谈笑风生。几轮下来，公司大部分男士都不行了，小侯更是举杯求饶：“我喝不了啊，你们别敬我了，我快吐了。”

随着退出的人越来越多，局面逐渐明朗。三美女集中火力齐战何总，由于双方战斗力都太高，游戏进入了死循环。

我正看得高兴，忽然发现婷婷不知道什么时候坐到了我身边。她脸色微红，显然已经有些醉意了，亲昵地说：“亲亲，喝不喝酒啊？”

“不喝，不过你要是喝，我就陪你一杯。”我准备为婷婷破戒。

“我都醉了，不喝了，我就是过来看看亲亲的。亲亲在这桌怎么样啊？”婷婷趴在我身上，我立刻闻到一阵芳香。

“我怎么觉得你是来看他的啊？”我一指林风。他在酒桌上也不怎么活跃，我没看到他主动敬谁，也不知道他喝了多少。说完这句话我有点后悔，想着刚才应该去和他碰一杯。

听见我们说话，林风朝我们这边转过头来，四目相对，我咽下柔情，没心没肺地吵吵着：“来来，大帅哥，婷婷来敬你了。”

“咱姐俩得喝一杯吧。”林风笑眯眯地看着婷婷，平日正人君子的德行一扫而光，露出微醺的魅态。

“才不跟你喝呢。”婷婷忸怩着。

我在边上暗骂一声狗男女，扭过头不去看他们。

这边楠哥正在给杜总上课。杜总蹲在一边规规矩矩地听着，不住点头。杜总那略有发福的肚子蹲在地上和一尊佛像一般。我看不惯杜总那副谄媚的样子，只好又把头扭回去。

婷婷已经在和林风喝酒了，美女就是美女，只轻抿了口酒下去，紧蹙眉头，玉手微挡小嘴，嗔嗲一句：“好辣啊。”整个动作一气呵成，合美、娇、嗔为一体。这一杯酒竟喝了七八口才喝完。

林风干脆地吞了一杯，喝完仍是一脸坏笑。

婷婷温柔地看着林风，悠悠地说：“我可只为你喝这一杯，不许再让我喝了啊。”语气之温柔，神色之凄美，我看着就觉得醉了。说完婷婷便飘走了，留下我兀自出神。

“菲儿，咱俩也得喝一杯吧。”林风拿着杯子过来，主动挑衅。

“我酒精过敏啊，要不我陪你喝杯水。”

林风本就白皙得过分，喝了酒竟越喝越白，全无醉意。“那怎么行，咱们以前也不太熟，喝了这杯，以后咱们就是好朋友了。你喝不喝吧？”林风把我的杯子倒满，递了过来。

看来水煮鱼那次他是没放在心上啊。想到这儿我突然莫名地有些赌气：“喝喝，喝酒！”我一扬脖，好辣！一股火直入食道。这绝对是劣质酒。

“这才对嘛。”林风也将自己的杯中酒一饮而尽，脸上还留着一抹笑意，“菲儿，有些话我一直想说。”

我刚想听听林枫要说些什么，万娘偏在这时跑来坐到了我身边。立项会的事，我还没找他算账，他还敢主动过来套近乎。

“菲儿，喝一杯吧。你也来了这么久了，咱们都没合作过，下半年，我一定带你做个项目。你也跟我学点东西。”

我心说我跟你喝不着吧，但嘴上还是客气道：“我酒精过敏，不喝酒。”

“你刚和林风喝了一杯，我都看见了，别装了。难道你只能跟他喝？”万娘色眯眯地说。

万娘论长相倒是并不丑，身材健硕，穿着搭配也挺讲究，但给人的感觉就是讨厌。不需要了解，就能断定这人肯定是个纵欲过度的色鬼。

我被万娘的话僵住，想了半天也没有什么好理由拒绝。加上旁边的楠哥也劝道，就喝一杯吧。我只好又喝了一杯。喝完却发现，万娘只在一旁淫笑，并未喝。我一下就急了：“万娘，你敬我酒，你怎么不喝啊？”

“我今天喝太多了，下回补给你。”万娘依然在那儿淫笑。

“甭下次，是男人先把这杯给喝了。”我生气地说。

“就是，没有你不喝的道理。”林风抱打不平地说。

“你们都叫我万娘了，就没把我当男人吧。菲儿，我是过来跟你说正事的。”万娘放下酒杯，看架势我这一杯算是赔了。

“有话快说。”我对万娘已经厌恶到了极点，只是身边还有其他同事在场，不好发作。我深记小侯之前的教诲，得忍，等没人的时候再揍他。

“微密那个项目，你们就不要再做了，没前景。”万娘一脸诚恳地说。

我之前要是没听过戒哥他们对万娘的评价，兴许看着他那诚恳的样子，没准儿就信了。

“有没有前景也不是你说了算吧。怎么就没前景了，你给我解释解释。我挺看好加密软件市场的啊。”

“我研究过银行的信息化业务，U盾、电子文档、银行BI，这些领域的企业我全看过。加密我几年前就看过了，这个行业天花板很低，需求量多少都能算出来。我真是好心劝你们早点收工，不要再做无用功了。”万娘表情极尽恳切，但骨子里还是透着一股子虚情假意的劲儿。

“万娘，我真的有点儿不明白啊，为什么这个项目你非要从中作梗呢？关你什么事啊？”我问道。

“我没有啊，你怎么就不信呢。我真的之前看过这个行业的公司。”

恰好，苏樱和小如刚好敬酒敬到我们这桌。我叫住苏樱，指着万娘告状：“苏樱姐，他说咱们微密项目没前景，他还说咱们是在做无用功。”

苏樱和颜悦色地凑了过来：“万子建，当时立项会我就没来得及问你，你说四大行用的不是微密的软件，那你今天就告诉告诉我，四大行用的是什么软件啊？你说得出来吗？”

“我问过四大行的一些朋友，都说用的不是微密的。”万娘意欲躲闪。

“那用的是哪家，你说啊。”借着酒劲儿，苏樱咄咄逼人。

“哪家名字我没记住，反正都说不是微密。”万娘有些胆怯，但还是硬撑着。

“你问的是谁，四大行的什么人？”苏樱姐直接拍了桌子，“回去我给你约行长，你想问哪个行，我给你约哪个行长。你问问他们到底用的是什么软件？让他们告诉你这个市场有没有前景！”

“哎呀，你们这些人怎么回事啊，我是好心提醒你们，你们还不领情。”万娘灰溜溜地逃走了。

我也被苏樱一反常态的表现吓到了。平时的苏樱性情是那么柔和，连大声说话都没有。今天不知道是酒精的作用，还是对万娘以往的不满太多，火山终于爆发了。

一直喝到饭店再无存酒，众人才恋恋不舍地散去。结账时，我惊讶地发现，公司四十余人竟喝了六十多瓶白酒，数量之多让人瞠目结舌。

回酒店的路上，万娘借着酒劲死死地抱住了小梅：“你别走，今天你陪我吧。”

小梅挣扎着大叫救命啊，万娘还是不松手，还好被旁边的旦旦一把拉开了。我在一旁大骂人渣。

回到酒店，我和小然睡在一个房间。隔着墙壁听见小如喊道：“今天喝的酒才28块钱一瓶，老娘这辈子都没喝过这么次的酒。”

我和小然都未喝酒，自然相安无事，一夜安睡到天亮，醒后方知昨夜已是血雨腥风。

我七点不到便从床上爬起来，已经饿得两眼发光，料想这个时间碰不上其他同事，索性披头散发脸也没洗，穿着睡衣狂奔向饭堂。偏偏就是这么不幸，我到了饭堂就看到耿总早已收拾妥当，端端正正地在吃饭了，一旁还有同样穿戴整齐的杜总和罗旭。

我正在犹豫要不要蓬头垢面地加入耿总的饭桌，刚好看到戒哥缓步走来，我兴高采烈地把戒哥叫唤到另外一桌坐下。戒哥果然也没洗脸，还带着掩饰不住的疲惫，黑眼圈大得快成熊猫了。

我快速拿了一碗米线和煎蛋，先吃再说。等到肚子稍微平静了，我才问道："戒哥，你怎么看着这么憔悴啊，没睡好吗？是和我一样，准备吃饱了再回去睡会儿吧？"

"我一晚上没合眼啊。"戒哥哭丧着脸，笨手笨脚地剥了个鸡蛋，一张大脸真是写满了委屈。

"你不睡觉干吗去了？"我心起邪念，脸堆讪笑。

"菲儿，你想什么呢，我是那种人吗？"戒哥十分愤恨，"我昨天送人去医院了。"

"啊，谁啊？谁不行了？"依昨天喝酒那架势，有人去医院倒是一点儿都不意外。我首先想到的是何总，我要是喝那么多酒估计连去医院都省了，直接送太平间了。

"阿豪酒精过敏，到晚上吐得不行，我就送他去医院了。"

"他现在没事了吧？你在医院陪了一夜床啊？真是好人。"

"我还不如陪一夜呢，我四点困得实在不行了，就回来了，结果在大堂沙发睡了一晚上。"戒哥略带哭腔地说。

"你干吗不回房间睡啊？"酒店的自助早餐很丰盛，我火速装满一大盘子吃起来。

"你以为我不想啊，我屋里睡着别人呢。"戒哥也飞速啃完一根玉米，又去再拿。

"我就知道小侯能干出这种事来。"我呼噜呼噜地吃着，头都没抬。

"菲儿，你满脑子都想什么呢。"戒哥吃着蛋糕，还抽空瞪我。

"男盗女娼呗。不然谁自己有房间不住，跑你床上干吗啊？"

"是旦旦睡我那儿了。"戒哥又去餐台寻摸了一圈。

“旦旦，旦旦可不像GAY啊，不许你诋毁旦旦在我心中的形象。”旦旦和小侯，这画面想起来也是十分美好的。

“跟你真是没法聊天。旦旦和万娘一屋，万娘把门锁了，不让他回去睡，他就跑我这儿来了。”戒哥就快摔盘子了，“听明白了吗？”

“万娘？他想干吗？肯定是他平时住不起单间，现在想体验一下单间的待遇。”损万娘确实非常开胃。

“这你就得问他了，我就不知道了。”

“行了，我听懂了。”我想起昨天万娘抱着小梅，那确实是一副欲火难平的样子，暗暗好笑。

戒哥吃完盘子中的水果，晃头晃脑地起身要走，临走又说了一句：“反正啊，我听说昨天是出大事了。”

“大事？这也不能算大事吧？”

饭罢回房，小然正在仔仔细细地收拾行李，她带的东西在我看来足够搬家了。那庞大的旅行箱对付这次短暂的旅行实在是大材小用了。洗发水、沐浴液、吹风机、各种洗漱用品，只有我想不到，没有她带不全的，连洗面奶都带了两瓶，一瓶敏感型的，一瓶普通的。普通的洗面奶是专门为我带的，她认为我这粗枝大叶的人肯定不会带这些。事实也确实如此，我觉得用酒店的香皂洗脸就可以了。其实小然不是我的首选室友。我按顺序地找了婷婷、佳音和小如，无奈她们都有了约定俗成的室友，我唯有退而求其次，找了小然。想不到这勉为其难的选择，竟是让我收获颇丰。一路上，小然总是不辞辛苦地照顾我，早上帮我收拾行李，晚上帮我洗袜子，真是处处有关照，时时有惊喜。跟小然在一起，我时常自愧不如，都是80后的独生子女，差距怎么就这么大呢？小然温柔婉约，我易焦易躁，性格倒是互补，只不过人家全是优点，我全是缺点。

我最为好奇的是，如此一个天造地设的贤妻良母，竟然年近三十还是单身。更让我百思不得其解的是，小然竟然连男朋友都没交过。我感叹男人不长眼睛，准确地说是只长了眼睛。但同时，我也在努力思考剩女之所以剩下的社会问题。排除眼高手低，愤世嫉俗，单身万岁的女文青、女愤青不考虑，仅仅以小然这样的标配型好剩女为例，她们到底因为什么沦为剩女？她们是否有共性是否有个性又是否有偶然性？在我苦苦地思索了几天之后，仍未得到答案，也许剩女们就是各有各的不幸。我唯一能做的是cross my finger，默默祈祷上苍，一定要给小然个白马王子啊。

收拾妥当再次启程，景点之间相隔甚远，每天都要坐很久的车。尽管地陪费尽心思地帮大家打发时间，众人还是昏昏欲睡，提不起兴趣。

我倒是被外面的景色深深吸引，透过迷雾看到苍绿的山，静静流淌的小河，每一处都是人迹罕至，静谧深沉。我总是幻想能在这样的地方看书、写字，终此一生。当然这只是幻想，真把我扔在这深山老林，不用一天，我就会逃回灯红酒绿、红尘滚滚的大城市。

“这景色真美啊。”我摇醒正在昏睡的小然，生怕她错过了窗外的美景。

“这就算美了？这种山水在我们湖南很常见的，随处都是。下次你来我家乡，我带你去看。”小然看了看窗外，继续昏睡过去。

确实唯有这秀美的景色才养得出小然这般恬静乖巧的女子，而车水马龙轻浮躁动的大北京，只能惯出我这种激情澎拜点火就着的女汉子。

颠簸了半日，开到了一个会议中心。我正四处张望，抬眼却看到了眼睛红肿的婷婷来到跟前。

“婷婷，你这是咋的了？没睡好吗？怎么眼睛肿成核桃了？”婷婷眼睛本来就大，这一肿，半张脸就光剩眼睛了。

“没事。”婷婷语气忧伤，一脸委屈。

“这到底是怎么了？”看到婷婷这个样子，让人好不心疼啊。

“真没事。”婷婷欲言又止，“亲亲，好好玩啊。”

看来肯定有事啊，到底怎么了？我的心情瞬时如这里的天气一般，蒙上了一层浓浓的雾气。

自由活动时间，同事们都小有收获。我则和佳音一起，品尝了当地的酒店特备的小吃，味道都很普通，没留下什么印象。

天色已晚，同事们自行回会议中心休息，留下的十来个人找了家酒吧喝酒谈天。

酒吧当日的驻场歌手没在，老板很是豪爽地把舞台留给了观众。我那些平日文绉绉冷飕飕的同事们，都争先恐后地登台一展歌喉，场面一度很难控制。我暗想投资机构果然压抑，这人都憋成什么样了。同事中有才华的真是不少，又让我刮目相看了。

正当苏樱在上面演唱《夜夜夜夜》时，万娘又主动过来找我聊天，语气甚是恳切：“菲儿，昨天睡好了吗？”我没有搭话，想起早上戒哥的话，鄙视地看了他一眼，冷笑了一声。我是一个不会伪装的人，阴晴圆缺全写在脸上，从小就靠智商补情商，结果平均下来双低。

“菲儿，你爱打高尔夫球吗？回去咱们可以一起去玩。”

“我不会，从来没打过。这么高端的运动我玩不起。”

“你不会，我教你，等回了北京，周末我就带你去打球，行吗？”万娘继续献殷勤。

“你要干吗啊？”我好奇地看着他。

“我问你个事。你父母都是什么级别的啊？我听说你家很有背景啊。”

有这么问话的吗？我对万娘更加反感，就这情商还能在投资圈混吗？连大魔女都知道旁敲侧击。我最讨厌人家提关系。我就算是靠关系进来的，现在不也是天天早来晚走，拿着微薄的工资努力干活儿嘛。

“没背景，我父母都是下岗工人。你听谁说我家有背景的啊？”我没好气儿地回答。

“你别闹了，全公司都知道你家有背景。”万娘无视我的鄙夷。

“真没有，你被他们骗了。”我心下一沉，怎么还全公司都知道了。我上班前，老爷子还一再叮嘱过，去上班不要说家里的事，让别人知道了不好。尤其听了小侯对大家的背景介绍之后，我这点背景更是不值一提了。

“你别装了，你、林风、小侯家里都有背景，我早就知道了。”他一副了然于心的样子。

“你既然知道还问我，多此一举。”我换了位子，想甩开他。

“我是替你们可惜啊，你们这么多关系，自己都不会利用。你应该把你家里的关系介绍给我，这样才能物尽其用啊。”万娘摆出老江湖的架势。

“这就没有必要了吧。”我心说，万娘，你以为你是谁啊。我上班，又不是我父母上班，没事用他们的关系干吗？别说我没啥关系，就算真有也不会介绍给你啊。

“你们都没有经验啊，应该和我这种经验丰富、有能力的人合作。你们这些人的长处就是有关系，但是没能力，空有关系都不知道怎么用，太浪费了。”万娘一脸的惋惜，“菲儿，你也不用干别的，就把这些关系介绍给我就行，我把自己的经验传授给你，咱们是互补的。”

“我在这儿跟你说话才是最大的浪费呢。我们有没有能力不是你说了算的。”我已经听不下去了，这人到底是来攀关系的，还是专程来气人的。

“实事求是，你确实什么都不懂啊，以后可以跟着我学习。我愿意带你们做项目，我现在手头就有个项目，你加进来一起做吧。”

“我还看不上你的项目呢。你懂什么啊？”我怒目而视。

“我做投资这行都快十年了，很多行业我都非常熟悉。从金融业，到工业，再到IT业，我都是专家级别了。咱们公司除了老季，就我入行最早了。老季什么德行你也知道了，想学东西肯定是跟着我最好。”

“那您怎么才是个高投啊？”我挑衅地问。

“我来咱们公司的时间还不长，不过这个你不用担心。耿总已经跟我保证过，我再投成一个项目，就提我为总监，所以今年内我就会是总监了。”

“你刚才说你懂IT，别的我不敢说，IT行业你不可能比我了解吧。”

“你以为你学IT的就懂行业吗？行业经验你都没有。”万娘不屑地说。

“大哥，咱打住吧，我从设计到开发再到测试全干过，你懂IT，你掌握什么语言啊？你会用什么平台开发？你写段代码给我看看。”我强压着心中的怒火。

“我会VB啊。”万娘炫耀地说。

“您就会个VB，就敢跟IT双硕叫板了啊。您这懂行的要求也太低了吧。”我在心里给万娘打上了永不合作的标签。

“呵，就说你不懂嘛，你们做IT的就总觉得自己了不起。其实你们根本不懂市场，不懂销售。你们就是写代码的命，真正上升到市场层面，还是得找我这种专家。”

我真想号召一下程序员，把这个浑蛋封杀了吧：“行，你说你懂市场，那我问你，程序员一般工资多少？一套标准软件开发人员怎么计算？这些属于你说的市场了吧，你知道吗？”我今天就是要跟他较劲到底了。

“你说的这些都不是重点，我看过很多家IT龙头企业，我跟企业老板都很熟。我从他们那儿能知道市场的发展走向。”

“哪家龙头企业，你把名字说出来。”我听小侯说过，万娘在公司里一向以烂项目王著称，他看的项目不可能有龙头。

“海森创维、惠宇、龙炎……”万娘如数家珍地报了几个名字。

我不由得阵阵冷笑：“这几家要是算行业龙头，那我以后找两家宇宙流的给您开开眼吧。远的不说，就我们现在看的微密，就比你说的这些都强。”

万娘以一个鄙视的笑作为收场，逃去了小如方向。

没多久，小如就气急败坏地骂起来：“万娘，你上次给我介绍的那人是什么货色啊，以后这样的你自己留着吧。你别再给我介绍了，正经人你也不认识……”

一直在酒吧玩到深夜，大家又去旁边的小店吃了碗当地特色牛肉粉。众人都筋疲力尽，纷纷打车回酒店。耿总兴致却很高，坚持要步行回去。小然非要跟着，我也只好陪着一起走，同行的还有杜总。耿总白面书生走在前面，小然瘦小紧随其后。杜总身材微胖，费力地跟着。我只可惜此时此刻没有挑着一担行李，四人一路向西疾行。月朗星稀，路上空空荡荡，飘来阵阵芳草清香，不禁让人心旷神怡起来。

大家一路闲谈，一向寡言少语的耿总忽然打开了话匣子，望着月色忆苦思甜：“我读博士那几年很穷，到外地出差调研，都舍不得住酒店，经常去住洗浴中心。”

“洗浴中心也不便宜吧？”我插话。

“那会儿便宜啊，三十八能待一天，管两顿饭，还都是自助餐，晚上能在里面睡觉，还有二十四小时热水。当时觉得太值了，比招待所条件好，比酒店便宜。”

“那是真便宜。”杜总附和着，“现在要有那么便宜的地方，我也去住。”

“是啊，我那阵子全国各地到处跑，没少住洗浴中心。那会儿的洗浴中心就相当于现在的快捷酒店，但吃的好多了。”耿总怀念地说，“现在想想那段时光，还挺有意思的。趁着年轻还是应该多吃点苦啊，多吃苦没坏处。菲儿，你肯定就没吃过苦吧。”

“嗯。”我点头认罪，其实我也是洋插队过的人，只是不想把国外的艰辛讲出来。

“我们这一代人，吃苦吃得都不够。”杜总再次应和道。

现在的耿总已是一身Zegna的套装，穿着Ferrigamo的鞋，开着奥迪A6，早就没有了当年满世界住洗浴中心的穷小子身影。世事难料，尤其对于中国70后的这代人，他们经历的落差之大实属罕见。如果说美国的第一批移民尽情享受了美国梦，那么中国的70后就是最早一批实现了中国梦的人。中国给了这代人太多的机会，前无古人已是定论，只怕后也未必有来者了。

70后大学毕业的时候，社会相对简单，官僚奸商尚未成势，整体社会给聪明并愿意苦干的年轻人留下了很多机会。因为“文革”，60后和50后大部分错过了高等教育，而伴随着中国经济的快速崛起，奇缺的人才空位全部由70后补上了。在那最美好的年代，流行的是裸婚，攀比的是学历。他们上学时，学校还不收学费；他们买房时，房价还没有一路疯涨；他们做生意时，城管还没有出现。“站在风口上，猪都会飞”，这句话我并不同意，毕竟找准风口也是个技术活儿，但70后的成功确实是社会的必然。

走回酒店，我无暇多想就沉沉地进入梦乡。

第二天开了一天的总结大会。第三天，耿总放话可以轻松一下。同事们都往武夷山去了。

“戒哥，有鱼。”我站在清澈的溪水边大喊。

小侯奔过来，往溪水里一看，也跟着大叫：“快来，真有鱼。”

“你们俩要干吗？指着我给你们捞鱼啊。”戒哥怒气冲冲。

我和小侯、戒哥一路前行，把这两天万娘对我的骚扰如实地转述了一遍。

“他说咱们没能力？”小侯听完就火了，“就凭他，菲儿，真不是我说，咱们现在就可劲儿往次了混，这辈子都low不到那家伙的程度。”

“他low吗？他还要教我打高尔夫球呢。”

“你问问他，他那车装得进去球杆吗？”

“他什么车啊？”

“奇瑞QQ加长版，放心，加长的也没多长。”小侯顺势比画了一下，“还高尔夫球，他也就在练习场摸过杆儿，就敢说自己会打高尔夫球了。”

“你们理他干吗？他不就是穷嘚瑟嘛。”戒哥接话道，“这个景不错，菲儿，你站这儿，我给你照一张。”

我依照戒哥的指点，站好位置，比出剪刀手。

“菲儿，你能不能换个姿势啊，你看看你照的照片，全是剪刀手。”

“不行，我必须剪刀手，不然就紧张。”我只有比出剪刀手，表情才能自然。

“随你吧，照了啊。”

“万娘这么穷啊？奇瑞QQ看见你的法拉利不得疯啊。”照完相，我立刻回到之前的话题。

“要说起他，也是个挺励志的故事。他家在广西农村，好像很小就去了深圳打工，然后半工半读地上了个民办大学。后来混进投资圈，从小喽啰混起，攒了点钱去读了个不入流的MBA，摇身一变就人五人六儿的了。”戒哥介绍着，不忘继续拍下沿途的风景。

“这么个出身，现在跟咱们平起平坐，还真是挺厉害的。”我想了想，又纠正道，“也不是平起平坐，人家还比咱们级别高呢。”

“是啊，其实万娘这小子挺聪明的，咱们实事求是地说啊。他长得也不错，就是一天到晚不往正道上混，天天跟那儿装就没劲了。”小侯评价道。

历经八公里的徒步，开始我还贪恋美景，左顾右盼，到后面什么风景也没心情看了，只想快快走回酒店休息。出口汇聚时，众人皆是满面倦容，萎靡不振。

由于第一日的惨痛教训，之后的会餐再无豪饮。回到房间，我直接躺倒，大喊腰酸背痛腿抽筋，体贴的小然给我做了全身马杀鸡。

我正在享受中昏昏欲睡，忽听小侯边敲门边喊：“菲儿，过来，打牌，我们三缺一。”

“我不去了，我想睡觉。”

“才七点，睡什么觉啊，快过来。”

我挣扎着爬起来，本着为革命献身的精神跟着小侯去打牌。到他房间一看，小如、佳音、戒哥三人都已坐好，加上小侯人数正好：“你们这儿不缺人啊。”

“这不缺个端茶倒水的嘛。”小侯一脸坏笑。

得，我也当回催。反正也起来了，我为众人倒好茶水，搬了凳子在一旁观战。看人打牌实在无趣，一会儿我就开始哈欠连天。

“菲儿，去你男神那儿看看，他住419，也打牌呢，说不定缺人。”戒哥挤眉弄眼地说。

“这什么倒霉房号啊，还for one night，这谁安排的？他应该和万娘换换吧？”我一路嘟囔着就往外走。

“你看，一提男神，这家伙就见色忘友了吧。”戒哥在我身后说着。

我第一次跟戒哥说林风很帅的时候，这厮狠狠地啐了一口，并不无嫉妒地说：“帅什么啊，不就一小白脸嘛，真没见识。”嫉妒，这就是赤裸裸的嫉妒。

我欢蹦乱跳地跑去419，门没锁，我直接进去了。林风、阿豪和婷婷在斗地主。婷婷打扮得很美，鲜红的嘴唇，浓密的睫毛，波浪似的头发散披在胸前，一身粉色的睡衣，艳得晃眼。

我还没来得及打招呼，就听见林风厉声喝道：“你给我滚！”

我一时反应不过来，这是跟我说话吗？但环顾左右确实再无他人，只能是说我呢。我愤懑地摔门而出，心里骂道，林风就是个浑蛋！再无心玩耍，直接回房间睡觉了。

半梦半醒中再次爬上大巴车，武夷山一天可玩不过来，第二天同事们集体去漂流。当然，爬山也是备选项上。

我走得呼哧带喘，回头一看身边的佳音已经摇摇欲坠了，我赶紧伸手扶了她一把。

“小姐啊，这什么时候是个头儿啊，我快不行了。”佳音脸色惨白，说话气若游丝，显然是受了内伤。

“快了，快了，咱们再坚持一下啊。”我搀扶着佳音，步伐愈发蹒跚，心里祈祷，佳音可千万别晕倒啊。

还好出洞的路是坐船走的水路，节省了不少体力。我扶着佳音找了块石头坐下，迎面看见远处正吃着烤香肠的林风。我对昨晚的事耿耿于怀，狠狠地瞪了他一眼。

佳音收起往日的淑女做派，贪婪地看着香肠，望眼欲穿：“菲儿，你看他吃得多香，咱们也去买两根吧。”

我让佳音坐在原地等我，我去买香肠。结果到了摊位前，我掏遍衣兜，身上竟没有带钱。看到我一副窘境，林风赶紧跑来，替我付了钱。

“回去还你。”我毫无谢意地说。

“哥请你的，不用还了。”林风一脸的阳光灿烂。

我拿起香肠大步流星地走了。心说买个香肠拽个屁啊，老远看着他的背影我还觉得生气。

佳音吃着香肠很是感动："这是我这辈子吃过的最好吃的香肠，还是帅哥买的，呵呵。”大难不死想来一定很多感触。

“呸，他就是一小白脸。”我模仿着戒哥的口气。

“小姐，你怎么动这么大的气啊，快趁热吃吧，特香。”佳音在一旁喜笑颜开，一改刚才的死气沉沉。

草草吃了午饭，又要上山。坐着缆车来到半山腰，我已经晕得不行。缆车四面玻璃，山又高耸入云，一路过来我吓得心惊胆战。我是无论如何也走不动了。有了上午的教训，佳音也不敢玩命，再爬山只怕真要香消玉殒在这深山老林里了。

我们走到一处小吃摊前，就势坐下，就再也站不起来了。两个人攀比似的点了一桌子的小吃零食。辣酱炒年糕、香甜饼一上桌就被我们分食干净。就连平时看不上的烤鱼片、麦丽素、鱼皮豆，此时也都成了珍馐美味。佳音还极有兴致地要了两壶米酒，让店家烫热了端上来，随即自斟自饮起来。

“别点了，这些咱们都吃不完。”我看佳音又叫了几样小吃，赶紧劝阻。

“咱们先吃着，等会儿他们下来了，一起吃。”佳音倒了杯米酒给我，“你尝尝，甜丝丝的，还挺好喝的。”

佳音说的他们是谁我尚无定数，但她肯定想借此机会还了林风的香肠。越是像佳音这种大方的人越是怕欠了别人什么。像我欠了佳音那么多，早就已经虱子多了不愁。

“好累啊，我真撑不住了。”我喝了口甘甜的米酒，感叹道。

“姐姐也不行了，回去咱们得办张健身卡了，这身体真是得锻炼了。”

“嗯，咱们公司附近有健身房吗？”

“酒店里肯定都有，我有洲际和威斯汀的卡，好像本来就是能去健身的，就是一直都没去过，等回去我带你去。来，这薯片也挺好吃的。”

我和佳音吃吃喝喝谈天说地惬意了一个下午，直等到日头偏西，才终于看到大部队缓缓下山。我们的小桌顷刻间就凑齐了一桌人。大家显然都饿急了，一个个狼吞虎咽，桌上的食品很快就被一扫而光。

大魔女也不知什么时候凑了过来，吃着我们的炒年糕，嘴里还不闲着："你们不去爬山真是太可惜了，山上景色特别好，快赶上落基山脉了。"

我不顾佳音冲我使的眼色，立刻拉下了脸。

"金总，累了吧，多吃点。"佳音又和店家加了几样小吃。

大魔女毫不客气地吃着："哎呀，你们啊，年纪轻轻体力就这么不行了。当然，你们确实不能跟我比，我以前是南大登山队的，属于专业运动员级别，爬这点山就是小case，根本不算什么。我2003年徒步爬过南美洲的乞力马扎罗山，五千多米呢。"

阿姨，乞力马扎罗山在非洲吧。我都没心思拆穿她了。南大啊南大，您在我心中也曾是高山仰止啊，怎么能教出这种人渣呢?

"金总，您结婚了吗？"佳音还是十分友善，又给大魔女递过去一盘蛋饼。

"你们也知道，我这种女强人不会轻易结婚的。你们中国人有个逻辑，最好的男人配二流的女人，二流的男人配三流的女人。最后剩下来的就是最好的女人和三流的男人。像我这种明显属于最优秀的女人，能驾驭我的男人能有多少啊?肯定是要被剩下了。这阵子有个官员，各方面条件都还不错，一直对我穷追不舍的，可是我就是不想答应他，还是想再多考验他一阵子。男人嘛，越让他吃不着，他就越上心。我可不想太早把自己嫁出去，我还没玩够呢。"大魔女边吃边吧唧嘴。

哪个官员能这么不开眼啊，你就吹吧，随便吹，反正我不信。我把脸扭到一边，看着来往的行人，心想大魔女这种奇葩到底从哪来的呢?

"是哪个部委的啊？"佳音继续刨根问底。

"现在时机还不成熟，等我们确定了关系，到时候再给你介绍吧。"大魔女显然有些紧张，"我这种女人啊，就是到哪儿都能惹出事来。刚才那个何总啊，还借着扶我的机会，吃我豆腐呢。"

"这话何总要是听见，得把自己手剁了吧。"我在一边阴阳怪气地说。

"何总应该是好心拉您，您别想多了。"佳音强忍住笑。

“你不懂，男人嘛，想要什么我太清楚了。”大魔女那劲头儿，真把自己当林志玲了，“佳音，你结婚了吗？”

“还没有呢。”佳音微笑着低下头。

“你这种条件的还是应该早点结婚的，毕竟你和我这种靠能力吃饭的女人不一样。你再过两年老了，就不好出手了。”

“是啊。”佳音又是微微一笑。

真有涵养，我看着佳音还是一副温婉的态度，没有一丝动怒，心里十分佩服。大魔女的自信到底是从何而来呢？

等林风公子出现的时候，桌上酒水食品已无一幸存，全塞到大魔女肚子里了。佳音张罗着又要再买，我奋力劝阻。

“走吧，你看这帮人的架势，简直是饿狼传说。他们哪是这点零食能打发的？赶紧回酒店，不然一会儿连热菜都没了。”我强行拽走佳音。

“哎呀，你可真是的。”佳音又恢复了娇嗔，扭捏地跟着我走了。

年会就此结束。在回去的飞机上，大魔女又自觉地坐在了我和戒哥中间。我和戒哥交换一个眼神，心说真够衰的。

“菲儿，一会儿你送我回家吧。’大魔女刚一坐好就开始骚扰我。

“我到机场也是打车，送不了您。”再多跟大魔女待一分钟，我就要爆炸了。

“反正顺路，你就打车送我一程吧。”大魔女还磨叽上了。

“机场离我家更近吧，送也是您送我一程。”我连眼皮都没有抬。

“那你送我吧，”大魔女扭过头，开始央求戒哥，“我家离机场也不远的，你应该顺路吧。”

“不顺路，您家近就自个儿打车走呗。”戒哥气势汹汹，一点儿不给机会。

“那你送我吧。”大魔女又拍了拍坐在前面的许晚晴。

12 / 泪眼红相向

年会归来，大家都着实倦怠了几天。我和苏樱、许晚晴继续着微密项目的调研工作。我们分别走访了几家银行，得到的反馈都是目前用的就是微密的软件，使用状态也非常良好，客户都很满意。许晚晴让我们抓紧写份报告出来，再跟耿总汇报。

这日正是我赶报告的关键时刻，戒哥忽然晃悠过来："菲儿，中午我请客，江边城外。"

"烤鱼啊。"我一向不爱吃辣，烤制食品又不健康，对烤鱼提不起兴趣，"你怎么想起今天吃烤鱼了？这大热天的。"

戒哥也不吃辣，作为一个地道的北京爷们儿，戒哥最爱的是稚子烤肉和涮羊肉。

"别提了，在厦门跟婷婷斗地主，输了五百多，给钱她不要，说让我请吃饭。我让她挑地儿，她非挑烤鱼。"

"那你们吃吧，我真不爱吃辣，一点儿都不想沾，尤其这三伏天。"

我对麻、辣、烫这三种刺激性触感都敬而远之，作为一个优质吃货，要能体味到食物的本味和不同味道的食物混在一起所产生的惊艳融合，而不是一种强烈的刺激。

"可别说我没叫你啊。"戒哥威胁道。

"咱这天天吃饭，你明天请我吃个炸酱面就行了。"

我哪里想到戒哥竟把一公司的人尽数叫走，到了吃饭时间，办公室只剩下我一个人孤零零地写报告。我暗暗后悔，早知道就跟着去了，吃点凉菜也好嘛。一个人也懒得出去觅食，继续奋战写了一会儿报告。时间尚早，办公室也无人归来，我索性趴在桌上沉沉睡去。

睡得正酣，忽然感到有人温柔地拍我，我睡眼惺忪回头一看，竟是婷婷。她两眼通红，脸上还留着泪痕。

“你怎么了？”我还没有完全清醒，“你们不是吃饭去了嘛，你怎么又哭了？”

“亲亲，我要走了，我以后都见不到你了。”婷婷哭着趴到我身上说。

“啊？你怎么了，你得什么病了？怎么就见不到了呢？”我小心安慰着。

“亲亲，我以后不在这儿上班了。”

我神智逐渐清醒，终于听懂了她在说什么：“你跳槽啦？没事的，以后经常回来玩啊，回来看我啊。”

“不是，是他们逼我走，我不想走。”婷婷止住哭泣，默默回到自己的房间。

透过玻璃，我看到婷婷梨花带雨。小梅一直在房间里盯着，直到婷婷把东西全部收好，才跟着她出了公司大门。这一切看起来都如此的不真实。我依然神智迷离，我在判断到底发生了什么。这时我手机上收到小梅的信息，上面写着：“不要再和婷婷说话了。”

我只有错愕，竟魂不守舍地追了出去，走到了婷婷身边问：“到底怎么回事？”

小梅不停地冲我使眼色，我只当没看见。婷婷只是哭，没有说话。

“怎么了？你说句话，你们为什么辞退她啊？”婷婷既然不说话，我直接问小梅。

“这是公司的决定，你就别管了。”小梅态度生硬。

看着婷婷委屈的样子，我的眼泪也夺眶而出。压抑，就是压抑，我一口气跑出公司很远。婷婷工作时一直尽职尽责，连假都很少请，我实在想不明白公司为什么要辞她。我打电话给佳音。

“佳音，你赶快来咖啡厅找我，我好难过啊。”

当佳音出现时，我已在抑制不住地大哭。我这反常的表现着实把佳音吓了一跳。

“宝贝儿啊，你这是怎么了？出什么事了？”佳音一边说一边拿来纸巾帮我擦眼泪，“别哭了啊，好好说，怎么了？”

“婷婷被辞了。”我抽泣着说。

“哎呀，多大点事啊。”佳音立刻松了口气，“我还以为你家里出了什么事呢。小姐，咱们身在职场，辞职和被辞都是再正常不过的事了。”

我也终于回过神来，是啊，多大点事啊，我也跳了不止一家公司了。婷婷条件那么好，还怕没有更好的工作嘛。我情绪稍缓。

“你说你啊，这有什么好哭的。咱们这儿也不算什么特别好的公司，婷婷今后去了哪儿也不会比这儿差的。你祝福就是了，哭什么啊。我真服了你了。”佳音又拿过一张纸巾帮我擦眼泪。

“我不希望婷婷走嘛，而且她刚才特别委屈。”我继续抽泣着，为自己的不理智辩解，“小梅盯着她收拾东西，那感觉就是被人赶走的。”

“那就是小梅不对了，平时都关系不错的小姐妹，至于的嘛。婷婷走了咱们也能见她啊，是不是？只要想见的人，在不在身边都能见到；不想见的，就算他天天在你身边你也看不见。”

“可惜不想见的还在，想见的却见不着了。”我恢复了平静，“今天戒哥还请婷婷吃饭，早知道是散伙饭，我就参加了。”

“他们也不知道吧，这顿饭估计真是巧了。小侯他们要是知道，肯定会告诉你的。”

“是吗，他们人呢？”我从办公室逃走的时候他们好像都不在。我立刻掏出手机给戒哥打电话。

戒哥和小侯去参加会议了，显然他们也不知道婷婷要走，听到这个消息都很震惊。

“只辞了婷婷，没辞别人吗？”戒哥问。

“我现在的心情还能去管别人吗？我也希望他们辞的是别人啊。”

佳音不停地安慰我：“好啦，你这顿没吃上没事，咱们过几天等婷婷心情好了，我做东，请婷婷吃个饭。她出了这个公司，一样还是咱们的好朋友啊，不用伤心了。”

我和佳音在咖啡厅待了很久，直到快下班，我才悻悻地回到公司。

我望着婷婷的房间，婷婷已经不在了，她的东西也都随着她消失了。小梅看着我哭肿的眼睛，很认真地说：“菲儿啊，你别难过了，你不知道婷婷的事，知道了你就不会同情她了。”

我看着小梅，对她此时的表现极为不满。之前就数她和婷婷两人关系最好，中午吃饭、下班回家，两人都是形影不离的，连住酒店婷婷都是和她一个房间。怎么说变脸就变脸了？就算是职责所在，也不用这么冷淡吧。我真想告诉她，婷婷不管做错了什么事，都与我无关，她永远是我心里最美的姑娘。

婷婷离开后，我陆续听到了一些传闻。

“婷婷被辞就是因为在厦门和万娘睡了一晚上。对，就唐哥睡楼道那天。没人看见，是万娘亲口说的。他那天喝多了，就和婷婷一起住了，还把旦旦轰出去了。”

“小梅也证实了，那天晚上婷婷确实不是在自己房间睡的。据说本来两个人是在婷婷他们房间里搂搂抱抱的，小梅看不下去了，把万娘请出去了，然后婷婷也跟着出去了。”

“其实耿总对婷婷早就有意见了，婷婷和耿总的司机一直关系暧昧。不是陈哥，是以前的司机，早走人了。据说还被那司机的老婆捉奸在床过。”

“婷婷跟公司的股东在威斯汀酒店被人碰见过。据说两个人勾肩搭背的，特别亲密。这怎么能是假的呢？不止一次被人撞见过。那股东都六十多岁的人了，婷婷肯定是图他的钱呗。据说两人现在还有联系呢。”

“婷婷经常对公司的男士都勾勾搭搭的，你知道吗？主要就是勾搭小侯、林风和罗旭呗。别人又没钱，她勾搭他们干吗啊？婷婷知道罗旭开A7之后，就经常约他吃饭，也被别人撞见过好几次呢……”

总之，我听到的所有，不过是婷婷跟另一个男人也许有什么，仅仅是也许，就可以让这么多人在背后品头论足。我只想说一句贾宝玉的话，她不过是生的模样儿比别人标致些，她又没有做错什么，何必如此。对于他们说的这些莫须有的男女关系，我一概不信。我相信婷婷的为人，她离去的原因仅仅是人言可畏，积毁销骨。

婷婷走后，我化悲愤为力量继续为微密的项目推进做出努力。我和苏樱又走访了几家国有银行，他们同样是使用的微密软件。

通过许晚晴的关系，我们联系到科大计算机系，请出目前加密领域的几位专家，一起进行了探讨。大家都对微密的算法和技术表示了认可。

当我们自信满满地带着调研成果去和耿总汇报时，耿总对微密却已经失去兴趣了："这个行业的发展空间不是很大，企业现阶段发展也不是很成熟。这样吧，你们再跟跟，明年看看企业的业绩，如果到时候能实现他们的预期，咱们再研究一下。我看过你们写的材料了，这个企业恐怕短时间内上不了市。我估计明年再投也来得及，你们说呢？"耿总就这样委婉地回绝了微密项目。

我和许晚晴、苏樱三人都很伤心，一起出去喝了次酒。苏樱感叹公司错过了一个好项目的同时，也难过自己又失去了一个好机会。我则更多地是在惋惜，惋惜微密这样的好公司竟然无人问津。我们在喝得微醺之后把万娘大骂了一顿。事后想来，一定就是这个家伙背着我们，在耿总面前说了项目的坏话。

在一年后的一次聚餐上，万娘再次把婷婷的旧事当作了茶余饭后的谈资，得意扬扬地讲给大家听："那天是她来我房间找我的，我也经不起诱惑，三言两语地就被撩拨得克制不住了。我抱她上床，她也没有反抗，呵呵。经过就是这样了，细节我还是不要讲了吧，少儿不宜。"万娘无耻地笑着，脸上充满了自豪感。

我的怒火终于如火山般爆发了。我泼了万娘一脸的红酒后，指着他的鼻子，狠狠地骂道："你特么有完没完，胡说八道上瘾吧你。婷婷能跟你？你做梦去吧。不管你说什么，你说什么别人也不会相信的。就以婷婷的人品，她压根就看不上你这个王八蛋。你以后再敢说一遍，我找人打你。"

当然这是后话，以我今时今日的地位还不敢帮婷婷出这口气，我自己还要低调做人，努力做事。

没有婷婷的公司是那么冰冷，那么没有人情味。公司里的一切都留着婷婷的影子，墙上贴着婷婷那秀气的字写的信息提示。我桌子上依然放着她写给我的座位名单表。我仿佛随时都能嗅到婷婷身上Miss Dior的香水味。我每每回头，都恍惚间又瞥见那张艳若春桃的脸。

何处合成愁，离人心上秋。回忆婷婷的绝不只有我，在茶水间我碰到了林风，他怔怔地盯着婷婷留下的字条。他的目光是那样的柔软，柔软得像清晨的阳光。但他的表情又是那样的悲伤，悲伤到可以让方圆十里的妹子都肝肠寸断。我看着他，他看着我，我们都深知对方的感伤。

"菲儿，我周五过生日，咱们叫上婷婷一起去唱歌吧，地方你定，行吗？"

林风腼腆地凑过来。

“好啊，还叫别人吗？”三个人K歌难免有些冷场。

“叫上旦旦和周申吧，他们都喜欢唱歌。”

林风生日我又见到了婷婷，我们还和以前一样说说笑笑。

“婷婷，这首歌我送给你。”我从旦旦手中抢过麦克，唱起了《好久不见》，“我来到你的城市，走过你来时的路，想象着没我的日子，你是怎样的孤独……”我一曲未完，婷婷眼圈又红了。

“切歌，切歌，唱点欢快的嘛。”周申接下来连蹦带跳地献上一首《江南style》。周申绝对是当天的亮点，贡献了多首经典老歌兼活跃气氛。周申平日看上去威严老派，没想到竟是这样一个亲切可爱的人。

“林风，在厦门你干吗叫我滚蛋啊？”我主动坐在林风身边，旧事重提。

“我没有啊，我什么时候叫你滚蛋了。”

“就你们打牌那天，我刚一进门，你就吼我。”

“有这么回事吗？”林风想了半天还是没想起来。

“婷婷你记得吧？”我把婷婷拉过来对质。

“哦，那天啊，”婷婷终于想起来了，“他不是冲你，他以为进来的是万娘呢。他怎么可能会骂你啊。”

“你什么眼神啊，能把我看成万娘？身高体重没有一点相似之处啊。”

“我当时生气，根本就没抬头，”林风解释道，“万娘在你进门之前来过一次，被我轰走了。我以为他又来了。”

“你也这么恨他啊。”我暗暗高兴，恨万娘的人多多益善。

“他欺人太甚，那天他借着酒劲去婷婷房间，后来我听到婷婷的喊声，去把他拖走的。那就是个流氓，你以后也离他远点。”林风恨恨地说。

“所以，那天是万娘酒后乱性骚扰你，结果公司不辞退万娘，倒把你辞退了。”旦旦分析着事件的经过，“公司这么做也太不讲道理了。”

“对了，旦旦，你那天为什么住在戒哥房间了？害得戒哥睡走廊。”我心中的谜题看来今天都能解开了。

“别提了，我那天本来和小侯打牌，打完回房间睡觉，结果万娘死活不给我开门，说不方便，让我出去睡。我也不好意思追问，我真以为是婷婷在里面呢，我当时还趴门听了一会儿，确实听见有女人的声音了。”

“对啊，小梅也说你那天没回房间睡觉，你去哪儿了？”

“我当时心情不好，在酒店附近走了一会儿，也就十几分钟就回房间了。”婷婷继续说，“那天小梅没在房间睡倒是真的，她后来跟我说是害怕万娘再过来，她就去苏樱她们房间住了。”

“你们空了这么多床位，就为了让戒哥睡走廊啊。”我插科打诨，听起来婷婷的清白是无法证实了，“公司到底为什么辞你啊？你做错什么了？”

“公司想辞我也不是一天两天了，我知道的秘密太多了。”婷婷幽幽地说。

“你知道什么秘密？赶紧告诉我们。”大家一下来了精神，都竖起兔子耳朵凑了过来。

“现在还不是说的时候，等你们都离开公司我再说吧。青上是我的第一份工作，我做了五年，对它是有感情的，我不希望它出事。”婷婷眼圈又红了。

“这首歌谁点的？来，旦旦快唱。”周申赶紧岔开话题，“咱们还是来说说万娘吧，你们烦他，我更烦他。我刚来公司那会儿，给公司推荐了一个能源项目。那时候刚来，跟谁都不熟，做项目的时候，万娘非要一起做，我心想多一个人一起看看也好。那项目我和许晚晴都觉得很好，结果耿总死活不投，也不说原因。后来楠哥告诉我，我才知道，原来是万娘偷偷和耿总说了好多项目的坏话。那个项目去年就报材料了，多可惜啊。”

“你这没我被坑得惨。”旦旦直接摁了暂停键，愤恨地说，“我刚来公司那会儿，万娘也不知道从哪儿知道的我家有点煤炭的路子，说给我联系了个活儿，让我折腾一批煤运到浙江的一个民营电厂，越快越好，利润很高。我当时也没多想，回去就和家里说了。我爸挺开心，说孩子终于知道拉业务了，上进了。他为了帮我弄这摊事真是忙里忙外，把自己的事全都放下了。我那时候感动地发了条微博‘感谢老爸的支持，一定不辜负您的希望’，看得我爸眼泪直流。结果，我这儿一切都准备好了，连车皮都敲定了，万娘跟我说不要了。”

“你爸没生气吧？”我明白像旦旦这样衣食无忧的孩子，工作的动力主要是获得父母的肯定。

“我跟我爸好一通解释啊，我爸嘴上倒是没说什么，心里肯定是对我失望透了。”旦旦沮丧地说，“我那会儿真是杀了万娘的心都有了。之后他又来找过我几次，都是些不靠谱的事，我就没再搭理过了，这人实在太不靠谱了。”

“这家伙这么可恶啊！”林风接茬道。

“我也想揍他一顿呢。”一想到万娘还没来得及坑我，我就已经认清他的本质，倒颇感几分庆幸。

“姐，他哪儿得罪你了？”旦旦问我。

“我跟着苏樱姐和许晚晴在做一个软件项目，他一直在领导那儿说我们的项目不好。还说他自己特懂，是标准的IT专家。最后耿总居然就信了他，把我们项目毙了。我想起这些就觉得生气。”

“他那人就那样，不懂装懂的。”旦旦递过一杯茶给我，“我正在看个光通信设备的项目。菲儿姐，你应该能看懂这些技术吧，要不加入我们项目组一起做吧。”

“好啊，这是谁的项目啊？现在项目组里都有谁啊？”

“杜总的项目，有我和阿豪，加上你正合适。”

我一听是杜总的项目，顿时泄气：“算了，戒哥他们告诉我杜总的项目不能碰，不然死都不知道怎么死的。”

“哪儿有那么夸张，咱们一起做项目，项目好就做，不好就不做，怕什么。”旦旦虽然年纪小，但说话的口气却很坚定。

“也是哈，不过杜总不一定要我吧？”

“帮他干活，他还好意思挑三拣四的。我明天说一声就行了。”这就是旦旦的气势，不服不行。

“《海阔天空》，旦旦你点的，快唱。”周申把麦克风交给旦旦。

旦旦随即一阵咆哮：“海阔天空，在尽调以后；要拿执着，将项目报告写完，傻比青上，谢谢你们曾经看轻我，让我不低头，更精彩地活。”

“旦旦，你这压力是有多大啊。”我听着旦旦篡改的歌词，差点笑喷了。

“菲儿妹妹。”林风端起一杯红茶朝我走过来，“虽然那天不是我的错，我还是跟你道个歉啊。来，碰个杯。”

“你管谁叫妹妹呢？你这是道歉还是挑衅啊。”

“还不能叫声妹妹啊？你以后管我叫风哥就行，别林风林风的了，太生疏了啊。”

“真讨厌！”我佯装不开心。

“林风，你俩谁大谁小还真不一定呢。菲儿姐是深藏不露，童颜巨乳，其实岁数大着呢。”旦旦唱歌间隙跑过来插嘴。

“旦旦你去死吧。”我强忍着没把杯子摔过去。

“是吗？你多大了？”林风问道。

“菲儿姐双硕士毕业都四年了，你算吧。”

旦旦扳着手指开始数了：“得三十好几了吧。”

“别算了。”我掏出身份证往桌子上一拍，“我今年二十七，我上学早，跳过级，没你想的那么老。”我一脸恨意地瞪了旦旦一眼。

“哎哟，原来你就是传说中的学霸啊。我上学的时候就喜欢学霸，一直想交个学霸当女朋友呢。”林风拿起我的身份证仔细端详，“你整过容吧？”

“别看了，谁身份证上的照片好看啊。”我一把将身份证抢回来。

“我说你长得也不像三十的嘛，困惑我这么久。”年龄这个话题在旦旦这儿是过不去了。

“一边去！”我端起杯子和林风碰了碰，赶紧岔开话题，“那天也就是我，换个脸皮薄的女生当场就得让你骂哭了。”我责怪道。

“你怎么也不进来问问我啊，明显有误会嘛。我怎么可能跟你说这种话呢。”

“让你气得失去理智了呗。哎，你会唱《广岛之恋》吗？”

“呃，老听，但真不会。”林风害羞地说，“我唱歌不太行，你跟旦旦唱吧。”

“你不唱菲儿可不原谅你啊。”婷婷在一旁帮腔。

“就是，必须唱，我给你插歌。”旦旦也起哄。

“我真不会，要不咱俩唱《因为爱情》吧，这个我会。”

“这个好，同意！”婷婷很兴奋。

“《广岛之恋》的前奏已经响起。”旦旦的手就是快，“先唱完这首吧，周申你会吧？”

“他没有不会的。”林风把话筒扔给周申。

果然，周申一开嗓就是惊艳，引得众人喝彩。

我也拿起话筒，想要尽力唱好眼前这首保留曲目，但心思早已不能集中。我感觉到林风在看着我。我假装努力地盯着字幕，跟着《广岛之恋》的伴奏，却唱出了一句：“因为爱情，怎么会有沧桑……”

13 / 好梦一日游

直到今天，我依然认为赛新是我做过的最“有趣”的项目。

旦旦举贤的当天，杜总就穿着长袍马褂向我递过了橄榄枝。

杜总憨厚的脸上带着微笑，言辞恳切：“菲儿啊，你可是技术方面的专家啊，你肯帮我做这个项目就太好了。”

听着杜总诚恳地恭维，我把“八归十三还”的事忘得一干二净，赶忙应声道：“光纤传输技术我也不是很懂，但我想跟着一起看看。”

“太好了，有你这种技术背景的人才加入真是太好了。”杜总溢于言表地兴奋。看着眼前笑容可掬的杜总，和戒哥他们说的那位心狠手辣逼走两位总监的杜总，我无论如何对不上号。

杜总为了让我更快地融入项目，给了我一堆企业资料。之后，又叫上阿豪、旦旦一起在会议室开了个会。

“我们先欢迎菲儿的加入啊。”杜总继续给我戴高帽，“我是文科出身，你们都知道，最敬重的就是理工科好的人。菲儿，你都不知道我对你有多崇拜。咱们这个是高科技项目，就需要你这种高科技人才来把关。”

我大致看了一下材料，企业叫赛新，自称是主营光通信设备的，说白了就是给党政机关、学校、居民楼等大院铺光缆的，技术含量并不高，算不上高科技。我心里这么想，嘴上还是客气着说：“杜总您过奖了，其实我也不太懂，但一定努力学习一下。”

“我简单地给你介绍一下项目情况。”杜总又摇起了大羽扇，“赛新成立于2000年，公司的董事长高总和财务总监韦总是一对夫妻，以前都是电信公司的高层，家里也是高干。公司在2007年准备赴美上市，在美国做了个VIE架构。当时一家海外的投资公司投了2000万美元给他们。结果负责这次融资的副总携巨款从此人间蒸发了，赛新就被投资公司告上了法庭。这官司在境外打了很多年，上市就一直被拖后了。最终审理的结果是，这属于那位副总的个人行为，公司不需要承担责任。但高总做人非常地道，跟投资公司承诺了归还。但海外上市的路就这样走不通了。现在公司又转回国内架构，折腾了一圈，浪费了好几年，公司利润其实早就够上市标准了，现在一切就绪，准备最后融一轮资，把海外的欠款还了，明年报材料。其实这个钱不还，都一点儿问题没有，但高总就非得要还，说做生意讲究的就是个诚信啊。我听完了也挺感动的。公司情况大概就是这样，菲儿，你还有什么想要了解的？"

"所以这轮融资是为了还债？那就是要融2000万美元，合人民币是多少？"我问道。

"赛新这次一共准备融一亿五千万人民币，除了还债的钱，还要为上市准备一些流动资金，预备好给中介机构的钱。"阿豪道。

"价格怎么样啊？"

"按公司今年预计利润6000万计算，估值六个亿，作为pre-ipo项目，价格不算高。"阿豪继续解释，"具体的财务数据和订单合同，我们现在也没有看到，这要等尽调开始之后，让他们提供。"

"So far so good，听起来不错啊。"我冲着杜总赞许地说，"那咱们什么时候开始尽调啊？"

"明天咱们就去企业访谈，你们回去都准备一下问题。这次的项目就由菲儿负责技术，阿豪负责财务，旦旦负责了解公司业务和法律情况，就这么分工吧。"杜总摇着羽扇，指挥若定，"菲儿啊，技术就交给你了，你多问一些，显得咱们越专业越好。"

"好，一定。"我斩钉截铁地答道。

会后，我开始查看赛新的企业资料。赛新虽然生产交换机、路由器之类的接入设备，但主要的盈利点还是依赖大客户系统工程，给办公区、校园等提供完整的解决方案。这类项目并不存在技术壁垒，而是上下游的关系网要足够硬。单从技术看，赛新生产的接入设备不具有任何优势，数据指标都很一般。我不禁皱起眉头，一家技术不行的高科技企业真的值得投资吗？

赛新的办公地点位于北三环的一座写字楼内，办公区域并不大。据高总介绍，只有高管团队和销售人员在这里办公，剩下的技术人员和研发人员都在昌平的厂房上班。

高总今年已经六十五岁，身材健硕，五官端正，一双黑漆漆的眼睛炯炯有神。走起路来腰板挺直，大步流星，说话时中气十足，人也自带一股威严。高总领着项目组一行人在办公区转了转，向我们引荐了几位高管后，就带着我们到了董事长办公室。董事长办公室的大气与狭小的办公区形成了鲜明的对比。我们刚一落座，秘书就麻利地给我们端上茶水。

“杜总，你们今天是什么安排？一会儿访谈就在我的办公室吧，你们想问谁，我就去叫。如果我在这里不方便，我一会儿就躲出去。你们随便问，都没关系的。”高总说话很大气，有一股领导的派头。

“高总，您太客气了，我们就先问问您吧。主要还是要了解一下企业的业务，另外咱们这个做过海外架构，现在都拆干净了吗？国内上市没有问题吧？”杜总首先发问。

“这个海外架构，我们前前后后拆了三年，找了几家专业的机构帮忙，现在肯定是拆干净了。这个如果你们有疑问，可以去找我们的律师咨询。我们有国内外两个律师团队，电话我一会儿都给你们，你们都可以问。当年就是上当了，以为赴美上市时间短，价格高，结果，那些不如我们的企业都上市了，我们还没上去，晚了一步啊。”高总不无懊恼地说。

“咱们在行业内能排第几呢？”旦旦问道。

“哎，我们在2007年的时候，绝对是国内光纤接入设备的老大。我们在资本市场失了先机。现在嘛，此一时彼一时啦，具体第几说不上来了，进前十还是没有问题的。”

“我看了一下几家上市企业的资料，普遍净利润率是10%左右，为什么咱们企业的净利润率能达到26%呢？”阿豪提问。

这个也是困扰我的问题之一，光纤接入设备本来技术含量就不高，不应该有这么高的利润。

“这个得按项目划分，每个项目的利润率都是不一样的。这个利润率并不取决于产品，而是我们接到整个项目的价格。我们只不过在财务上统一了产品利润。你们可以看看我们去年的合同，其实每一笔都不一样。这些财务问题我也不是很懂，下次把我老伴儿叫来，你们问问她，我们家是她管钱。”高总笑了笑，“合同你们看过了吗？”

“没有呢，我们还想看一下去年的审计报告，这个没问题吧？”阿豪小心翼翼地问。

“当然没问题了，我们公开全部资料，你们想看什么都可以。咱们签过保密协议了吧？”高总转头望着杜总。

“签了，上次就带给您了。”杜总点点头。

“那就没问题了，你想要什么，列一个清单，交给我秘书，我让她给你找。”

“高总，我想了解一下公司的核心技术，这个是应该找谁呢？”我问道。

“技术啊，我们这儿负责技术的是我儿子，你们管他叫小高总就可以了。不过他正在外地谈项目呢，一时半会儿回不来。你问我也可以，我以前也是做技术的。”高总豪爽地说。

老公是董事长，老婆是财务总监，儿子是技术总监，每天上班和过年一样。职业经理人在国内还属于稀缺人才，这导致大部分的传统企业都非常的不正规。老一辈打江山固然不容易，但守江山更难。如此放心地让自己的老婆管钱，让自己的儿子管技术，这绝非现代企业应有的做派。即便他们能拿出一纸文凭，但缺少脚踏实地的经验，缺少基层工作的积累，这样空降下来当高管，对企业、对个人都未必是好事。

“我就想问问咱们产品的优势都是什么？做光纤接入设备的厂家很多，国内国外竞争都很激烈吧，咱们是如何能够占领市场的呢？”

“这个可能就是你们不懂行了，光端机看上去都长一个样，但用起来差别可大着呢。我们公司的产品优势就是稳定，非常稳定，放到哪儿都不会坏。我们产品的性能和华为、思科这些大品牌是一样的，但价格要比他们便宜很多。国内的集成商更愿意选择我们的产品，性价比高嘛。我们拥有8项专利和12项知识产权，在业内大家也都是知道的。”高总一口气说了半天，端起茶杯喝了口茶，“你们不要被那些大品牌误导，他们的测试数据是比我们的好，但是正常情况下这些指标都用不上，还是稳定最重要。我们的产品肯定是最稳定的。”

其他指标做得精准肯定是会影响稳定性的，这道理我自然明白，但光稳定这算哪门子的技术优势啊？我心里虽然打鼓，还是客气地认可了：“是这样啊，那咱们接的工程使用的都是自己的设备吗？”

“那是肯定的啊，我们的设备80%都是自用的，剩下的20%卖给其他集成商。这也是我们自产设备的原因，肥水不流外人田嘛。”

“高总，咱们工程今年接得多吗？”旦旦客气地问。

“多，今年形势好，项目都做不过来了。现在外地的项目找我们，我们都是接了就直接转包了，北京的都干不过来了。”

“这两年的行业形势是怎么样的？您给我们介绍一下吧。”阿豪虚心地请教。

“这几年，光通信技术在电信和广电等多个行业得到了更广泛的应用，大客户专网一直在高速推进。这两年行业的年复合增长率都在30%以上，项目非常多。这个行业是属于国家支持大力发展的行业，未来几年的增速也会很高。我这儿有几份专业的报告，一会儿你们可以看看。这是一个非常有前景的行业，赛新进入这个领域比较早。我2000年的时候就预感到行业会爆发，当时我都有希望提局长了，还是毅然决然地辞职下海了。”

“高总真有魄力啊。”杜总在一旁憨憨地应和着，“咱们对高总的提问就先到这儿吧，麻烦您把韦总叫来吧，我们有几个问题得问问她。”

“真不巧，她今天也不在。这样吧，你们今天先和大河会计师事务所的田经理聊聊吧。去年的审计报告就是她给我们做的，正好她今天在这儿。”高总起身去叫。高总把田经理请来后，就借口有事出了房间。

“你们是哪家投资机构的？”田总接过我们递上去的名片，看了看说，“青上啊，我知道你们公司。之前合作过一个食品项目，是你们季总负责的。你们准备投资赛新吗？”

“您认识我们季总，那太好了，您给我就交个底儿吧，这个企业到底怎么样？”阿豪问道。

“那我也不瞒你们了啊，咱们算是同行。我明白，你们这个项目肯定还得找别的事务所尽调，所以我就实话实说了。咱们这话也哪儿说哪儿了，我还得挣赛新这份钱，你们要不想我丢了生意就别往高总那儿说去，好吧。”田总身材娇小，说话轻快，节奏感十足，“这企业财务问题非常多，我们去年开始给他们做审计，企业的账根本就不能看。你们也能理解是吧，财务总监就是高总的媳妇，她是学机械的，咱不是说学机械的不好啊，但学机械的做财务，她能好得了吗？我们从去年开始，要求企业规范，说了很多次，高总根本不听，我们也没有办法。去年的这份审计报告，建议你们当课外读物看就行了，别太当真。我们也是顶着巨大压力做的，当时的场面简直惨不忍睹。前后做了三版，前两版高总都说不行，给我们提了很多要求，最后我们也是为了留住这笔生意做了第三版，真是没有办法啊。”

“企业给的资料上说，去年利润是五千万，真实情况到底是多少啊？”我们都被田总说蒙了。阿豪回过神，赶紧提问。

“这个你也别问我了，审计报告是我们出的，我能告诉你不一样的数据吗？但你们要理解，我们做审计的时候压力很大，你们反正不是还得请别的所尽调嘛。到时候他们能合出多少就是多少，问我也没用啊，真的压力很大。”田经理无奈地摆摆手，示意我们不要再纠缠这个问题了。

“那您看财务上我们还应该关注哪些问题啊？”杜总面露不悦地问道。

“你们怎么还没明白啊？财务问题非常严重，原因就是他们的利润根本上不去啊。利润要真有这么高，什么财务问题不都能解决嘛。现在就是坑大土少，埋不住啊。他们这几年发展得根本就不行，这话咱们还是哪儿说哪儿了啊。高总脾气很大，每次我们跟他说起这些他都不爱听，但事实不就这样嘛。”

“企业的业务有问题吗？”旦旦问道。

“业务我们也不管啊，看着是没什么问题，就是不挣钱啊。我们财务关注什么，说白了，不就是挣不挣钱嘛。我就这话放这儿了，他们就不挣钱。”

“不挣钱这五千多万利润怎么来的？”我疑惑地看着田经理。

“你一定要明白，我们压力很大啊。”田经理急得直冒汗。

“那企业能上市吗？”旦旦继续发问。

“这个可说不好，要真像高总说的，这两年业务能爆发，那也没准。不过我不看好。咱们还是哪儿说哪儿了啊。”田经理这句‘哪儿说哪儿了’真是招人喜欢。

“行，那我们就问这么多吧，感谢您的配合。”杜总恢复了质朴的笑容。

“哎，你们可记住了啊，咱们哪儿说哪儿了。我去把高总给你们叫回来。”

田经理一走，项目组就开始了激烈的谈论。

“杜总，这企业看来有问题啊。”阿豪说道，“会计师都说成这样了，咱们就不用继续往下看了吧。”

“有问题很正常，哪个企业能没问题，阿豪，你要到资料后好好看看，他们的审计报告也要认真看。”杜总认真地说，“不能光听会计师的一面之词啊。”

“这会计师真是有意思，还真没拿咱们当外人。”我说道，“一下子就把企业实情都告诉咱们了。杜总，哪天您得找人家吃个饭吧，对咱们这么好。”

“你们不要太相信她了，她自己不是也说压力很大嘛。估计是磨合过程中和高总有很多不愉快的地方，所以才这么多的抱怨。”杜总解释道，“还有可能是来赛新的投资机构太多了，她早就被问得烦了，不爱招呼咱们，才说的这些。”

我很好奇杜总怎么不怀疑企业，反倒对仗义执言的会计师颇有微词，继续问道：“还有别的投资机构在看赛新吗？”

“有啊，这次和咱们一起在看的就有五家，之前还有一家已经投了6000万了，就是上个月给的钱。所以咱们也得抓紧点，不能让别的机构抢了先。”

“我看她说的也不像假的啊？”旦旦也来助攻，“这企业要真是没有盈利能力，投资不就打水漂了。”

“她就是个会计师。她刚才自己也说了，她们不懂业务的。”杜总继续平息大家的质疑。

“你们今天还想跟谁聊？”高总推门进来，大家立刻停止了讨论。

“工程类业务都是由谁负责承接的？我们想了解一下。”杜总立刻挂上憨厚的笑容。

“主要由我和两个大客户经理负责，那两位现在也在外地跑呢。最近是我们的业务旺季，大家都比较忙，你们有什么想问的问我就行。”高总再次大包大揽。

“咱们这工程都是怎么取得的？招标吗？”阿豪问道。

“有一部分是招标，招标的项目利润都很低，各家为了夺标都会压价。像我们的产品在国产的产品里是最好的，不太愿意跟竞争对手恶性竞争拼价格。我们大部分工程还是直接从大运营商那儿接的。”

“高总是电信出身，应该跟运营商关系不错吧。”杜总小心地问。

“关系是不错的，但能接到工程还是因为我们的资质好、产品好、技术过硬，能让客户满意。我们主要做广电和电信下属公司分下来的活儿，价格给得都比较高。你们之前不是问，为什么我们的产品利润率高嘛，就是这些好项目给拉上去的。”高总得意地说。

“嗯，那今天时间也不早了，我们就不打扰您了，就先到这儿吧。等我们回去看看资料，再过来一趟，到时候最好您太太和儿子都在，您看行吗？”杜总客客气气地说。

“你们随时来，随时欢迎。”高总一直把我们送到电梯口。

“这边上有家海底捞，我请你们吃饭吧。大家问了一上午都挺辛苦的吧。”刚出门，杜总就朝着远处一指。

“好哦，我最爱吃海底捞了。”我开心地答道。

“爱吃就好，你们都多吃点，吃饱了咱们好继续工作。”杜总爽朗地说。

大家步行至海底捞，杜总把iPad点菜器递给我，爽快地说：“想吃什么自己点啊，别客气。”

点好菜，杜总又取了几样免费凉菜放到桌上：“咱们开吃吧。说说你们对这个项目的印象都怎么样啊？虽然是我的项目，但大家有什么意见都可以说，不要藏着掖着的，没关系。我这个人喜欢听批评，批评多了才能进步嘛。”

“我觉得这高总话里话外的意思，就是自己有背景能接到好项目，咱们什么时候去调研一下这些项目。他每年的设备销售也占了他一半的利润呢。这个也得好好看。他说80%都是自产自销了，那这利润高岂不是很奇怪嘛。其他20%到底都卖给谁了？我其实有点想不明白，如果按他说的，他们的光端机价格又贵又没名气，谁会买他这东西？菲儿，这玩意儿技术上差别大吗？”旦旦边吃边问。

“成熟产品，技术上能有多大差别啊。而且光端机、信号交换器这些东西本来技术含量就不高。”我忽然看到杜总此时的笑容已有些僵硬，意识到自己说得有点过了，“当然，他们的产品肯定还是有自己的优势的。高总不是说了嘛，特别稳定，可能对稳定性要求高的地方会选用他们的产品吧。咱们什么时候去工厂看看。”

“技术上我倒不担心，我最担心的还是财务问题。今天那个田经理的话明显是告诉咱们，他们的审计报告有问题，企业真实的盈利能力并不好。”阿豪又夹了一块牛蛙，这一份牛蛙基本都被阿豪干掉了，“咱们尽快找个会计师事务所尽调吧，咱们能看到的账估计也是已经调过的，不准。”

“好，你们就带着这些问题，好好看看企业给咱们的资料。”杜总恢复了笑容，“咱们下次来再找他们问问。你们多吃点，够吗？不够我再加两盘肉啊，你们一定要吃饱啊。菲儿，技术上你一定要把好关啊。”

这技术好不好，我如何看得出来啊。我把赛新给的样品翻来覆去地看，没看出个所以然。烦闷之中忽然灵光一现，对啊，我怎么忘了去问罗叔叔了。罗叔叔是我爸的好友，退休后自己做了个公司，做一些计算机系统集成的工程，和赛新的业务很接近。想到这儿，我赶紧打了电话。

“菲儿啊，你在哪儿上班呢？”罗叔叔很亲切地问。

“我做投资呢，正好看个做光纤接入的企业，想问问您。”

“不会是last mile（最后一公里）吧。”

“就是做最后一公里的，也生产一些光纤接入设备，您看这行怎么样啊？”

“光通信的发展高峰期，其实已经过去了，现在唯一还能挣钱的就是做最后一公里接入的这些企业，所以竞争非常激烈，光北京做这块的公司就得有几十家。你们看的企业叫什么？我也认识不少这圈里的人。”

“赛新，您知道吗？”

“老高啊，”听口气罗叔叔和高总很熟，“他在圈儿里非常有名，我们都叫他老骗子。”

“啊？为啥叫他老骗子啊？这听起来可不是个好名字。”

“能吹呗，会忽悠，以前忽悠过一笔美国投资，找了个替罪羊就把钱卷走了。那都好几年前的事了吧，你们还敢投资他啊？”

我想起高总那张正直威严的脸，实在看不出来是个骗子：“那企业的技术怎么样啊？他说他们接工程主要是因为他资质好，技术过硬。”

“这行技术不都那样嘛，你也是学计算机的，应该明白，硬件设备，国产品牌最好就是华为嘛，别的都那么回事。而且这行接工程也不是靠拼这些的，资质哪家没有啊。现在系统集成一级资质都满天飞了，没人看这些。我这公司也是一级资质。”

“那高总是跟运营商关系比较硬吗？”

“他能有我关系硬吗？他才在这行混过几天啊。”罗叔叔轻蔑地说。

“那这些工程都怎么来的啊？”我纳闷了。

“系统集成这行就讲究个转包。比如我关系硬，接个活儿，我自己又不想干，就把活儿转给一个我认为也能把活儿干好的公司，项目款我抽走10%。这家公司可能也不想自己干，再抽一部分钱，把这活儿转给别人。层层转包，最后真正施工的公司拿到的钱其实已经很少了，利润非常低。所以真正干活儿的企业，项目是不缺的，但挣不了几个钱。老高他们还从我这儿接过项目呢。”

“哦，这样啊，我明白了。这也解释了为什么高总的公司业务不错，活多得都干不完，但利润其实没多少。”

我把罗叔叔的话一五一十地反馈给了项目组。

“让菲儿加入就是正确，能找到业内的人真是太好了。”杜总听完阴郁了一阵，随后勉强挤出了句话。

“这个说法说得通，而且也解释了会计师之前说的问题。”阿豪眉头紧锁，“那么之前海外投资的那笔钱，可能和高总说的并不一样，是吧？”

“我听我叔叔那意思，是高总他们自己把钱卷走了。”

“都是竞争对手，说的话也不能都相信。”杜总赶忙解释，“当年要是高总把钱贪了，法院不会判他们没事的，那可是美国法院判的啊。而且，你看高总现在还打算还人家投资机构的钱，可见不是能做出那种事的人。我倒是觉得，咱们从你叔叔那儿得到的最大收获，就是他认可了赛新的技术没问题，业务看起来也是真实的，对吧？”

“您要这么说，倒是也没错。”对于杜总得出的结论，我怎么觉得怪怪的呢。“但是，”我话还没说完，就被杜总打断了。

“技术没问题就好，我之前其实是最担心这块儿的，多亏了菲儿。我这心啊，终于踏实下来了。”杜总笑容可掬地说。

“光有技术也不行，他们的盈利能力如果真的有问题……”阿豪再次把顾虑抛出。

“盈利没问题，业务都忙不过来的企业盈利能有问题吗？你放心吧。”杜总拍拍阿豪的肩膀，“今天中午还是我请客，带你们吃我的家乡菜，猪肉炖粉条。”

“好耶。”听到吃饭，我又忘乎所以了。

两天后，旦旦欢蹦乱跳地来找我。

“菲儿，快来，给你看点好玩的。”旦旦把我带到他的电脑前，给我看他精心画出的一张企业供货商和客户的关系图。

“你看云庆公司是赛新的第一大供应商，你记得高总叫什么嘛，叫高云庆。我开始还以为这是一个巧合。结果在工商一查，云庆公司的法人代表叫高云峰。然后我又查了一下赛新的股东名单，也有这个高云峰，我要是猜得没错，这应该是高总的兄弟。”

“这第一大供应商就是关联交易啊！真够刺激的。”我瞳孔放大，心跳加速，“还有什么？”

“对，还有。你再看看去年公司的第一大客户，叫鼎莲科技，去年从赛新买了两千多万的设备。鼎莲科技这公司我在网上搜了半天，什么信息都没有。在工商局注册的信息本来也很少，但是，你看它的注册地，竟然就是咱们前几天去的赛新那座写字楼，门牌号我也记下了。咱们下次再去可以顺便找找这家公司。我怀疑这就是老骗子做出来用来转账的公司，根本就没有实际业务的。”旦旦已经毫不客气地称高总为老骗子了。

“还有吗？”看着旦旦的调查结果，我莫名生出一阵兴奋。

“有啊。”旦旦用手指着他画的关系网，“你再看这是去年的第二大客户，叫闪目科技，买了赛新1000万的设备，也是什么信息都查不到，网上连个公司介绍都没有。但是，我在查赛新第五大供应商闪目科技的时候，忽然发现，闪目是他们的子公司。也就是说，赛新的上游和下游竟然是同一家公司，有意思吧。”

“等于赛新就是帮人家转钱的？”除了转钱很难解释为什么一家公司从A买了产品最后又卖给了A的儿子。

“那倒是也没准，反正挺奇怪的，也许真的有实际业务往来，但想上市肯定没戏啊。这么多关联交易，怎么能解释得清楚呢？”

“要是这么看，赛新真实的业务不多啊。”

“还有这家，也是赛新的大客户，他的注册地就在我家旁边，我打算一会儿回家顺路看一眼。这些企业都太奇怪了，网上一点儿信息都没有，连个招聘启事都没有。”

“你太厉害了，简直是FBI啊。”我看着旦旦画出的关系图，其中的连线密如蜘蛛网，大客户和供应商之间都存在着你来我往的交易。

“还有这家，”旦旦又给我指了一下，“这是赛新的大客户中唯一一家上市公司。我看了上市公司的披露信息，这家的前十大供应商里并没有赛新，而从赛新给咱们的数据来看，他是可以排进前十大供应商的。”

“所以这就说明赛新在记账的时候作假了。”我兴奋得心跳加速。

“这也不一定，每个企业使用的财务标准不一样，年度结算的时候可能多少都会有些出入。这倒不能作为他们弄虚作假的证据。”

我和旦旦不亦乐乎的交谈声终于把阿豪引了过来：“旦旦你这图画得不错啊，有意思。”

“阿豪，你那财务看得怎么样？”旦旦问道。

“一头雾水，好多地方都挺奇怪的。”阿豪郁闷地说，“我就说一点吧，赛新员工的月平均工资还不到两千，但高总他们一家三口，每个人都是年薪百万，这企业也太过分了。”

“嚯，员工个个都是万元户啊！”我在一旁感叹道，“这家人可真够黑的，自己拿那么多工资干吗？公司都是他们的了。”

“欢迎阿豪加入我们老骗子调查团。”旦旦笑嘻嘻地说。

我觉得这个项目正式进入了欢乐模式。

“你那儿还有什么发现吗？”阿豪盯着旦旦的关系图问道。

“我还在招标网查到了几个赛新去年接的大合同，和你叔叔说的一样，网上公布的信息，中标公司都不是赛新。它的合同也不是直接和运营商签订的，确实都是转包的。比如这个吧，”旦旦拿出一份合同给我们看，“这是去年赛新做的工程中最大的一份合同，签署公司是辉煌创科，是唐大高华的子公司。”

“你们再看这个，”阿豪指着赛新大客户云岭科技说，“这不会也是老骗子的公司吧？”

“你不要看到云就以为是他的公司嘛。”我插话道。

“不是，你看它的注册地，昌平区新乡路20号，这不就是赛新工厂的地址嘛，咱们明天就去他的工厂看一下吧，我也不打算跟老骗子打招呼，到了再给他打电话，”阿豪机警地说，“免得他们提前准备。”

“杜总呢，咱们不和他说一声吗？”我问。

“他去外地开会了，咱们先查着，等他回来一起告诉他。”阿豪道。

“他一次受得了这么多刺激嘛。”我不禁为杜总的心理承受能力担心。

“放心吧，杜总也是经历过大风大浪的人，这点事不算什么。”旦旦轻描淡写地说，然后继续在网上调查。

第二天，旦旦开车，带着我们去了昌平。工厂地址并不好找，我们绕了不少弯路才在人迹罕至的工业区中找到这家破旧的厂房。新乡路20号和赛新厂房只有一墙之隔，是一间空无一人的小厂房，门上还贴上了封条。

“你看，我的猜测是对的吧。”我们一直走到厂房门口，阿豪才拿出手机给高总打了电话。

“啊？你们去工厂怎么不提前和我打招呼啊，自己就去了。”电话那头传来高总非常不满的抗议，验证了我们的突然袭击是正确选择。

“怕麻烦高总啊，我们就是走个流程，随便看一下就好，您不用安排。”阿豪客气地回答，但语气柔中带刚，“我们现在已经到工厂门口了，您能不能叫个人出来接我们一下。”

“那你们等一会儿啊，我找个人接待你们。现在是生产的淡季，好多工人不在，本来也没什么可看的。”

“我们真的就是随便看一眼，例行公事，看完就走，您别想多了。”阿豪解释道。

我们在门口站了很久，却迟迟没人出来迎接。天气热得难受，阿豪又给高总打了电话。高总干脆不接，我们只得走回车里等着。

“这又是唱的哪出啊？”我不耐烦地问。

“估计临时招演员呢，得给咱们表演嘛。”旦旦倒是玩心十足，“耐心点，你就等着看好戏吧。”

等了半晌，终于出来个贼眉鼠眼的人招呼我们，来人自称是这里的车间主任。车间主任带我们走进厂房，沿途不忘解释：“最近是生产淡季，天气太热，工厂的空调也不好使，好多工人都请假回家休息去了。反正现在的备货数量也不多，留几个人就够了。”

我认真地数了一下，从进入厂房到离开，我一共遇见了十五个工人，流水线上有十三个，还有两个坐在电脑前玩扫雷。按高总的说法，这两位是公司的研发人员，负责设计设备里面的内嵌程序。流水线上的工人也没有正经干活儿的意思，把产品上的几个组件拆下来，再重新拼装回去，还时不时地偷瞄我们几眼。

“咱们这个电路板是外采的吧？”我看着一堆零部件问道。

“外采？”车间主任显然是没听过这个词。

“就是从别的厂家买的，咱们这是跟哪家买的啊？”我继续发问。

“这个啊，我还真不太清楚，你回公司问高总吧。”

“那其他元器件都用的是哪家的啊？”

“哪家的都有，我这儿主要是负责组装的，具体的你还是得问高总。”

“咱们厂子里一共有多少员工啊？”旦旦问。

“一百多人吧。”车间主任说话时眼睛一直看着地上。

“那工作是怎么分配的呢？”

“嗯，”车间主任想了一下说道，“负责程序设计的有十几个，剩下的都在流水线。我们主要部件都是买好的，我们就负责组装和贴牌。”

“咱们一年能生产多少产品？”阿豪问。

“这个啊，不一定，每年都不一样，没有具体的数儿，一般看订单。订单来了我们就加班加点地做，没订单就闲着，就像现在这样。”车间主任的眼睛仍然盯着地面。

“明白了，他们那些上下游的关联企业就是纯走账的。他们这架势，一年也生产不了几台设备。”回去的路上，阿豪悻悻地说。

“刚才那些员工一看就是临时从附近村里找来的，连那个车间主任都不像是正经员工。我看他们干活的，根本就不是在那组装呢，就是摆了个架势。那些零部件我也看了，基本都是可以淘汰的产品了。我看他们公司介绍有一百六十人呢，办公室里没有，厂子里也没有，人到底都在哪儿呢？”我好奇地问。

“项目工程那边可能有点人，但不会有一百六十人这么多，估计是找了一堆人的身份证充数的，看来真是个老骗子。这项目咱们可以宣布结束了吧？”旦旦发表感言。

“我看可以，咱们等杜总回来跟他汇报一下，看他怎么说吧。”阿豪谨慎地说。

“我好饿啊，你们都不饿嘛，已经下午两点，还没吃上午饭。”我抱怨道。

“咱们去吃顿好的，然后开个票让杜总报销。”旦旦建议。

“算了吧，项目做不成哪还好意思让他报销啊。你们想吃什么？我请你们吃吧。”既然是阿豪请客，我和旦旦自然手下留情，选定了价格亲民的“绿茶”。

杜总刚一回到公司，我们就推着他进了会议室。我本以为杜总听完汇报会气绝身亡，没想到他却十分淡定，仿佛一切了然于心，又摇起了大羽扇：“辛苦大家了，我晚上请你们吃自助餐，慰劳你们一下。菲儿，你去订个位，就亚运村的金钱豹吧。”

杜总的表现真是大大出乎我的意料，想不到他人这么好。我兴高采烈地去订了位子。这两年金钱豹早已褪去了高大上的光环，人满为患，一副杯盘狼藉的混乱场面。大家各自拿了堆成小山似的食物，坐定开吃。

“这个你们得多吃点，吃得越多，我越合适。”杜总脸上洋溢着憨厚的笑容。

“谢谢杜总又请我们吃饭，这次项目没帮上忙真是对不住了。下次再有项目，您一定叫上我。”吃了杜总这么多顿大餐，我难免有些嘴短，心里也有几分歉意。

“怎么会，菲儿，你可是帮了大忙的，技术方面全靠你。当然，阿豪和旦旦也都表现得非常好。来，为我们这次的愉快合作，干一杯！”杜总跟我们一一碰杯，红酒一饮而尽。

“那这项目咱们之后就不做了吧？”阿豪小心地问。

“你们三个啊，都非常聪明，适合干投资这行。但都有个共同的问题，就是入行时间太短，道行都还浅，太容易下结论了。我刚入行那会儿，也有这些毛病，跟你们一样。看到丁点儿大的问题就大惊小怪的，其实做企业都不容易，哪能没有一点儿毛病啊。一点儿毛病没有的企业就不存在。每家企业都有这样那样的问题。来，你们再去拿点儿吃的，回来我给你们讲讲什么是投资。他这儿的鹅肝牛排不错，你们多拿几份。”

杜总又给自己拿杯酒，回来继续说道：“这投资啊不是开私人侦探事务所，旦旦你这种善于发现问题的能力是值得表扬的，而且查出了这么多值得怀疑的问题，很厉害。但是记住了，咱们是做投资的，不是来这儿当侦探的，否则还要投资公司干什么啊？让侦探事务所做投资就行了。做投资也不是搞科研。阿豪你的财务能力我非常认可，你说的问题都没错，但是你太看重那些数据了。0就是0，1就是1，如果大家都靠这些数据就能判断一个公司的好坏，那投资也太容易了吧。至于菲儿嘛，你去行业里打听赛新的情况做得很好，技术调研得也很不错，但一定要知道，同行是冤家，竞争对手说的话未必全部可信，我们必须要具备从他们说的话中去伪存真的能力。你们几个入行时间都短，有这些问题都不奇怪。来，吃啊，别停下啊，多吃点。”

我听得一片云山雾罩，边吃边想，杜总这葫芦里到底卖的什么药？我和旦旦交换了一下眼色，显然他也被搞糊涂了。

“投资到底是什么？”杜总又习惯性地摇了摇手，那把羽扇杜总从不带出门，但动作却成了习惯，估计他也是怕拿着那样一把扇子被人当成精神病吧，“投资在我看来，是一门艺术。外人越是看不懂，越是说明我们的作品境界高。别人都看着好的项目，投进去就一定能挣到钱吗？不一定。很多项目大家都看好，投进去就死了。能上市的项目都要讲究天时地利人和，缺一不可。正所谓混沌生两极，两极生四象，阴阳调和，物极必反，这些都是万物的规律。”

我们几个都默不作声地听着，不知道该不该插话。

“你们知道什么是成功的投资人吗？”杜总问道。

“不知道。”我一脸懵懂地回答。

“名字后面挂了号的。”杜总慢悠悠地说。

“什么意思？”我看了杜总一眼，“山本五十六？”

“别闹，”杜总笑呵呵地继续说道，“名片上，名字后面有你投过的公司在股市里的代码。这叫名字后面挂号，明白了吧？”杜总说着掏出了自己的名片，上面果然印着两串号码。

“咱们公司还谁挂号啊？”旦旦看着杜总的名片，流露出羡慕的表情。

“咱们公司挂号的还真不多，老季和许晚晴有，万子建号称在投资圈里混了十几年，到现在都不挂号。为什么啊？”

我本以为这是杜总又提出的问题，刚要回答。

杜总继续说道：“因为他不懂艺术啊。投资是需要天赋的。不是我吹啊，很多项目，别人都看不上，但我就是有直觉，能发现它的好。比如我之前那两个上市的项目吧。就说蓝天药业吧，当时我投的时候多少人觉得它不行，觉得它财务有问题，业务有问题。我当时就是力排众议，舌战群儒，终于说服了耿总。这项目投完，一年之后就报材料，很快就上市了。就这一个项目给咱们公司挣了多少钱！你们知道吗？”

我们配合地摇了摇头。公司退出蓝天药业的时候我们三个都还没来到公司，所以对此一无所知。

“你们都不知道吗？”杜总惊讶了一下，“公司都没有人跟你们说起啊。他们这些人，就是嫉贤妒能，背后就没说过我好。那一个项目啊，挣了四个多亿。那期基金靠我这一个项目就回本儿了。这些事情，我平时都不爱拿出来说。今天是为了启发一下你们的思路，才告诉你们的。”

“哇，四个亿，这么多啊！”旦旦吃着牛排，还是发出了感叹。

“当时投的时候价格便宜，就跟现在赛新一样，要价低，上市又快。上市之后就连续几个涨停。所以我说啊，你们几个年轻人不要太轻易下判断。赛新这个项目，我从直觉上就觉得不错，咱们再一起看看。来，你们再吃点儿。去，都拿酒过来，咱们再喝一杯。”

趁着杜总去拿吃的，我们几个小伙伴火速讨论了一下。

“杜总这意思是还要继续往下做吧？”我问。

“这还听不出来啊，肯定是啊。”旦旦回答。

“那咱们怎么办啊？”我继续问。

“咱们就别说什么了，反正该告诉他的都告诉他了。咱们按流程请第三方机构做尽调。他们出的报告也不会好看。到时候有报告在，不用咱们说，耿总就明白怎么回事了。咱们就把该做的工作做好就行。”阿豪镇定地说。

“行，那就这么办吧，反正咱们该说的都说了。”我放下心，坦然地去拿了几个冰淇淋球。

再次去赛新的路上，杜总一个劲儿地抱歉：“辛苦大家了，这么远还总让你们过来。没办法，我这个人做项目就是认真，总觉得要多跑几趟企业，我这心里才能踏实。中午还请你们吃海底捞啊。”

这次高总携其夫人韦总亲自在门口迎接我们。韦总穿着一身黑色职业套装，外面披了一件黑色毛皮大氅，脸上抹了目测足有两厘米厚的白粉，嘴上涂着血淋淋的口红。六十多岁的人捯饬成这样，我脑中立刻出现了四个字：黑山老妖。不知道是不是我的想象力过于丰富，我看到黑山老妖在看旦旦时，默默地咽下了口水，我为旦旦捏了把汗。

“难得今天韦总在啊，财务上有什么问题，阿豪你一定要问啊。韦总一看就是专家。”大家坐定后，杜总赶快奉承地说。

“我先问一下咱们这个工程收入确认方法吧，咱们是按中验确认收入计算，还是分步计算的？”阿豪不等杜总继续奉承，立刻问道。

“这个不一定，每个项目都不一样的。我们主要做大型工程居多，这种工程有自己的规矩，我们要是按他们的验收时间计算，回款时间会过长。我们也是没有办法，你们不在这行不明白这里面的事。”韦总说话时气贯长虹，不容反驳，“工程项目回款门道很多，我们控制不了的。”

阿豪又旁敲侧击地问了几个财务上的问题，都被黑山老妖一一化解。阿豪终于使出了大招：“咱们去年的第一大客户，云庆科技，法人是咱们的股东，这个有关联交易的嫌疑，会影响咱们未来上市的吧？”

“哦，你说云庆啊，那也是老高一手办起的公司，几年前转给他弟弟管了。他弟弟又不负责生产只做工程，当然产品全是从我们这儿买的。这个没事，在我们上市之前把这家公司卖出去就行了。”黑山老妖轻描淡写地说。

“这恐怕不行吧，这关系到咱们业务的真实性啊，不是上市前卖掉就能解决的。”阿豪反驳道。

“这小伙子你说什么呢？你是怀疑我们业务造假吗？你去行业里打听打听，我们夫妻俩在这行干了多久了。我以前是做什么的你知道吗？我们老高连局长都不当了出来创业，我们两口子辛辛苦苦这么多年，能骗人嘛。”黑山老妖唾沫横飞。

阿豪被黑山老妖这咄咄逼人的气势镇住了，不敢再说话。

“韦总，您误会了，我们就是了解一下情况。”杜总笑呵呵地圆场，“怎么可能怀疑咱们企业呢，您和高总都是业内的老前辈了，我们早有耳闻，您息怒。”

“听见这种话就生气，你们是做投资的，想了解业务我能理解，也愿意配合。但是不能找碴儿啊，在门口排队等着投资我们的机构还多着呢，不差你们这一家，你前脚走，后脚就有一家基金跟进来。你看看，这家都给我们打了好几次电话了，我们都拖着没见。还有这家，上海的基金，约好了，今天下午就到。”黑山老妖说着递给杜总一张名片。

“锋联基金，我知道，他们几个合伙人我都认识。”杜总看了一眼名片，继续说道，“但是我们是北京的基金，北京地面上的事还是我们熟。您找个外地的基金合作，除了能给您钱，其他什么帮助都没有。我们就不一样了，我们公司的股东都很有背景，在圈儿内都是数一数二的人物，到时候我们也能给你们拉项目不是。”

“是啊，不就是看上你们这点了嘛。我们家老高也没少夸你们，说你们做事认真。上个月给我们投资的那家，专业性真是比你们差远了，都没尽调，看了审计报告就打钱了。当然你们专业也得有个限度啊，可不能怀疑我们的人格。”

“真没有，我们就是想多了解一些情况，回去好写报告，说服我们的股东啊。”

“你们投不投的早点给个痛快话，我跟别人这儿都拖着呢，就等你们。”

“哎，我们一定尽快。阿豪，还有什么问题吗？”

阿豪惊魂未定，小声地问道：“我看了一下咱们的员工工资，普遍收入都过低，但是您和高总，还有小高总的工资……”

没等阿豪说完，黑山老妖已经怒目圆睁：“你想说什么啊？觉得我们给自己工资开高了？我都这把岁数的人了，辛苦大半辈子为的是什么啊，还不能享受几天生活啊。我们一年盈利五千多万的企业，我们一家开个几百万的工资你还嫌高。”

“我不是这个意思。”阿豪解释道，“我是说和其他员工的相比，有点不协调。”

“哼，他们一天才干多少事，我们得操多少心。还有什么问题，赶快说，这都快中午了，我还得休息呢。”

阿豪明显是受了惊吓，又问了几个不咸不淡的问题，就偃旗息鼓了。

“咱们跟海外那家投资公司的官司，已经解决了吗？”关键时刻，还是旦旦撑得住场。

“美国那边早就判了，没我们的事，责任都是那个在逃人的。你们可以去我们的律师那儿咨询啊。他那儿有判决书，你们可以看，这些都没问题。但我们这次融资，就是要把那笔钱还上，做人得有原则，讲诚信。我们老高就为了自己的名誉吃了多少亏啊。没办法，在国内像我们这样的企业能有多少？”黑山老妖开始自卖自夸。

被黑山老妖刺激过后，我和阿豪、旦旦又访谈了赛新的大客户经理。访谈期间，杜总去向不明。

“我们主要想问问咱们的项目是不是都是其他集成商转包下来的？我们看过合同，去年前五大合同好像都是和唐大子公司签的，是不是他们接了活儿再转给我们的。”换了人，阿豪又来了精神。

“转包、分包是这个行业最常见的情况了。我们有时候接了活儿，自己做不完，也会转包给其他公司。”大客户经理从容地回答。

“但是这种转包的项目，是不是会影响我们的利润率啊？”

“肯定会有影响的，上家都是雁过拔毛，越是内部项目越黑。”

“那咱们项目的具体利润水平在什么范围，您清楚吗？”

“这个我不知道，你们还是问问韦总吧。”

“那咱们公司去年的业务收入大概是多少？”

“这个我也不知道。我就是个打工的，这公司里面好多事我也不清楚，我也不问。”

访谈结束，杜总和高总一起勾肩搭背地回来，两人都是一脸的相见恨晚。杜总叫上我们和高总告辞。

韦总端着一碗汤出来和我送别：“我这儿正喝燕窝呢，就不送你们了。有事再来啊，确定了早点通知我们。”

中午杜总又请我们胡吃海塞了一顿海底捞。

“咱们还需要去咨询赛新的律师吗？”我给杜总加了杯豆浆，顺势问道。

“当然要去了，咱们做项目，一定要认真，得做到知己知彼，百战不殆啊。”杜总吃了坨肥牛，“他们那个判决书咱们得好好看看，万一有问题呢？我今天听韦总一说啊，对财务我也踏实了。这是家不错的企业，只要法律再没问题了，咱们就妥妥做吧。”

我看到杜总那满意的笑容，心里充满了不解。我们到底看的是不是同一家公司啊？怎么大家的判断能差这么多，难道懂艺术的真的就不一样？

赛新请了著名的君合均律师事务所作为法律顾问。

高价请来的律师就是不一样，三言两语就给我们解释清楚了，这笔欠款确实已经跟赛新没有关系了。

“那如果在逃人，就是当时公司负责融资的副总现在突然出现，会不会影响这起案件的判决呢？”阿豪问道。

“肯定会的，如果他上诉，这个案子是肯定要重审的。所以没有人希望他回来。”律师狡黠地笑了笑，“他就这么人间蒸发了，对大家都有好处。”

我身上泛起一股寒意，该不会当年这位副总就是被老骗子夫妇给“人间蒸发”的吧？想起黑山老妖的脸，夜深人静没准还真下得去手。不知这位副总还在不在人世了。

立项会上，杜总照着PPT口若悬河地说了赛新公司的种种好处，最后不忘把高总那诚信为本的高大形象狠狠赞扬了一番。

我边听边琢磨，这杜总真是能睁眼说瞎话，如此坦荡地颠倒黑白。我看了两位小伙伴一眼，他们也和我一样如坐针毡，也都没有反驳。反正还有第三方机构呢，不着急，我们到时候拿着尽调报告再去找耿总邀功。

“这个项目听起来不错，大家看看有什么问题，都提出来。”耿总显然是被杜总蒙蔽了。

“这种做last mile的公司很多，我之前也看过一家，利润空间很小，市场很乱。”说话的是许晚晴，“我建议你们之后的尽调，关注一下他们的业务情况，这个行业里很多公司都存在关联交易的问题。”

我一听，绝对行家啊，对许晚晴备感崇拜。

“好，我们一定听取许总的建议。我跟大家比起来资历比较浅，还得靠大家多帮忙，多提宝贵意见。”杜总非常谦虚地说，“大家还有没有其他意见？”

看到杜总如此调低姿态，别人再无话可说。毕竟从杜总的汇报中判断，赛新是一个没有缺点的企业。于是项目正式立项。

立项后，我却迟迟没有得到杜总的召唤。我问阿豪：“这风平浪静的是什么情况啊？”

阿豪也是一头雾水：“没准是杜总自己觉得推不下去了，悄无声息地放弃了吧。”

一个月后，杜总忽然招呼我们三个小伙伴开会。

“大家都辛苦了，咱们的尽调已经完成了，报告也出好了，我都给你们发邮件了。你们赶紧看看，没有问题咱们就跟耿总汇报，然后准备开投委会了。”杜总乐呵呵的，还是那副憨态可掬的样子。

瞬间，我和我的小伙伴们都惊呆了，居然整个尽调过程都没让我们参与。

“您是，找的哪家会计师事务所啊？”阿豪说话都不利落了。

“就是大河会计师事务所，田经理给咱们做的尽调。”杜总答道，“咱们花了钱，她就靠谱多了，不像上一回那么咋咋乎乎的了。这回报告写得还挺认真的，阿豪你赶紧看看。”

“这是企业请的事务所啊，咱们还请他们，这样合适吗？”阿豪显然是急了。

“没什么不合适的啊。这个所之前也和咱们公司合作过，双方都信得过。而且他们要价非常低，八万就给出报告了，我这也是帮公司省钱嘛。呵呵。”杜总开心地说。

“这个钱不能省啊，这不合规矩啊。”阿豪还在挣扎着。

“大河又不是不知名的小所，人家也是有执照的，在业内也很有名气的。而且哪个所还能比大河更了解赛新的情况呢？与其舍近求远地找别人，不如就地取材，找他们最合适。”

“那法律方面有问题吗？”旦旦问道。

“没什么问题，赛新都花了那么多钱请法律顾问了，还能有什么法律问题啊。公司之前的发展道路都挺顺利的，拆红筹也拆得挺干净。”杜总春风满面，“你们再好好看看报告，没问题就把尽调结果加到投资报告里，加好了咱们就去跟耿总汇报。”

我暗叫一声不好，阿豪之前打的如意算盘已经没戏了。看杜总那意气风发的样子，中介出的报告多半不靠谱。

果然，尽调报告里，赛新发展形势一片大好，气势如虹。气得阿豪一直在骂：“这些人真没职业素养，就敢这么虚报。”

和耿总的汇报十分顺利，杜总仍是为企业歌功颂德，大唱凯歌。如果我不了解情况，也一定会为赛新这么好的企业拍案叫绝。

“赛新真是不错，业绩看来没问题。”耿总赞扬地说，“我尤其欣赏高总的人品，做企业的人都是这样就好了。”

听着耿总的感言，我又流下几滴冷汗。我几次想说出事情真相，但又无从下口。左思右想，权衡再三之后，我还是保持了沉默。我实在也说不出什么来，我压根就不知道真相到底是什么。老骗子可是一个在江湖上混迹了几十年的老骗子啊，而我只是一只刚刚进入投资界的小菜鸟。我和老骗子的段位相差太远，更何况我们中间还隔了杜总这堵人造脂肪墙。面对杜总撒下的弥天大谎，我无能为力。和我的处境一样，旦旦和阿豪也选择了低头不语。旦旦手里还握着他精心勾画的企业关联业务客户关系图，但他也终归没有勇气站出来，揭穿这层层骗局。

这阵子小侯和戒哥都出差，我连午饭都没了着落，心里更是郁闷。

等小侯出差回来，就主动凑过来和我打招呼：“菲儿，你最近怎么丧眉耷眼的，还为婷婷走的事难过啊？别难过了，我中午带你吃猪蹄火锅怎么样？”

“好啊！”我一听猪蹄，又来了兴致。

为了吃火锅，戒哥开车带我们奔赴西四环。

“猪蹄锅，再加三份猪蹄，两盘羊肉，两盘肥牛，一盘午餐肉。菲儿，你再点几个青菜。”

等火锅上桌，我又惊了一下，这一大锅啊，加上后加的一脸盆，合起来得有一百多只猪蹄吧。

“小侯啊，你这肚子怎么长的，天天这么吃还不胖。”

“基因好，这猪蹄得炖一会儿才香，别着急吃。”戒哥又去拿了两个凉菜过来，“菲儿，你最近忙什么呢？我们俩这阵子在西安出差，可是吃爽了。”

我把心中的苦闷一五一十地告诉小侯和戒哥，本来期望得到他们的安慰，结果换来的却是劈头盖脸的一通臭骂。

“我们都跟你说过了，杜文熙的项目别碰，你怎么还不知死活地往上撞啊。”戒哥吹胡子瞪眼的样子倒是挺有意思。

“哎，一失足，被旦旦骗去的。我名字后面挂号是没什么希望了，估计能直接变成代号。据说监狱里叫犯人都是直接叫号的，我希望我的代号是1028。也不知道在那儿能不能选号，不会也是摇号吧？”

“别逗了，真出了事也不可能抓你啊，你算老几啊。坦然地把心放平，你一个分析师，什么责任都没有。”小侯安慰道。锅也开了，他夹过一只猪蹄给我，“尝尝，特香。”

“嗯。”我接过猪蹄，直接咬了一口，猪蹄软烂，非常入味，鲜香微辣，很好吃，“不过啊，前两天小梅给我做项目反馈的时候，还说杜总在她那儿一直夸我呢。这点我还挺高兴的，比季师父强。而且做项目的时候，杜总还一直请我们吃饭。我这阵子也没亏嘴。”当下把杜总请客的饭店都叨咕了一遍。

“菲儿啊，你记住了，杜文熙请你吃饭那都是有目的的，明白吗？现在项目做完了，你要还有本事，能讹出他顿饭来，我就服你。”小侯边吃边说，“你多吃几个猪蹄，别啃那么仔细了，这么多呢。”

“杜文熙特抠，平时想让他请顿饭难着呢。你知道他这个项目能拿多少黑钱吗？这么说吧，赛新给你多少钱，你愿意给它投6000万？”戒哥循循善诱。

“给我多少我都不投啊，这是有去无回啊。”猪蹄火锅涮出的青菜都沾上了猪蹄的胶汁，也非常香。我尽情享受着美食。

“你自己的钱肯定是多少都不投，咱这不说的是别人的钱嘛。”戒哥吃猪蹄的速度很快，一会儿工夫，他的面前就摞起了一座小山，“咱现在说公司的钱。赛新给你多少，你愿意昧着良心给他们投资？”

“说实话，真是给我多少我都不敢投。这企业真是挺黑的，之前还有过卷钱走人的经历。不过我明白你们的意思了，我觉得怎么也得返给杜总2000万吧，不然凭什么投它啊，多次啊。”

“对啦，就是这个意思。所以你们吃他那点儿还算什么啊。你们就是没经验，下回杜总要是还带你们做项目，可贵的吃，吃什么海底捞啊，直接奔鲍鱼王。”戒哥继续说道，“还有一家贵的，在盘古顶上，叫什么来着？”

“是那家自助吗？”我又两眼泛光。

“吃什么自助啊，仁宇哥说的是花船吧，北京顶级日料，一个人怎么也得七千多。你下次就黑他这个，争取把我们也带上。”

“对，就是那家。我就和我老婆去过一次，味道还不错，但太贵了。”

“我估计杜总以后不会再带我做项目了。我真想不明白，这么个人怎么还能是南大毕业的呢？大魔女也是南大的，南大到底出了多少奇葩啊？”

“谁跟你说他是南大毕业的？”

“小梅说的，前几天刚给我讲的。她说杜总的整个人生跌宕起伏，无比励志。从小在农村，家里穷，就辍学了。之后自强不息，一直坚持自学，考了三次高考，终于考上南大经济系。后来在工作中也一直兢兢业业，勤奋刻苦。靠努力挣了不少钱，但依然保持艰苦朴素的作风，为咱们公司立下了汗马功劳，但从来不骄不躁，一直谦虚谨慎，待人接物做得极好，平易近人。在读了黄河商学院之后，又自学了玄学，在玄学界很有名。”

“我呸！她说的是俞敏洪吧。”我还有一大段没来得及复述，小侯就怒不可遏地打断了我，“杜总那南大压根儿就不是考的，他是体育特长生进去的。后来因为文化课跟不上，还差点没让毕业呢。我认识他一大学同学，他的底细我太清楚了。”

“杜总是体育特长生？不可能吧？就他那样。”我不顾嘴里正在大嚼的猪蹄，问道。

“你还别看他那样啊，他以前是练短跑的，现在你也跑不过他。你别这么看着我，真的，之前几家投资机构组织运动会，他是百米第一。”

“你们怎么说我也想象不出来，他那样还能跑步？”我往锅里下了几片土豆，“那他后来怎么上的黄河商学院啊？”

“黄河商学院花钱就能上好吧，这没什么了不起的。这小子之前是在房地产行业做销售的，没少攒钱。”

“小梅干吗要编故事骗我呢？”我吃到实在吃不下了，终于放下了筷子。

“有些项目可能是耿总自己的，但他不能来推荐，总得找个代言人吧，树立一个十项全能。这样他推荐的项目大家不就更服气了嘛。”

“所以公司是在造星？”我恍然大悟。

“对，就是这个意思。小梅也不是什么好人，你以后离她远点，她说的话你一句都别信。”小侯火速消灭了锅里剩下的几只猪蹄，“这女人坏起来，就是彻底没救了。你知道婷婷那些风言风语都是怎么来的吗？有一半都是她传的。”

“我就知道是她传的。”我愤恨地说，“不过她是人力经理，她找我谈话，我能不理她吗？”

“尽量别理，信不信由你，不信你就等着吃大亏吧。”

14 / 红杏出墙

小侯的谆谆教导还在我耳边余音绕梁，小梅就主动来找我了。

“菲儿，我中午请你吃顿饭吧，咱们都好久没在一起吃饭了。”小梅诚意满满地说。

“我约了别人了，咱们改天行吗？”约的自然就是戒哥和小侯。

“就今天吧，中午你要是不行，咱们吃晚饭也行。”小梅继续纠缠。

“那还是中午吧。”我看推托不过，只得答应。

小梅是人力经理，经常借着职务之便，打着和员工交流的旗号请小姐妹们吃个饭。我自从脱离了妖女组织，已经许久没和小梅吃过饭了。

吃饭时，小梅不停地给我夹菜添汤，还时不时地夸我几句：“杜总说赛新项目多亏了你，要不是你把关，他还真吃不准这技术上的事。”

这种夸奖听得我坐立不安，全不受用，“嗯，还好吧。”

“对了，菲儿，你家是不是有医院的关系啊？我想帮朋友联系个医院看病。”小梅殷勤地盛了碗汤递给我，“帮帮我行吗？”

“嗯？”我暗暗懊恼，真不该在填写家庭信息时把我妈的工作单位如实写上，我不想给自己揽活儿，但一时也想不出拒绝的方法，“你朋友得了什么病啊？想去哪家医院？”

“这个人原来也是咱们公司的，就是耿总之前的司机张哥。前两天突然告诉我，他得了睾丸癌。他才四十出头，就得了这种病，我听着特别伤心。他也走了几家医院了，但好点的医院都要排队等床位。他听医生说这病还是越早手术越好，所以就到处问朋友能不能帮忙。他告诉我的时候，我就想到了你，你能不能帮帮忙啊？”小梅哽咽着，眼圈泛红。

我被小梅的这份真情打动，侠义之心顿生，一口答应了下来：“行，我晚上回家问问，明天给你信儿。”

“小梅，我是菲儿。”我妈刚和医院联系好，我就急忙给小梅打了电话，“对，联系好了，明天下午三点，你让他去北医三院泌尿科。病房也都联系好了，确诊之后就可以住院了。”

“怎么是北医三院啊？能不能给找个再好点的医院啊？”小梅对北医三院充满了质疑。

“什么？北医三院你还嫌不好啊？”我差点把电话摔了，想起小梅一个外地人，可能对北京的医院不太了解，我又解释了一句，“北医三院的泌尿科非常好，在国内排前三的，你去网上查查。”

“哦，那行吧。”说完连句感谢都没有，小梅就挂了电话。

第二天，小梅又拉着我去吃饭。我看不惯她那不达目的誓不罢休的架势，一再推托：“我中午有事，你有什么事就直接说吧。”

“什么事不事的，你都帮我联系医院了，我还不能请你吃个饭啊。走吧，我都订好位了。”小梅连拉带拽地把我拖去了孔乙己。

“菲儿啊，你能不能求你妈给联系个301或者肿瘤医院什么的？或者协和吧。你家的关系，这不都是一句话的事嘛。”热菜还没上，小梅已经开始提要求了。那口气好像这些医院都是我家开的一样。

“梅姐姐，这是你的意思，还是那位病患的意思啊？北医三院真的不次，你随便问谁都知道。如果非你说的那三家不可，我建议他去排个队，最多三个月也就排上了。我家能力也很有限，能联系上北医三院就很不错了。”我这话倒不是搪塞小梅，北京的医疗资源太紧张，我妈面子也薄，真不爱去求人。去年我姥姥看病都是去的中日友好医院国际部，只要舍得三百块钱的挂号费，不欠人情，服务态度还好。

“我知道，我也是希望医院好一点儿能更放心嘛。他才四十岁啊，就得了癌症。”小梅说着说着，竟然掉下了眼泪，“你不知道，张哥他现在处在一片绝望之中，他自己对手术都不抱希望了。所以，我才希望医院名气大一点，也是给他一些信心。你说对不对？我刚才说的那三家医院，他之前都碰过壁，如果你现在能给他联系上，你说他会多高兴。这信心来了，病才能治好啊，不然再高的医术也不一定有用了。”

“你对张哥怎么这么好啊？”我看着小梅不住地哭泣，不由得起了疑心。

“我这人就这样，对谁都好。如果今天病的是你，我也会求人帮你找大夫的。”小梅拿起餐巾纸擦了擦眼泪。

“嗯，那我再帮你问问。”我又动了恻隐之心，都是同事，小梅能对人家这样，我也应该尽力，“但真的保证不了啊，这几家医院的病床都很紧张。”

我还没想好如何跟我妈交代，我妈的电话就来了，上来就是一阵狂风暴雨，“你同事怎么没去啊，让人家白等了一下午。你怎么办事的？！”

“妈，息怒，是这样的，”我大脑飞速地转动，终于想到了借口，“我那同事今天非常的难受，实在出不了门，所以就没去。这回爽约了，他以后肯定也不好意思再去北医三院了，要不你给他联系个肿瘤吧。你也知道，得这病的人最需要的就是信念。医术上各家医院可能都差不多，但是肿瘤听上去就是癌症的克星，感觉就专业啊。您老人家就好人做到底吧，再帮他联系一回。”

“行吧，我再帮你问问。你多安慰安慰你们同事，这么年轻没事的，肯定能治好。”我妈确实是菩萨心肠，没一会儿，又给我打电话，告诉我肿瘤医院正好有个床位。

我告诉小梅之后，她表现得兴奋异常。

“菲儿，太好了！”小梅紧紧地抓着我的手，把我的手握得生疼，“谢谢你，我明天就带他过去。你把医生的联系方式给我吧。”

我再次心下生疑：“这样吧，你把张哥的电话给我吧。我直接告诉他吧。”

“啊？你都不认识他啊，要他电话干吗？”小梅抓我的手忽然松开，表情也十分紧张。

“我以前是不认识他，现在都帮他找了医院了，还不能认识一下啊？我就是安慰他几句，没别的意思，再交代一下他明天去找谁，怎么跟医生联系什么的。”

“你就直接告诉我，我去转达就好了。”小梅明显是怕我联系到那位张哥，“他那个人不是很喜欢和别人来往，现在肯定更没这个心思。而且他又生了这种病，也不想让别人知道。”

“梅姐姐，您到底什么意思啊？我帮他联系的医院，肯定知道他什么病啊。合着我帮人一回，他连我是谁都不知道啊。”我料定梅姐姐是要抢功，自己把这人情债收了。

“菲儿，你真的误会我了，不是你想的那样的。”小梅又开始落泪，“这里面有些事，我不太想说。既然你现在都怀疑我了，我就和你说了，你千万不要告诉别人，好吗？”小梅眼泪汪汪地看着我。

“我不想知道别人的秘密，你还是别告诉我了。”我生硬地说。

从小到大，我一向不喜欢知道秘密，尤其是当事人千叮咛万嘱咐不要告诉别人的秘密，我都很厌烦。如果真的是秘密，就应该让它烂在自己肚子里，谁都别告诉。我没有义务帮别人保守秘密。

“我知道你说的是气话，你别生我气。张哥在公司的时候，每天拉着我到处去给大家办社保手续，独处的时间长了，我们就日久生情。”小梅面色微红，目光四处躲避着我直勾勾的眼神，“后来，公司里陆续有了一些闲言碎语议论我们，他怕影响我的工作，就主动提出辞职了。你今天帮了他的忙，就等于帮了我的忙，这个人情他还不上，我一定记着。”

“不对啊，我怎么记得你结婚了啊？你孩子不是都三岁了吗？”我惊恐地问。

“如果不是因为孩子，我肯定会离婚和张哥在一起的。张哥也早就想离婚了。但他老婆死活不同意，他一说离婚，他老婆就要抱着孩子跳楼。他怕真闹出人命，也就不敢提了，所以才一直拖到今天。”小梅说起张哥老婆的时候，眼中一团妒火熊熊燃烧。

“就是说你们都有自己的家庭，然后还这样？”够了，我厌恶之情油然而生。

“不是的，我们的关系不是你想的那个样子。我和我老公早就没什么感情了。他那个人平时就是看书、工作，一点儿情趣都没有。我跟他在一起很不开心。张哥就更是苦闷，他不止一次地跟我说，他老婆不理解他，一点儿都不理解他，他们根本不能交流。”小梅深情款款地说着，好像有错的根本不是他们。

我发现每一段婚外情中的主人公都会把自己的另一半说成凶神恶煞十恶不赦，把自己的生活形容成人间炼狱。而自己，永远都是善良正直受委屈的角色。那当年这魔鬼天使到底是怎么组合到一起的？另一种适合男性堂而皇之的说辞就是对方不理解自己，可是想想看，说这话的男人如果是皇上，日理万机，那皇后确实有理解不了的道理。如果是股神巴菲特之流，掌管多只基金，脑中有无数只股票，也没准理解不了。可眼下，小梅说的这位不过是个司机，每天多跑两趟二环三环，这有什么可不理解的。这如果再理解不了，只能说明表达能力太差了。

梅姐姐看出我对张哥的不屑，解释道："张哥虽然是个司机，其实出身并不差。他是高干子弟，从当兵转业回来，分在一个机关里当办事员。后来家里拆迁，开发商给补了几套房子，张哥就把工作辞了，靠收房租也过得挺好。但他就是闲不下来，觉得在家里待着太无趣了，才在咱们公司找了份司机的工作。他那个人刚认识的时候觉得很平常，其实他挺多才多艺的，写得一手好字，还会画画。我们互相之间都很欣赏对方，我们是真爱。"

别侮辱"真爱"这个词了，既然都没有抛弃自己的家庭，行使着双重背叛，那就根本谈不上真爱。

"你们现在到底是什么关系啊？"我越听越烦。

"他只要愿意娶我，我立刻就离婚嫁给他。他知道得病之后，又和他老婆提出离婚，他老婆还是不同意。那个女人就是想等他死了，继承遗产。"小梅呜呜地哭起来，"她就是想要张哥的钱，她根本就不关心他。你看，现在费尽心思帮张哥找医院的人，还不是我嘛。"

"帮他找医院的人是我吧？"我反问道。我对第三者毫无好感，甚至有些厌恶，我不想再多说，"那你让他明天九点去肿瘤医院吧。"

"好，菲儿，你放心吧。你的这份情，我今生今世都记得，一定还你。"小梅信誓旦旦地说。

"不用了，你照顾好病人就行了。"我看着满桌的饭菜，一点儿胃口都没有。

"我想好了，只要他老婆离开他，我就去照顾他，我愿意照顾他一辈子。"小梅深情地说。那一刹那，我还真感觉到了爱的力量。

"其实他老婆在你也可以去啊。我估计他家现在挺需要个保姆的。"我随意吃了两口菜，就找了个借口速速离开了，心里十分不爽。

之后，我连续几天看到小梅都觉得反胃。虽说改革开放也好多年了，二奶、小三早已司空见惯，演艺圈更是此起彼伏地上演着真人乱伦秀。但当这件事真的就发生在我的办公室，让我一转头就能看到女主角时，还是让我十分糟心。我有基本的道德底线，我不喜欢第三者。我理解很多人追逐潮流一般地想逃离自己平淡的生活，这件事本身并不容易，对于少数天才，他们缺少的只是往前一步纵身一跃的勇气。而对于普通人来说，他们能做的，只是发展了一段婚外情，给自己本就无味的生活再添加一味腐败发臭的调味剂。

就在我对小梅避之唯恐不及的时候，她又主动来找我了。

“菲儿啊，我有件事跟你说，中午一起吃饭吧。”

“我最近胃口不好，有什么事，你现在说吧。”我下定决心，再也不和小梅吃饭了。

“在办公室说不太好，咱们吃饭的时候再说吧。”小梅央求道。

“咱们去走廊说吧。”我拉着小梅走到走廊，“到底什么事啊？你说吧。”

“是这样的，你给找的肿瘤医院那个医生啊，人不太好。”小梅摆出一张买了棵烂白菜的倒霉脸。

“啊？他怎么了？切错啦？”这是我唯一能想到小梅说医生不好的原因。

“那倒没有，手术还是挺成功的。但是手术之后，才过了一个礼拜，他就非得让张哥出院，说他们病床紧张。我问了一下别的病人，有人术后能住好几个月呢。”

“你们懂不懂啊？”我一阵急火攻心，“这是因为手术情况好，病人恢复得好，没有必要住院了啊。你们怎么还盼着住院啊？”

“我上次也和你说了，张哥经济条件没问题。我们不在乎多住几天院，还是希望能好彻底，大家就都放心了不是。他现在出院了，回了家，谁照顾他啊？你能指望他媳妇吗？她现在对他意见很大，天天都要和他吵架，他怎么能休息好呢？你再让你妈说说，让他再多住几天吧，好不好？”

“你是真以为医院是我家开的吗？医生让出院就说明没事了，肿瘤医院每天多少病人排队呢，你好好的占人家床位干吗？难道你的病就得是马上治，人家的病就得拖着吗？”我真恨不得抽自己两巴掌，管这么一对奸夫淫妇的事儿干吗。

“菲儿，你生什么气啊，这不是和你商量吗？要不我给医生送个红包吧。”小梅停顿了一下，看上去是下了很大的决心，“两千，够了吧？”

小梅的表情显然认为这是一笔不小的贿赂款了：“梅姐姐，你可能确实不了解北京的医疗情况和医生的收入。这些大医院的医生，工资虽然并不高，但周末都可以去私立医院给人开飞刀的，一刀就是几万，真不差您这两千。还有，最近医院管得也严，我相信人家不会收你的红包的，你也别去给人家找麻烦了。医生敢让病人出院，肯定是病人没事了。你们就别瞎操心了。你省下钱多给张哥买点保健品吧。”说完，我拂袖而去。

午饭时间，佳音叫我去汤城小厨喝汤。

我把一肚子的憋屈都倾诉给了佳音：“就是这样，哎，瞧我这事儿办的啊。”

“这人怎么这样啊，小梅最后感谢你了吗？”佳音听后皱起了眉头。

“没有啊，今天还埋怨我来着啊。说医生人不好，你说就她自己那人品，有什么资格说人家。”佳音点的菜都很清淡，本来就没什么胃口的我更是提不起兴趣。

“这人做事可真行啊。不过你也不用那么生气吧。我真没想到啊，和张哥好的原来是小梅啊。张哥辞职的时候，和大家吃了顿饭。他当时是说，为了保护他喜欢的人，所以辞职了。然后公司里大家就传了一阵，说张哥和婷婷云云的，说得还挺像真的，结果原来是和小梅。”佳音慢悠悠地品了一口汤，又感叹了一下，“真没想到啊。你看小梅平时感觉多像贤妻良母啊，谁能想到她背地里还有这手啊。菲儿，你吃啊，尝尝这个芋头南瓜煲，味道很不错的。”

“我也没想到啊。婷婷就是对人太亲切，加上长得又漂亮，容易被大家误会。我真替婷婷冤得慌，怎么什么黑锅都往她那儿扣啊。”

“不是的，这应该不是空穴来风。那会儿是真的有人在传，说得还有理有据的。我想想啊——”佳音吃了口煲仔饭，沉思了一下，继续道，“好像就是小梅跟大家说的，说她撞见过婷婷和张哥一起吃饭什么的，还说张哥送过婷婷LV钱包什么的。对，就是她说的。后来说在酒店门口碰见婷婷和咱们股东亲热的，也是她。这都是她亲口和我说的，不会错的。”

“这不贼喊捉贼嘛。小侯也和我说，小梅不是好人，让我离她远点，想不到她这样。”我对小梅的厌恶再次升级，“厦门那事也是，她和婷婷不是住一个房间嘛，那天万娘欺负婷婷，婷婷就出去散了个步。她就说婷婷去万娘房间睡了。我后来问过婷婷了，其实那天是小梅去苏樱房间睡了，根本就没在房间，她凭什么说婷婷睡万娘那儿了。”

“没有啊，我和苏樱住一间房间，小梅没来住过啊。她说她哪天来住了？”佳音好奇地问。

“就咱们喝酒那天。”

“绝对没有，那天我和苏樱酒都喝得有点大了，回房间就睡了，连衣服都没换，她来我怎么可能不知道呢。”

“这到底怎么回事啊？看来那天晚上没准真有人和万娘同床共枕了。该不会又是小梅跑去和万娘睡了，回头又给婷婷造谣吧？”我回忆着当时的情景。

“还真有可能。亲爱的，我再给你盛碗汤。”

我把碗递给佳音，心中还是不解：“你说她一直装得和婷婷关系那么好，背后就给人造这种谣，这什么心态啊？”

“这女人的友谊可是相当的靠不住。”佳音悠悠地说。

“嗯？”我警觉地看着佳音，“你不是在说咱俩吧？”

“小姐啊，谁能把你当女人啊。快吃，吃完咱们得回去上班了，时间不早了。”佳音夹了几片青菜放到我碗里。

之后，每次见到小梅我都是横眉冷对。她也不敢再来找我，平时见面也有意识地互相回避。

本以为这事就这么过去了。风平浪静了一个月之后，这天下午，我正在前台和多多一起研究淘宝店卖的零食。忽然一个女人闯进公司，愤怒地嚷道：“梅珞珞在吗？”

我和多多都是一愣。

“好像，好像不在吧，您是来，来面试的吗？”多多看了看女人，吞吞吐吐地回道。

“要不，我去帮您看看，您怎么称呼？”我连忙问道。

女人瞪了我一眼，没有回答。

我赶忙跑进办公室，找到小梅：“小梅，门口有个凶神恶煞的女人找你。你要出去见见吗？”

“谁啊？”小梅立刻警觉了起来，“她长什么样？”

“三十多岁，长头发，戴眼镜，眼睛挺大的，长得还行。”我迅速地描述着，“她看起来特生气，我建议你还是躲躲吧，她不会就是……”我忽然想起了张哥。

“天啊，她怎么来咱们公司了？菲儿，你出去挡挡，你们可千万别让她进来。”小梅十分紧张地说，然后起身就想跑。

“谁来了？”坐在一边的楠哥忍不住问道。

“呃，她仇家。”遇到这种场面，我忍不住落井下石。

“怎么回事？”楠哥收起了一贯的温暖笑容，严肃地问道。

“这个……”小梅还没开始解释，张哥媳妇已经冲进了办公室。

“你个贱人。”张哥媳妇一个健步向前，扬手就给了小梅一个脆响的耳光，声音响彻办公区。这一巴掌把办公室的同事都吸引了过来，瞬间在人力办公室门口围了一堆人。

“我是张欣的妻子。她勾引我老公，还让我老公把一套房子转到她名下，要不是我发现得及时，她就得逞了。”张哥媳妇神色凝重，伸手就去抓小梅的衣服，“这个女人破坏我的家庭，我今天就是要教训教训她。”

看到张哥媳妇又要动手，楠哥赶紧拦住了她：“咱们有话好好说，这里面可能有什么误会。小梅也在公司工作很久了，之前和张哥可能关系是不错，但应该没做什么出格的事吧。”

张哥媳妇挣脱了楠哥，挥手又给了小梅一个巴掌。小梅显然是被吓傻了，连躲都没躲。

哇塞，这是拍电视剧嘛，我在一边都快叫好了，真是太解气了。有没有人带手机啊，录下来啊。我龇牙咧嘴地四处寻觅。

“菲儿，你这干吗呢，怎么这么幸灾乐祸啊？”林风凑到我跟前问道。

“你不懂，嘿嘿！”我继续保持龇牙咧嘴状。

“好了，您有事好好说，别动手啊。”楠哥使了个眼色，戒哥也走上前，帮着楠哥一起拉着张哥媳妇往外走，“咱们有问题解决问题，不能解决的您看有什么我们能帮忙的。您在这儿闹也不合适啊，别人还要上班呢。”

“别拉了，”张哥媳妇再次挣脱了两名大汉，“我这次来就是要当着你们这些人的面说说这些事儿，你们也评评理。他们在一起也不是一天两天的事了，我之前睁一只眼闭一只眼，无非是为了孩子能有个好的环境。这次我老公得病，她还变本加厉了，非逼着他和我离婚。她是为了什么，你们让她自己说。不就是惦记我们家那几套房子吗？！我告诉你，你快断了念想吧。我老公得病也是因为你，谁知道你这个脏女人身上有什么病，说不定他的病就是你传染的。”

“这应该不可能吧。”我在一边小声嘀咕，别说癌症压根就不传染，即便传染，小梅也不太可能是携带者，男女有别啊。想到这里，我又坏笑起来。

“走吧，咱们出去说吧。”楠哥还想圆场。

“不用了，我该说的都说了。你要还敢勾搭我老公，我每天过来打你一巴掌。”张哥媳妇说完就气势汹汹地走了。

“大家回去工作吧，散了吧。”楠哥迅速疏散了人群，然后关上了办公室的门。大家回到各自座位，还是忍不住地议论起来。

“张哥是什么病啊？”林风问道。

“睾丸癌。”我脱口而出，说完才感到有些不好意思。

“你怎么知道的？”林风一脸狐疑。

“别提了，小梅之前让我帮着联系的医院。”我把前因后果给林风讲了一遍。

“哦，那你刚才在那儿高兴什么呢？”

“看小三被打，心里痛快啊。”说完我意识到声音大了点，附近还有几个同事眼神怪怪地看着我。

15 / 恕不奉陪

这天中午，戒哥和小侯终于带我来到了他们口中的北京第一涮肉馆——聚宝源。

“戒哥，我看点评上写聚宝源平均要排两个小时的队才能吃上，怎么咱们都没排队啊。我看店里人也不多啊。”我四下张望了一下，还有几张空桌。

“你看看现在几点，现在才11点，有几个像咱们这么早就出来吃饭的啊。你晚来半小时试试，今天都不一定能吃上。”水刚沸腾，小侯就迫不及待地往里面下了一盘肉。

“真这么火啊？”我将信将疑。

“你等会儿自己看，看看那队排到哪儿，说了你还不信。这家店最好吃的还不是涮羊肉，是烧饼。一人限买六个，吃不完的你带回家吃。早上微波炉热一下，配碗豆腐脑，绝了。”戒哥说得兴致勃勃。

“这么好吃啊，我尝尝。”我拿起一个刚上桌的烧饼咬了一口，香酥脆，满口的芝麻香，“这烧饼也太好吃了吧！”

“没骗你吧，今天这些都给你，你回家慢慢吃去。在这儿就别吃烧饼了，先吃肉。”戒哥又拿起一盘肉放了进去，“他家的肉也特别好，牛街最好的肉都在这儿呢。看见了吗？一点儿血水都没有，特别新鲜，出了这家店就没有了。”

我赶紧夹了块肉：“是挺香的，不过这环境、这服务态度，实在不咋的啊。”

“知足吧你，这儿就是冬冷夏热，空调跟没有一样。夏天我们都不敢来，吃一顿能出两斤汗来。但人家生意一直这么火，没有人少的时侯。”小侯大口地吃着香嫩的羊肉，“菲儿，前两天小梅被张哥媳妇打你那么高兴干吗啊？全公司都听见你管人家叫小三，以后收敛一点儿，别总这么咋呼。”

“我就讨厌小三。”我咬牙切齿地说，顺带捶了一下桌子。

“你激动什么呢，就算你是当大太太的命也不用这样啊，小心梅珞珞打击报复你。”

“她凭什么报复我，她还得谢我呢。”我简要地把小梅托我找医院的事说了一遍。

“你二吧。”戒哥连吃都不顾了，放下筷子，指着我就开始嚷嚷，“这种事你管它干吗？你认识张哥吗？就揽这破事。”

“他媳妇没打你算你走运了，行了，也别说她了。”小侯往锅里下了点豆腐白菜，“菲儿也是好心，以后记住了，不用谁的忙都帮，学会说不，懂吗？”

“我从小就不太会拒绝人，你看我连大魔女都拒绝不掉。”我为难地说。

“不会说‘不’，你就说‘是’，这个世界上最好的拒绝别人的说辞，就是‘好的’。”小侯言传身教，“我看你这慧根也不行，我给你举个例子啊。比如小梅让你找医院，你就一口答应，说没问题，然后随便编个理由开始拖，比如就说你妈出国了，得等你妈出国回来，亲自带着病人去医院找医生才行。你把一件事说得越复杂，拖的时间越长，对方就越有可能知难而退了。”

“那她万一要是不退呢？她就等上一个月，到时候又问我，我可怎么说啊？”

“要不说你就是实在呢。她再找你，你继续拖啊。玩命找理由，或者就干脆躲着不见她。实在不行了，你就反请她吃顿饭，说这事啊，你能托的人都托了，实在没办法，让她另请高明吧。”小侯又要了碗麻酱，这家伙一向口重，一碗小料绝不够他吃的，“最后，一定要拿出十分的诚意说一句：以后有事，再来找我，我一定尽力。”

“这是为什么啊？万一她下次还来找我怎么办啊？”我捡了块冻豆腐吃，忙着说话差点烫了舌头。

“哎，你呀，就是不开窍啊。你能办成事，人家下次有事还找你；你办不成事，人家还找你干吗？”小侯拿筷子敲了敲我的碗，“别吃了，我说的你都明白了吗？”

“大概明白了，这办法放之四海而皆准吗？”我凝视着小侯问道。说实话，身边有这么个大帅哥常年陪吃饭，还时不时地给出一些很有见地的处世准则，就算经常地被他嘲讽数落，也是一种幸福。

“放哪儿都一样，但记着，这招儿是对待那些你看不上但又不想得罪的人。咱们对朋友还是得全心全意的，朋友托的事，能办不能办都得去努力。这点我对你倒是放心。来，你吃点大白菜，下下火。”

我看到这时大堂已经坐满了人：“咱们下次多叫点人，订个包间是不是就不用来这么早了。”

“你以为这儿包间好订啊，包间得提前一个月订，谁能说得准一个月后的事啊。你放心吧，想吃咱们就11点来吃，绝对有位置，晚了就别惦记了。”

吃完出门一看，确实门口已经排起了长队，暗暗庆幸自己来得早。

回到公司，由于吃得太撑，我顿觉头晕脑涨，趴在桌子想小憩片刻，许晚晴走了过来：“菲儿，你下午有事吗？跟我去个企业吧。”

“行啊，咱们什么时候走？”

“现在就走吧，企业在亦庄，有点远。”

我不敢怠慢，立刻晕乎乎地跟着许晚晴一起打车去了亦庄。

路途漫长，我向许晚晴打听起企业的状况：“这家是做什么的？”

“别提了，力同是做太阳能光伏设备的。前几年行业好，其实也不是真的好，大部分都是在炒概念，把光伏拉得很高。这两年行业不行了，做光伏设备的企业太多，业内又都是恶性竞争的价格战，力同现在已经停产快两个月了，再这么下去只能倒闭了。”

“这样的企业咱们还要投资啊？”我不解地问。

“咱们三年前已经投过了。现在是人家快破产了，想跟咱们要点钱，转型试试别的，看看还有没有挽救的余地。”许晚晴解释道，“他们做其他行业也没有经验，哎。耿总让我去跟他们聊聊，帮他们拓展一下思路。”

“这是谁投资的项目啊？”我脑海中浮现出杜总那肥厚的肚子。

“负责这个项目的总监在你来之前就引咎辞职了。这个投资失败还真不怨他。三年前，光伏多热啊，力同这个项目，当时有几家投资机构在抢，咱们还是费了挺大劲儿才投进去的。一旦一个行业你走到哪儿都听见别人在议论，那就千万别碰，准死。咱们到了，师傅您就停这儿吧。”

我跟着许晚晴下了车，来到了力同的生产基地。

董事长杨总亲自出来迎接我们。杨总身穿正装，手上戴着金表："许总，不好意思啊，辛苦您亲自跑一趟了。"

"没事，没事。"许晚晴客气地回道。

"许总是第一次来吧，我带你们参观一下我们厂房。"杨总带着我们往前走，偶尔停下来为我们介绍一番，"这是我们的网球场。这边是我们的室内游泳池，那边还有个中心花园。"

我一路走着都看傻了，这怎么可能是个工厂啊，度假村还差不多。我拉住许晚晴，小声嘀咕道："这家公司不差钱吧。"

"金玉其外，败絮其中。"许晚晴小声回复。

"这里就是我们的厂房了，你们进来吧，没事，反正现在也都停产了。"

我们进到一个明亮宽阔的现代化车间，零散地分布着几个工人在收拾东西。

"这套设备，"杨总指着一套机器说，"是我们前年从德国进口的，花了五百多万买的这套生产线。我敢保证，这是最先进的。还有这个测试设备，这是从瑞士定制的。哎，现在就都这么停机了。"

"咱们现在为什么不恢复生产啊？"许晚晴打断杨总的满腹惆怅。

"还有几台设备在生产，只不过已经大幅度减产了。产品卖不出去啊，生产出来也没用，再降价我们就亏了。来，咱们去我的办公室聊吧。"

杨总的办公室也布置得极其奢华，红木沙发，中间一张气派的八仙桌，上面放着一套紫砂茶具。门口还有一个巨大的落地鱼缸。我乍一看里面竟没有鱼，不禁奇怪起来，走近仔细找，才发现了一条红白相间的小金鱼。我心想这公司破产，也不用把鱼都卖了吧。

"怎么只养了一条金鱼？"我好奇地问杨总。

"你们可别小瞧了这条金鱼，这鱼可是大有来头的。"

"什么鱼这么大的排场？"许晚晴也被吸引过来，盯着鱼看。

"这条鱼是我花了两万块钱从别人手里收的。"

"这么贵？为什么啊？"我仔细瞧了瞧，就是一条很普通的金鱼嘛。

"这鱼的头顶有一块红斑，这叫鸿运当头。看见了吗？"杨总用手一指。

"看见了，看见了，真神奇啊。"我附和着，心里说的却是，这什么玩意儿啊。我看了看旁边的许晚晴，也是一脸的皮笑肉不笑。这鸿运当头的小金鱼可是直接把公司推向了破产啊。

“杨总，咱们还是言归正传吧。”许晚晴转过身，不再去看金鱼，“您看公司现在的发展形势，您下一步想怎么办啊？我听耿总说您想转型，怎么个转法呢？”

“我们是这么打算的，先收购一家做手机电池的公司，然后配合我们的光伏产品，共同研发手机太阳能充电器。我们考虑过了，现在智能手机市场非常好。智能手机又非常费电，有了太阳能充电器，用户走到哪儿都不用担心手机没电的问题了。产品的前景肯定非常好。”杨总对自己的构想十分得意。

“杨总，你说的这款产品已经有了，您看看京东、淘宝上都有卖的。我之前看过一家生产太阳能充电宝的厂商，也试用过他们的产品。我觉得不是很好用，纯靠太阳能充电太慢了。对于普通用户来说，也经常想不起来把充电器放在阳光下暴晒，这功能可能对需要野外生存的人更有用。但这部分的用户就比较少了。”许晚晴继续分析道，“而且您现在进入这个领域，比别人肯定是晚了一步。咱们之前也没有这方面的技术储备，现在贸然进去没有什么优势啊。再者说，你要收购一家手机电池公司的资金也不小吧，咱们公司现在的情况，还有这么充裕的资金吗？”

“所以我才找你们商量嘛。”杨总对于许晚晴泼来的一头冷水表示了不满，“你们之前投了8000万，占我们公司15%的股份。现在我再拿出10%的股份转让给你们，你们给我们5000万周转一下。咱们是合作方，都是希望公司能发展好的嘛。公司要是真的破产了，你们也不好跟股东交代吧。”

“杨总，您说的这个方法面临的风险太大了，我们作为投资机构承受不了这么大的风险。首先您以前所有的客户资源都用不上了，在销售方面您需要找到新的渠道；其次，您准备收购一家手机电池厂家，如果是一家正在上升期、业务良性发展的企业，您很难说服他们，实现收购；最后，您的产品还需要研发，研发周期和研发费用可能您都是只有初步的概念，但没有精打细算过。这些问题都会对企业未来的发展产生重大的影响。新产品一般会有个两到三年的培育期，咱们目前的形势是否还能撑得过这么长时间，恐怕是个问题。”

“许总，您说的确实也有道理，但是我们现在就是发展不下去了，您要有更好的建议，我们也愿意虚心接受。”

“其实，我倒是认为，咱们拥有先进的生产线，也积累了一些稳定的大客户，倒不如在西北地区建几座太阳能电站，再想办法把电站卖给国电这类的电力企业。或者干脆找家集成商，让他们把公司收购了更合适。”许晚晴建议道。

“这个我们也不是没想过，但一直没找到合适的下家啊。不说别的了，就我们现在这块地，就值好几个亿，一般企业哪收得起啊。”

“这倒也是，”许晚晴点了点头，“咱们这个情况，确实很难办啊。”

“许总，您就回去和耿总商量一下，再买我们点股份吧，我们现在是急需资金周转啊。下个月还有一笔银行的贷款要还，工人的工资我都拖欠了三个月了，没有钱发不出来啊。”杨总几乎是在哀求，“您看行吗？”

“如果真的要投资，还需要其他股东同意的。现在光伏产业整个哀鸿遍野，恐怕我们很难说服股东继续为你们投资啊。你要是实在撑不下去了，就出售一部分土地吧。您这儿的网球场、游泳馆留着也是浪费啊。”许晚晴说得十分直白。

“行，那我们再考虑考虑，您也回去商量商量。我跟耿总还是有点交情的，谁不希望双赢啊。”杨总一路送我们离开公司。

回家的路上，我问许晚晴：“咱们不会再给他投钱了吧？这老板看着不靠谱啊。”

“是啊，这杨总怎么想的啊，转行也不能做充电器啊，那市场比光伏还红海呢。”

“网球场和游泳池看着倒是挺好的，估计投入了不少钱吧？”

“这就叫玩物丧志，好好的一个公司又不是健身房，没必要花钱修这些。要我说，直接建个老年活动中心，比干什么都靠谱。他当时就是一次拿到了太多资金，不知道干什么好了，到处撒钱。那些设备也没必要啊。国内一套才几十万上下，差别也不大。他这一下就五百万，卖都卖不出去。”

“当年咱们公司是怎么想的啊？怎么就投了这么个不靠谱的公司啊？”

“这个我还真不清楚，你可以问问小侯，他好像是那个项目组的。”

“行，我明天就去审问他。”

第二天中午，我又早早地跟着戒哥和小侯来到位于甘家口附近的柴氏牛肉面。

“告诉你，这家不早来也得排队，而且就没有停车位了。”还没进门，戒哥就开始絮絮叨叨地介绍，“吃了这家的牛肉面，你哪儿的牛肉面都不会想吃了。什么台湾牛肉面啊、四川牛肉面啊，根本不行。我和小侯一般没什么想法的时候就来这儿，百吃不厌。”

“有那么好吃吗？”我环视了一下四周混乱的环境，又看了看菜单，出售的食品种类非常少，几乎没有什么选择。

“你别看了，我点，你等着吃就行了。”小侯麻利地点菜，“十个肉串，三碗牛肉面，都要大碗，再加两斤牛肉，还有一碟儿辣椒油。”

“两斤牛肉啊？《水浒》里的鲁智深才这么点菜吧。”

“你管那么多呢，吃你的吧。”戒哥小眼圆睁。

等菜的时间，我不失时机地问：“小侯，我听说力同那个破项目是你投的啊？你怎么走眼的？给我讲讲吧。”

“你会不会说话，谁走眼了？那个项目我从来就没看好过。”

“不带这么马后炮的啊，现在说不看好，晚了吧？”我一脸讪笑。

“真的，这还真不是我吹。当年负责那项目的总监杰哥也不看好，他做事特细，用了两个月，把那公司调研了个底儿掉。那会儿光伏热，力同业务上没问题，老板跑业务的能力很强，客户也都是大企业。财务报告我们也查了，他们真实利润只高不低，为了逃税还私藏了一部分利润。但你知道他们最大的问题是什么？”

“是什么啊？”我配合地问。

“这是一家根深蒂固的家族企业。所有高管都是杨总的亲戚，连前台都是杨总的远房表妹，这种公司你敢投吗？投完了怎么控制？当时杰哥是几天都没睡好，反复想方案。后来他把投资条款写得非常苛刻，要求他们必须从市场招聘财务总监，并且需要是咱们认可的。还有企业拿到咱们的钱后，用钱需经过咱们同意，等等吧，反正他能想到的他全写了。”

“都这么严格了，企业怎么还成这样啦？”我不解地问。

“管不住啊，合同是死的，人是活的。刚开始他们是聘用了新的财务总监，没过两天就说人家业务能力不行，把人家开了。咱们投的钱，他们半年就烧光了，说是买设备了，一套设备五百多万，你信吗？”小侯一拍桌子。

恰在这时，面条上桌，十分扎实的一大碗面，浓油赤酱，上面摆满了肥瘦相间的牛肉块若干。

“这么大一碗啊？”我看着面条有点害怕。

“快尝尝，”小侯边说边往自己的碗里加了几勺辣椒油，“你也加点，这个不辣，特香。”

我也放了一点儿辣椒油，汤中立刻泛起一片嫣红，先夹起牛肉吃了一口，肉炖得火候得当，绵软入味，奇香无比。又吃了口面条，面条吸收了浓郁的汤汁，入口回甘，嚼劲也刚刚好，不硬也不烂。我边吃边点头：“嗯，好吃。小侯你看企业不行，挑美食确实是行家。”

“你有完没完啊，我刚才说的是都白说了吗？我再说一遍，我没看上那企业。”

“我听懂了，你们当时挑了一堆毛病嘛，但最后不还是投了嘛。真看不上你投它干吗啊，还投了那么多钱。”我拿了个羊肉串吃了一口，也挺地道的，这家店真应该多来。

“你压根就没听懂。”小侯冲戒哥使了个眼色。

“你就直说吧，不然她肯定听不懂。菲儿，再给你加几块肉啊。”戒哥拿过牛肉又给我拨了几块。

“那我就明着跟你说了，这个项目是外人推荐给公司的，具体什么人我到现在都不清楚，耿总非逼着我们做。杰哥也不是一般人，论能力不比许晚晴差。他当时也是一百个不愿意，找了各种理由，那项目报告里，风险写了十多页。领导就是要投，就看上光伏是块肥肉了，非吃不可。我们费尽唇舌都没用。听明白了吗？”

“那会儿光伏是热，真怨不着他们。”戒哥也在一旁帮腔。

“谁能想到说不行就不行了呢。杰哥当时也说了，只要行业不出大事，这公司虽然有这么多问题，但也能扛住，发展好了兴许也能上市。现在，别说上市了，就等着破产吧。”

“不过他们那块地能值不少钱吧？咱们也不用担心收不回资金吧？”我吃了大半碗面条，感觉从胃到心都十分满足。

“你就是不懂啊，他那块地早就抵押给银行了。真破产了银行先清算，银行之外，他肯定还有其他外债。这些都算完了，才能轮到咱们。人家吃肉，到咱们估计连汤都不剩了。”戒哥边说边喝了口汤。

“啊？这钱就要不回来了啊？8000万啊！”我追问道。

“你急什么啊，又不是你的钱。投资有风险，没办法的事。你也可以去法院告他们的高管，说他们非法挪用资金了。但官司打多久不知道，咱们公司的名声也扫地了。所以啊，没办法的事儿，你知道哥在这个项目总结书上怎么写的吗？”

“项目总结书不就签个名字就行了吗？”

“对，正常情况签个名字就行了。”小侯将盘子里的肉扫荡一空，面条也吃得干干净净，才继续说，“但那会儿，我没签名，我在签名的地方写了‘问题很多，后果自负，如此行事，恕不奉陪’。”

16 / 心共孤云远

微密项目与苏樱合作后，我十分欣赏苏樱在财务方面的专业技能和一丝不苟的职业素养。我甚至萌生了要在财务上有所建树的伟大理想，购买了一堆财务书籍，在办公室发奋苦读。这天正在翻书，刚好被苏樱看到。

“菲儿啊，做财务可是一条不归路，早日回头是岸吧。”苏樱苦口婆心地劝慰道，“你一个专业技术人员，不用学这么多财务知识，大概了解一下就够了。”

“可是我很羡慕你的专业能力啊。”

“我们做财务的有多辛苦，你去问问小唐。能转行谁不转行啊，快别看了。我都后悔当年怎么没坚持学个数理化啊，现在还被万娘这样的人瞧不起。”提到万娘，苏樱姐不由自主地握起了拳头，“我特别羡慕你们学理工的，什么技术都是一听就明白，和我们这些学文的就是不一样。”

苏樱这样的夸奖经常让我面红耳赤。她也不仅仅只是这样说说，每次碰到技术方面的问题，她总会一脸虔诚地向我请教。几次半懂不懂地解释，反而让她这种错觉更根深蒂固，愈发相信我理工科背景扎实。如此一来二去的礼尚往来，我和苏樱的感情日渐加深，她的项目也愿意叫上我。

这日，苏樱很兴奋地来找我：“菲儿，我们的贝科项目立项了，你也加进来一起做吧。”

我正在赋闲，听到直接就能加进一个已经立项的项目，真是喜从天降，兴奋不已，痛快地答应了。当天下午，苏樱就叫我去项目组开会。

项目负责人何总瞟了我一眼，直接就是一盆冷水泼来：“哎呀，你叫个‘分析司’来有什么用嘛。”何总很是责怪地对苏樱姐说，“她又没有经验，干不得活的。”

“这个项目是化工类的，我想着菲儿是理工科出身，她能帮着看看技术。”苏樱赶紧帮我辩白。

“有什么技术用她看啊，我和罗旭在还有什么看不明白的，我本身就是中华科技大化工系毕业的。‘分析司’就是包袱，公司没指定，我们就不用背嘛。”

何总说话的时候，都不看我一眼，我如空气一般站在何总对面。按说我和何总在此之前从来没有打过交道，我对何总的唯一印象就是在厦门豪气地喝酒，再无其他。但何总的几句话实在如针扎一般，我很难理解他怎么对我的意见如此之大，加上何总阴阳怪气的口音又平添了理解的难度，我心下顿时气恼。

“就算帮不上忙，我也不会给您添麻烦吧。我一个‘分析司’（我模仿何总说话的口音）能添什么麻烦啊。何总，您要是这么想，那我还是走吧。”我作势要出门。

“别走，菲儿能力还是挺强的，我们合作过。这个项目就让菲儿帮着一起做吧。”罗旭开始助攻。

苏樱跟我介绍过，贝科项目本就是罗旭推荐的。但罗旭在公司的身份是高投，不能独立带团队做项目，公司才安排了何总作为项目总监负责。

何总不好再说什么，但仍是不停地叹气。

我刚一进项目组就来这么个下马威，心情自然不悦，想到以后还要和何总合作，只好找话题试图缓和一下气氛。我问道：“何总是哪里人啊？普通话怎么说得这么不普通啊。”

“我似一锅弗兰人。我这普通话在我们那儿算是说得最好的了。”

“福建人啊，难怪。”我心里默默重复着这句“我似一锅弗兰人”。

“不是福建，是弗兰。”何总白了我一眼。

“何总是湖南人。”苏樱看我还是一脸的迷茫，赶紧解围。

事已至此，我也省去了和何总交好的兴趣：“这个项目是什么情况啊？”我直接将话题抛向了罗旭，不再去理会何总那挑剔的眼神。

“我先给你简单介绍一下企业的主要业务吧。贝科是一家从事能源再利用的公司，在该领域是龙头企业。尤其在凝结水的回收处理方面，贝科有着自己非常独特的技术优势。”

当我听到“凝结水”这个词的时候，头明显开始变大，赶紧慌张地问：“什么水？”

“你看，我就说吧，她不懂。”何总在一边摇头晃脑。

“凝结水，”罗旭耐心地解释着，“简单点说就是锅炉高温下水蒸气凝结形成的水。因为锅炉内的环境大部分是高温高压，所以锅炉用水的洁净度要求是非常高的，跟我们正常人的普遍理解可能不一样。不经任何处理的凝结水也可以直接饮用，比自来水干净得多。锅炉要求的纯净度更高，所以凝结水要经过过滤才能重新回到锅炉，再次使用。以前由于技术不过关，大部分的凝结水都被直接排放掉了，对热能和水资源都是极大的浪费。后来随着过滤技术的发展，欧美一些国家会先用冷凝塔，把凝结水的温度降到正常的温度，再通过离子吸附等技术进行过滤，处理过的水加温后可以再次回到锅炉，这种技术在我国电厂也被普遍使用。好处是技术非常成熟，事故率低，很稳定，也节约了水资源。坏处就是需要先降温再加温，极大地浪费了热能。贝科的技术与以前的不同，它可以在凝结水高温的情况下，直接进行过滤，不需要降温。过滤后的水可以重新回到锅炉，减少了热能的损失，大大节约了能源。至于核心技术嘛，这是公司的机密，我们需要进场后才能具体了解。”

罗旭的解释十分清楚，简单明了。我一直笃信，唯有真明白的人，才能把一件事用最简单的话说清楚。那些爱用术语糊弄人的，多半自己也是一知半解。

“这么听起来确实很好啊，比以前的技术好很多了。那为什么欧美国家不用呢？”

“欧美也有，但是用得不多。原因主要是欧美大的锅炉使用公司都将冷凝塔和供暖设备相连接，释放出的热能用于附近居民供暖，并没有浪费。”罗旭继续解释。

“这个有具体数据来证明节能吗？”我继续发问。

“企业给出的数据是每蒸发一吨可节约标煤80千克，一个体量正常的炼油厂一年就可以收回前期投入。”

我又问了几个问题，罗旭都对答如流。果然只有我想不到，没有罗旭答不上的。在技术上有罗旭把关着实让人心里踏实。回答完我的问题后，罗旭又讲了他对整个凝结水行业的技术分析和我国对于工业节能迫在眉睫的发展形势，有理有据，声情并茂。听后我对贝科公司充满希望，为能参与到如此朝阳的产业感到无比的激动。我对罗旭的崇拜之情也如滔滔江水，连绵不绝。

“菲儿，这是我找到的一些资料，你好好看看。有一部分书是从图书馆借的，看完了还给我。”罗旭颤颤巍巍地搬了一摞书给我。我看着罗旭那副骨头架子，再看看这摞一米多高的书籍资料，暗暗比较了一下两者的重量。

这么多资料就是光翻不看字也得花上两天，我大致浏览了几本，对于这个晦涩难懂的行业和讳莫如深的技术都感到十分没底儿。两天后，我揣着十二分的心虚，跟着项目组来到了贝科公司总部。何总时不时地瞟我一眼，眼神中仍然充满质疑。我尽量大度地视而不见，心里还是七上八下，深感前路堪忧。

贝科公司位于西四环一座年久失修的写字楼内，附近环境极为破败。

我从小生活在海淀，小时候一直井底之蛙地以为这八大学府所在地，硅谷中关村所在地，一定是北京乃至中国最高端的地界儿。长大后进了城才明白，海淀实在是一个土得掉渣的区。海淀的土源于内在，源于这里的北京人浓度之低绝非一般二线城市可比，源于这里不仅盛产不修边幅的IT民工，奇形怪状的屌丝男女，大江南北的穷苦学生，还分布了各大军区大院。在这些军区大院里，是根本听不到北京话的，只有南腔北调的普通话。

眼前这座楼已是满目疮痍。大堂无人管理，杂乱不堪。电梯内的灯在不停地闪烁，以此方式作为给我们的预警。下了电梯，已是头晕眼花的我跟着项目组一行人围着楼道绕了两圈，终于在一个不起眼的角落找到了贝科公司。贝科公司的办公室和整栋楼相得益彰，狭小混乱得一团和气。

负责接待我们的是公司董秘小灵。初见小灵，我确实吃了一惊。她的长相已经毫不夸张地上升到有碍观瞻的境界。如果黄妈参加《我是歌手》的时候能有小灵伴其左右，就绝不会有观众挑剔她的长相了。龅牙噘嘴小眼睛，说话还有点大舌头。我在心里暗想，这可是堂堂董秘啊，公司上市之后，她就是千万富翁啦。她这长相得搭配怎样的旷世奇才能匀回来啊，我摩拳擦掌拭目以待。

“我给你们简单介绍一下，其实贝科的主要业务说白了就是污水过滤回收。只不过技术要比一般的污水过滤难得多，因为要处理的污水比矿泉水还干净，所以过滤起来非常难。再加上凝结水的温度比较高，通常在100摄氏度左右，又给过滤增加了难度。贝科的核心技术就是我们自主研发生产的一种活性官能团液体膜，我们通过工艺把膜附着在过滤管上。污水流过管子的时候，液体膜上的活性官能团分子即可吸附水中的微小金属离子，达到净化水的作用。贝科研发的液体膜不但耐高温，活性强，还可以反复使用，一根管子可以连续使用三年。”小灵介绍业务倒是思路清晰，言简意赅，看来大舌头并不影响表达。

当我们刨根问底地想确切知道这层膜到底是什么的时候，小灵神秘兮兮地说：“这个膜的配方全公司只有杨总一个人知道，我真的不知道。”

“这个膜是在哪儿生产的呢？”我问。

“我们在河北有专门的生产基地，在那儿生产的。北京总部这边主要是管理和销售部门，生产都在河北。”

“那你们的‘咕喽’和管子也是自己生产的吗？”何总问。

“他说的是锅炉。”我赶紧帮着翻译，之前何总就不停“咕噜咕噜”的，我刚开始以为是葫芦，后来以为是骷髅，反复听了几次又联系了上下文终于听明白，是锅炉。

“都是外采的，我们有专门的供货商，也在河北。”小灵拿起一根管子给我们看，“我们预订的都是质量比较好的陶瓷管，他们按我们的要求生产的。”

“所以自己生产的就是一层膜？”罗旭眉头紧锁，充满疑虑地问。

“可以这么说吧，我们还要负责组装和施工，还有铺膜的这层工艺也是在河北的公司完成的，你们可以去现场看看。”小灵面带微笑地回答，她笑起来还不如哭好看。

小灵又带我们看了看整套过滤设备的模型。模型看起来一点儿不像说的那么玄幻，就是两个普通粗笨的大锅炉，里面有一根根细小的陶瓷管，密密麻麻地放了几百根。

“放水的时候，热水先通过第一个锅炉，这里面的过滤管子上都铺了我们的活性膜，热水经过这层过滤之后去掉金属离子，”小灵指着模型给我们讲解，“然后热水进入第二个锅炉。这个的管子里放了活性炭纤维，可以除去水中的其他杂质。之后热水就重新回到锅炉继续使用了。”

“那这层膜需要定期更换吗？”罗旭问道。

“每三年换一次，这也是我们和竞争对手最大的区别，竞争对手的膜每三天就要停用一天，重新铺膜。我们这个只要每个月定期反洗就可以，不需要拆卸，每次一个小时就可以完成。”

“就是这样的一层液体膜，就可以解决世界难题了吗？”我的脑子里现在一个巨大的question mark，我看着罗旭。从表情来看，他的想法和我不谋而合。

何总继续问了几个毫无营养的问题，小灵一一解答。

“我带你们在公司转转吧，地方有点小。北京的写字楼租金都太贵了，我们小企业，能省则省，你们别见怪。”

我们跟着小灵一路东张西望，公司一共有四十多人，分布得十分密集，男多女少。小灵在一堵挂满了奖状证书的墙前面停下，给我们炫耀了一下公司的资质奖励。贝科在近三年内把高新技术公司能拿到的奖励全拿齐了。这些奖状证书顿时让这狭小的房间蓬荜生辉。

“这是我们董事长杨总的办公室。何总，杨总想单独跟您聊聊。”小张把何总带进董事长办公室后，安排我们去了一间狭小的会议室等待。

会议室内只放了一张桌子四把椅子，就再无空间。一个小时过去，毫无动静。我和苏樱等得憋闷，不时出去透透气。罗旭倒是定力很强，面色凝重地坐着。我们就这么百无聊赖地等了两个小时。何总终于志得意满地从董事长办公室出来，看似已经谈妥。贝科的首次探访宣告结束。

在接下来的日子里，何总负责联系中介机构进场尽调。罗旭制订业务调查计划，安排去外地调研企业去年做过的几个大项目。苏樱负责公司财务。我则乐得清闲地处于待命状态。按何总的说法：“分析司干森么我都不放心，就森么都不要干了。”

当然我并没有真的闲着，被人家瞧不起就自怨自艾不是我的性格。我自作主张地跑了几次中科院化学研究所，和在那儿读博士的朋友详细阐述了贝科液体膜的功效，询问其中的奥秘。

我这朋友是搞科研的，从小做事就谨慎负责，能背出圆周率小数点后几十位。他听后沉默了半响，才说：“菲儿，这个技术我不是很了解，我了解一下再给你回复。”

之后的一个星期，这位科学家都在默默地查资料，询问了院里几位专家。一周后，他终于拨通了我的手机：“菲儿，用于除水中杂质的膜在工业中很常见。原理就是通过化学官能团吸附金属离子。但是你说的情况，需要在高温高压环境中反应，实现起来就比较困难。因为官能团的活性很差，尤其在高温高压环境中，很容易就被破坏了。如何能让官能团在高温高压下保持活性，这可是国际难题，现在也没有特别好的解决办法。"

"所以他们这个技术值得怀疑，是吧？"

"非常难实现，我了解了一下国际上的技术，欧美也有一些类似的尝试，但目前还处于试验阶段。大部分试验结果都不稳定，而且成本非常高。美国有一家做得比较大的，也是你说的这种活性膜，但需要经常更换，可能每三天就需要重新铺膜，非常不方便。尤其对于工业企业，经常停工是无法忍受的。"

"贝科的膜好像是三年才需要重新更换的。"我记起小灵的介绍。

"三年？你记错了吧。这不太可能啊，你想想什么东西能用这么久啊？如果这家公司的东西都是真的，你告诉我一下，我也学习学习。"

挂了电话，我对贝科这层说不清道不明的"膜"，充满了无限遐想。

项目看上去进行得一帆风顺。罗旭制定了走访行程。首先需要调研的地方，就是贝科的研发生产所在地河北沧州。大家都迫不及待地想解开这层神秘"膜"的面纱，对这一选择极为认同。

罗旭和企业联系好后，项目组坐着动车，奔赴沧州。

在动车上，何总开始忆苦思甜，给我们讲他远在西南边陲的家乡。讲当年如何少小离家刻苦求学不辍，后来又如何在投资圈孤立无援，独自奋斗。总之，何总的经历就是屡战屡败，屡败屡战。

"我泽一僧啊，就是坎坷。"当何总最后这句总结落入我的耳朵，我忍不住笑了。只好转过头，看到一边的罗旭正在闭目养神。

到了沧州，接待我们的是贝科负责生产的副总老赵。老赵亲切地跟我们问候，说话甚是客气："各位不许叫赵总，叫我老赵就行了，什么总不总的，我可不爱听啊，就叫老赵。"

老赵对我们照顾得极其周到。一上车先是嘘寒问暖："各位吃早饭了吗？要不我先带各位吃个早饭？"然后就变成了地陪导游。给我们细述了一遍沧州的名胜古迹，并一再强调，铁狮子是一定要看的，"来一趟哪能不看看铁狮子就回去啊。"在得到我们都没有兴趣的答案后，老赵仍不死心，"看见这个夜总会了吗？这是去年刚建好的，咱们晚上就来这儿娱乐一下。还有对面那个洗浴城，也不错，服务都很好。咱们晚上玩累了就过来洗洗澡，捏捏脚。你们今天就要回北京？那哪儿行啊，怎么也得住个三五天吧。几位来得还正是时候，现在是海蟹最肥的季节，你们一定得尝尝。沧州是沿海城市，海产丰富，价格也不贵。”

尽管老赵介绍得声情并茂，可惜看着外面一片穷乡僻壤的败落景致，实在勾不起大家的胃口。

罗旭见老赵还要继续絮叨家乡美食特产，直截了当地发了话：“赵总，您不用客气了。我们这次来只待一天，晚上的火车票都买好了，所以请您一定要安排紧凑。我们希望这一趟，就把该调研的都看完。”

老赵满口答应：“好好，叫我老赵就行了。那各位领导，咱们先去看看我们的供货商吧，这样走比较顺路。”

“我们这一趟还是想着重看看生产基地，供货商放在最后吧，有时间就看，没时间就算了。”罗旭严肃地说。

“顺路，这家锅炉厂就在去基地的路上，都离得很近，既然到了，就顺路看看吧。放心，今天肯定让你们都看全了。”说完，老赵狡黠地一笑。

罗旭见推托无望，只得答应。去锅炉厂的路甚是颠簸，司机专拣山间小路行进。足足开了三个小时，终于开到荒山野岭中的锅炉制造厂。锅炉厂里一团混乱，厂房内满地烟头废纸等脏物，正在加工焊接的锅炉不时扬起阵阵尘土，工艺看起来粗制滥造。

苏樱看我一直紧锁眉头，连忙安慰：“工厂都是这样的，你以前没来过吧？”

“没有，我以为工厂都是富士康那样的。”

我们简单问了工厂负责人和贝科之间的业务往来情况，负责人如实告知，与贝科的合作已有多年，贝科回款很好，双方相互信任。

想想三个小时的车程就为了得到这么个不痛不痒的答案，大家都有些沮丧。

老赵看看表，说：“各位领导，你们饿坏了吧。这也不早了，咱们先安排吃个饭吧。”

一行人早已饥肠辘辘，只得同意。罗旭再次强调，时间紧迫，就近吃点工作餐就可以，越快越好。

“放心，我一定把领导们招待好了。”老赵拍着胸脯说。老赵与司机小声嘀咕了一下，再次启程。司机又一次施展了奇门遁甲，汽车奔驰在田间小桥盘山路上，颠得我们头晕眼花，两个小时又过去了。

停下车，赵总领我们进了一家路边的海鲜大排档。老赵吆喝着要了个包间，带我们进去。所谓包间不过是用屏风隔出来的一张大桌。

“各位领导，这是沧州最大的海鲜市场，我现在就去点菜。你们爱吃什么跟我说啊，都别客气。”

“简单一点儿就行，快一点儿。”来了五个小时工作还无进展，何总也很着急。老赵点菜煞是精挑细选，我们苦等三十分钟，连个凉菜都没上。

苏樱犯了嘀咕：“菲儿，你说老赵该不会是在故意拖延时间吧，这里面是不是有什么怕咱们看的啊？”

我正在纳闷，何总也感慨道：“老远来一次，就看个锅炉厂，这也太浪费时间了。”

说话间，老赵终于回来，连声抱歉：“我知道各位领导时间很紧，我也没敢点太多，就点了几样做起来比较快的海鲜。我们这儿的海鲜特别新鲜，都是今天早上渔民出海打的。你们一会儿尝尝就知道了。要是吃着好，咱们就多买一点儿带回去。尤其是螃蟹，这个季节最好，肉肥个儿大，几位爱吃螃蟹吗？”

伴随着老赵的介绍，一盆海螃蟹顶着热气上桌了：“来来，你们快尝尝，我是按一人四只点的，不够咱们再加啊。”

我定睛一看，确实如赵总所说，个个肉质饱满，只是清蒸了一下，就香气扑鼻。螃蟹好吃，但吃起来十分费劲。在我们大快朵颐的同时，时间也在匆匆流逝。

“上米饭吧，吃完主食咱们就走吧，有点来不及了。”罗旭催促道。

“吃完螃蟹还好几个菜呢，别着急，我再去厨房催一下。”老赵面色诚恳地说。我心想老赵该不会是去叮嘱厨房再慢一点儿吧。果然他又壮士一去兮不回还了，不但老赵不来，菜和米饭也一个未上。

我看着罗旭，问道：“要不咱们今天就住这儿吧，明天再看一天？”

罗旭无奈地笑笑：“你以为咱们住一天就能看见吗？咱们住多久，他就能拖多久。今天能看见什么就是什么，他们不想给咱们看的，咱们住多久也看不见。”

话音未落，老赵端着盘炒鱿鱼回来：“对不起各位了，他们这儿实在太忙了，服务员都忙不过来了，只能我亲自上菜了。各位尝尝这个，我再去拿点别的菜，其实都做好了，就是没人给咱们端上来。”

我一看手机已经下午三点多了，午饭时间早过，吃晚饭又太早，这饭店里哪儿还有别的客人啊。服务员忙不过来的说辞太不可信。

“您别拿了，我们吃好了，咱们现在就走吧。”罗旭下令，大家纷纷表示已经吃饱了，配合着催促老赵，赶紧上路。

“别介啊，你们肯定没吃饱，主食都没上呢。这样，我去厨房再拿个玉米饼配炒虾酱，咱们就当主食了，吃完就走。你们看怎么样？虾酱可是我们这儿的特色啊，一定得尝尝。”

眼见老赵又要跑，罗旭一把拦住：“不用了，真的不能再吃了，再吃火车都赶不上了。赵总，赶紧带我们去生产基地吧。这是我们这一趟过来的主要目的，要是连生产基地都没看到，我们回去没法交代，还得再来。”

“领导啊，我们有个大客户离这儿非常近，就是沧州的炼油厂。他们使用贝科的节能处理系统已经五年了，使用效果非常好，设备一直都很稳定。要不，我先带你们去聊聊这个客户怎么样？还可以请炼油厂的人给你们介绍一下。”

“不必了。”罗旭回绝得异常坚定，“直接去生产基地，今天我们不看到厂房是不会回去的。”

老赵只得不再推托。我打开手机地图定位，其实贝科的厂房距离市区一点儿不远，离火车站才五公里。之前拜访的锅炉厂远在五十公里外，可见这“顺路”实在不靠谱。厂房是两栋四层小楼，看起来很大。我们走进去就发现不对了，厂房里冷冷清清，一个人都没看见。

“现在天气太热，又不是备货时段，工人们都放假了。”老赵解释道，“等天气凉快了，这里就热闹了。”

我一听，这不和赛新工厂负责人说的话如出一辙嘛。

我们走进车间，空荡荡的房间，除了几根陶瓷管，再无他物，连生产线都没有啊。

“即便不是备货期，也应该有点设备和存货吧，怎么这么空啊？”罗旭发问道。

“我们都是接到订单，再购货备货。大部分产品都是直接运到施工现场去组装，所以在我们这里基本没有存货。”老赵再次解惑，“领导，你们不明白，我们其实主要是给人家做施工的单位，和一般的生产型企业不一样，人家不开工，我们哪敢提前备货啊。”

“那液体膜在哪儿生产，液体膜的原材料呢？”罗旭问。

“液体膜？这个我就不知道了。我给你们找个技术负责人来吧。”老赵出去了半天，叫来了一位年纪轻轻的技术负责人。

技术负责人手中拿了一个化学实验用的玻璃三角瓶，里面盛着一种无色液体。他举着三角瓶对我们说：“这就是我们的‘活性官能团高分子液体膜’了。”

“这个‘膜’是如何生成的呢？”罗旭问。

“这个制作工艺和配方，全公司只有杨总一个人知道。我们也不清楚，我也没见过生产过程。我们负责把膜铺在陶瓷管上。杨总会定期给我们送过来一批这种膜。”

听完这个介绍，我脑海中出现一个熟悉的场景——格格巫站在一口巨大的锅面前，缓缓搅动着大勺，边搅边说：“这次那帮蓝精灵可是跑不了了，莫哈哈哈哈……”只不过格格巫的脸，换成了杨总的脸。

“杨总一个人生产？”罗旭的眉头已经拧在一起了。

“应该也不是他自己生产，我听说是和化工大学合作的。化工大学生产一部分原料，杨总再进行调配。具体细节我真的不知道，公司对这个配方看得非常重，杨总保密工作做得很好。配方是什么，我们这里没有人知道。技术负责人拿起三角瓶在我们眼前晃了晃，这就是我们的‘液体膜’。”

和大学合作听起来着实靠谱了一些，我略微宽心：“我能看看这个膜吗？”我让技术负责人把瓶子递给我。我仔细端详着这瓶无色液体，“这盖子能打开吗？”

负责人小心地拧开盖子。我先是假模假式地用以前化学课学到的方法扇闻了一下，没有味道，又将鼻子凑近使劲闻了一下，还是全然无味。再晃了晃瓶子，仔细观察了流动性和质感，我内心有个声音不停呼唤，这特么不会就是水吧！

我把瓶子递给罗旭。罗旭已然读懂了我的心声，直接把瓶子里的液体倒在了手上。罗旭的举动把何总吓了一跳，何总赶紧问道：“这个无毒吧？”

“放心，无毒。”负责人说。

何总又煞有介事地提了一个貌似专业的问题：“这个液体有黏性吗？”

“没有。”罗旭将手翻转，液体顺势滑落。

“那你们铺膜是怎么个流程啊？”

“我们就是用刷子，把膜刷在管子上，等着晾干就可以了。”

“合着就是无色无味，无毒无副作用，涂上了看不见也摸不着。”此时此刻我真想抢过瓶子喝一口。

“除了铺膜，有的管子里还要放一层活性炭，技术负责人又拿来一片活性炭无纺布。这层活性炭也能起到辅助除杂质的作用。”

大家传阅了一番，和普通过滤口罩中使用的活性炭纤维基本一样。活性炭就好理解多了，大家也没什么问题好问。

看到我们一个个垂头丧气，老赵赶紧带我们奔赴到郊外的一片新开发区，并介绍说：“领导们一定要看看我们的新厂房，现在还在建设中，但雏形已经能看出来了。”

老远就看到在一望无际的玉米地里竖起了一个大牌，上面写着高科技开发区，傍边搭配着某欧洲小镇的规划图。我很好奇在这人迹罕至的地方建个开发区，还非得是高科技的，真能招到商引来资吗？还是只是为了哄抬房价，自建商品房的一个噱头。

“高新区给贝科无偿批了一百亩地，但贝科只要了三十亩。一百亩太大了，我们也用不完啊。”老赵得意扬扬地介绍道。

我们走近一看，在玉米地的中间的确是在大兴土木，但到底建的是什么，目前还看不出来。在我们参观空地之时，老赵偷偷安排接待我们的车自行离去了，我们只能困在这里等着车回来。

夕阳西下，厂房不远处有一片池塘，碧绿的清水中游着几只野鸭，景色甚是宁静。我和苏樱坐在岸边享受这难得的惬意。

“这种景色在北方不常见啊。留着这片农田多好，哪怕开发成鱼塘，养养鱼，钓钓鱼也好啊。”罗旭走了过来，为这样的景色即将被破坏感到十分惋惜。

“罗旭哥哥，你觉得这里能招到商吗？”我把困惑问了出来。

“白给地，肯定还是能有人来的。但都建成了工厂，又能怎么样？从长远来看，这些工厂未必能比种玉米赚钱。哎！”罗旭叹了口气。

一直等到天黑，车终于缓缓归来。还好去火车站的路走得很顺，司机也开得飞快，总算赶上了火车。

老赵从车上卸下若干袋五公斤装小米，几盒鸭蛋，几袋海产：“各位领导，这些都是我们沧州的特产，你们一定要带回去尝尝。来一次不能让领导们空手回去啊。欢迎各位随时过来给我们指导，这次没参观到的，下次补上。”

我们一天赶路风尘仆仆地上了火车，加之扛着大包小包，民工气质甚嚣尘上。东西很重，下了火车，我和苏樱都有些拿不动。但看着眼前两位骨瘦如柴的男士，我们也很难张口求他们帮忙，只好自力更生，一路连拖带拽。如果不是他们几人都一路拎着，我真想把小米直接扔了。

从沧州回来，何总单独去给耿总汇报。汇报后，特意开会叮嘱：“你们可千万不要和公司里的其他人讲啊。现在情况还不明朗，很多东西我们也没有弄清楚，不能轻易下结论。”

出差之后，我又清闲了几日。何总竟主动找到我：“菲儿啊，这两天忙不忙，跟我去趟河南，看看贝科的供暖项目吧。”

一听河南，我心里就一阵打鼓，大学毕业旅行被同学忽悠去了个郭亮，绝壁长廊风景倒是不差，但钱包手机全在旅途中被偷了。此行的目的地还是一个我从未听说过的特级贫困县。我有心拒绝，但想到何总平日对我的蔑视，此时要是再找借口，岂不是把“分析司”没用这事彻底坐实了。想到这儿，我硬着头皮，一口答应：“没问题，我跟您去吧。咱们哪天出发啊？我去订火车票。”

“好，你订明天下午的吧。”

我马上打电话到订票公司，几经询问后发现竟没有能直达贫困县的火车，去这个县的路径只有先到郑州，再坐长途汽车过去。

我跑去和何总商量，既然是先去郑州，咱们就订飞机票吧。

何总极力反对：“还是坐火车吧，飞机那么窄的座位，还不能随便活动，哪有火车舒服啊。”

“可是火车慢啊。算了，也行，”我咬咬牙，“那咱们买动车票吧，五个小时就能到。”

何总还是摇头："菲儿啊，动车的时间都不好，会耽误一个上午或下午。你就买普通火车票吧，咱们睡一个晚上卧铺就到了，既不耽误时间，又省钱，两全其美啊！"

"何总，您这是有多省啊？"我心里十万个不愿意，但还是去订票了。火车是四个数字的，前面连个字母都不带，从北京到郑州要十几个小时。

中午，戒哥带我们去了公司附近的一家云南火锅店。这店藏在巷子深处，大门紧闭，连招牌都不挂。如果不是戒哥领着去，真想不到这是一家饭店。

一人138元自助，服务的都是老北京阿姨，一口京腔态度极佳："我先给你们每样都上点儿，爱吃什么你们再加，这个调料有干湿两种，都在这儿了。"

"您先给我们来四盘肥牛，别的随便上吧，多来几份蘑菇。"

"得嘞，你们先喝点茶，吃点瓜子，菜马上就到。"一会儿工夫，服务员就风风火火地端来了一摞玻璃盘子，花花绿绿的丸子立刻摆了一桌。

我边吃边沮丧地说："我明天要被发配去河南宜县了。"

他俩听完异常兴奋，争先恐后地给我讲了有多么凶险。

"丢东西那是幸运的，搞不好你自己都得丢那儿。"小侯极尽危言耸听之能事，"你可别穿太好了，短裤短裙都别穿。你看何总那样儿，真出了事儿，没人救你都。手机带块NOKIA防身就行了，iPhone什么的都留家里。"

"四个数的火车，现在还有吗？一般不都是T字头了吗，四个数那是标准的绿皮车吧。菲儿，你没坐过吧？正好借着这次机会，好好体验体验生活，要不怎么能知道民间疾苦呢？"戒哥也似打了鸡血般的兴奋。

"说实话，我连火车站都没怎么去过。"我哭丧着脸。这一宿火车可怎么坐啊，想想我就闹心。

"有什么可闹心的，不就是坐个火车嘛，想当年哥从悉尼一路坐到达尔文，二十八个小时火车，一点儿事都没有。菲儿，这次你必须得感谢何总，多好的机会啊，你正好体验一下民间疾苦。不过绿皮车我也没坐过，是什么样的啊？"小侯好奇地看着戒哥。

"就跟我坐过似的，咱们等菲儿回来，听她说说吧。"戒哥哈哈狞笑，"来，吃肉，菲儿你多吃点，明天能不能吃上饭都难说了。"

又都出自富裕家庭。怎么到了明天，大家的境遇就差别这么大呢？他们还可以继续吃香喝辣的，而我则要坐上绿皮火车，和何总开始一段河南特困县之旅。前路茫茫，命运苍苍啊。

“怎么你们公司出差还要半夜坐火车啊？这么晚了，你一个女孩子，我真不放心。你要是不想去，咱就别去了，赶明儿让你爸再给你找份别的工作。这工作也太辛苦了，一夜的火车啊。我们什么时候让你吃过这种苦。”我妈送我的时候已经两眼含泪。

“妈，坐个火车有什么了不起的，别人能坐我也能坐啊。你不用担心，不是我自己，还有个总监一起呢。人家总监都坐火车，你说我还挑什么啊。你放心吧。”我安慰完我妈，自己倒是释然了，还莫名有点小激动，说不定在火车上还能有点奇遇呢。

我被人群推搡着上了车，找到自己的铺位。何总已经在对面的铺位躺好了，看到我还有几分热情：“菲儿，来了，吃晚饭了吗？”

“吃过了，你吃了吗？”

“我也吃过了。时间也不早了，我要休息了，你也早点睡吧。”

卧铺的铺位很窄，还分为上中下三层，高度也低，坐着挺憋屈。床单枕头都布满污渍，显然是积累了多年的日月精华，再也洗不出来了。其实我很想长篇大论地描述一下这趟火车的整个儿经过。从站台排队开始，到拨开黑压压的脑袋找到自己的卧铺，到去一无所有的餐车寻摸吃的，再到踏过尸横遍野的人群去上了个厕所。没想到在厕所门口还蹲了几个人，厕所根本打不开门。但我知道大部分人都遭遇过上述情景，受过这份罪，应该不愿意再听我在这里赘述了。

何总说完没过多久就打起了呼噜。我索性无所顾忌地躺在了床铺上。床铺很硬，四周弥漫着汗臭、烟臭和某种体臭的混合香型，前中后味并无明显区别。耳边响起呼噜声、磨牙声和低语声。蒙眬中，我仿佛听到水手说，他说风雨中这点痛算什么。一夜无眠，刚要失去意识，转瞬就会被火车的颠簸晃醒。

天刚蒙蒙亮，何总就开始抱怨：“坐火车还是遭罪啊，我神经衰弱睡不着啊。比不得你们年轻人啊，到哪儿都能睡着。”

“这可是您非得要坐火车的啊，我也一宿没睡。我这儿也缺乏睡眠一肚子气呢。”我狠狠瞪了何总一眼，心想他要是再敢有半句牢骚，我就直接翻脸了。

何总还算识相，不敢再多言，自顾自地跑到一边，唉声叹气。

火车晚点两个小时，和当日上午到达的动车几乎同时进站。

我看到火车站站内的KFC，一阵兴奋："何总，我去买个汉堡，您吃什么？"

何总摇了摇头："企业的车已经在外面等我们很久了，咱们赶紧走吧，不能再让人家等了。到了公司，人家会招待我们的，你放心吧。"

我只得悻悻作罢，饥肠辘辘地跟着何总出了站。

贝科来接我们的车是一辆破旧的桑塔纳，连玻璃都不是完整的。这车搁北京估计早就报废了。一路颠簸，越走越是脏乱差。终于到达目的地，据介绍，这是特困县中最高档的居民楼，贝科的办公地就租在这栋五层小楼里。

贝科接待我们的是该项目的负责人葛总。葛总相貌英俊，谈吐不凡，自我介绍是俄罗斯大学毕业的化学博士，之前在中化工作，是被杨总三顾茅庐挖来的。

我一贯迷信学历，一听眼前这位是博士，肃然起敬。

葛总言简意赅地给我们讲述了贝科即将施工的BOT项目："简单点说吧，贝科准备投钱，给附近的电厂做一套节能改造系统。节能方面的技术，除了贝科主打的凝结水处理，还增加了烟气回收和脱硫脱硝。这样一来，这个系统一年可以帮电厂节约大量的标煤。同时，贝科打算利用电厂的余热，为这个县城的老百姓建立一套供暖系统。河南虽然地处黄河之南，但冬天气温很低。这里大部分家庭都是买电暖器，电价贵不说，供暖效果也不好。我们的这个项目是利国利民，多方获利的。我们已经得到了很多支持，电厂方大力支持，欢迎我们去为他们建设节能系统。这里的县政府就更是支持，这等于是我们出钱，替他们为老百姓办实事啊。"

葛总谈吐清晰，又给我们详细介绍了几种会使用到的节能技术。我听得如痴如醉，感觉项目异常靠谱。

"那这套设备什么时候可以正式使用？"何总问道。

"预计今年年底就可以使用了。"葛总答道。

"现在项目施工到什么进度了？我们这次来主要就是想去电厂看看施工情况。"

"这个不行，电厂出于安全考虑，是不能随便参观的，我们安排不了。"葛总一口拒绝。

"那能不能让电厂的负责人来跟我们谈谈呢？"何总退而求其次。

“这个也不太好安排。你们也知道，夏天是用电高峰，是电厂最忙的时候。你们要是想访谈，最好年底过来，那会儿我可以安排几个领导和你们见见。”

这一问一答我听完心里又凉了，这就是贝科惯用的手段啊。什么都不给看，真去看，也是啥都没有。

“咱们现在开始施工了吗？这边办事处一共有多少人啊？”我问道。

“还没开始施工，刚才也说了，现在是电厂旺季，等他们忙过了这阵子，我们就可以进去了。和电厂那边都说好了。我们现在办事处就五六个人，等开工了再叫大部队过来。”

“那咱们这个项目也要和地方单位合作吧，我们能聊一下吗？”我问道。

“当然可以啊。今天中午我们就约了一位领导吃饭，你们一起参加，想问什么你们就问吧。”葛总大气地说。

我一听吃饭，精神一振，我已经十几个小时没进食了。这企业实在得连水都没给我们倒一杯。

“您这儿有什么吃的没，我们早上比较匆忙没来得及吃早饭。”我没想到何总竟然好意思主动和企业要吃的，看来他肯定也饿得不行了。

葛总面色为难，问手下人有吃的吗？手下也不置可否，当着我们的面，翻箱倒柜找出一盒陈年月饼，拿给我们。

我有个不好的习惯，吃东西先看保质日期。不看不知道，一看吓一跳，已经过期半年有余了。我看着葛总和他手下炙热的目光，深感盛情难却，只好拿了一个。我小心地拆开包装，把月饼掰开，饼皮立刻如干粉一般肆意脱落，这才是正宗的掉渣饼呢。等干粉掉完，这只月饼就只剩下干成铁陀的馅儿了，咬一口竟没咬动，不敢再试。一看旁边的何总正在细细品味呢。我心下奇怪怎么何总能咬得动，仔细一看，那坨馅也完好无损地在何总手里握着，他是把散落的干粉收集起来舔着吃了。

“早知道就让你去买肯德基了。’何总苦笑着说。

还不是你不让吃。我没有接茬儿，也学着何总的样子，扫了些干粉尝了尝，甜丝丝的味道还不错，人饿极了真是狼狈。

终于等到开餐时间，葛总带着我们来到一家酒楼，并介绍道，这是宜县最好的餐厅了。我觉得按北上广深为一线城市的算法，这座县城绝对十八线开外了。

所以我的要求也降低到管饱就行，绝不奢求。

餐厅装修得还行，门口的大鱼缸里养着一堆求死不能、求生不得的虾兵蟹将，菜单上也赫然屹立着鲍参翅肚等时价菜。

葛总一再推让请何总点菜，何总再推让回去，如此几轮，葛总终于把菜点好。又等了一阵儿，今天的两位主客才姗姗来迟。一位就是葛总口中的那位地方领导。陪着领导一起过来的是贝科的大股东齐三爷。

这位齐三爷在投资圈可是一位响当当的人物，他和季师父一样，出自德唯系。在德唯风生水起的时候他已名扬天下，做的几单大买卖都可以当作案例写进教科书。罗旭曾对我说，他最看好贝科的一点，就是有齐三爷这位大股东。如果齐三爷出手帮着进行资本运作，不愁公司上不了市。我也特意去找季师父打听了一下这位齐三爷。季师父当时紧张兮兮地说："齐三爷做的公司你们还敢碰啊，他多精啊。到时候，你们被人卖了还得帮人家数钱呢。"

我虽早有耳闻，却一直无缘谋面，今天居然能在这鬼地方看见活的齐三爷，真是三生有幸啊。在我的想象中，齐三爷应该是桀骜不驯的，应该是目中无人的，应该是泰山凌绝顶，一览众山小的。然而真实的齐三爷，虽然气宇轩昂，腰杆笔直，但说话却非常客气。对我和何总表达的敬意，他一再推说："不敢当，不敢当，都是浪得虚名，传说不能信啊。"

相比齐三爷的谦卑，那位地方领导的排场却很大。他拖着自己满身的赘肉，步履蹒跚地横着摇进了门。进门后就张罗着要酒，先点了十瓶五粮液，说不够再加。我吓了一跳，在座的一共才九个人，其中还有两人要负责开车，这十瓶酒是准备给谁喝呢?

菜一个未上，酒倒先来了，装酒用的杯子是平日喝扎啤的大杯。我一看这气势立刻认㞞，赶紧打出酒精过敏的牌。齐三爷、葛总都表示认同，让我以茶代酒。

那位大腹便便的领导却死活不干了："你喝茶也行，得先干三杯自罚。然后别人只要给你敬酒，你就得随一杯茶，中不中？"

我二话没说，端起茶杯就开始喝。倒不是有心跟他置气，我是真渴了，吃那掉渣月饼吃得口干，葛总一直也没给口水喝。我三杯茶喝完，领导终于不再追究。领导端起酒杯，开始主动出击。他选中的第一个目标就是和我一样对包间大门望眼欲穿的何总。隔着两个人我都听得见何总的肚子在叫。何总的酒量我在厦门也是见识过的，自然不用担心。

谁知何总起身也端起了茶杯："对不起啊，我早年酒量还不错。后来有几次喝多了，胃出血住过几次医院。出院之后，医生一再嘱咐不能喝酒。我现在是滴酒不沾了。我也以茶代酒，敬您一杯吧。"

"这怎么行呢。"领导不依不饶，执意要跟何总喝，"您这杯要是不喝，就是瞧不起我。我陈大队长在别的地方不敢说，在这片土地上，谁敢不给我面子。"

何总执拗不过，只得跟领导干了一杯。领导又敬了齐三爷，齐三爷倒是豪爽，一饮而尽。酒桌之上众人也开始轮番敬酒。酒过三巡，才开始走菜。菜点得很是凋零，非素即凉，八个菜上齐，天上飞的水里游的一个没有，陆上跑的也不常见，真是一桌养生菜啊。我的面前，左边的是凉拌木耳，右边的是凉拌山药，中间是木耳炒山药。这是只看菜价不看菜名才能点出来的华美布局啊。

我是饿坏了，完全没客气，自顾自地吃了半盘子山药。桌上其他人都只顾着喝酒，也不吃菜。何总又被灌了一杯之后，就以去厕所为借口躲了起来，很不仗义地把我一个人留在酒桌，还好灌我的只有领导一人。齐三爷对我这晚辈很是照顾，还替我挡了几杯。就这样，总共喝了八杯茶，生生灌了个水饱儿。

酒喝得差不多了，领导开始发表讲话，河南官腔略带喜感："俺代表河南省委宜县县委城中区的城市管理大队欢迎北京的朋友，你们以后想来就过来，俺一定把你们招待好，中不中啊？"

"中。"我赶紧回答。

"俺们部门会一直支持贝科。这点你们可以放心，只要俺还在这儿，政府就是你们的后盾。有政府给你们撑腰，你们就得好好干，多为老百姓做实事。"领导喝得已经有些语无伦次，还搂过正在上菜的服务员放肆地亲了一口。

我心说你一个城管能代表政府嘛，我们政府跟你有什么关系啊。这些拿着鸡毛当令箭的小官小吏搞得乌烟瘴气，民怨四起。越是天高皇帝远，越是人穷志短贫困县，这些小吏就越是为非作歹，仗势欺人。我在国外读书时，认识一个富二代团伙，个个开豪车住别墅，夜夜花天酒地纸醉金迷。相熟之后得知他们全来自于一个西北贫困县，当地穷得骇人听闻。好年景粗粮吃饱，赶上旱灾水灾就只能靠政府救济，勉强维持生计。我在微博看过一张当地灰头土脸的孩子们吃着烤土豆上学的照片。就这么个地方竟然能养出十几个光鲜靓丽的富二代，还全是县里领导的孩子。他爸是县委书记，他妈是计生办主任，谁听着能不恨贪官啊。我家几代为官，祖上在民国就已小有威望，但至今仍是两袖清风，田无半亩，房无二套，对得起人民，对得起党。我每次看到这些鱼肉百姓的贪官污吏，都恨自己没有一身武功能劫富济贫。

领导致辞后，大家进入了抽烟环节。除了我，每个人都在抽烟，屋里很快就变得云山雾罩。我熏得受不了，也借口去厕所躲了出去。

在走廊遇到正在闲庭信步的何总，我一肚子气，责怪地问："您这么半天就跟这儿遛弯儿呢？您就把我一个人扔在那儿，合适吗？"

何总一脸苦相："不想跟他们喝酒，出来透透气，那边还喝着吗？"

"不喝了，改抽烟了。您不是挺能喝酒的嘛，躲什么啊？"我气不打一处来。

"你看看他们那架势，我要不推托一下，我今天就回不了北京了。菲儿啊，以后记住，领导不在，不用使劲表现。喝酒都是为了给领导看的，我说的是咱们公司领导。"

"明白了，原来喝酒也是个表现的机会。"我领悟了一下，"您回去吃口菜吧，看您也没怎么吃。"

"哎，也没个正经菜，点主食了吗？"何总饿得已经眼泛绿光。

"点了，汤面，反正能吃饱，您回去尝尝吧。"

"面条啊，吃不惯你们北方的面食啊，跟我们'弗兰'的米线真是没法比啊。"

"您都这节骨眼儿了，还挑米线面条啊，有啥对付一口得了。"我气恼地说，"咱们之后怎么安排啊？还在这儿住吗？"

"还能怎么安排，这架势是啥也不给看啊。咱们晚上就坐火车回去吧，下次再来。也怪我，来之前没提前问好，没想到又是这么个结果啊。"

"还坐火车啊，咱们订机票吧，我不想再坐火车了。"我对着何总苦苦哀求。

"那就坐飞机吧，现在的年轻人真是一点儿苦都吃不了啊。哪像我们当年，我上大学要坐二十几个小时的火车，还是硬座。有时候座位也没有，就站着。”

“打住吧您，您家在湖南，大学在中华科技大，我要没记错那学校在湖北啊。以我的地理知识，这两个省挨着啊，怎么会要坐二十多个小时的火车呢？”

“要不说你们年轻人没见识啊，我家在‘弗兰’山区，那一段全是山路，不像现在有隧道，都要盘山的，出弗兰就要二十个小时。”

我将信将疑：“那您火车还没坐够啊？这回还非要坐火车。”

“我这也是没办法啊。这个项目怎么回事看不透啊，能不能投现在很难说。能投还好，不能投又花了公司这么多钱，不好解释啊。”何总摇头晃脑地走回了房间。

从河南回来，何总再次单独去耿总办公室汇报，并一再叮嘱我不要跟别人乱说。但我实在忍不住，把河南项目的状况详细写了两页报告，发给了罗旭。

罗旭看完后，把我单独叫到会议室：“菲儿，这份材料写得很好，很清楚，咱们就这么跟耿总说吧。”

我惊讶地看着罗旭：“这么说行吗？贝科今年一半的利润都要靠这个河南项目。但现在看，应该还没有开始施工，年内不可能产生利润啊。今年贝科预估的4000万利润直接打对折。这项目还能投吗？”

“菲儿，你要清楚，我们是做投资的，我们的立场一定要公正。我们不需要巴结任何人，我们要做的就是把情况弄明白，把事实跟领导说清楚。至于是否投资，领导和股东们说了算，这个不用我们考虑。”罗旭平静地回答。

“那如果是你自己的钱，你会给贝科投资吗？”河南之行加上那瓶水，贝科在我心里早就是一个巨大的叉叉了。

“菲儿，你入这行的时间还很短，看的企业也少。完美的公司是没有的，每个公司都有它的缺点。对于投资人来说，我们要做的不仅仅是找缺点，因为找缺点很容易。真正困难的，是你能不能发现有爆发趋势的行业，找到这些行业中有潜力的公司。贝科所处的工业节能是这两年最有机会爆发的行业。中国现在是能源消耗大国，污染也日渐严重，节能势在必行。贝科是它所在细分市场的龙头，所以我看好它，不然我也不会向公司推荐的。”

罗旭并没有正面回答我的问题，对于他的曲线救国，我并不满意：“但是贝科的技术我真的很怀疑。”

“菲儿，这层膜你就不用纠结了，我可以打包票，绝对是糊弄人的。吹得这么神连个正经专利都没有。我问过他们为什么没有专利，给我的回答是怕申请专利的时候泄密，光这一点我就不信。我从来没有看好过贝科的技术。我看过很多节能环保公司，都是拿技术说故事。稍微研究一下就知道他们在技术上根本没有优势。这些公司的技术都是一层窗户纸，一捅就破。”

“技术真的不重要吗？”

“不是不重要，是现在技术上的优势还体现不出来。等以后工业企业的监测技术日趋完善，指标参数都有严格要求的时候，做节能的企业之间就必须要拼技术了。但现阶段只要企业有接项目的能力就够了，这点贝科有自己的优势。贝科的主要客户都是大企业，这些企业对于安装节能系统有硬性的规定，但至于他们是否真的在使用，这就很难说。如果贝科融资成功，在未来两年成功上市。那时有了大量资金之后，杨总可以再去研发技术，甚至收购个国外的小公司都是可以的。眼下迫在眉睫的，就是要在市场上站稳脚跟，这点贝科已经做到了。”

尽管罗旭说得义正词严，我还是对此深表怀疑：“那我们下一步要做什么呢？”

“我们要做的事就是把行业情况和企业情况都弄清楚，再如实和领导汇报，让股东们自己去做判断。”

“就是好好写报告，是吧？”我仍然似懂非懂。

罗旭无奈地笑了，显然是被我的理解能力之弱震撼了：“菲儿，我不知道咱们公司为什么会认为写报告那么重要，你们鸣视影业那上百页的报告写得有什么意义呢？我看过你们的报告，其实一点儿都不专业。行业报告是可以找专业机构写的，财务法律方面等中介机构出尽调报告就好了。我从来不觉得写报告是一种能力。我说这话不是因为我不会写报告，恰恰相反，我可能是这家公司报告写得最好的。但这没有意义，我们做投资的人要培养的不是写作能力，而是对行业的把握和找项目的能力。我不希望自己，也不希望你，把时间都浪费在写报告上。尽调不是为了写报告，而是真正弄明白行业和企业的问题。尽调的方法也有很多，明天你跟我去贝科的竞争对手看一下吧。那是一家国企，我准备冒充用户去和他们聊聊。如果他们否定了贝科的行业地位，这个项目咱们就不做了，好不好？”

“好啊。”罗旭说得很是诚恳，我被深深地打动了，“罗旭，这是你的项目，真的不需要我在领导面前稍微美言几句吗？我怕如实汇报，会不会影响你在公司发展？”

“没有必要，是什么就说什么吧。”

次日，我与罗旭来到一家专做节能设备的大企业，污水处理只是该公司很小的一块业务。罗旭已经和负责人约好。见面时罗旭先从兜里掏了张某公司领导的名片，言谈间也都模仿着客户了解企业业务，还谎称未来可能会和企业有合作。

看着罗旭如此入戏，我对他的崇拜之情更是肆意泛滥。由于平素不擅长说谎，我在一旁如坐针毡，从始至终一言不发，生怕说错了话，被人识破。

访谈很顺利，负责人承认了贝科的行业地位：“凝结水处理中，称得上龙头的企业有三家，除了我们和贝科外，另外一家是个家族企业，现在二代接班，管理不善，这两年已经日渐衰落了。技术上我们和贝科也类似，我们的膜是从美国购买的，需要每三天更换一次，确实给工厂也造成了一定麻烦。”

“您了解贝科的技术吗？”罗旭问。

“贝科的技术，我们不清楚，但从使用反馈上看，他们的产品也很稳定，没听说出过什么事。另外那家企业出过一次严重事故，锅炉爆炸了。”

访谈之后，罗旭如释重负，我也将小心脏稍稍放平。

“刚才真紧张，你怎么也不帮我说句话啊。”罗旭颤颤巍巍地往外走着，全无刚才的那份泰然自若，苍白的脸上出现阵阵红晕，分外明显。

“我心都快跳出来了，现在手还在抖呢。你看，我哪敢骗人啊。你刚才表现得很好啊，说得跟真的一样，我都快信你说的了。”我赶忙辩解。

“之后我请人家吃个饭，解释一下吧。我也不愿意说谎啊，但只有这个办法才能听到真实的情况，我才能放心。”

我又被罗旭这种求实的精神深深感动了。罗旭是个正直的人，但正直的人也可以偶尔使用一些阴谋诡计嘛。

调查工作仍在继续，罗旭带着我拜访了几位业内专家。确实如罗旭所说，大家对贝科的业务都是非常肯定的。我们又私下走访了几家贝科的大客户，得到的反馈也是设备使用稳定，比较满意。

“为什么光图层水这玩意就好使啊？还很稳定？”我虚心请教罗旭。

“起过滤作用的估计是活性炭。用户也知道他们这东西靠不住，就会经常换水，反而不会出事。”罗旭给出了一个令人信服的答案。

就在我对贝科再次恢复信心的时候，中介报告如一枚炸弹把我的信心彻底炸成了饺子馅儿。法律报告惨不忍睹，问题足足写了八页纸。除了部分是取证不足，不能确定，指向不明。剩下的全都惊世骇俗。公司注册资本出资不实，收据发票连号疑似作假，还背了几个尚未判决的官司。

我看着法律报告，很多问题都没给出专业的意见或建议，只标注着需要进一步核实，这是等着谁进一步核实呢？我把法律报告拿给苏樱，看她正对着财务报告眉头紧锁，呼吸困难。

苏樱翻看了一下法律报告，很郁闷地说：“和财务报告一比，你这点法律问题还真不算什么。”

我连忙拿过财务报告，只翻了一页就醍醐灌顶：“贝科给我们看的去年财务审计报告，利润是2800万，而我们这份尽调报告上的利润是700万，这已经是数量级上的不同了，连零头都不到啊。今年的业务就更是凄凉，截至六月份，公司利润只有500万。”

“今年年度的财务预测呢？我看报告上写着N/A。”

“今年所有的合同订单他们都不提供，会计师无法预测，就没做这部分。”苏樱无奈地说。

“不提供合同是什么情况啊？这种事我还没遇上过。”

“不提供就是情况不好呗，情况好干吗不提供呢？”

“那怎么办呢？”我看着苏樱姐，她也是毫无头绪。

“咱们今天去一趟，跟他们要吧。不给合同，咱们也做不了今年预测，那就不可能投资了。”

在去贝科之前，项目组开了个会，大家都是一脸的愁云惨淡。何总的脸已经拧成了妖怪，仍故作镇定地说：“这些问题都是可以解决的，咱们一起去和企业商量商量吧。”

贝科接待我们的还是那位丑得闭月羞花的董秘，我们与她协商了半天，毫无结果。董秘建议说：“要不何总您再去和杨总单独谈谈吧。”

我们再次被留在了憋屈的会议室，苦苦等待。时间一分一秒地流逝，我手机玩到没电，何总还是不肯出来。罗旭忍无可忍，给何总打了电话。何总终于出来，叫我们一起去附近一家饭店吃饭。

席间，我总算见到了贝科董事长杨总的正脸，我以前只从门口瞥见过他的侧面。我参加贝科项目已经两个月了，这是头一次和董事长说话，我不得不对何总的掌控力叹为观止。

杨总五十多岁，但人显得很年轻，穿着简单，牛仔裤配白衬衫，显得十分干净利落，言谈举止间满是北京爷们儿的傲气和腔调："我以前是机关的，做到处长，不想再混日子就出来自己干了。"杨总不无得意地介绍着自己，"1995年我和现在中油的副总老陈，还有许部长，那时候他连处长都没提呢，一起在路边吃烤串儿。旁边桌是几个外地人，不知道怎么回事，他们就骂上国安了。我们仨那天也都有点喝多了，直接抄着酒瓶子就过去了，打了一架还进了趟派出所。那会儿，哪能想到今天都混得这么好啊。菲儿，你结婚了吧？选男孩儿一定要选有血性的，最后混得都差不了。我就看不惯老齐那副唯唯诺诺的样子，牛逼就是牛逼，有什么好装的。"

我想起齐三爷谦虚的样子，跟杨总反差确实挺大，也不知道这二位爷平时是如何相处的。

杨总继续讲述他的故事："当年出来创业可不是一帆风顺的，满是荆棘险阻。我那会儿做了几个尝试，都失败了。不过失败不可怕，人只要能从失败中学到东西，不断摸索总能成功。我有一回去地方开个项目招标会，遇到了齐三爷，我给他讲了我的想法。他一下就明白了，一见如故。他那会儿自己拿出200万给了我，让我做个企业，也没签过合同，就靠一个信字。齐三爷一直都非常信得过我，总鼓励我，让我坚持做下去，肯定有前途。如今企业做大了，齐三爷要的股份也不多，公司管理上的事，他也不怎么过问。他就负责时不时地帮我去外面拉拉业务，跑跑关系。"

除了讲述自己的创业史，杨总还喜欢给我们这些小白鼠做化学扫盲。从空气污染到食品添加剂，化学元素在杨总口中如数家珍。复杂的理论变得平实简单，很有老科学家的学术风范："你们听说过塑化剂吧，说饮料瓶中的塑化剂导致男人身体中雌性激素增加。其实塑料瓶里那点算什么，你们想过牙刷里的吗？药瓶里的？跟现在北京这个雾霾比，这些影响都可以忽略不计了。这个雾霾对人的伤害就是一种不可逆反应，对肺部和整个呼吸道都伤害非常大。你说你冬天咳嗽吐痰，这就对了，这是你身体自己做出的排毒反应。戴口罩能有一点儿用吧，但用处不大，防不住。这环境必须该治理了，我们已经走了西方先发展后治理的老路，现在抓紧也都还来得及。”杨总说得兴起，酒也没少喝，频频与我们举杯敬酒。

何总再次推托说自己身体不行，拒不喝酒。罗旭素来酒量不行，喝了两杯就有些醉意了。我见形势不好，又打出酒精过敏牌。只有苏樱一人和杨总奉陪到底。好在苏樱酒量极好，与杨总频频碰杯，从白酒换成啤酒，仍然毫不示弱。两人喝了两瓶白酒，四瓶啤酒，都无醉意。我只能在一旁暗暗叫好。

饭后杨总仍是意犹未尽，拉着我们去KTV唱歌。杨总点的歌深得我心，一水的崔健、郑钧，唱得也很有Power，一首《假行僧》唱足了老愤青的样子。

在我看来，喜欢摇滚的人都是简单执着，不甘心平淡的。虽然只有这一面之缘，我对杨总的印象却很好。我也多少可以理解当年齐三爷为什么敢给他投资，这是一个值得信任的人。至少从个性上，他很真实，毫不做作。

送苏樱回家的路上，她吐了好几次，我看着很心疼，她自己倒不是很在意。

“菲儿，我没事，你放心吧，吐出去就好了。你怎么看这个项目？”苏樱依然十分清醒，竟然还想着工作。

“我看不明白，反正要是我自己的钱，我不敢投。财务数据在那儿摆着，罗旭就是再笃定这个行业能爆发，也不能改变白纸黑字上的数字吧。”

“那要是罗旭、何总他们自己的钱，你觉得他们敢投吗？”

“也不敢吧，不过要是大家都不看好，那咱们现在干吗还要继续做这个项目呢？”

“我也不明白，我做了四年投资，五年审计，这是我遇到过的财务状况最差的公司。咱们公司上上下下都说罗旭能力强，懂技术，他怎么会觉得这个项目好呢？”

“罗旭说是因为行业好，技术他也不看好。他说只要贝科现在能在行业里站住脚，将来行业起来，公司就能跟着起来。”我试图照搬罗旭的原话。

“这个行业好在哪儿啊？哼，他说他懂行业，你们就都信。咱们公司就是不专业的人太多了，跟着他们你是学不好了。还好你在公司也是混的，不指望真的干事业。”

“我不是来混的啊，我是要好好工作的，我是来学东西的。我是觉得咱们公司好我才来的。苏樱姐，你真觉得我是混吃等死的二代吗？”我有些委屈地说。

“你、林风、小侯，还有旦旦，你们几个有背景大家都知道。我们在公司就是干活儿的，是要靠工资养家糊口的。你们来公司就是娱乐的，大家心照不宣而已。”苏樱轻蔑地说。

“可能确实是有人说了话，我才进来的，但我真的是来好好干活儿的啊。不只是我，小侯他们也都很努力啊。即便我们不用为养家糊口操心，我们也想实现自己的人生价值啊。如果真是为了娱乐，我不用每天起早贪黑地来上班吧？我一天往返公司三个小时的车程，天不亮就出门了，我玩点什么不好啊，这有什么好玩的呢？”

看到我很难过，苏樱也意识到自己酒后失言："我不是这个意思，我只是说大家工作的目的不同，工作态度就不一样。你能明白吗？就比如贝科这个项目，为什么罗旭和何总还在坚持做，他们也有他们的无奈。有些under table的东西，我们是看不见的。”

我脑海中分析着罗旭的为人、何总的为人，还有杨总的性格，这几个人好像都干不出什么under table的事。我看着苏樱，摇了摇头，对她的判断表示不赞成。

“要是每个人都像你这么单纯就好了。”

“可能是我太单纯了，但罗旭真不是那种人。他和杜总真是有着天壤之别啊。”

“投资圈里的好人只会跟我一样被人瞧不起，被人说不懂投资。那些懂投资的都不是什么好人。这个公司里看着正直的人也不只罗旭一个吧，他们背后做了什么，你早晚会明白的。菲儿，这个圈儿不适合你。你再干两年，经历点人世沧桑，就转行吧。你还是适合做技术。我是打算转行了，这里不适合我。”

“真的吗？可是我觉得咱们公司很好啊，耿总人也很好。”

“你来公司的时间还短，还在蜜月期。你被人坑几次就明白了。我刚来咱们公司的时候比你还兴奋呢。那会儿我什么活儿都抢着干，人家带我去看个项目，我都高高兴兴地跟着。结果呢，背后全是万娘那样的小人天天在领导面前说我不懂投资，现在我在公司也基本被定性了，只能做项目，不能找项目。因为我不懂行业，不懂技术，什么都不懂……”

我就这样听着苏樱抱怨了一路。回到家，我辗转一夜没睡好，反复思考着苏樱的话。第二天醒来就收到了苏樱发的短信：“昨日酒后胡言乱语，抱歉。”醒了还知道昨天说了什么，看来是一定得信了。

酒桌联络过感情后，贝科对我们开放了大量资料，我和苏樱每日去查账对账看合同。

“菲儿，这份合同我怎么总觉得不对劲啊。”苏樱姐递给我一份今年四月贝科和山西一家煤炭国企签订的合同。合同额3000万，在今年贝科签订的合同中是最大的一笔。

“哪里不对劲了？这合同跟其他的合同也没什么区别啊。”我把合同颠三倒四地看了看。

“这合同签订得很模糊，连产品数量都没有写，而且他们的合同额不应该是这么整的数，你看这个是1256万，这个是1870万。如果是整数，应该是招标得到的。你去网上查查有没有这家公司的招标信息。”

我上网随便一搜，立刻就把这事弄清楚了。这家山西企业确实在四月份为节能项目公开招标。但中标的并不是贝科，而是贝科的竞争对手。金额也不是3000万，是2400万。

“一家公司为了做个节能工程分别找两个公司。金额低的公开招标，而金额高的不招标，从正常的逻辑上分析，可能性微乎其微。那另外一种合理的解释就是造假。贝科为了今年的业绩伪造合同，冲利润。”我与苏樱激烈地讨论着，很快就弄清了事情的原委。

“要不要告诉罗旭，一起商量商量？”我问。

“还没有确凿的证据，先不要说了。”苏樱的脸色惨白，表情也有些僵硬。

我回到公司，正好赶上阿豪生日。

“菲儿，中午和我们一起吃饭吧，我请客。”阿豪略带腼腆地说。

“好啊，吃什么啊？”一听有人请客，我立刻来了兴致。

“你可得请顿贵的啊，我们都去。”小侯也凑了过来。

“行啊，你们点嘛，别走太远就行，下午我还得和杜总出去办事。”

“你疯了啊？还跟杜总混啊？”我心想阿豪就是好欺负。

“菲儿，快说，你一直想吃的那个，机会来了。”小侯挤眉弄眼地看着我。

“莫非你说的是那家？”我瞳孔放大，心跳加速。

“对，就是那家。”小侯也提高了声调。

“大球球！”我和小侯异口同声地喊道。

“大球球是什么啊？”阿豪一脸迷茫地看着我们两个手舞足蹈的疯子。

“阿豪，你可得带够钱啊。”小侯凑到阿豪边上，假装伸手去掏阿豪的钱包，“叫的人也别太多了，不然可真未必付得起。”

“你们说的到底是哪家吗？”

“我们说的是洲际下面的巨扒房。”我赶忙给阿豪解惑。

“没问题，那咱们一会儿就走吧。”

想到中午要吃巨扒房，我立刻把贝科的烦恼都抛到了九霄云外，再也无心上班，专心致志地等待着午饭的来临。

阿豪这顿生日宴席不只叫了我们吃货三人组，还招呼了小如、佳音、林风和旦旦一起参加，可谓声势浩大。

“阿豪，我有洲际的VIP卡，用这个能打八折，免服务费。”佳音递过一张做工精细的VIP卡给阿豪。

“谢谢佳音姐了，你们看看想吃什么，别客气，随便点。”阿豪表现得十分绅士。

“对，随便点，阿豪有钱，咱们别跟他客气。”小侯在一旁起哄。

我看着菜单毫无头绪，我只听说过这家的招牌甜点夜明珠，小侯还给它起了个更为可爱的名字“大球球”。

“这里什么好吃啊？”我向坐在旁边的林风请教。

“这家的牛排都不错，我最喜欢牛眼肉，五分熟，不过你不一定爱吃。你可以试试海鲜精选，也不错的。夜明珠可能最适合你，点一个大家share吧。”

“看来你经常来这儿啊。”听着这如数家珍的介绍，我不由得心生妒意。

“来过几次，我也有这儿的VIP卡。今天还特意带了想帮阿豪省钱的。”

我听从林风的建议点了海鲜精选，果然是一盘新鲜美味量又足实的鱼虾拼盘。

“你可以尝尝我的牛排。”林风切下一块牛排放到我的盘子里。

“谢谢。”我尝了一口，牛排肉嫩多汁，处理得恰到好处，搭配蘑菇酱，一股香气滚滚袭来，半天嘴里的肉香味都挥之不去，“好好吃啊，你看上我盘子里的什么了，别客气，尽管拿走。”我也想投桃报李。

“你那些和我的牛排都没法比，我吃这个就够了。”林风把牛排全部切成了小块，“你还再来一块吗？”

“好啊。”我毫不客气地从他盘子里又叉走一块。

“大球球”也没有辜负我的期望，在白巧克力球炸裂的一瞬间，这个食物完全就是一件艺术品，给了大家视觉和味觉的双重享受。

饭后，大家每人要了一杯咖啡，边喝边聊天，气氛好不热闹。

“阿豪，你下午和杜总干什么去啊？”我酒足饭饱后问道。

“就是去老骗子他们公司，他们公司换财务总监了，需要和他们工作对接一下。”

“财务总监不是老骗子他老婆吗？不干了？”我想起那位黑山老妖，好奇地问道。

“韦总上个月去埃及度假，意外坠海淹死了。现在的财务总监是老骗子新娶的媳妇。前几天婚礼在北京香港马会办的，我和杜总都去了。别提了，我还闹了个很大的笑话，当时老骗子和穿了一身红旗袍的女人站在一起，那女的看起来也就三十多岁，挺漂亮的。”

“他娶了个这么年轻的老婆啊？”我边说边给在座的其他人解释，“那个老骗子已经六十多岁了，儿子都四十了，娶个三十多的老婆也太不像话了吧。”

“我也是这么想的。我就走过去，和老骗子打了个招呼，然后多嘴说了一句‘您太太可真年轻漂亮啊’。结果啊，”阿豪叹了口气，“我说完这句话，老骗子和那个红衣女子都红了脸。老骗子小声跟我说，‘这位是我丈母娘’。”

“啊？那他媳妇今年多大啊？”我不禁张大了嘴巴。

“他媳妇是90后，刚过法定结婚年龄没多久。现在学也不正经上了，来赛新做财务总监了。你说这公司还能有好吗？”阿豪有几分生气地说。

“当初就不该投啊。”旦旦不无悔恨地说，“算了，反正这事儿也不是咱们说了算的。”

说到项目，我又有些沮丧了。饭后，我把戒哥和小侯叫到阳台，讲了假合同的事，并询问他们的意见：“我应不应该叫上罗旭，跟耿总说一下这个事啊？”

“这肯定是造假。你直接跟耿总说，你们这破项目就不该做。”戒哥义愤填膺地说。

“你听你侯哥的吗？”小侯收起了往日的油嘴滑舌，一脸严肃地问我。

“听啊，要不我跟你们说呢。”

“那你什么都别说，跟任何人都不要说。苏樱要是怀疑，你让她自己说，你什么都别说。问你意见，你就说你不懂，听明白了吗？”

“为什么啊？”我完全听不懂小侯给我的建议。

“你没有证据啊。你说合同是假的，人家咬死了说是真的，你怎么办？他们随便在山西企业那边找个人对个口供，你就成造谣诬陷了。得罪人不说，你以后在这个公司还怎么混啊？万一传出去，你以后在这个圈儿都不好混了。”

小侯一本正经的样子还真让我有些不适应：“真的不能说吗？”我思考了一下事情的利害关系，“这份合同现在最多是可疑，我确实没有真凭实据能确定它是假的。”

“绝对不能。我这么跟你说就是因为我吃过亏。记住了，没有证据的时候什么都别说。”小侯继续叮嘱着。

“你这次就听小侯的吧，不过这事要是搁我这儿，我一准儿去和耿总说。”戒哥吹胡子瞪眼道。

我听从了小侯的建议，没有采取行动。苏樱试探着给山西企业打了几个电话，对方的回答总是很含糊。在这种不置可否的情况下，我和苏樱都选择了保持沉默。

在一遍又一遍地核查了财务数据后，我和苏樱终于撑到了给耿总汇报项目的时候。一系列实话实说地汇报下来，耿总面部表情依然淡定，但我估计他心里一定狂风暴雨了。

“负责河南这个项目的是办事处、分公司还是独立的公司啊？”耿总问。

“是分公司。”何总回答。

“是独立的公司吧。”我回答。我记得齐三爷特意跟我介绍过河南公司的业务，因为是做BOT工程项目，涉及一些回款周期长的问题，为了不影响主公司的财务数据，特意建立了独立的公司。

“你们去了一趟河南，连是子公司还是独立公司都弄不明白吗？”耿总终于怒了，语气很重，但面色依然平静。

“我们马上打电话去问。”何总吓得就快跪下了。

“不用了，你们要弄清楚的也不止这一点吧。今年的利润到底能做多少，你们说得清楚吗？”耿总步步紧逼。

我看着苏樱，我俩之前做的预测最多2000万，还算上了山西那个可疑的大合同。但苏樱姐什么都没有说，她低着头，紧紧咬着嘴唇，避开我炙热的目光。

“今年4000万应该没问题。”何总不愧姓胡，信口胡诌啊。

“是吗？”耿总看着罗旭。

“财务上不是我负责。河南项目今年恐怕不能实施，所以今年的利润只有2000万是能保证的，其他的现在还不敢说。”罗旭如实回答，没有让我失望。我有点得意地瞟了苏樱一眼，她依旧低着头。

“你们这个项目组怎么回事啊？连个统一的意见都没有。你们觉得是多少？”耿总看着我和苏樱。

苏樱还是一言不发，她是要将沉默进行到底了。我看着耿总，也不敢说话，但我用眼神告诉他，我是支持罗旭的。

“散会吧，你们尽快查明白。菲儿，你留下。”

听到耿总点名叫我，我很是紧张。怎么办？耿总会问我什么呢？我该怎么说呢？

“你们组里我到底能信谁？”门一关上，耿总便严厉地问我。

“罗旭，他没有骗您啊。苏樱也不会骗您的。”看着耿总那张和颜悦色的脸，我立刻不紧张了。

“是吗？他说的都是真的吗？”耿总还是不信。

“我认为是，至少跟我知道的情况是一样的。我也不会骗您啊，我有必要骗您吗？”我镇定地说，“我只能说有的事情我也不知道，一头雾水，但我知道的肯定都和您说了。”

“那苏樱是怎么回事？她是专业的财务人员出身，为什么我问财务数据的时候她不说话。”

“因为她不想在这个时候表现自己。如果她刚才说话，就会反驳何总。她人那么好，不会这么做。”我只能急中生智地帮苏樱辩护，我也纳闷她刚才为什么不说话。

“人好不一定适合做投资。”耿总意味深长地说。

我惊讶地看着耿总，这句话和苏樱说的如出一辙啊。难道耿总也是在暗示我应该转行?

“你去把苏樱叫来吧，我单独问问她。”耿总依然谦谦君子，气定神闲。

第二天，罗旭叫我去会议室单聊。罗旭一脸倦容，眼袋泛黑，头发也油油的，显然是一夜未睡，表情十分苦闷。此时此刻，我也被贝科拖累得痛不欲生。我满脸同情地看着罗旭，真想对他说：“罗旭，你放过我吧，这个项目我不做了。”

“菲儿，昨天耿总和我单独谈了一下。他说公司很多人都对我不满，说贝科不好，我还非要推。”罗旭看着我，那眼神诉说的就是不信任。

我看着罗旭的眼睛，用尽我最大的诚恳说：“罗旭哥哥，我没说过你一句不好。请你相信我，咱们可以一起去找耿总。不管别人怎么说你的，我是支持你的。”

罗旭摆了摆手：“这个不重要。其实你对项目失望没关系，我能理解。这个项目确实有很多问题，我也没有非要推。有些事不是我要做的。我希望你也能理解我。项目有很多，贝科做不了，咱们还可以做别的。但对人失望了，就很难再合作了。”说完叹了口气。

“罗旭，你要是不信任我，我也没办法，但我一直都是信任你的。”我有些哽咽，不想再解释了。

我郁郁地出了会议室，想起我在戒哥和苏樱面前对罗旭的维护，却换来如此结果，实在有些伤心。我独自走到天台，一个人正在唉声叹气，忽然身边多了个人。我抬眼一看，是林风站在了旁边。

“菲儿，你怎么了？”林风关心地问。

说来话长啊，我把贝科发生的种种给林风讲了一遍：“你说我现在应该怎么办？”

“既然做得这么不开心，就去和罗旭说你退出项目组吧。这公司都这样了，确实没有投资的必要。你也不用把时间浪费在上面。”林风递给我一盒玛卡龙，“这是我朋友从法国带回来的，猜你爱吃，特意给你留着，尝尝吧。”

“你人这么好啊，平时都没看出来啊，好甜啊！”

“我人一直都很好的。我回去了，你也别烦了。”

就在我还纠结如何向罗旭提出quit的申请时，何总被公司辞退了。

对于这个结果，多少还是有点出乎我的意料。虽然何总在汇报工作时报喜不报忧，说话吞吞吐吐的劲儿我也挺烦的，但这也不足以成为辞退总监的理由吧。

何总临走时，对前来送行的耿总摆摆手，很大声地站在走廊说：“慈不带兵，义不经商。我都懂，没什么好说的了，您留步吧。”

我清楚地看到耿总脸色由白转青，表情瞬间僵硬，半天没回过神。

贝科并没有因为何总的离去就停滞不前，项目还要继续，在我们已经明确表示过企业的账目有问题，今年的业绩最多2000万后，耿总还坚持让我们去弄明白。我不明白还需要我们弄明白什么呢？苏樱也不明白，但她就是坚持每天认真地算账，把账目核了一遍又一遍。甚至连罗旭都不再给我解释为什么了。我们就这样无奈地被贝科拖累着。贝科永远不会和我们说实话，我们也永远看不清企业哪张合同是真，哪张合同是假。我人生第一次感到了一种无力，越是努力就越是没有希望的无力，无力得如此强烈。

可能看公司就和看人一样，交往越久，发现的缺点就越多。我的心随着这个项目的推进，越做越沉。就这样一直拖到了冬天，我真真地领略了一回雾里看花，水中望月。

“贝科是一家连作假都做不好的公司。”这是苏樱对贝科的最后评价，“菲儿，我要辞职了。”

苏樱说这句话的时候，我全无防备。

“你要走了？那这个项目怎么办？”我的震惊无以复加，“再有两个月就过年了，要走你也等拿到年终奖再走啊。你现在走不是一分奖金都拿不到了吗？”

“你不明白，有些事情是忍无可忍的。我有我的职业素养，我不能容忍这样的工作。我是一个专业的财务人员，我做事有多认真你也看到了，如果我也跟着他们打马虎眼，这会是我职业生涯的耻辱。”

“那耿总问财务数据的时候，你为什么不说啊？”我终于把这个困扰了很久的疑问抛了出来。

“因为我真的不知道这家公司的利润到底是多少，这些合同可能都是假的。那些中油、中化的订单，是没有办法去核查真假的。我说话是要负责的，我不知道就不能说。你明白吗？”

全公司也许只有我一个人明白苏樱为什么要走。因为她的专业素养，她明明白白地看透了贝科是一个怎样的企业，这样的企业是不能投资的。因为她正直，即便压力再大，她也不可能跟着企业一起造假。因为她善良，尽管她和罗旭、何总都不过是点头之交，但她不会在领导面前说他们的不好。也就因为这样，她遭到了耿总的猜忌。

苏樱收拾好东西离开公司的日子，恰好是感恩节。那天中午，苏樱姐还请我们几个小伙伴一起在菜香根吃了午饭。

“我刚来公司那天，耿总就是在这儿请我吃的饭。”苏樱忧伤地说，“当时小侯你也在吧？”

“在，我记得呢。耿总还跟我们介绍，说你是被我们高薪挖来的。”小侯附和道，“苏樱，没事，你这工作经历找份比青上好的工作就是分分钟的事儿，到时候‘苟富贵，勿相忘’就行了。来，咱们喝一杯，预祝你飞黄腾达！”

苏樱走后，贝科项目加入了大魔女。我本以为这会雪上加霜，谁知道竟立刻峰回路转了。

这天项目组开会，罗旭那不苟言笑的脸上竟带着笑容，大魔女就更是眉飞色舞。我纳闷地看着罗旭，问道：“这项目有新进展了？”

“对，现在年底了，贝科的项目在今年都完成了验收，现在很痛快地出具了所有合同和订单。我已经计算过了，并补充进了报告。菲儿，你也看看，报告里还要加上些什么，咱们尽快给领导报告吧。”

“今年利润到底是多少啊？”我怀疑地看着罗旭。

“4150万。”罗旭斩钉截铁地答道。

“河南供暖部分占多少？”

“2100万。”

“现在已经建成开始供暖了吗？这不可能啊？我们上次去连管道都还没铺呢，这么快就能供暖吗？”

“还没有建成，但是供暖费提前预收了一部分，当地以暖气初装费的形式向居民收取的，支付了贝科的建设费用，还有很大一块盈余。”

“这么好？但是这些费用能算进利润里吗？”

“通常情况应该是不能的，但贝科今年由于业绩完不成了，就提前把这部分收入算进去了，也无伤大雅。明年如果效益好，这部分完全可以补上。”罗旭耐心地解释。

“真的吗？”我心里暗暗叹息，苏樱姐，你走早了，曙光就在眼前，你怎么就不多等等呢。

“你确定没问题吗？”我又问了罗旭一句。

“对，所以今年的利润没有问题了，你放心吧。金总对这个项目也认可了。”

“这点毛病不算什么。”大魔女张牙舞爪地说，“我以前做几百个亿资产的重组和并购，别说明年的利润预支了，就是把未来五年的利润都算进来也没什么。我们那种体量大的公司什么问题都消化得了。”

我心想大魔女就是个白痴，她认不认可能说明什么啊？我和罗旭重新准备了报告，带着大魔女一起正式召开了投委会。

在投委会上，罗旭避重就轻地说了几个贝科的问题，大部分时间都是在介绍节能整体行业的发展方向。

大魔女也不懂装懂地表示了对项目的赞许：“贝科是我看过的高科技企业里面最好的了，技术创新，业务稳定，这种项目我们不投，还能投什么啊。”

项目顺利过会，我心里的感觉却是怪怪的，完全高兴不起来。

中午吃饭时，吃货三人组又早早开车来到柴氏牛肉面。

小侯看我吃肉仍闷闷不乐，劝道：“你们这项目都过会了，你就别想了。”

“我怎么总觉得这事不对啊？苏樱姐一走，什么都顺风顺水的。罗旭说，事务所连审计报告都重出了一份。我跟他要，他也不给我发。我到现在都没看过新的审计报告呢。”

戒哥给我递上一串羊肉串，愤愤地说：“罗旭就是扯淡呢。你以为中介机构能给他重做报告啊，凭什么啊？明年的供暖费算进今年的利润，我连听都没听说过，这种话也就糊弄糊弄你。行了，你也管不了，踏踏实实吃饭吧。”

“菲儿，哥们儿也劝你一句，这个项目过去了就过去了，以后就别想了。你也别跟外人提了。人力要是安排你管投后，你就坚决不同意，说你自己经验少，不会管。明白了吗？贝科的投后你要是接了，以后麻烦事就多了去了。”小侯低头大口吃面，一碗面很快就被吃光，“你也多吃点，这个项目跟你没关系了，让他们负责去吧。”

“今年公司年会你还唱歌吗？”戒哥问。

“我去年是新人，表演过节目了，今年也该看看别人表演了吧？”说起年会，我又来了兴致。

“嗯，你要想唱歌，咱们哥儿几个哪天去KTV，我请客，玩好了。”戒哥爽快地说。

“好耶，那我叫上阿豪、小如和佳音吧，咱们几个一起唱歌去，开心开心，再叫上苏樱姐，行吗？”我征求戒哥的意见。其实我心里最想叫的是林风，但戒哥不愿意高攀他，只好忍着不说。

“你想叫谁都行，随便，还可以带家属，咱们就当自己过年啦。”

那次的唱歌活动大家都玩得十分尽兴。苏樱已经找到一份年薪百万的工作，重新振作了起来。她穿了一件burberry的米色衬衫，脸上化着精致的淡妆，状态看起来非常好。我发自内心地为她高兴。

17 / 现形记

这天，杜总忽然殷勤地叫住刚放下包、准备下楼去吃早饭的我："菲儿，过来，快点过来。"

我定睛一看，杜总穿了身水貂毛绒大氅，活像一只熊站在门口。

"怎么了？"我一脸不情愿地看着他，没有什么能够阻挡我吃饭，尤其是早饭。

"过来过来，给你看个好玩儿的，快点。"杜总一脸幸灾乐祸的坏笑。

"什么啊？"我走了过去。我也是个好事儿的人，禁不住好奇心的诱惑。

"快看。"杜总递过他的手机。

在杜总的朋友圈里，有这样一条消息："火速通知各位校友，最近有一名叫金玉的女士在校友圈中异常活跃。她自称是我校97级经济系毕业生，在美国摩根斯坦利工作多年，目前在国内一家知名PE公司做投资总监。但经多位校友确定，她未在我校有过上学记录，其他信息也不符合。我们已经将她移除校友圈，提醒大家多多注意，以防上当受骗。"

"金玉？这人是谁啊？"我看着杜总，一脸不解。

"菲儿，全公司数你和她关系最好，怎么连人家名字都不知道啊？"杜总往大魔女的座位一指。大魔女还没有来，自打我不接送她之后，她就坚持迟到早退，按她的话说："精英是不需要follow the rules的，rules是给我们这些没档次的人定的。"

"她叫金玉啊？"我还真不知道，第一次婷婷给我介绍的时候说是金总，我之后也都是这么叫的，在之后只管她叫大魔女。有一次人家问她叫什么，她回答Diana。人家张了半天嘴，终归没把这王妃的名字安她身上，还是叫了金总。

"所以这条信息说的是她？"我终于反应过来，激动地又看了一遍，"我就说你们南大也不至于培养出这种奇葩嘛。”

“我也一直觉得她不该是我们南大的，看她可不顺眼了。”杜总说得兴起，手脚并用地比画。

“您也挺奇葩的。”我微笑地看着杜总，在心里默默地说，我终于长大了，学会默读了。

“冒牌货被拆穿了，你说她联合国的那些经历也是编的吧？摩根斯坦利总监肯定也是假的吧？”我扯着嗓子喊，可惜时间尚早，办公室总共没来几个人。

“不用问，肯定都是假的。咱们不能再让她在公司骗人了，咱们得拆穿她。你去告诉楠哥。”杜总怂恿着我。

“为啥让我去说啊？这得罪人的事儿怎么总让我干。”我不满地问。

“哎呀，你说才有说服力啊。我说，别人不知道的，再给我扣个嫉贤妒能的帽子，我多冤啊。”杜总变成一只委屈的狗熊。

“行，那我先去吃早饭，回来就去找楠哥。”能把大魔女赶走，干什么我都愿意。

“你去吧，给我带两张油饼儿啊，我早上在家没吃饱。”

等我拿着油饼儿回到办公室，气氛明显不对了，大家都在三两成群地交头接耳。我刚一落座，旦旦就神秘兮兮地探头过来说：“菲儿姐，听说了吗？大魔女是冒牌的。”

“我听说了。”嘿嘿，看来这事不用我出手了，已经满城风雨了。

打开电脑，我的QQ立刻被远方的同事一通狂轰滥炸。

“菲儿，知道了吗？大魔女的学历是假的。”戒哥率先发来消息。

“菲儿，大魔女的事你知道了吗？”我完全没想到，公司最不八卦的阿豪都给我发来了消息。

“听说了，听说了。”我一一答复。我心头的酸爽，哪是一碗老坛酸菜牛肉面比得了的。开心，今天一定要喝它两杯！

我正在自顾自地暗爽中，忽然看见大魔女扭着水桶腰，迈着小方步，无视众人猜忌的眼神，志得意满地走到自己位子上。

“人就是不能长得太漂亮了，走到哪儿都是焦点。”她自言自语地感慨还没发表完，楠哥就跟了过来。

“金总，有些事需要跟您核实一下，您看您现在方便吗？”楠哥礼貌地问。

“我现在有点事，你过一会儿再来找我吧。”大魔女依旧居高临下。

“行，那半个小时后我在会议室等您。”

“行。”大魔女看着楠哥走了，又自言自语地补充了一句，“这公司真是哪儿没了我都不行啊，没有一分钟能消停的。”

大家都强忍住笑，偷偷地窥视她。大魔女所谓的忙得不行，无非是把从地铁站买来的煎饼吃完，又去了趟洗手间。

大家都屏住呼吸听着会议室里的动静。我的位子离会议室最近，加上自幼练就的兔子耳朵，里面的对话听得清清楚楚。

“金总，您的学历学位证明和档案一直都没交给公司。您之前说您丢了，我们也就不要了。但现在公司在接受融资渠道方的核查，您是我们公司的核心员工，您的这些资料最好还是提供一下，不然公司会很麻烦。”楠哥不愧是经验丰富的人力总监，没有直截了当地和大魔女撕破脸。

“我出国那么多年，怎么可能留着学历学位证明啊。国外根本不看这些，就你们中国人特拿学历当回事。以我的能力，还需要这些东西证明吗？你们还看不出来吗？”

大魔女啊大魔女，死到临头了还这副德行。

“金总，这回是必须提供。你的学历丢了没关系，这样吧，我南大有几个朋友，可以帮着找学校给您补办一个。我一会儿就带您去，可以吗？”

“南大的学历在我这儿根本不算什么，牛津博士证书我都给你了，你还要我南大的本科学历干什么啊？”大魔女死撑着。

“您之前给我们的不是剑桥毕业证书吗？”楠哥拿出一张纸。

“对，剑桥，我说错了。剑桥的博士可不好读啊。”大魔女继续吹着，“我是我们那个方向唯一三年就拿到毕业证的。”

“但您这个证书，国内是不认的，您得去教育部留学生办公室做认证才可以。这个您要嫌没车去一趟不方便，我也可以带您去做。您要是今天没事，咱们今天就把这些事都办了。您也省事了，我们也踏实了，好不好？”楠哥依旧非常客气。

“今天不行，今天我挺忙的，好几个项目都等着我呢。”大魔女来了公司之后就没做过一个正经项目，现在居然觍着大脸说忙，我真是服了她了。

“现在年底，其他公司应该也都忙着年审呢，您就抽出点时间，我跟您一起去办一下吧，公司实在是急着要。希望您也能体谅一下公司的难处。”

“你们是在怀疑我吗？我堂堂摩根斯坦利的总监，你竟然质疑我的学历？”大魔女趾高气扬地说，“你知道外面多少家投资公司挖我吗？你们公司这几个总监，论学历、论资历，跟我都不是一个level的。我早就想从这儿quit了。你们这儿的工资连我以前的零头都不到，这些我都坚持了。之所以没走，还不是替你们着想，怕你们没了我就方寸大乱嘛。你们怎么还不知足啊？”

这时候，我对大魔女还真产生了一种莫名其妙的佩服，她到底哪来的自信啊？她怎么就能这么自信呢？是不是任何一个人，只要能做到像大魔女一样脸皮厚，好工作就可以唾手可得了呢？像楠哥这种老江湖，怎么当年面试就没看穿她的狐狸尾巴呢？当然，她肯定不是一只狐狸，臭鼬可能更贴切一点儿。

“金总，您别激动，公司确实也有公司的难处，希望您能理解。咱们这一阵子的磨合也并不十分愉快，很多同事对您都颇有微词，这个我们也不方便说了。公司现在的规模确实和摩根斯坦利差距很大，可能您在这里也很难施展拳脚。如果您确实觉得公司不适合您，咱们就此解除了劳务合同吧。”楠哥用词十分婉转，给足了大魔女面子。

“你这是要辞我啊？你们这种区区几十个亿规模的小基金也敢辞我？简直是笑话。在你们这里的工作经历，我都不好意思写在简历上。Stupid，你们这些中国人就是stupid。”大魔女腾地站了起，“辞我可以，该给的赔偿，一分钱都不许少了。失去我是你们最大的损失，你们很快就会后悔的。”大魔女边说边走出了会议室，走回座位。

我此时此刻的心情啊，窗外的天空是那么蓝，阳光是那么灿烂，我好像听见了喜鹊唱歌，根本停不下来。我火速将听来的情报通过QQ发布给小伙伴们。一时间，烽烟四起，群情激动啊。我脑海中出现了一群裹着皮毛的原始人，拿着木棍在地上不停地戳来戳去，嘴里喊着，烧死她，烧死她。

“小姐，你快点组织一下，我中午请大家吃饭。”佳音发来消息，透过QQ对话框，我能看到佳音那花枝乱颤的脸。

“行，都要叫谁啊？”这样的时刻确实需要开瓶法国勃艮第红酒。

“就咱们这些人呗，你记得一定叫上林风啊，上次他请咱们在厦门吃东西，这个情儿我还没还呢。”

“姐，一共就一根香肠还什么啊。”

“不行，一定得还。你想办法叫上他。”

我略显紧张地给林风发了短信：“中午一起吃饭，OK？”

“好啊，怎么想起约我吃饭了？”

林风的秒回，让我十分激动：“佳音说大魔女走了，大快人心，中午庆祝一下。”

“不是咱俩啊？行吧，中午见。”

我看着林风的短信，又微微有些脸红，要是我们两个人单独吃饭也不错，我以前怎么都没想到过呢。

中午凑齐了十几个人，一起去了公司隔壁的小南国。佳音做东，点了一大桌子的菜，一个劲地让我们多吃点。席间，大魔女自然是最好的下酒菜。

“其实，我现在觉得这姐姐也挺可怜的。从咱们这儿出去，她以后可怎么办啊？还能找到工作吗？”佳音有些伤感地说。

“你管她呢，她这种骗子，就算饿死也是活该。在咱们这儿待了一年也没少挣钱吧？沫沫，她工资是多少啊？”我好奇地问。

“她工资倒是不多，一个月2万5，但是她每个月都会有3万左右的报销，她说是项目拓展费。但我们问她到底开发了什么项目，她就说保密，不能告诉我们。”

“她一个月报销3万？这你们都由着她？我打个车报销，你们恨不得都让我写个八百字申请。我怎么就不明白了，哥比她差在哪儿了？”小侯不服气地说。

“她不是总监吗，我敢刨根问底吗？”沫沫为难地说。

“以后你要再敢让我写申请，我跟你急啊。”小侯狠狠咬了口红烧肉，“太可气了，你们就欺负我老实。这姐儿们一个月能找到3万的发票，也够可以的。”

“她每个月都会跟我要。”小然委屈地说，“我消费的发票都给她了，她还嫌少，天天催着我。”

“她跟你要你就给她啊，你怎么那么傻啊？”小侯现在去拔刀相助也来不及了。

“大魔女管我也要过发票，”阿豪补充，“那回我桌子上放了张五千的餐票，就是请你们这些人渣吃巨扒房那回开的发票，她直接就拿走了。我看见了，心想都是同事，也没好意思说。”

“她不光跟我要发票，平时在食堂吃饭，她也都是用我的饭卡。后来我不去食堂了，吃subway，她就让我帮她买subway，也没给过我钱。”小然说着说着，眼圈泛红，眼泪都快掉下来了。

“你理她干吗啊？白白受这委屈。”我心疼地看着小然，想不到大魔女还真是找了个最软的柿子捏。

“我开始是觉得能帮别人就多帮忙，后来发现她就是存心占我便宜。我也不好意思跟别人说。这种事，说出来，万一再被大家传来传去的，我也不好在公司待了。”小然就是这样，做事顾虑太多，太容易被坏人钻空子。

“那我今天也不藏着了。我平时不去食堂吃饭，你们知道的。好不容易那天去了一次，想着卡里也没钱，带了钱包去充值，在食堂碰见了大魔女。大魔女看我充值，说能不能也帮她充两百，我想都没想就替她充了。结果这姐姐回到公司再没提过这事，我也不可能主动跟她要。你们知道，我肯定不差这两百块钱，但这事儿就弄得我很别扭，说出来又显得是我小气了。”佳音郁郁地说。

“放心，在座的都知道，青上数您最不差钱。”小侯已经在抓耳挠腮了，“这大魔女到底是什么人啊？这干的都是些什么事啊？”

“我被她逼得都快自杀了，你们想想吧。”我把之前大魔女千方百计蹭我车的事迹原原本本地讲了一遍。

“她怎么这么过分，你人也太好了吧，干吗去接她？”林风愠怒地说。

“我上辈子欠她的呗。”听到林风替我抱打不平，我心里十分高兴，“这家伙还有什么事迹？大家快说说。”

“她有一回拿了个项目找我，让我跟她一起做。我一看这公司在河南，号称是一家医药企业，说是能从乌鸡蛋中提取治疗艾滋病的药物，是世界首例。大魔女跟我说的时候还神秘兮兮的，说这是保密项目，不能跟外人说。企业也不会上市，咱们投了之后就按年从企业收分红就行。投一个亿，一年能收两个亿的分红。”旦旦笑嘻嘻地说，“我当时就心想这姐们儿骗鬼呢吧。”

“这个项目她也找过我。”阿豪说道，“我当时就跟她说，这么好的项目，要是真的，不可能缺钱，轮不到咱们投资。这个都算好的了，她之前还给我介绍过一个制造核武器的公司，我看到资料的时候就一头冷汗。企业是河北邢台一家炼钢厂，号称在炼钢的过程中，无意中研究出了核武器的制造方法，急需一笔资金用于大规模生产。”

“靠，这姐疯了吧？这种项目她都能信啊？”戒哥一口汤差点喷了。

“是啊，我当时也是这么跟她说的。我说金总，您好好想想，这要是真的，美国早就派人去抓他们了，还有机会来找您吗？反正我否定了她两个项目之后，她就不来找我了。”阿豪无奈地耸耸肩。

“阿豪啊，我可得好好说说你，按说你是这里面最有机会拆穿她的，你也是剑桥毕业的啊，你怎么就不考考她剑桥门朝哪开呢？”小侯责怪地说。

“我怎么能想到有人无耻到伪造学历啊。”确实，像阿豪这样的正人君子，想破脑袋也想不到的。

“你们有我惨吗？我去厦门的时候和她住一个房间。”多多忽然发话。

一句话还没说完，大家就向她投去了同情的目光。

“她怎么你了？”我紧张地问，事到如今，大魔女已经是无恶不作了。

“也没什么大事，就是每天不停地吹。”多多轻描淡写地说。

“嗨，她总吹牛，这个我都自动过滤了。”我把她在联合国工作，周游列国，会五国语言这些牛皮和大家分享了一下。

“对，就是这些。我那几年在广告公司的时候，挣得多，也去过欧洲不少地方。本来想认真和她聊聊，结果我说巴塞罗那怎么怎么着，她说巴塞罗那都是中国人不懂才去的，她这种在欧洲长大的，根本不屑于去。我说好吧，我还去过托斯卡纳，那里的田园生活特别美，我很喜欢。她就说，那种偏僻的农村她不会去，因为她娇嫩的皮肤比较敏感，受不了农村的蚊虫。我当时就急了，我说那您到底都去哪儿了啊？她就蹦出两个地名，我听都没听说过。上网一查，一个在印度，一个在斯里兰卡，根本就不在欧洲，她这都哪儿跟哪儿啊。之后我每天晚上就躲出去了，等她睡着了再回去。她还总说她的衣服都是上千美元一套的，我趁着她洗澡翻了翻，就是一堆国产小杂牌，没一个大牌子的。”

“她就是特别喜欢吹牛。”我附和道。

“她那天非拉着我聊天，说她在摩根斯坦利的时候，做的都是几百亿的大项目。我就问她都是些什么项目啊？我在投资圈也待了很久了，几百亿的项目不应该没听说过啊。”作为一个律师，较真儿还是很有必要的。小如继续说道，“结果你们猜她怎么说，她说这些项目你肯定没听说过，然后就露出一副对牛弹琴的神情。”

“你们这帮不争气的啊，我真替你们生气。”小侯无可奈何地说。

“她没招惹过你，是你幸运，你快知足吧。”阿豪道。

“你让她过来试试啊，信不信我直接把她打回原形。”小侯一拍桌子，一股匪劲儿又上来了。

“她今天下午要是还在，麻烦您替我们大家出了这口气吧。”我怂恿着。

“她得招我啊，人家没理我，我上去就骂？我又不是疯狗，哪能这样啊。哥也是有身份的人。”小侯继续吃着。每次饭局，小侯都能坚持吃到最后一刻，但他的身材却依旧十分清瘦。

饭后回到公司，大魔女安然地坐在位子上，鼓捣着她的古董电脑。见大家回来了，大魔女先走到佳音旁边："佳音，咱们聊聊吧，我有点话想和你说。”

“好，咱们去阳台说吧。”佳音优雅地起身。

我暗暗替佳音捏了把汗，目送着她们去了天台。

一个小时之后，佳音和大魔女有说有笑地走了回来。

“行，咱们以后还常联系，有什么事你就找我，没问题的。”佳音热情地说。

大魔女刚放过佳音，就来找我。我避之不及，只得跟着她去了。心想，反正也就这一次了，以后就海阔天空了。

“菲儿啊，这个公司里，我对你是最好的。”大魔女在天台的沙发上还没坐稳当，就总结陈词，“我一直觉得你挺聪明的，是个可造之材。所以一直在找机会帮助你、锻炼你，这些你都知道吧？”

“您要这么说，咱们就别聊了。”我心里想着，拉下了脸，刚才的好心情立刻荡然无存。

“我知道你一直都很崇拜我。”大魔女故作停顿，等待我的赞扬。

“那倒真没有。”我低下头不去看她。

“看到你能有一些进步，我也很欣慰。”大魔女继续说道，“不过，我以后帮不了你了。我要走了，这个公司的环境太不适合我了，工资低，也不给我配司机。像我这种身份的人，天天挤地铁，这怎么说得过去呢？”

“您干吗不打车呢？”我这其实就是明知故问，一个去食堂都蹭别人饭卡的人，怎么舍得会去打车呢?

“打车要和出租司机独处很久啊，我怕他们起坏心啊。我这种漂亮的女人，随时随地都得考虑到自己的安全问题啊。菲儿，你是没有遇到过这种问题啊。我在纽约，走在第五大道都被人袭过胸。漂亮就是这点不好，太招人了。我的安全意识是很强的。”

拉倒吧，你去没去过美国都两说呢。算了算了，人艰不拆，反正也是最后一次听她唱戏了。

“您准备离开公司了？什么时候走啊？”这才是我最关心的问题。

“明天就不来了，很多地方都想让我赶紧去呢。我打算歇两天，挑一挑，别又挑错了。我在咱们公司这一年，完全就是浪费时间。这公司实在是太差了。菲儿，你现在还差点火候，等再进步一点，就跟着我混吧，不用非得在这里待着。”

“不用了，不用了，我这种没本事的在这儿待着挺好的。”大魔女分明是被公司辞退的，但现在的表现，就好像是她炒了公司的鱿鱼。

“年轻人还是应该上进的，菲儿，你就是太不努力了。像我当年在国外，什么苦活累活都争着干，这才能有今天的地位嘛。”

“您之前是清洁工吧？”我疑惑地看着她，心里想着，这阿姨到底出没出过国呢?

“您之后是回美国，还是继续在国内待着啊？”我问。

“先回趟美国，我在加州买的别墅，空了一年得回去打理一下。我那别墅在富人区，治安很好，常年不住也不用担心。”大魔女又开始吹了。

“嗯，那就这样吧，您今天还好多事得忙吧，我就不耽误您了。”我起身就走。

“哎，你不想看看我别墅的照片啊？”大魔女说着就要掏手机。

“我这还得写报告，下次您再给我看啊。”

“今天我要带的东西特别多，晚上你送我一下吧。”大魔女临走都要占便宜。

“我今天不回家，出去庆祝去。”我头也不回地跑了。

大魔女就这样和公司的人轮流聊了一遍。当我兴致勃勃地看着她向小侯走去，期待着一场大戏开演时，谁知她只说了一句：“小侯，咱们以后常联系啊。”就径直去找下一个人了。

小侯冲着我摊了摊手，他是没机会三打大魔女了。

我本以为大魔女就这样在我生命中消失了，但两周后，我就从佳音嘴里听到了她的消息。

佳音在丽思卡尔顿点了一份下午茶套餐之后，神秘地对我说：“你猜大魔女在哪儿上班呢？”

“家里待着呗，她还能找着工作吗？”听到大魔女，我立刻生理性反感。

“她去盛高中国啦，职位还是总监哦。”佳音笑眯眯地说。

“不可能吧？盛高怎么会要她？”

“真的，她专门打电话告诉我的。本来我也不信，我还专门去问了我在盛高工作的朋友。她上周刚去的，还是总监级别。”

“这么牛！”我情急之下差点说了脏字，“盛高都被她骗了？这特么什么情况啊？”

“小姐，你别激动啊，咱们这行就是鱼龙混杂，什么人都有。骗子就更是屡见不鲜了。我跟我那朋友打过招呼了，让她帮我留意大魔女的动向，看看她什么时候露出破绽吧。”

不到一个月，佳音就带来了好消息，大魔女试用期内被盛高辞退啦。

我就说嘛，盛高怎么也不至于被这么个人骗了。我踏踏实实地吃起了巧克力蛋糕。又过了几天，许晚晴又传来消息，说大魔女去了中银投。

总之，未来的日子里，我不断听到大魔女在各大投资机构混进混出的传闻。不知道她接下来要祸害的是哪家公司，我拭目以待。

18 / 焉知非福

年关将至，大家对工作都没有什么积极性。我每天晃晃悠悠地去上班，没有参与的项目就随便找点资料看看。

“菲儿，你这忙吗？跟我去看个项目吧。”佳音热情地招呼我。

“我就快要闲死了，太好了，咱们什么时候去啊？”自从被季师父抢过一次项目之后，佳音就没给公司推荐过项目。以她在圈儿里的人脉，找个项目肯定不是难事，就是不想再有人从中作梗了。

“你要没事，咱们下午就过去吧。”佳音递过来一份公司的介绍资料。

“没问题啊。”我定睛一看，资料是SusanWang连锁超市的介绍，“我知道这家超市啊，离我家不远就有一个，卖的都是进口食品，特别好。东西很全，也不算太贵。我想吃国外的零食的时候就会去那儿买。你怎么联系上这家公司的？”

“我上周末和几个朋友打高尔夫球，正好碰见他们的董事长王总。朋友认识，就给引荐了一下。一聊才知道，最近好多投资机构找他们，在和他们谈合作。我就毛遂自荐了，说自己也是一家投资机构的，未来能不能合作没关系，和王总也算交个朋友嘛，帮他参谋一下这轮的融资计划。”

“佳音，你可太会说话了。你这么一说他肯定就拿咱们当自己人了吧。”

“这个可不好说，反正咱们一起去聊聊吧。我跟他聊了几句，觉得人还真是挺靠谱的。这家超市我也总去，我经常买他们家的进口牛肉和火腿，都挺新鲜的。那咱们一起吃个午饭就过去吧，他们总部就在国贸那儿，早点走省得堵车了。”

我和佳音吃了顿简餐，就来到国贸二期写字楼。我一路跟佳音来到了王总的办公室。董事长王总四十出头，身材适中，浅色的POLO衫配黑色西裤，看起来自有一种殷实富足之感，又有踌躇满志的气派。

“欢迎你们过来啊，快进来坐。”王总十分热情，一百多平米的办公室略显凌乱，堆满了琳琅满目的货品，“你们别嫌乱啊，这些都是食品公司送来的样货，你们可以试吃一下，很多味道都不错的。”王总边说边给我们递过了几块做工精美的小点心。

“王总您太客气了。”佳音和王总礼貌地寒暄了一下。

“其实我这儿现在还真缺少个懂投资的人，我对融资这事一窍不通啊，想听听你们的意见。说实在的，我根本就没想过要融资。最早，得两年前了吧，就有投资公司的人找我，说要给我们钱，让我分他们股份。我就挺奇怪的，我这儿不缺钱啊。你们也知道，这几年我的生意还是挺好的，现金流水都没问题。到今年，这些投资机构联系我的更多了。轮流过来劝我，说连锁超市还是得靠数量，分店开得越多越好，分店少了规模就上不去，不好和供货商谈价格。我就跟他们解释啊，其实不是这样的。我这个超市还是面向特定用户群的，我开超市的地方一般都是外国人集中的使馆区，或者高档社区附近，选址非常重要。我之前也在海淀学校区试着开过一家店，顾客很少，嫌东西贵，没多久就倒闭了。所以这种超市不适合大规模的扩张。他们就又劝我开到其他城市，这个我也心动过。后来做了一番调研，上海的便利店已经开得到处都是了，非常密集，我在那儿没有竞争力。广东深圳那边呢，外国人没有北京这么多，一开始就没有客户群，所以也不能贸然进去。你们说像我这种情况真的需要融资吗？”王总看着我和佳音问。

我听完了王总的陈述，既然不能大规模扩张，那融资是没什么必要，拿了钱不开分店也没什么事可做。

“这个啊，王总，咱们还是得从长计议的。有的投资公司如果只是给您一个资金上的支持，那可能确实没什么必要合作。但有的投资公司可能能带来更多的资源，比如一些大的食品公司，或者国外的大型超市，要是有这样的投资人，我倒是觉得您可以考虑一下。投资也是一种合作嘛，多个有实力的合作伙伴肯定不是坏事嘛。”佳音耐心地给王总分析着，“再者说呢，您也为事业操心这么多年了，趁着融资套点现金出来，一家人好好享受一下，也是应该的。”

“确实是，我做超市已经四年多了，每天都是忙里忙外的。我太太也是，我们从来没给自己放过一天假。你这个建议我会好好考虑的。”

“您是怎么想到开外国超市的呢？”我问道。在见王总之前，我一直都以为

SusanWang是老外开的。

“这个说来就话长了，你们要是有时间，我慢慢跟你们说啊。”

“我们有时间，您说说吧。”佳音在一旁怂恿着。

王总的故事是这样的：王总在开超市之前，是一位北京的哥。他开出租车已经十多年了，北京的每一条街道都好像长在了他的心里。不光街道，饭馆酒店只要能说得出名字，他都知道在哪儿。同事们称他为活地图，都会在迷路时向他求助。他对这份工作也十分满意。他愿意和客人攀谈，喜欢分享最近的政治形势、娱乐圈八卦和京城各处的新鲜事。每天开车行驶在北京大大小小的路上，他总有一种首都人民的自豪感。

2008年，北京奥运会马上就要开幕了，为了更好地服务从五湖四海来观看奥运会的观众，出租车公司要求所有的出租车师傅必须学会用英语交流，并立下制度，三个月后考试，通过考试的才能继续上岗。王总中学毕业就上了技校，学的汽修专业，毕业后就开起了出租车。不要说英文，他连汉语拼音都用不好，手机上使用的还是笔画输入法。看着公司配发的英语教学光盘，他心里万分沉重，真正的零基础哪是这么容易开始的。

妻子在生了孩子后就没有继续工作，全家支出都靠他一个人，他必须努力。每日交车后便回家苦学，跟着光盘一遍一遍地朗读，让乘客和同事们帮着自己纠正发音。就这样点灯熬油地发奋了三个月，考试结果仍然是没通过。

王总就这样失业了。公司的领导安慰他：“回家再复习复习，过两个月还有一次补考机会。”

贤惠的妻子也每天都在安慰他：“没事，大不了再找份别的工作就好了。反正孩子也大了，我也可以出去工作了。”但当时的王总已是毫无信心，无论如何都过不了自己心中的那道坎儿。他想不明白为什么出租司机一定要学好英语呢？之前也不是没拉过外国人，人家只要把地址告诉他就行了，没有什么沟通障碍啊。很长的一段时间，他都有些自暴自弃。

妻子倒是在附近的一家外国餐馆找了份收银员的工作，勉强维持着生计。这天他去接妻子下班，偶然遇到妻子的老板Susan。Susan金发碧眼，身材高挑，这位来自意大利的女人虽然已经有了些年纪，但风韵和气质都很好，还说着一口流利的汉语。他本来只是想与Susan不咸不淡地攀谈几句打发等待妻子的时间。但Susan

亲切爽朗的性格，竟让他一时萌生了勇气，他厚着脸皮向Susan谋求一份工作。

“对不起，” Susan抱歉地耸耸肩，“我们餐厅已经不缺人手了。”

他有些失意，还是礼貌地表示了感谢。不过，Susan上下打量着他说：“如果你会开车的话，倒是可以给我们供货。当然这挣不了多少钱，但据我所知，其他的外国餐厅也都缺少专业供货的，毕竟我们需要的食材不是普通超市能买到的。”

“我当然会开车。”说到开车，王总自然来了几分豪气，“但是除了开车，我就什么都不会了，尤其是英语。”说完又有些懊恼。

“这个没问题，我可以把我们需要的食物和香料给你写一张单子，你照着买就好。但明早九点前，你必须送到我这儿，餐饮行业就是这样，我们需要早早地准备好一切。”

“没问题，那我需要去哪里买呢？”他有些兴奋。

“有几个大的批发市场，都在京郊，我以前都是自己去的，每周去一次。很多香料在一个批发市场是买不全的，所以我们总是做不出地道的意大利餐。” Susan再一次微笑着耸耸肩。

“没问题，你给我写个单子吧，我明天一定把你要的货都送到。”他满怀信心地打了包票。

凌晨四点，王总就起床了。两个小时后他终于凑齐了Susan清单中的食材，八点就赶到了Susan的餐厅。Susan用迎接英雄凯旋的笑容接待了他。

“It’s great，感谢你，你真是帮了我的大忙。” Susan按照他记录的价格把食物的钱给他，并多给了200元作为采购费，“这是这附近其他几家外国餐厅的电话，你可以去联系他们，我相信他们都有跟我一样的麻烦，等待你去解救呢。”

Susan的笑容对他来说是莫大的鼓励。他试着和其他几家外国餐厅取得了联系，果然他们也愿意得到他的“帮助”。很快，他就摸清了供货中的很多门道，逐渐学会了采购、定价和销售，生意越做越多。

一年后，不光附近的外国餐厅找他供货，很多著名的餐厅竟也会慕名找到他，生意多得有些做不过来了。之后他与妻子商量，在使馆区开了一家门面很小的超市，起名SusanWang Supermarket。他心里永远记着Susan的好，如果没有当初Susan的帮助，怎么会有现在的超市呢。

没想到超市生意好得出乎王总的意料，很快他又在一条老外集中的繁华街区开了第二家。就这样，在接下来的三年时间里，他一连开了不下十家店。只要是老外集中的地段，就能找到SusanWang Supermarket……

原来是这样，听完了王总的叙述，我和佳音都回味了半晌。人的境遇就是这样，以为山穷水尽，偏偏就柳暗花明了。

“也是王总您做事用心，”佳音称赞道，“这点很多人都做不到的。”

“我倒是不太能理解其他人是为什么，我总觉得干一行就应该爱一行。既然选择了一份工作，都是耽误一天八小时的时间，为什么不兢兢业业地做到最好呢。现在很多年轻人，总是抱怨，说工作无聊什么的，其实任何一件事，真正钻研进去都很有意思的。我当的哥的时候，就喜欢研究路线。真的，你们现在跟我说去哪儿，我都能给你设计出一条最佳路线，保证不堵车。如果实在不喜欢自己的工作，就换一份自己喜欢的嘛，总比浪费时间好。”

“是啊，像您这样去工作，不会有干不成的事的。”我附和道。

“王总，您能不能给我们介绍一下现在超市的情况？我们也想了解一下。”佳音微笑着说。

“没问题。”王总兴致勃勃地介绍起来，“起初超市的货物主要靠我去各大批发市场采购。现在生意做大了，都是由供货商定期供货。供货商有一部分是外贸公司，现在越来越多都是外国的食品厂家了。比如史密斯集团，已经和我签订了长期供货合同。还有像西班牙火腿，也是由当地专门的供货商定期运过来的，所以我们出售的火腿非常好。你们去的高档西餐厅用的都是我们的火腿。”

“没错，我经常会去你们那儿买火腿和牛肉。”佳音配合道，“非常好吃。”

“我们的牛肉大部分是从澳洲进口的。澳洲牛肉很便宜，加上运费，成本也不贵。现在北京的东西太贵了，有些贵得都离谱了。我们会定期从美国空运一些车厘子过来，加上运费都没有国内卖的贵。牛奶就更是了，我们卖的德国牛奶，质量很好，价格和本地的几乎差不多。还有奶粉，德国一桶奶粉才合八十多，在国内进口奶粉动辄四五百。我们的固定客户越来越多，一般对生活质量有点要求的都会选择来我们超市买东西。另外，北京很多西餐厅都是我们的大客户，我们会给他们配送食品。合同都在，你们可以看看。”

“咱们一间超市一年利润能有多少啊？”我问道。

“这个每家不太一样，望京的生意最好，那边外国人最多嘛。平均下来，每家都有个四五百万的利润吧，生意还是挺好的。我定价相对于其他卖进口食品的地方，算是最低的了，但利润还是挺高的。”王总有些得意地说，“主要我们这儿走量走得大。”

“现在咱们一共有多少家店了？”

“目前一共十三家，今年还准备再开三到五家。选址是关键，刚才也和你们说过了，现在这十三家全都在东边，西边一家都没有。”王总说着看了看表，“时间也不早了，我带你们去这儿附近的一家新加坡菜吃个便饭，也是我们的客户。菜做得很地道，鸡尾酒尤其好，走吧。”

这是一间酒吧式的小餐馆，装修得很简单，墙上挂了几幅新加坡特色的风景画。老板亲自过来和王总打招呼，显然是认识。王总麻利地点了几个菜，然后才问我们爱吃什么，要喝什么酒。

以前去新加坡玩过两天，最想念那里的星洲炒米，当下点了一份。佳音要了杯新加坡司令鸡尾酒，没再加别的菜。

等菜上桌，才知道王总已经点了很多，都是新加坡特色菜：辣椒蟹、娘惹牛肉、鲜虾laksa、satay烤肉串、肉骨茶、海南鸡饭，还有几个花花绿绿叫不上名字的小点心，满满摆了一桌子。菜量又非常实在，三个人肯定是吃不了了。

“王总，您太客气了，不用点这么多啊。”佳音一边客气着，一边和王总碰了杯，“来，敬您一杯，希望您的生意越做越大。也感谢您，由于您的努力，我们现在才能吃到这么地道的新加坡菜啊。”

“您太客气了，来，你们多吃点儿。这家店所有的调料都是从我们那儿采购的，也就是都是新加坡当地的原料，味道应该是很正宗的，你们试试这个laksa。”

我每样菜尝了一下，确实和在新加坡吃过的味道一样，都很好吃。自己点的星洲炒米更是放了很多大虾和青口，吃起来香气四溢。“好吃，确实很地道。”我已经忙得没空说话。

“你们要爱吃外国菜就来问我好了，北京做得好的西餐馆我都知道。下次带你们去一家很特别的，西班牙菜，叫藏红花。它的原料也都是从我们这儿进的，海鲜饭非常地道。”王总热情地介绍着。

“看来以后得跟着王总混了，能吃到不少好吃的啊。”佳音边喝着鸡尾酒，边客气道。

第二天回到公司，我问佳音：“下一步怎么打算？SusanWang的自身业务肯定没问题，但咱们能投得进去吗？看王总的样子，是真不差钱啊。”

“我也这么觉得啊，这事不好办啊。而且现在很多机构在抢，我侧面打听了一下价格。目前有几家出价的，都是15到20倍PE啊，咱们耿总属于价格敏感型，一听贵的就不想往下看了。小姐啊，这回很难办啊。”佳音一脸无奈。

“要不咱们找许晚晴商量商量？看看她有什么好办法。”

“也行，我去找她，咱们去会议室开个会吧。”

佳音叫上许晚晴，在会议室和许晚晴把我们知道的情况汇报了一下。

“SusanWang啊，我家门口就有一个。我晚上经常去那儿买早点和女儿吃的零食，付款要排好长的队，生意特别好。”看来许晚晴也是SusanWang的老主顾了，“这家要价不会低吧？”

“他们倒是没有主动开价，因为到底是否融资王总还没想好。如果要融资，肯定不会便宜的。我问了几个其他机构的朋友，他们的报价基本在15~20倍之间，这个价格，咱们公司能承受得起吗？”

“15~20，对于他们来说确实是个合理的价格，也不算高。咱们出这个价确实有点费劲，这里面也是有渊源的。你们知道圆成那个项目吗？对，就是老季投的，做物流的项目。本来圆成和圆通、顺丰齐名，这三家是当时国内民营物流做得最大最好的。那会儿圆成想要上市，拉了一堆投资人，老季也费了好大的劲儿，终于带着咱们公司挤进去了。当时老季和耿总拍着胸脯说，这是个当年就能上市的项目，以20倍的估值投了进去，咱们当时投了8000万啊。”

“结果呢？”我好奇地问。

“结果，四年过去了，没上市也就算了，你现在还听说过圆成物流吗？根本都见不到了吧？”许晚晴继续说道，“这个项目之后啊，价格就成了耿总的一个心病了，只要是贵的一律不投。我之前看过一个项目，也挺好的，确实是Pre-IPO的，当时要价也挺高，18倍。和耿总磨了一个月的牙，耿总都不松口。最后就算了，那个项目当年就上市了。我后来还和耿总讨论过，耿总说错过了不要紧，这么高的价格，万一投资失败了没法和LP（出资人）交代。”

“所以耿总是一朝被蛇咬，十年怕井绳了？”佳音失望地说。

“我觉得是。”许晚晴也无可奈何。

和许晚晴聊完，我和佳音都觉得投资无望了。

“菲儿啊，你今天也没事吧？咱们下午再去一趟吧，和王总把事情说清楚，也帮他出出主意。既然咱们不投，就鼓励他要个高价儿吧。”佳音又恢复了笑容，美女就是不会苦着脸。

“走吧，现在就去吧，说不定人家还能请咱们吃顿中午饭呢。”我笑嘻嘻地说。

“你呀，怎么这么贪吃啊。中午我请你吃饭，带你去后海吃一家台湾卤肉饭吧。那个肉臊特别好吃，他们家的奶茶也很好喝。”

“行啊，走吧。”

下午，我和佳音又来到了王总的办公室。佳音客气地讲述了我们的难处，又真诚地帮着王总出谋划策，聊得十分热络。

正聊着，王总的秘书进来了：“王总，美国史密斯集团的代表来了，您看，您要不要先接待他们一下。”

“那我们就先告辞了。”佳音客气地要起身。

“不用，你们再待一下，咱们晚上再一起吃个饭吧。”

“这怎么好意思啊，要不今天我请您吃饭吧。”佳音说。

“肯定是我请你啊。你也一起听听这家公司的意见，他们是想跟我们长期战略合作的，我还拿不准，正好你帮帮我的忙，给我参谋一下。”王总示意秘书把人带进来。

“您要是不拿我们当外人，我们就帮您参谋一下。”佳音微笑着回答。

史密斯集团的代表是一位高大帅气的老外，身边跟着一个小伙子，估计是翻译。

“你好，咱们又见面了。”代表说着蹩脚的中文，和王总打招呼，“咱们上次说的合作，您考虑得怎么样了？”

“我还没有考虑好，今天我有两位高参在场，我要请他们参谋一下。”王总把整个合作的来龙去脉简要地向我和佳音叙述了一下。

“王总，我觉得这个合作对我们还是有利的，只不过史密斯集团要的股份太多了，如果是5%的股份，就更加合理了。”佳音在一旁支招。

代表问了问旁边的小伙子，显然他是在给代表做翻译。代表和翻译嘀咕了一下，翻译说道：“我们这次是带着十足的诚意来的，股份占比多少其实并不重要，重要的还是我们能够实现合作，让我们的食品以更低廉的价格进入你们的超市，也进入中国市场。”

“我愿意和你们合作，只不过有些细节问题，我们还需要讨论。”王总显然是听取了佳音的意见。

“王总，我们这次带了合同过来，希望您好好看一下。”代表把一摞合同递给了王总，“然后我们再针对一些有异议的条款详细讨论，您看如何？”

王总接过了合同，看了一眼就皱起了眉头：“对不起，麻烦你们给我一份中文的合同，英文的我看不懂。”

“您不认识英文？”代表瞪大了眼睛问道。

“基本不认识，”王总摇了摇头，“我认识的英文单词非常有限，仅限于食品和调料。”

“Unbelievable！我不能相信啊。你开了那么多家外国超市，你却不认识英文？”代表惊呼，“中国真是个神奇的地方，你不认识英文都可以开这么多家外国超市。如果你认识英文，你能想到你现在会在干什么吗？”

“出租车司机。”我在一旁脱口而出。

19 / 偶见林桑避俗翁

春节期间，我在蓝色港湾碰到了林风。

离得老远我就认出他来，捅了捅闺蜜："前面那个就是林风。"

"啊？哪个？"闺蜜的声调直接升了两个key。天天被我洗脑，在她心里，林风已经是脚踩祥云、头顶光圈的神物了，如今有幸一睹尊容，自然激动不已，"哪个呀？左边的还是右边的？"

我这才注意到林风身旁还紧紧跟着一个面色清秀的男生，两人举手投足间尽显亲密。我走上前，正想和他打个招呼，话未出口，却惊讶地发现他身边的男生身上穿的竟然是林风的衣服。

林风的衣服除了Nike的，其余全部是定制，衣服上没有一个Logo，但颜色线条和质地却好像都写着"林风"三字。当然能让我一眼就认出来的，还是袖口处用银线绣上的花体F。我歪着头疑惑地看了看他，又看了看他身边那帅气的男孩。

林风显然也看到了我，他和我对视了一下，立刻满脸绯红，迅速转移视线，显得十分慌张。我还正想着怎么和女友介绍他，他居然没做任何停留，就快步和我擦身而过了。

"你男神怎么不理你啊？连个招呼也不打？"女友恋恋不舍地回头追随着男神。

"我也不知道啊，他刚才是不是脸红了？"我看着他逐渐消失的背影问女友。

"脸红倒是没看清，他好像冲你笑了一下吧。"

"是吗？也不知道他想什么呢。"我倒是真有点脸红了。

"你看你看，那小男孩腿多细。"女友干脆驻足，一直回头盯着两个男生的背影。

“那个我可不认识啊，走吧，别看了。”我作势要走。

“哎，等等我啊。”我走出几步闺蜜终于追了上来，兴奋地分析着，“你这男神确实挺帅的，身材也好。身边那个也不差啊，怎么都长得这么眉清目秀的。哎，你说你这男神该不会是……”

“我也正有此猜想啊！”难怪这家伙一直没有女友，条件这么好还单身。最最可疑的是他还有洁癖。林风的洁癖经常挑战我的底线。我可以允许一个男生的衣服一尘不染，永远崭新；我也可以接受一个男生一天洗两遍澡，满身飘香；我也能勉强同意一个男生的桌面可以如此整洁干净，但我绝对受不了，他每天都拿着小刷子和酒精棉，认认真真地清理键盘和鼠标！果然，真相只有一个，林风就是个JackD，一个相貌出众、有品位会捯饬、穿着讲究爱干净的小兽兽。

得出这个结论之后，我一切释怀了：“哎，这还不如他游戏花丛中呢，和他做姐妹我是一点儿心理准备都没有啊。”

“他要真是的话，怎么办？”我病急乱投医，问着一向以胸大无脑自居的闺蜜。

“是就是呗，总比他喜欢别的女的强吧，输给异性不算输。”闺蜜还挺得意。

“那倒是。”事情的发展太过突兀，我还没转过弯儿来。到底是输给男的好，还是输给女的好，我也确实算不过账来。世间之情，唯基不破。

身为直女，我一直幻想着能有个男闺蜜相伴左右，也不知道这股风潮是哪儿引过来的。我理想中的男闺蜜就如同《失恋33天》中的王小贱，幽默帅气。开心时，他会陪逛街陪吃饭，带得出去、拿得出手；难过时，他是发泄情绪的垃圾桶，找家酒吧相拥而泣，一觉醒来还不用负责任。这些情节想想我就兴奋，对这样的好男闺蜜，我觊觎已久，但怎么偏偏是林风呢？这家伙可是满足了所有我对男人的期待啊，没想到却不是个正常的男人。

之后在办公室见到林风，我夸张地叹气、摇头，整得他一头雾水。不过我们的关系倒是比原来更随便了，休闲时间我经常把他叫来我的座位旁，让他帮忙参谋一下化妆品和衣服。当然，我肯定不敢拿男闺蜜这事和他开玩笑。

一天下班，我来到林风的办公桌前。

“明儿陪我去趟雍和宫吧。”我拍了一下林风结实的肩膀。

“干吗？”他正在写报告，头也不抬地回答。

“祈福。”

“怎么个意思？”他扭过头，那张精致的脸甚是紧张。

“为了早日摇到车号。”我双手合十，一脸虔诚。

“雍和宫管这事吗？”

“我也不知道，但愿他们管吧。”

“真管我也得求一个。”

拜佛那天下起了小雨，冬天的雨带着凉意，直渗肌肤。跟曾经的男神约会，我很敬业地穿了小短裙配黑丝，下了车就是一个冷战。为什么佳音、小如她们天天这么穿都没说过冷呢？她们的腿该不会都是假肢吧？

“你怎么也不带伞啊，我的伞给你吧。”林风把他的伞递给我，那是一双细长绵软的手。

“咱们打一把伞就好了，你的伞也够大。”我用伞挡住他。

“别别，最后俩人都淋湿了，你打着吧，我不怕淋雨。我在西雅图上的大学，那儿天天下雨，没人打伞，就淋着。我习惯了，没事的。”

“淋个雨你都能扯出西雅图，够洋气的。”

我俩双双跪在大雄宝殿，各捧一炷高香。

“咱俩这样怎么有点像在拜堂成亲啊？”我歪头看着林风。

“你要是同意，我没意见。”林风露出少有的坏笑。

“可惜你是男闺蜜啊，不然我会考虑的。”我惋惜地说。

“菲儿，佛祖面前不要胡言乱语好不好，谁是你闺蜜啊。你哥我直得很。”

“阿弥陀佛，善哉善哉。那我在蓝色港湾看见的小男生是谁？你怎么解释他穿着你的衣服。佛祖面前，你还敢狡辩。”我举着香又假模假式地磕了个头。

“那是我弟弟，我叔叔的儿子。他春节在我家住，所以穿着我的衣服。你一天到晚都想什么呢？佛祖在上，管管这个坏孩子吧。”

“阿弥陀佛，那你看见我，脸红什么啊？还直接就跑了，连个招呼都不打。是不是做了什么亏心事啊？赶紧忏悔吧。”

“哈哈，因为我正跟我弟那儿说你呢，其实我是跟他说大魔女那些奇葩的事，顺便就提到你了。没想到这么巧碰见了，就没好意思打招呼。”

“真的吗？好吧，你说我什么呢？好话还是坏话？”我跪在蒲团上心花怒放。

“这个你就别管了，我是不会告诉你的。”他一头拜了下去。

还拜什么啊！男欢女爱啊！亵渎神明啊！估计这辈子我的车号都没戏了。

出了雍和宫，我和林风在附近的金鼎轩吃了午饭。

“你爱吃什么啊？你多点点儿。”林风递过菜单。

我毫不客气地勾了几样传统广式点心，又加了份菜心：“你呢，你想吃什么？”

“给我点碗云吞面就行。”

“你吃这么少啊？”

“不是我吃得少，你点了好多了，咱们吃得了吗？”

“他们家量小，吃不了打包嘛。”

一桌子点心完全不经吃，一会儿就被我扫荡光了。

“咱们再加两个甜品吧？你想吃什么？”我又蠢蠢欲动地拿过了菜单。

“菲儿，你是有多能吃啊？还没吃饱啊？”林风瞪大眼睛看着我。

“吃了好多咸的，想吃个甜的嘛。”我装出一脸委屈相。

“点吧，你点你自己吃的就行了，我已经很饱了。”

“跟你吃饭真扫兴，还是和戒哥他们吃得尽兴。”我招呼了一下服务员，“您好，再给我加份流沙包。”

“菲儿，我真是服了你了。”林风哭笑不得。

饭后，我们便各回各家。

“那行，那咱们周一公司见了。”林风和我告别，“你路上小心点，下雨开慢点啊。”

“行……今天咱们在佛祖面前说的那些话，是不是太不敬了。”

“那怎么着，你还想再去地坛拜拜？”

“拉倒吧，你当求五谷丰登呢。”知道他取向正常，我对他的态度又不自然了。

“没事儿，胡话随口过，佛祖心中留，咱都不是坏人，这么点小愿望还是能满足的吧。”

“老外总说咱们国人没信仰，怎么就没信仰了，你看，无论大事小事，都会去拜佛。”我边说边把伞递给他。

“你拿着吧，下次下雨，你带上给我，我平时也不爱带伞。对了，菲儿，你最近有项目吗？我接了个杜总的项目，你要不要跟我一起做？”

我一听是杜总的项目，立刻头大，赶忙摆手：“不了不了，杜总的项目太吓人，不敢做。”

“怕什么啊，这个项目组里有我和周申呢。周申说项目真的不错，一起做吧，是做软件的，跟你的学历背景相关。”

“不做，杜总的项目我绝对不做了。”我摇着脑袋，一口回绝。

“上次旦旦叫你，你就参加；我叫你，你就不参加，难道你只给旦旦面子，不给我面子吗？”林风装出不高兴的样子。

“公司这么多人，我可就跟你喝过酒。”说完这话我就后悔不已，这算是表白吗？你可以啊莫菲儿，真会挑时候，等着冷冷的冰雨在脸上胡乱地拍吧你。我赶忙补了一句，“行，那你去跟杜总说吧，不过我估计他不会带我的。”

“没问题，你放心吧。”林风笑了笑，不是坏笑，我没见过的。如果让我形容，应该是……会心一笑？

20 / 群雄逐鹿

星期一刚上班，杜总就乐呵呵地来找我：“菲儿，你能跟着哥哥做项目，那真是太好了。又是高科技企业，没有你是真不行啊。你一定要帮我，中午我就请你们吃饭，地方你挑。”

看着杜总那一脸虔诚的样子，我真快把自己当专家了。我打量了杜总一下，他上身穿了一件老式枣红色镶着金边的对襟唐装，下身一条黑色西裤，脚上还是千年不变的懒汉鞋。大过年的看着这样的造型倒也挺喜庆。

“杜总，您过奖了，这回的项目也很艺术吧？”我话里带刺地答道。

“你怎么总嘲笑哥哥啊，这企业是做软件的，业务特别稳定，你一会儿看看吧，真的好，哥哥不会骗你的。现在好几家机构在抢呢，咱们这回可没胜算。”

我心说你别忽悠我了，上回赛新也说好多家在抢，我天天盯着，到今天也没有其他机构投资赛新的消息。那些机构估计都是当时杜总和老骗子商量好的，一起说出来糊弄我们的。我嘴上倒还是挺客气：“杜总，谢谢您又带我做项目了，这回我可要吃好的。”

“没问题，你点吧。中午请你们吃隐泉行不行？日本料理最适合女孩吃，健康好吃还不胖。”

“痛快，有诚意，那中午就隐泉了，我去和林风他们说一声。”

“去吧，你顺便把企业材料也要了，一起看看啊。”杜总呼扇着羽扇，晃晃悠悠地走了。

看着杜总那憨态可掬的样子，我真是有气也生不出来。

“周申，我可是相信你的判断啊，这个项目真的好吗？”我大概翻看了一下项目资料，这是一家专门给水利局、水文局和防洪抗旱办公室等政府部门设计水利系统软件的公司，看起来确实很靠谱。而且从过往的业绩来看，几个重点的水利项目，他们都有参与。

“从我目前了解的情况来看，江鹿公司在全国水利信息化企业中是绝对的老大。去年利润2000多万，我看过审计报告，应该没什么大问题。”周申谨慎地说。

“真的吗？”我显然也是一朝被蛇咬，老骗子的项目实在吓人，不敢再相信杜总的项目。

“真的，现在只有一个问题，就是咱们能不能投得进去。他目前的要价是去年利润的十倍。这个价格在软件行业不算低但也绝对不高，比较其他做软件的企业，这个企业的优势更明显，技术过硬，业务也更加稳定。抢的机构很多也不奇怪，我知道的就有三家，这也是属实的。我都找朋友去问过了。我们和其他机构相比，并没有什么明显优势，所以很难说能不能投得进去啊。”

“杜总竟然能找到这么好的项目，太不像他了。”我还未打消疑虑。

“菲儿，你怎么年纪轻轻就疑心这么重啊。现在看，江鹿确实是没问题。咱们应该马上立项了，争取早一点推进，好抢在别的机构前面。立项后看尽调中能不能发现问题吧，就业务来看，确实是家不错的企业。”周申稳重的语气不容我再质疑。

中午在隐泉，杜总点了一壶清酒，亲自给我们斟满后，然后举起杯，诚意十足地说：“这次能请到你们三位鼎力相助，真是杜某三生有幸啊，来，薄酒一杯，不成敬意。咱们干了吧。”

我挤眉弄眼地看着身边呆若木鸡的林风，心说：你没领教过杜总的路数吧。

“杜总太客气了，我们一定全力配合。”周申迎合着。

“菲儿，今天下午我就带你去企业看看，他们公司自己的信息中心建得太好了，机房也是他们自己的。林风之前看过了吧，给菲儿介绍介绍。”

“我去看过一次，确实不错。不过我不是专业人士，这事还得专业人士说了算。”林风又恢复了往日的腼腆。

“菲儿，来，吃这个，这个贵，多吃点。”杜总殷勤地给我夹着三文鱼刺身。

一顿胡吃海塞之后，我顾虑全无，蹦蹦跳跳地跟着项目组来到了位于中关村科技园的江鹿公司。

企业老板刘总亲自接待我们。刘总看起来年纪不大，头圆脸圆鼻子圆，整张脸好像是圆规画出来的。我猜想刘总做事也必定圆滑。

“现在的办公地点是我们五年前买的，一共买了两层楼，楼下是机房和信息中心，一会儿可以带你们去参观一下。这层就是我们研发和管理人员的办公地。”刘总介绍说。

江鹿的装修很简单，整堵墙的落地窗户，过道上遍布绿植，看着明亮清透。确实是一个正经IT公司的样子。工位都布置得井然有序，座位上的IT民工也在奋力地敲击着键盘。从他们那无助痛苦的眼神、飞速运动的手指，我可以判断出来，他们确实是在跟代码较劲呢。

楼下的信息中心挂着一个巨大的屏幕，足有一面墙那么大。

“这是防汛期间会用到的监控系统。”刘总边说边给我们演示了一下，屏幕上立刻出现湖北省的地图，地图不断放大，可以清楚地看到湖北各地区水位的变化，“根据这些显示的水位，防洪办公室可以及时做出判断，在哪里开闸放水，在哪里抢险救灾。这套设备的软件硬件都是由我们提供的，已经和防办联网，在汛期我们可以同时监测。”

除了这一台大屏幕，信息中心还分布了数十个小屏幕。据刘总介绍，这些小屏幕可以方便同时盯不同的区域，及时发现问题。

参观后，刘总请我们到他的办公室就座。

“各位，还有什么想要了解的吗？”

“刘总，我刚才看你们那个监测中心，真是好啊，利国利民啊。现在全国都有这套系统了吗？”杜总问道。

“没有，我们水利信息化发展得很落后，长江以南的省份发展得好一些，大部分信息都已经联网了，长江以北还没开始做呢。所以我们的市场还很大啊。”

“去年的财务我们都已经看过了，没什么问题。咱们今年的利润能做到多少，您心里有数吗？我知道这春节刚过，现在问可能有点早，但我想知道一下大概情况。”周申问道。

“这个我肯定有数啊，我们今年的目标是做到3000万利润，有一些订单是接着去年的做。比如洪水风险图，我们去年做了湖北、湖南两个省的，今年要做四川和云南，这部分的利润在1000万左右。还有防汛系统一期工程，今年有一部分要做完。这个系统1000万的利润是不成问题的，包括软件和硬件，合同去年年底就已经签好了。二期也马上就要开始招标了，我们也会积极准备参与竞标。剩下的项目目前还没有确凿把握，三月吉林省有一个标，做吉林几个县市的预警系统。五月份河北省会有一个标，六月浙江有一个，八月贵州有一个。目前已经给我们发了招标信息的有十多个项目，这些项目拿下几个，我们今年的目标就达成了。所以我们对于完成业绩还是有充足的把握的。”刘总说得平实，又打消了我的几分顾虑。

“我想问您一下。”林风说话非常的客气，语气温柔平和，“咱们一般一个项目多久能完工呢？”

“这个不一定，刚才提到的那两个国家级的项目，都做了好几年了。一般情况下，以软件为主的项目，我们三个月内都会完成。因为我们的软件已经模块化了，可以套用在任何地区，只要改变参数和接口就可以了，需要重写的代码量并不大。这一点也是我们公司的一大优势，因为我们进入水利信息化的时间早，而且一步一步跟着国家的水利建设走的。国家的重要项目，我们一直不断地在参与，所以各地政府对我们也比较信任。”刘总回答得清楚明白。

“咱们这个行业，各地存不存在一些代理商恶意竞争啊？”我问道。这确实是我比较担心的问题。江鹿主要和各地水利部门合作，万一有谁家的小舅子想横插一刀，没准项目就没了。和地方政府打交道，拼的可未必是技术。

“这个问题，你大可不必担心。第一，水利建设跟其他的政府系统工程建设不一样，这是要关乎人民的生命安全的，不能有丝毫马虎。每个项目都必须要有人负责的，所以水利项目都需要公开招标。能中标的几家我们也都熟悉，资质都不错。第二，以前水利很穷，所以这块地儿没人盯着，这也是我们能发展起来的原因。我做这行十几年了，有时候想想都挺替自己冤的。做信息化的好多领域都爆发了，只有水利，一直都是不温不火的。这些工程的利润本身并不高，我们公司利润能比其他家高一些。还是我之前说的那个原因，软件模块化了，可复用性非常强，节省了很多的人工成本。”

“水利信息化行业好像这两年有点热，咱们的竞争对手多吗？”周申问道。

“在我看来，水利信息化行业目前是群雄逐鹿。十二五规划中把水利定为了重点发展方向。实话实说，从改革开放到今天，确实欠了水利太多，是大力发展水利建设的时候了。因为这个政策，这个行业从2011年开始，一下子挤进了很多不速之客，包括一些已经上市的软件公司，也想分一杯羹。但是拼到现在，这个行业里最大的公司还是江鹿。原因很简单，因为我们专注于这个行业十多年了。江鹿从一开始十几个员工，到现在接近二百人的团队，很多人都在水利行业扎根多年。我自己也是从水利部出来的，现在水利部开会、各地开会，我都跟着去，制定标准的时候他们也会找我去参与。我得跟上他们的思路，改进我们的产品。归根结底，我们的产品是要为人家服务的。”

“那咱们的竞争对手主要有哪几家啊？”周申问道。

“有三家公司是我们认为真的称得上竞争对手的。一家是北京的水金，这是当年水利设计院里的几个人出来弄的公司。我得承认，他们的技术确实不错，有些技术我们也去专门跟他们探讨过。但因为是学者出身，他们做业务的能力并不强，现在接单子主要还得靠照顾。北京的项目我们是不碰的，直接让给水金。另一家在陕西，那家也是在水利方面做了多年的，我们关系也不错，西北地区的水利项目几乎都是他们在做，我们也不会去抢。还有一家在福建，那家在绘图方面比较强，招标的时候也经常会碰见。我们几家公司虽然是竞争对手，但都在一个圈子里，经常碰面，其实大家关系还是不错的。以前虽然项目多，但钱都很少，大家都心照不宣遵守游戏规则，也没有为了抢项目伤过感情。钱一旦多了，以后就不好说了。江鹿有自己的势力范围，现阶段也不会轻易触碰别人的蛋糕。这也是我经商这些年来总结的道理。”刘总意味深长地说。

大家又提了几个专业问题，刘总一一解答。

通过刘总的解答，我们对水利信息化行业都有了一个大概的了解，对江鹿，也是对我们国家的水利事业，都充满了信心。我有些悔意地谴责自己，以后不能瞧不起杜总了，杜总还是可以找到好项目的嘛。

回到公司，大家各自分工，很快完成了报告，江鹿顺利立项。

立项后，杜总在威斯汀酒店自助餐又请我们几个狠搓了一顿。

“林风，菲儿，过几天我得带着周申去重庆看另外一个项目，估计得待半个多月吧，江鹿的尽调就交给你们俩负责啦。反正专业机构也请好了，你们就每天去盯着他们干活就行。有问题随时联系我，好不好？你们中午在那边吃点好的，发票开好了给我，我回来给你报销，行吧？”杜总乐呵呵地说。

“好啊。”我和林风都答应得非常痛快。

之后的两周，我们俩每日准时到江鹿报到，轮流接送对方，工作时间寸步不离，中午顿顿胡吃海塞。

自从上回在雍和宫拜佛以后，北京没再下过雨，他的伞一直放在我这儿，我也没有还他的打算。至于我自以为表露了心迹的那句话，可能他压根就没在意，和我还是亦庄亦谐地相处着。关于有没有纯洁的男女友谊这个话题，我比较认可的一个回答是：有，只要这两个人一个打死不说，一个装傻到底。可究竟该不该这样，我和闺蜜探讨过。她作为一个敢爱敢恨的女汉子，给出的建议是绝对不能这么发展，宁愿被拒绝，宁愿连朋友都没得做也不能搞暧昧，不能装傻充愣。我没她这么激进，但我也不甘心就这么心照不宣地糊弄自己。随着年龄的增长，年轻时心中喜欢肆意乱撞的小鹿此时已经变成一只体态臃肿缺乏运动的老鹿了，好不容易遇到个有好感的，这只老鹿总会在我的心灵深处泼起冷水：“就他啊？真的就看上他了吗？眼光可是越来越差喽。”老鹿说完就继续沉睡。直到我遇见了这位林风公子，老鹿终于重新抖擞了精神说：“这家伙还不错。”它挣扎着爬起来，轻快地在本姑娘心中跳了一段小步舞曲。

好不容易消除了滚蛋门和男闺蜜门的误会，走到今天，我必须得给自己一个交代。只是每次话到嘴边，又觉得时机不佳，再等等，等到“天也晴了，花也开了，微风也沉醉。虽然你不说话，却也早已万语千言”的时候，或者等着年会，等他再过生日，等我摇到车号，等到任何我觉得合适的机会，我一定会让他知道。现在这样的节奏挺好，在一起的时候谈得更多的是工作，两个人共同为一件事认真，这样深厚的革命友谊，我不愿意破坏。

在外流浪了半个月，我好容易回了趟公司，直接被戒哥抓去吃饭。同行的还有小侯和小如。

“咱们今天吃什么啊？”我看到小如的加入有些惊喜。

“今天我带你去一家味道特别正的川菜。”小如拿起手机给我看，“就是这家，点评上味道最高的川菜馆，我朋友去吃过，说特别好吃，和成都当地的苍蝇馆味道一样。”

“你可别忽悠我们啊。”小侯一边开车，一边寻路，“小如，你这个地址可是个胡同啊，你确定饭店在这儿吗？”

“确定，我朋友都吃过了。”

胡同里面没有停车位，小侯只好把车停在了很远的停车场，一群人步行了一公里，终于找到小如推荐的这家饭店。

“你不是耍我们吧。”戒哥看见店面就急了，虽然平素他们也是吃小店的，但这家张妈妈特色川菜馆子还是有点大跌眼镜了。成都小吃类的门脸儿，里面一共只有四张小桌，门口还围了十几个等位的。

“四川苍蝇馆子就这样，你们将就将就吧。”小如走进饭店要了个号。

“得，我看咱们今天是吃不上了，排到20多号了，这一共才四张桌子，什么时候能排到啊。”

“走吧，天寒地冻的总不能站门口等吧。那边有家蘑菇火锅，吃它吧。”小侯率领着我们换地儿了。

“菲儿，你最近干吗呢？人都看不见了，我们都想你了。”小如说。

“我跟着杜总做项目呢，最近一直在企业做尽调。”我边吃边说，不忘往锅里下了几个蟹肉棒。

“杜总的项目你还敢接啊？我说你个小白兔成天跟着大灰狼较什么劲啊？”小侯对我不长记性这点很有意见。

“这次的项目真的不错，做水利信息化的，那公司特靠谱。真的，不光我这么认为，周申也觉得挺好的。”我接过小如递来的汤，喝了一口。

“水利信息化？”小如有些激动地问我，“公司叫什么名字？”

我赶紧咽下口中的汤：“江鹿，北京的企业，在中关村那儿。”

“什么，江鹿，你没说错吧？”小如本来就很大的眼睛现在瞪得更大，半张脸就这么被她的怒目占据了。

“没说错啊，咳咳——”我被吓得呛了口汤。

“江鹿是我的项目，我朋友给我介绍的。那天正好杜总也在场，我当时还征求了他的意见。他说水利行业太穷了，没什么爆发机会，直接给我毙了。我还想着哪天有机会给许晚晴看看企业资料呢，想不到他都开始做了。你怎么也不跟我说一声啊。”小如真是急了，一点儿淑女形象都不顾了，就差扯我领子喊了。

“我哪儿知道啊，你也没问我啊。这项目我们都做了快一个月了，立项都好久了，尽调也快结束了，你们怎么都不知道呢？”现在回忆起来，立项会好像只有几个总监参与了，大家当时都不在，我也没有在意。

“小如，你别怪菲儿，这事儿跟她没关系。”小侯劝道，“现在这个事儿，已经很明白了，就是杜文熙抢了你的项目，偷偷摸摸地在做。今天你要是不问，菲儿不说，这事就真让杜总糊弄过去了。既然咱们现在都明白了，就想想对策。”

“什么对策啊，我现在就去找耿总，跟他说清楚，这是我的项目，凭什么让杜文熙去做。”小如义愤填膺地说。

“你现在说不是个好机会，你听我的行吗？等这个项目都做完，也投成了，你再去跟杜文熙抢，到时候咱们想想办法，抓他个把柄。大不了你跟他分一半。你现在去抢，这个项目肯定投不成，奖励费谁都拿不到，不合适，明白了吗？”小侯继续劝着小如。

“对，小如，你消消气，吃点土豆，你不最爱吃土豆嘛。”我捞了几片土豆放到小如碗里，想要缓和一下气氛。

“还吃什么啊，我气都气饱了。小侯，你说的我不明白，这个项目很好，凭什么不投？菲儿他们不是都说好嘛。我干吗要跟杜文熙分钱。我告诉你们，这个项目我一分钱都不会分给他。这人简直太坏了，没见过这么明目张胆抢项目的，简直是强盗。”

“你要不听我的，你就去闹。杜文熙是第一次抢别人项目吗？不是，这件事儿上他比你经验丰富多了。你跟他抢，你就是自寻死路。你信不信随便，但我的话就放这儿了。”小侯也赌气地放下了筷子。

“小如，你听小侯的吧，他是为你好。”戒哥赶紧劝解。

“不行，我就是疾恶如仇，我不惯他这些臭毛病。你们继续吃吧，我这就找耿总去。我就不信这么明摆的事，还能让他翻了天。”小如撂下筷子，大步走了。

“这么个性格，我也没办法了。”小侯无奈地摇了摇头。

我看了看戒哥，又看了看小侯，大家都有些沮丧，我也只好无奈地继续吃饭：“你们吃啊，愣着干吗啊？还这么多呢，别剩下了。”

下午我回到公司的时候，看见楠哥正在会议室和小如谈话。小如看上去还是十分激动，楠哥则一副息事宁人的厚道样儿。

我与林风叙述了事情的经过，他很惊讶："这是小如的项目啊？杜总怎么能这样呢？"

"我听小侯他们说，他之前也抢过别人的项目，还是总监的，不知道都是怎么抢的？"

"这人也太过分了，咱们一起声援小如。"

"好的，坚决声援小如。"我和林风握了握手。

杜总第二天早早地来到了公司，见到我就开始询问情况。

"杜总，您怎么能抢人家的项目呢？太不应该了。"我白了杜总两眼，直接呛声，"您说我们也都是管您叫哥哥的人，您这样不合适吧？"

"菲儿啊，你不了解情况，事情根本不是小如说的那样。你听我跟你说啊。当时给小如介绍江鹿的那个人，就是小如口中的那个朋友，我也认识，是投资圈里很有名的一个FA，FA知道吧？"

"不知道。"我瞟了杜总一眼，他手里还拿着箱子，显然是下了飞机直接就赶到公司了，看来他对小如这事还是挺重视的。

"就是财务顾问，专门帮企业融资找钱的，然后按比例收费。但这个收费，应该是和企业收。比如企业融了3000万，FA收3个点，就是3%，90万。但是这个FA，在业内是知名的黑。他不光和企业收钱，还和我们投资机构收钱，也是3个点。菲儿，你也知道咱们公司的奖励费一共才千五，我上哪儿给他3个点去啊。小如面子薄，咱们都知道，所以我当时也没好意思和小如说破。但我觉得这个企业确实非常好，我就托朋友去问了一下，正好有个朋友也认识这个企业的老板，就帮我联系了，是这么回事。而且我打算等这个项目投成了，我再去和耿总说，项目奖励费我和小如一人一半就行。"

"您不是忽悠我吧？真的吗？"我一脸的不信任。

"你还不信你哥哥咋啦，当然是真的啊。不信你让小如去问问，那个FA我从来没联系过，我真是通过别的渠道找的人。"杜总露出一副无辜的样子，憨厚的样子再次发挥得淋漓尽致。

"您还是跟小如解释去吧，这事跟我说没用啊。"我心说您要是没前科，我兴许还信了，您这都劣迹斑斑罄竹难书了，还编瞎话骗人。

“我等她来了就跟她说，之所以做这个项目没带她，就是怕她尴尬。万一她那个FA朋友问起来，多不好回答。我这真是一心为了她好啊。”杜总行为虽然可恨，但着急起来又是一脑门的汗。杜总手里拿着不少东西，又想去擦汗，笨拙得像熊一样，还真挺可爱的。

“要不您把心掏出来给我看看，到底黑的白的。”我继续抢白杜总，要不是之前小侯给我铺垫得太多，现在没准真就被杜总感动了。

“菲儿啊，你怎么了？哥哥是什么人，你还怀疑啊！”杜总急得直跺脚了，“不和你说了，小如来了，我得赶紧和她解释，这误会不能闹得更大了。”

杜总带着小如去阳台谈判了，办公室里的大家都非常关心战况。

“菲儿，你快去听听。”林风唆使道。

“行。”我迫不及待地想知道战况，万一真出了人命，我也要当个目击证人。

我装着接电话去了阳台，只听见杜总诚意满满地说：“你一定要相信我，我真是这么打算的。如果你不同意，项目奖励费都给你，没问题的。小如，咱们感情一向很好的，你要相信哥哥我啊。”

“我凭什么相信你，你这项目偷摸开始做了，连告诉我都不告诉一声。我这是知道了，我要是不知道呢，谁知道你告不告诉我啊？！”小如语调极高，寸步不让，律师是能得罪的吗？

“我怎么可能不告诉你啊。我不告诉你，他们也会说出来的。小如啊，你给哥哥交个底儿，你说你想怎么办吧。哥哥都同意，行不行？今天我做东，请你吃饭，叫上我们项目组的作陪，好不好？”杜总说着抬头看我，“菲儿，你快去订地儿，要高档的，多叫几个人作陪啊。”

“好，我这就订。”高档的，订哪儿呢？我忽然想到林风爱吃烤鸭，“杜总，我订王府井的大董吧，您看行吗？”

“没问题，订吧，要大包房啊。”杜总是豁出去了，一副视死如归的架势。

我按小侯的指示，把平时关系好的小伙伴全叫上了，此时不黑，更待何时啊。光鸭子就点了四只，热菜无数，小伙伴们都吃得很开心。

酒席之上，杜总对小如阿谀奉承，还温馨备至地伺候，我们都看不下去了。

小如也终于消了气：“这样吧，这个项目我就和杜总合作了。杜总也说好了，这个项目的奖励费他一分不要，全都给我，大家也给我做个证，好吧。”

“没问题。”杜总豪爽地说，“咱们都是为了公司好，谁也不是冲着奖励费去的。小如，咱们公司这点奖励费，真不够干吗的。咱们投3000万，一共才15万的奖励费，够买车买房吗？什么都不够，哥哥能为了这点钱，失去你这么好的妹妹吗？肯定不能啊，这点钱不能破坏咱们的感情啊。来，干一杯！”

那一瞬间，我看到杜总眼角处有晶莹的水珠在闪动，是泪水吗？不，是汗水，我实在搞不懂这大冬天的，他怎么还能一脑门儿的汗。

“杜总就是大量。”“小如别生气了。”大家你一言我一语地插着嘴。

“小如，你放心吧，我已经表态了，奖励费肯定都是你的。但我还是要帮你把这个项目做完，这也是对公司负责。这点你没意见吧。”杜总给小如卷了个鸭饼递过去，“多吃点，你们也都多吃点，不够再加啊。”

这顿烤鸭之后，小如正式加入我们项目组。

杜总找到我和林风说：“你们最近辛苦了，已经完成了大部分的工作，后期就让周申和小如去盯着吧。你们以后想去就去，不想去在家休息说去企业尽调了，这都没问题。你们也了解我，跟着哥哥做项目，肯定是吃不着亏的。”

“这敢情好啊，谢谢杜总了。”我和林风都给自己放了两周长假，游山玩水去了。

当我再次回到公司时，小如又拍桌子了。

“你们最近都跑哪儿去了？怎么都不去江鹿啊。”小如看到我就劈头盖脸地责怪。

“别这么大声啊，再让领导听见了。”我冲着小如使了个眼色，低声说，“杜总说最近没什么事了，让我们在家休息了一阵子，怎么了？”

“江鹿出事了，你赶紧看看审计报告吧。这家事务所有问题，给江鹿做的审计结果，去年才1000万利润。”

“这个财务计算口径不一致也很正常，你去找周申和阿豪问问，不行再让戒哥给你找个会里发审委委员问问。”林风一边看着报告一边说。

“谁给我这个机会问啊！”小如气得快要断气了，“杜总拿着这份报告，不声不响地跟耿总汇报去了。耿总现在已经把这个项目毙了。”

“啊？杜总怎么又这样啊，太可气了！”我也在一旁帮着小如咬牙。

“当时他说他要继续做，我就奇怪了，没想到他是和会计师事务所串通了搞文章，这个小人。”美女生气的时候也蛮好看的，小白牙咬着红唇，脸上也多了几道红晕，我又多看了几眼。

“那现在怎么办？项目就不做了吗？”林风问道。

“我还能怎么办？姓杜的别让我看见，不然我跟他拼了。”小如怒气冲冲。

“杜总人呢？”

“他汇报之后就出差了，估计就是为了躲我。没事，我就在公司等他。跑得了和尚跑不了庙，我看他能躲多久。”小如又咬了咬嘴唇。

话虽说得激情澎湃的，杜总半个月后出差回来，小如除了横眉冷对，也没什么过激的反应。人的情绪就是这样，即便是当场要动刀子的事，冷静几天也就没什么了。所以遇事要深呼吸，大喘气。

本以为这件事情就这样过去了。谁知没过两天，小如接了一个电话后，径直走到杜总桌前，狠狠地一拍桌子：“杜文熙，你给我说清楚，你是不是跟江鹿要财务介绍费了？江鹿不给，你就不投了，你太嚣张了吧。现在还敢到处散播江鹿财务造假的谣言，你今天给我说明白了，这些都是怎么回事？！就在办公室说，让大家都听听。”

小如这河东狮吼的架势瞬间把大家的目光都吸引了过去。

“什么情况啊？”林风突然出现在我背后，吓了我一跳。

“我哪儿知道啊，听吧。”我兴致勃勃地盯着前方战场。

杜总脸上有点挂不住了，不停地冒汗：“你不要听江鹿那些人乱说啊，他们是挑拨咱们关系。咱们没给他们投资，他们肯定不高兴，很正常。对我肯定也是怀恨在心。我哪能干那种事啊，你们都是了解我的，对不对？我不是那样的人。”杜总四处张望，寻找声援，“小侯，你说说，我能不能干不出这种事？”

“要我说啊，您还真不一定能干出什么事来。您要是跟企业要了钱，也不是什么大事，您就承认了吧。”小侯不失时机地落井下石。

“你不是那样的人，你是什么人你当我们不清楚啊？你今天就给我说明白了。你抢我项目在先，跟企业要钱在后。企业不给，你就串通了中介机构给企业做坏账，又背着我们大家去给耿总做汇报。这些事你都做了，还不是那样的人。这些事你今天承认不承认吧？”小如又拍了一下桌子，我感觉地板都颤动了。

“小如，你消消气。”楠哥过来拉着小如去会议室。

“我不去。”小如挣脱了楠哥，“就跟这儿说，我丢得起这个人，你们谁都别劝。我今天绝不放过这个小人，人前一套背后一套，你装得可真好啊。演技这么高你干脆去当演员得了。”

“小如，你怎么对我的误会这么重啊。我自己去给耿总汇报是怕你在场难堪。你推荐的企业做假账，你面子上挂不住啊。真不是你想的那样的。我也没有去跟江鹿要过钱，这是他们谁造的谣？你去把他叫来，跟我对质啊。你让他们拿证据出来啊。有证据吗？肯定没有啊。他们就是污蔑我，因为咱们没给他们投资，他们生气啊。小如啊，你做投资的时间还短，还比较单纯，容易被坏人利用。这投资圈儿水深着呢，你以为他们是什么好人吗？你一定要相信自己人啊，咱们是一个战壕的。江鹿才是外人，你不能帮着外人对付你哥哥我啊。”杜总还在不停地擦汗。这刚开春，乍暖还寒，杜总怎么这么热啊。

“江鹿那边有没有证据我现在不知道，如果他们有证据，我替企业打官司告你。杜文熙，事不能做得太绝。你记住了，多行不义必自毙。你说的那些理由留着骗耿总去吧，我不可能再相信你了。我相信在场的大家也都明白是怎么回事了，是非黑白，公道自在人心。”小如平静了许多，但说话的分量却更重了。

“小如，我真不是啊。我冤死了，你让哥哥怎么解释啊。”杜总汗如雨下，脸色十分难看，身上穿的红色衬衫已经湿透了，留下大片大片的汗渍印记。

“你跟我解释什么都没用了，至于耿总那边，你自己看着办吧。我不想再多说了。楠哥，您今天也都听见了，我就不再跟公司反映了，希望公司能给我一个公平公开的解决方法。要么他走人，要么我走人，我不能再跟这种人共事了。”

尽管大家还是会在茶余饭后揶揄杜总几句，但江鹿事件终究还是被公司大事化小，小事化无了。小如在一个月后正式向公司提交了辞呈，楠哥和小如聊了几次，见已无法挽回，就任小如离开了。

“人往高处走，谁还非得跟谁做一辈子同事嘛。咱们以后继续约着吃饭就行了。”小如在送别宴上感慨道。

这顿送别宴我们终于吃上了小如推荐的张妈妈川菜馆，店里各色川菜都做得十分地道，香辣适口。

21 / 老北京的味道

失去了养眼的小如，对我的打击着实不小。但在江鹿项目中与林风建立的良好感情，却成为了我的意外收获。

“菲儿，以后中午和我一起吃饭吧。”当林风主动来找我提起这个话题的时候，我正在玩炉石传说。

“啊，输了，你说什么？”我声音激动得有些颤抖，但依然故作平静。

“我说你以后别跟小侯他们吃饭了，跟我吃饭吧。”

“不行啊，我跟他们吃饭，都是他们请我的。我跟他们吃了一年多，一共没出过几次钱。”我使出欲擒故纵的招数。

“你怕哥请不起你啊，哥吃饭，就没让别人付过钱。”林风愠怒地说，“杜总除外啊。”

“那好啊，不过咱们别天天吃啊，我还得时不时地和别人吃饭。”我眨着大眼睛，直勾勾地看着他。天天看帅哥，也腻。

“嗯，说好了。”

就这样，这个仅仅属于我和林风的“世界”正式建立，这个“世界”凌驾于真实世界之上，和办公室的任何人都没有交集，它完全地独立起来。每天中午11：20，我们会默契地分别从办公室出发，到楼下的鱼缸处集合。这也正好是每天饲养员喂鱼的时间，先到的人可以欣赏到凶残的银龙鱼捕食小鱼的表演。如果谁手头的工作没忙完，会发个微信，说你等我一会儿，配上个晕头转向的表情。这样的私会几乎让我有些陶醉，这感觉就好像说到一个话题，你和他相视一笑，这是你们私下挖掘的共同的笑点，只有你们两个人知道其中的秘密，是那个“世界”和现实为数不多的交叠。和他相处的每一分钟都让人深陷其中。表白，多么煞风景的两个字，不就差一个牵手嘛，不就差几个拥抱嘛，不就差一次同床共枕嘛。这些我都不稀罕，就这样在鱼缸前，在午间来去的人潮中等着对方，是我经历过最美好的等待，三分钟，五分钟，陪伴我的除了鱼，还有一颗悸动的心。

坐进车里，我们会马上展开热烈的讨论，今天想吃什么，上周吃过什么；昨天油腻，今天该调剂口味；前天刚去过那儿，再去会不会吃伤；这家服务每况愈下，那家好久没去甚是想念……我要是和他成了也罢，要是没成，这方圆五公里内的餐馆是没法去了，满满的全是回忆。

我和林风有很多共同点：我们在同一年离开北京出国留学，在美国都是一个人生活。又在同一年回到北京，鬼使神差地进了同一家公司，相似的经历让我们总有说不完的话题。而且我们最喜欢的食物，竟然都是炸酱面。林风说他在美国的时候，非常想吃炸酱面，但找遍了整个china town也没找到。后来发现城郊有个韩国餐厅卖炸酱面。虽然跟北京的酱有明显的区别，也不放黄瓜丝萝卜丝那些菜码，但他还是几乎每周都要去报到一次，定期还会跟老板买一大瓶炸酱，回家之后自己做。因为这共同的爱好，我们不止一次驱车前往公司往西的京味斋，那里的炸酱面做得很地道。

“我觉得关于缘分，应该有这样一个APP，能够显示地理位置和你的爱好性格。”今天的午饭仍然选在了京味斋，如果说这里有什么不好，就是上菜太慢。我随便找了个话题，填补等菜的空当儿。

“陌陌吗？微信里附近的人也有这功能吧。”林风显然对这个话题不感兴趣。

“你不会在用陌陌吧？”我一脸讪笑地看着他。

“怎么可能，哥还用得着陌陌嘛，追我的女生我躲都躲不过来呢。”

“说到陌陌还真是奇怪呢，你说陌陌一个号称两亿用户的软件，怎么你身边的人，回答都是没用过，那到底谁在用啊？”

“你下载一个，在咱们公司打开寻找附近的人，不就知道谁在用了。”

“是个好主意，我下午就试试。我说的和陌陌不一样。我设想的APP是用户先填写基本资料，兴趣爱好、性格、星座啊，都如实填写。然后再填一份你理想中的对象的资料，就是你想找什么样儿的，身高体重规定好，然后是兴趣，比如喜不喜欢养宠物啊，喜欢哪个演员啊，哪个球星啊，早餐喜欢吃什么啊……这些乱七八糟的，越详细越好。除了这些，还可以再写点实际的，比如年薪工作啊，家住何处，是否有车有房什么的。使用APP的时候，它会自动检索周围一公里的使用者，如果有匹配度超过70%的异性自动弹出。当然也可以选择同性，事先设定好就可以，就发个推送。你觉得这想法怎么样？”我碎碎念叨完这一通，面条终于上桌。

“好像婚恋网站上都有这功能吧？”林风耐心地拌着面。吃炸酱面就是需要拌上半天，尤其林风还爱吃过凉水的，不如锅挑儿的好拌。

“是有，但是不一样，我这个有一种‘爱有天意’的感觉，你理解吗？两个人一个生活在海淀，一个生活在朝阳，有一天赶巧都坐在了东城的星巴克里。他们兴趣爱好极其相似，价值观相同，星座也合适，但是他们不知道啊。正常情况下怎么可能知道呢？斜对面的那个人就是你的真命天子，却被你生生错过了，你还满世界地找。我的APP就给了你一个机会，在茫茫人海中，不再错过你的另一半。”

“听着还行，但还有个问题，其实大家择偶主要还是要看头像的，兴趣爱好倒是其次。”林风边吃边说。

“对，所以必须放自己的真实照片当头像嘛，而且不许使用美图秀秀，最好是身份证上的照片。”我正说着，看到林风笑得差点呛到，显然是想到了我那通缉犯一般的身份证照片，“你别笑啦，真讨厌。”

“你爱吃什么？你喜欢什么电影？《海贼王》喜欢吗？炸酱面喜欢吗？有洁癖吗？”林风问了一串儿问题。

“你干吗啊？拿我做测试啊？”

“对啊，看看咱俩的匹配度能有多少。”

“你不是要先看头像吗？”

“头像看过了啊，除了身份证上的，还挺凑合的啊。”林风的眼睛里有一种特别的清澈。

我放下筷子，凝视着他：“你什么意思啊。我喜欢吃炸酱面，最喜欢的电影是《three idiots》，喜欢《海贼王》，没有洁癖但怕脏，喜欢狗，喜欢劳尔，喜欢詹姆斯，没人的时候喜欢看书。怎么样？咱们匹配度有多少啊？”

他低下头笑笑：“除了洁癖那条，其他应该是百分之百了。不过《three idiots》我没看过，很好看吗？”

“特别好看。我至少看了三遍吧，每次看完了心情都十分清爽。那感觉就像看《肖申克的救赎》的结尾部分，你能理解吗？当那片碧海蓝天占据了整个屏幕，心就瞬间明朗起来。”

“《肖申克的救赎》我也很喜欢。我今天晚上就去搜狐视频上找找《three idiots》，一直听说评分很高，但没看过。因为我不喜欢印度电影，总是蹦蹦跳跳的，莫名其妙就一堆人出来载歌载舞了。我在美国的时候，和一个印度同学说，你们的电影为什么总是在唱歌跳舞，你们那儿的人有那么喜欢歌舞吗？那个印度同学说，我更不理解你们中国电影，永远都在那儿吃，你们有那么爱吃吗？”

“我反正是挺爱吃的。这部电影也有载歌载舞的镜头，还不少呢。但非常值得一看哦，它的结尾也是面朝大海，春暖花开。好像老外认为最完美的结局就是这样的世外桃源。不像咱们的电影，结尾都是主人公升官发财，衣锦还乡。”

“这个我还真没注意过，我下次留意一下。你喜欢读书，我给你推荐个作家，Peter Mayle，英国的，调侃范儿的，作品都挺有意思的，应该适合你。”

“我看过他的普罗旺斯系列，还有《有关品位》，是挺逗的，我也很喜欢他。”

“这你都看过啦，看来咱俩匹配度超过百分之一百了。”林风高兴地说。

在中国，喜欢Peter Mayle的读者肯定不会像喜欢郭敬明的读者那么俯拾皆是。

“不过我最喜欢的作家是谢尔顿，有点old fashion啦。”我吃了几口面条。

“嗯，《假如明天来临》里面的女主角就是我喜欢的类型。聪明漂亮，该坚强的时候就能独当一面，就像《海贼王》里的罗宾。”

“我也喜欢罗宾。”我兴奋地看着他，茫茫人海之中，我真的找到了我的另一半，“对了，林风公子，我一直想问你，按说以你的做派，带女孩儿吃饭应该都是红酒牛排啊。为什么带我吃饭，除了炸酱面就是陕西泡馍啊？一顿上档次的我都没吃过。”

“因为你和别人不一样啊，在你面前我是真实的自己。我带你吃的都是我最喜欢吃的东西；再说，你不是也爱吃炸酱面吗？”林风认真起来。

“我和别人哪儿不一样啊？”

“我喜欢你吧。”这话说的底气明显不足啊。

“哪种喜欢？”我乘胜追击。

“喜欢炸酱面的那种喜欢。”

“喜欢你的人应该很多吧，你为什么喜欢我？你喜欢我什么啊？”幸福来得太突然，我还有点不敢相信。

“喜欢你特立独行。你在办公室和老季发飙，那回公司很多人都听到了。我当时心想这女的怎么这么二啊，才来几天就敢四面树敌。然后就开始注意你了，工作的时候很认真，跟人争论的时候经常急赤白脸的。喜欢你说话风趣，我经常听着你和小侯斗嘴被逗笑呢。”

“我哪儿有急赤白脸啊？”我争辩道。

“别着急，没说完呢。还有你一天到晚就惦记着吃，跟谁聊天儿都问哪有什么好吃的。我当时就纳闷，你怎么这么能吃还没胖死啊。那次去厦门，看着其他人都把酒言欢地左右逢源，觉得挺烦。只有你一口不喝，一直傻呵呵地看着大家笑，很善良很美好的感觉。其实我那时候确实没逼你，只是想过去搭个讪，没想到你那么痛快就干了，喝完还龇牙咧嘴的，特逗。”

“还有吗？那水煮鱼那次呢？就是去婷婷家吃饭那次。”我还想听林风继续夸我。

“那次啊，那次倒是没什么印象，你也没怎么说话吧。我知道你和小侯他们挺熟的，他们都说你人不错，我觉得咱俩熟也是早晚的事。”

“那次看到你和你弟逛街，真以为你是那啥呢，伤心了好几天。”我有点撒娇的意思。

“你可以亲自验证一下。”

“说什么呢你。”我立刻满脸绯红，浮想联翩。

22 / 鹬蚌相争

一个月我都无心工作，沉醉在甜蜜的爱情之中。

旦旦忽然来找我："菲儿姐，帮我想想办法吧。"

"怎么了？"我看着旦旦愁眉不展，没有了平时的傲气。

"事儿是这样的，我帮老季做个项目，叫间客科技，给快捷酒店做电视服务系统的。公司也还行，做的过程中，我就找了点行业里的朋友，看了看相关的竞争对手。有一家竞争对手叫美数，是业内做得最大的。间客主要是给快捷连锁酒店做，美数做的都是五星级酒店，国际酒店集团的业务。所以美数的利润率比间客高得多，我找了个朋友联系上了他们，一聊，人家那边也有兴趣融资，我也确实觉得美数企业不错想推荐给公司。但我要是推了美数，这不等于明着跟老季过不去嘛。他又是总监，你说我这事怎么办啊？"旦旦眉头紧锁。

"是有点难办，小如那风波刚过，你这儿又来一波。"按说旦旦这回倒不算是抢项目，找到更好的公司了，当然应该投资好的。但季师父的身份是总监，说话还是比旦旦有分量的。如果项目由旦旦推，确实不一定推得下去。我正思考着，忽然看见许晚晴迎面走来，立刻灵机一动："旦旦，你找许晚晴啊，带着许晚晴去看美数，她觉得好，咱们一起做不就得了。"

"这样合适吗？"旦旦还在迟疑。

"有什么不合适的，赶紧跟她说，咱们公司的总监，就许晚晴一个正经人，你不找她还能找谁啊。晚晴，过来，求你点事。"和许晚晴之前的几次接触让我对她的印象很好，私下也频频交往，发展到现在早已没大没小地直呼其名了。

旦旦把事情的经过讲给了许晚晴。许晚晴一口答应："咱们哪天去看一下就好了，叫上佳音吧，佳音出马，企业那边肯定能搞定。"

项目组正式成立，在我看来这简直是梦幻组合。许晚晴和佳音两位女神坐镇，何愁项目谈不下来。

旦旦隔天便带着我们来到地处西直门的美数。办公室设计风格清雅，办公环境十分舒适，员工座位也安置得井井有条。

美数董事长卢建亲自接待了我们："欢迎各位莅临美数，有什么问题都可以说，我这儿能回答的尽量回答。也希望你们多提宝贵意见，给我们一些指教。"

"您太客气了，指教我们可不敢当。"许晚晴赶忙迎上，"咱们的产品您能给介绍一下吗？"

"美数主要有两大类产品，全部都是提供给高端酒店集团的。一类是电视服务系统，全国已经有三百多家酒店使用这套系统；另一大类是智能房间控制系统，这种设备用于家庭肯定没什么市场，但对于高档酒店还是很有必要的。各位经常入住高档酒店，对这些产品应该都很熟悉，具体功能我就不一一介绍了。"

我心里仔细回忆了一下，进入青上之后还真没住过什么高端酒店。

"卢总，咱们公司的核心竞争力是什么呢？现在做电视控制系统的公司很多，咱们有什么特殊优势吗？"许晚晴继续发问。

"实事求是地说，在技术方面，我们并没有独到之处。电视控制系统上世纪90年代外国就已经有了，发展到今天技术上的变化也不大。美数从2003年开始进入这个市场，开始也是给国内的一些小酒店做业务。慢慢掌握了一些经验，开始去参与国际酒店集团的项目。国际酒店集团的要求非常严格，他们对合作伙伴都有近乎于苛刻的要求，美数做成的第一单是2007年的海南喜尔顿。当时前前后后公关做了半年多，什么办法都想了，也找了地产商给作保，终于把这单磕下来。有了这第一次之后，以后的就容易多了。你们可以去查国际酒店集团的list，做电视服务系统的公司只有三家，分别是美国的爱傍、日本的umi和中国美数。在这样的情况下，我们三家公司是不存在恶性竞争的，地域上会有各自的倾向。我们的毛利率比国内竞争对手高得多也是这个原因。国际酒店集团要的就是最好的设备和服务，他们对价格并不敏感。"卢总吐字清晰，气贯长虹。

"咱们能得到国际酒店集团的认可肯定是非常厉害的。"佳音温柔地说，和风细雨间自有一种干练，"咱们公司这几年的规划是什么？这次的融资您是怎么考虑的？能不能给我们具体介绍一下。"

"好，没问题。"卢总显然是被佳音表露出的礼貌感动，说话又客气了几分，“其实美数创立之初我并没有参与，我和你们一样也是做投资的。我投资过国防信息和奥心数字，这两家公司现在都已经在A股主板上市了，这点可以说明我对行业的嗅觉还是比较灵敏的。2008年的时候，我发现了酒店服务系统的市场很大，行业也存在着爆发的可能性，就在行业中寻找合适的公司。经过一年的研究，我锁定了美数。那时候美数已经和十几家五星级酒店有了合作。我和美数的创始人团队谈了很久，把我的想法告诉他们，如何抓住时机做大做强，走在国内其他对手的前面。他们对我的想法也很认可。我以高价收购了几名创始人的部分股份，成为了美数的第一大股东。到现在，我主要还是负责公司的整体发展规划，具体业务还是那几位创始人去做。我对美数的规划是，明年年底利润达到4000万，报材料。这轮融资是想收购几家硬件厂商。我们给酒店做房控系统，酒店会要求我们负责装一些硬件设备，与其去外采，不如收购几家小型硬件厂家。现在硬件都不好卖，这个时间收购价格不会很高。如果你们有兴趣合作，我可以提供有意向收购的厂家名单。”

“这一轮融资的价格，卢总是怎么考虑的？”佳音微笑着点点头，对卢总的回答表示满意。

“咱们是同行，我们定的价格肯定是合理的。按今年业绩的十倍计算，估值三个亿，可以对赌，可以回购，这些都没问题。”卢总客气地回答。

“碰上卢总这样的投资高手，我们都自愧不如啊。”佳音笑着说。

卢总被美女夸得非常得意：“快中午了，各位赏个脸一起吃饭吧。”

大家见卢总诚意邀请，也没有推辞。

席间，卢总又给大家介绍了一些公司的业务和今年正在执行的一些大合同。

“卢总，现在公司面临的主要困难是什么呢？”许晚晴问道。

“不瞒您说，最大的困难是招不到人啊。你不知道现在的孩子，都是眼高手低。其实美数的工资并不低，大学应届毕业生在我们这都能拿到七八千。但因为是民企，也没有上市，好学生都不爱来，不好的我们也不会要。今年我们的业务本来要大规模启动，苦于人手不足啊，只能再等等了。”

“嗯，现在很多民营企业都会面临这个问题。90后的大学生比70后、80后都更实际，较倾向于国企和外企，尤其是喜欢去考公务员。”佳音给卢总倒上茶。

“其实我也为这些孩子担心啊。他们找不到合适的工作，就继续读书，读个硕士、博士、MBA什么的。读完之后，工作其实更不好找。好多学校学历都是混出来的，这点咱们都明白，指望学校真能教出什么，太难了。前两天，我们人力给我一份简历，我一看1987年的小孩，现在科大EMBA总裁班毕业。我心里就琢磨啊，我还没读总裁班呢，这招个总裁来干吗啊？面试的时候也是，很多孩子一上来就说，我跟您聊聊公司规划吧。我就是招个程序员，不是想找规划师。有想法是好的，但太不切实际了。”卢总叹了口气，“还有那些个商学院，我们之前招了个董事长助理，是从南大商学院出来的孩子，天天给我讲课啊，说国外的经典案例是怎么样的，黑石当年是怎么做的，你说这些有用吗？我从来没听说过这些案例，不一样在市场上摸爬滚打这么多年。年轻人还是应该脚踏实地，花那么多钱上商学院还不如把自己的工作做好。”

我和旦旦在一旁听得直冒冷汗，前些日子，我俩还商量着要去读个商学院，听完卢总这番话，彻底打消了念头。

回到公司，项目组开了个会，大家都对美数赞不绝口。

“非常靠谱。”许晚晴信心十足。

“我也觉得挺不错的。”佳音附和道。

“那旦旦和菲儿，你们尽快把材料准备一下，咱们这周就和耿总汇报，争取立项。”许晚晴指挥着。

“我用跟季总汇报一下吗？”旦旦怯怯地问。

“嗯，”许晚晴咬了咬手指，思考了一下，“先不用吧？佳音，你说呢？”

“当然不用了，这事跟他又没关系。”佳音笑了笑。

之后美数果然顺利立项。在立项会上，季师父的脸色随着许晚晴的汇报越来越差，但终归没有说什么。会后他还一再表示：“你们找到的美数确实比我那家好，我这儿有我们之前做的调研记录，你们都拿去看看，毕竟一个行业的应该用得着。”

看着季师父表现得如此大度，我责怪自己，之前也太小人之仁了。

立项后，旦旦十分开心，请我们吃了一顿价格不菲的粤菜。

席间，旦旦忽然问我：“菲儿，你哪天去体检啊？咱们一起吧？”

“体检？公司组织体检吗？”

“对啊，刚发的通知，这两周哪天去都可以。”

我可是好长时间没体检了。

23 / 飞来横祸

我在深思熟虑后把体检日期安排在了星期五，以便体检后可以借口晕血，请假回家休息。为了缩短体检时间，我七点多就到达了体检中心。我刚填好表格抬头看到罗旭已经排队进入了体检区。想来罗旭一定是体检后还有正事要忙，和我的目的不同。体检一切顺利，我和罗旭在等候区几次相遇，都纷纷感叹这家体检中心设备之高端，服务态度之好。

“我打算和公司建议，增加家属体检的福利。这里真不错，我去过的体检中心里，这家是最好的，也不知道有没有机构投资了。”罗旭真是敬业，体检的时候还在想着工作。

“是啊，服务太好了，据说这里的早饭也很丰盛，咱们检完一起去吃吧。”

小聊片刻之后，罗旭去查耳鼻喉，我走进女内科，悲剧从此开始。

女内科的检查就是医生在脖颈和乳房上下其手地摸一摸，不过是例行公事，我基本没指望这一道检查能查出什么。但我就是这么不幸，这位看起来年过半百经验丰富的女医生在我的脖子左侧不断按压，我明显感到痛并已表现出不悦，她竟然仍不住手。

“你以前检查有结节吗？”

“没有，我上次检查过什么都没有啊。”

“你做过其他检查吗？”

“没有，没查过。”我略感不妙，“有什么不对吗？”

“你这里面有个结节，应该不小了，还长得不是很规则，建议你做个彩超看一下。”

我心想这肯定是体检中心为了多挣钱让我加项目，但我一贯贪生怕死谨小慎微，既然查也没坏处，索性求放心还是查一下好了。

我跑去前台付费加项，遇到刚进入体检中心的小然，我跟她讲述了我的情况。她立刻安慰道：“肯定是结节，很正常的，别害怕。我也有，都好多年了，没事的。”

“原来这么多人有结节啊。”我心下稍缓。

做彩超的医生拿着仪器照了好久，面色凝重地告诉我：“确实有一个不明物体，很大，中间有血管经过，很可能是血瘤，要不你再去查个红外超声波。”

“这个又是干什么的啊？”

“这是个比较先进的仪器，我们刚从国外买来的。目前还是测试阶段，能看出物质性状结构，就能进一步确定是什么。”

“哦。”我心想这肯定又是要骗钱啊，“算了，我去医院做吧。”

“你就在这儿做吧，我带你过去，不另收费了，做完你就放心了。”

听到这话，再看一眼白衣天使的温柔目光，我还怎能拒绝。

天使一路领着我走到了走廊尽头，房间内没人。天使解释说：“这台机器刚买来，我们还不会操作，目前负责这个检查的都是从大医院请过来的医生。医生还没过来，你先在这儿等等。”天使殷勤地给我拿了杯热水，陪我在门口等待。

等了好久医生才姗姗来迟，匆忙开机调好设备。我在旁边专心看机器说明书。说明书看起来煞是高档，这台机器除了正常扫描成像之外，还增加了自动测量、分析、绘图等多种功能。

我躺在床上，那温润的仪器从我脖子上一次次滑过，每次都变换不同姿势。天使和医生全神贯注地盯着显示器，不断交流。

“这个就是血瘤吧。”天使问。

“对，应该是，血液流速非常快。”

“这可能是脂肪瘤吗？”

“不像，你看这个边缘都是有毛刺的，形状也不规则。”

“有可能是结节吗？”

“不排除是结节的可能，但不太像，只长了一个，右边没有。一般甲状腺结节都是对称生长的。”医生解释道。

“这个现在有多大，能测量吗？”

“可以的，你摁这个按钮，它就自动测量。你看，长1厘米，宽8毫米。”

“真不小了，而且按周围血流速度看应该长得很快。”

“是，看起来很清楚。”

我在一旁听得云里雾里：“我到底怎么啦？长了个什么啊？”

医生看了我一眼问：“你家有人得过甲状腺癌吗？”

我把母三代、父三代都想了个遍：“没有啊，真没有。”

“那真是挺可惜的，不过现在这个病是高发病。”医生看着我欲言又止。

“您是说我得了甲状腺癌吗？”我顿时感到晴天霹雳，我这大好的人生啊，我不想死啊！

“你别瞎想啊，这个可能和你想的不一样。”

“那是什么啊？”在我看来，只要不是癌，别的都行。

“甲状腺癌的致死率很低，你不要害怕，现在技术都很好了，切掉一般就没事了。”

这是宣判死刑之后的安慰吗？我头脑一片空白，瞬间泪如泉涌：“您确定吗？真的是甲状腺癌吗？”

“我们是体检中心，我们不负责确定，你得去医院确诊。抓紧时间去吧，你那个瘤长得很快。”医生叹了口气。

“你跟我实话实说吧，你觉得这到底是什么？”

“从我的经验看，这是恶性肿瘤的可能性很大。”

“有多大啊？”我抹着眼泪问道。

“六成吧，但是你别害怕，甲状腺癌是目前治愈率最高的癌症。”

我崩溃地大哭起来，但还知道往外走，我此时唯一的信念就是去医院确诊。

“您给我们留下电话吧，我们会跟踪回访。”天使又递过来一杯水，温柔地说。

“我来的时候在前台留了。”我无心回答。

“再留一个吧。”

我心想你们是准备拿我当典型案例歌功颂德吧？罢了，也算临死为别人做点贡献。我留了电话，继续往外走，边走边哭。一路引来众体检者的侧目，体检中心的工作人员也围了过来，一路小心地安慰。

走到更衣室，小然刚好出来。看我周围前呼后拥，又是一副失魂落魄的样子，小然吓了一跳：“菲儿，你怎么了，没事吧？”

我好像看到亲人一样，紧紧抱住小然，哭得更加放肆。

“菲儿，你怎么了？说话啊。”小然也很紧张，拿出纸巾为我擦眼泪。

我还是什么都不说，只是大哭。我真的不知道说什么。

体检中心的工作人员跟小然简单解释了一下情况，并叮嘱道：“尽快带她去医院复查吧。”

“菲儿，没事啊，这不还没确诊呢嘛。你别哭了，我带你去医院，咱们这就去，好不好，别哭了。”小然的语气像哄小孩儿一样。

“嗯。”我勉强止住抽泣，看了下时间，十点半，我还可以和林风吃顿午饭，然后再去医院。如果确诊了这说不定就是最后的午餐了。

我拿出手机，打给林风。

“早上没吃饭呢吧？你到公司了吗？”电话里传出林风那温柔的声音。

“林风！”一听到他的声音，我又绷不住了，一句整话都说不出来。

“怎么了怎么了？别哭啊。你还在体检中心吗？我现在过去。”

“你别来了，我现在就回去了，到公司再说吧。”

我又痛哭了半天，小然一直在旁边耐心安慰。其实她说了什么我完全听不见，但身边有个人陪伴还是让我觉得很温暖。心绪稍微平复，我大脑终于开始转动，我得找人陪我去医院，万一真是噩耗，必须有人侍奉左右，不然我死给谁看啊。不能找我爸妈，他们要是听说我这疑似甲状腺癌非得吓死不可。也不能找小然，小然年纪太小，必然没有就医经验，还是得找个撑得住事的人带我去。思前想后，目标锁定了佳音。

我再次拿出电话：“佳音，我被诊断为甲状腺癌了，你能跟我去趟医院吗？”我说这话的时候尽量想恢复平时的调侃语气，但一说完又开始失声痛哭。

佳音语气中明显带了几分惊讶：“宝贝儿，你怎么了，别哭啊，你在哪儿呢？我去找你。”

“我一会儿在公司楼下等你，到了给你打电话。”

挂了电话，我换好衣服跟着小然走出体检中心。如果不是小然一路连拖带拽，我绝无力走回公司。我知道小然一直在安慰我，但她到底说了什么，我还是一句都听不见。

刚下出租车，林风就向我跑了过来，我一头扎进他的怀里，眼泪再次决堤："林风，我要死了。"

"死什么死。"他捧起我的脸，擦着我脸上的眼泪，目光温柔地看着我，"体检中心的话不要信，他们就喜欢危言耸听，抬高自己的价值。"

"我真的要死了，我还没跟我爸妈说呢。"我语无伦次，哭得更加厉害。

"宝贝儿啊，别哭了。"佳音走过来，细心安慰道，"看你哭的，干吗啊，咱这还没确诊呢，体检中心的话也就你会信啊。他们员工都不是医生，就是护士毕业，也没有经验。咱们下午去协和，肯定没事。走，姐姐先带你吃饭去。"

佳音的语气是那么温柔随意，好像在嘲笑我杞人忧天。哎，我也希望自己是杞人啊。

"是啊，"林风摸着我的头，"走吧，先去吃饭，死也不能做饿死鬼啊。"

我神智不清地跟着他们来到丽思·卡尔顿的自助餐厅，坐定我才反应过来："亲爱的，我今天真没胃口，什么也不想吃，咱们下次再吃这个吧，我今天吃这个太亏了。"

"今天更要多吃点，吃饱了才有精力看病嘛。林风你陪着她，我去给你们拿好吃的。"

"你怎么这么镇定啊？我就快要死了。"我又开始抽泣。

"因为你肯定没事儿啊，你当演韩剧啊。哪儿这么容易就得绝症了。体检中心到底怎么说的？"

"说是甲状腺……瘤，而且是恶性的可能比较大。"我的眼泪又开始决堤。

"哎，别自己吓唬自己啊，不会有事的。"他伸手过来捏了捏我的脸颊。他的镇定让我稍微安心。

"我是不是眼睛都肿了？"我足足哭了一个小时，此时终于想起了形象问题。

"你说呢，你自己看看嘛。"林风拿出手机给我拍了张照片。照片上的我，眼肿得和枣核儿一样，脸上一道道的泪痕，头发凌乱，煞是可怜，"你去洗个脸吧，一会儿佳音还要带你去医院呢，这副样子可不好看。"

"我一个快死的人，哪儿还在乎什么形象啊。"我噘着嘴。

佳音端来了各种美食。我终于体会了一把食不知味，勉强吃了些，到底吃了什么完全没有印象。

有他们两个人在，我不再感觉到无助。佳音的安慰水平堪称专业，摆事实，举例子，晓之以理动之以情。我的心情时而平静能听见两句道理，时而又波澜再起悲恸欲绝。林风和佳音发现我油盐不进后，决定广发英雄帖，号令天下安慰小病号。

首先打来电话的是公司财务总监祝姐姐。我平时和她往来不多，这是她第一次给我打电话，我连她手机号都没有："菲儿，别哭啊，乐观豁达才是你的性格啊。心存希望就有希望，何况还没确诊呢，别有太多负担，好不好？真的有事就去治病，到时候我去看你。"

然后是戒哥："菲儿，你说你，哭什么啊，别哭了，这有什么的。没事最好，就算真是，不就挨一刀的事嘛，别怕啊。砍头不过碗口大的疤，你这也不用砍头是不是。听话去看病，别害怕，不死人的病。你说句话啊，没事啊，别怕。"

然后是小侯："菲儿，瞅你这点出息，这儿还没事呢你哭什么啊。这要最后诊断出来没事，你说你多丢人啊。别哭了，我不管你有病没病啊，咱们都得好好吃饭。你找好地方，回头我请你吃啊。你要真住院了，想吃什么哥们儿我给你送去，够意思吧。别害怕，你就是活得太小心了，你看看哥哥我都瘦成这样了还是天天乐观向上的。人啊，就得活得潇洒一点儿。怎么又哭了？我一哥们儿，肺癌都手术了，还在病房里偷着抽烟。烟藏床边的机器里，那真是为抽烟而活啊！你看人家那境界，你也得学学啊。我不是咒你啊，主要我是想说，你还没事呢，别害怕，真得了也没事，咱们能治好，别怕。"

之后是小如："菲儿，现在甲状腺结节太正常了，我也有，就是补碘补多了，你怕什么啊。不是结节？那也没事啊，肯定是良性的。你生活那么健康，哪能得癌症啊。别害怕，肯定没事的。确诊没事了给我打个电话啊。"

之后是杜总："菲儿，你别哭了，来，好好说句话啊。体检中心特别不靠谱，我去年就被他们误诊了。他们非说我是重度脂肪肝，其实我是轻度的。"

再之后是旦旦："菲儿姐，我的大菲儿姐，咱肯定没事啊，天塌下来我给你扛着。不许哭，菲儿姐从来都不哭的，坚强点。"

最后是阿豪，跟其他人朝气蓬勃的口气完全不同，阿豪的声音比我的心情还低沉："你怎么样了？嗯，确诊后把结果告诉我吧，我等着。"

每接一个电话，我本来略微平静的心就要再澎湃一次。我跟每个人的回答都是嗯，嗯，然后就是肆意地大哭。我不介意他们觉得我没出息。我又不是刘胡兰，要那么有出息干吗。我只想活命啊，我还想和林风去环游世界啊！去澳洲，去美国，我们还可以有将来。我是如此地爱惜生命，从小到大我连蚊子都没打死过，当然也由于蚊子对我一直厚爱有加，和平共处。我甚至不是特别害怕医生对我说"还有三到六个月生命"，毕竟这样的一句审判还能让我有充足的时间去料理后事，我还可以在周游列国、混吃等死和杀人放火之间进行充分选择循环采样。我最怕的是检查出个半死不活的病，治个两三年，把所有能遭的罪全遭一遍，最后还是撒手人寰了。当然，在我大声痛哭的时候其实我什么都没想，我就是一直惯性地在哭，直到哭得脸都抽筋了。

佳音让林风回去上班，她带我去看病。对于佳音，林风自然放心，叮嘱了我几句就走了。

我跟着佳音跌跌撞撞地到了协和。佳音负责帮我挂号，带我去诊室。我就负责专心致志地哭。看着一屋子等待就诊的病人，我的心情更加沉重。

医生给我做了简单的检查，问了些问题，之后说："我们现在也不能确定到底是什么，看起来情况不太好，我建议你做个核磁检查吧。但是我们这儿的核磁已经预约到两个月之后了，你还是去别的医院试试吧。"

从诊室出来，我昏昏沉沉，感到浑身上下哪里都不舒服。我笑着对佳音说："我已经进入病态了，现在只能等死了。"

佳音预感到如果再不确诊，我就是没病也活不了几天了。她拿出手机开始挨个儿给朋友打电话，帮我联系核磁检查。佳音打了一圈电话后被告知，最早的号也要下个月了。

佳音仍不死心，依然在找熟人帮我联系其他医院。

我看着佳音焦急的样子，十分难过："佳音，你别打了，我找我妈吧。"

佳音还是异常投入地在联系，完全无视我说的话。我只好拿起手机，拨通了我妈的手机。我真不希望在确诊前就让我妈受这个刺激。但没有办法，医疗条件就是这么奇葩，不找人，任你多着急的病就是没人管。

"妈——"我只说了这一字又泣不成声了，我体会到了失语的痛苦，真是心有千言万语却什么都说不出来。

“你怎么了？”我妈的语气虽冷静但焦急。我还是说不出话。

佳音适时地接过了电话：“阿姨，您别害怕啊。我们今天去体检，查出菲儿脖子上长了个东西，是什么还不知道。我们现在在协和，但是核磁检查排不上了，您看能不能给找个别的医院查一下。我现在把电话给她了，您跟她说吧。”

“别害怕，妈妈现在就帮你找人，等会儿给你打过去。”我妈的语气异常坚定，听起来让我很放心。

五分钟后，我妈打了过来：“你现在去嘉禾医院吧，我在那儿等你，快点去！”

我赶紧叫上佳音跑出协和，一路都打不到出租车，一直走到东方新天地。佳音说：“别走了，我帮你滴滴打车叫一个吧。”边说边拿出手机，“我加20吧，这样快。”

“加100吧，反正我留着钱也没用了。”我还不忘了调侃。

“小姐啊，你不要这么夸张啊。在你看来，是不是生病就是只有生与死啊，真得了咱们也可以治的啊。”佳音终于不能再忍受我如此脆弱的心理承受能力了，“甲状腺癌是死亡率最低的癌症，你真得了也死不了，你别闹了啊。”

车很快来了，佳音要陪我去，我说：“不用了，那边有我亲妈，请放心。”

“行吧，那你路上小心点，确诊了一定给我打个电话，我等着。”

我生平第一次来到嘉禾医院。我妈带着四五位医生已经在门口等我。我不知道我妈从哪儿赶过来，但是无论从哪儿都够快的了。

我妈镇定自若道：“走吧，先去核磁共振，能确诊就确诊，确诊不了再做个穿刺。这么多专家在这儿，你就别害怕了。”

我没想到核磁共振的检查处竟是清清静静的，根本没人排队。这个机器到底是有多娇贵，那么多人等着检查，它却可以在这儿躲清静。

在我检查的时候，我妈已经有条不紊地在和医生讨论住院的事了：“主任，单间还有吗？尽量给安排个单间吧。”

我心里呐喊，我不要住单间。我记得看过一个病人写的日记，她住在单间病房的时候，总是想从窗户跳下去，一死了之，后来搬到普通病房，有了五个同病相怜的病友，心情就好多了。我也不要住单间，我一定要看到别人和我一样惨，这样互相还能有个安慰。

做完检查，医生们会诊，我和我妈在走廊等待。

“没事，等诊断出来，不管这个瘤是良性恶性的，明天就住院，争取下周做手术，就算是良性的也切了吧，切了放心。”我妈镇静地说。

看着我妈沉着稳重的样子，我好像吃了颗定心丸，但一想到要做手术又吓得哭了。旁边一位大姐看我哭得伤心，走了过来，关心地问：“你怎么了？得了什么病？”

“疑似甲状腺癌，还没确诊呢。”我呜咽着说。

“那你哭什么啊，我得甲状腺癌都12年了，没事。有病治病就好了，哭有什么用啊。我12年前就切除了，你看到现在也没复发，什么事都没有啊。”大姐特意给我指了一下脖子上的疤痕。

“那您今天是来复查的？”我看着这位长相富态，性格乐观的大姐，真不像癌症病人啊。

“不是，我上个月又查出了宫颈癌，今天来看看能不能住院，准备动手术了。”大姐说得云淡风轻。

我愣愣地看着这位不过三十多岁的大姐，一时不知道该说什么了。是啊，比我惨的人肯定多得是。我现在是在嘉禾医院，我这点小病是多么地微不足道，在这里的医生看来可能跟阑尾炎没什么两样。

等待了半天，几位医生终于结束了讨论，把我和我妈叫了进去。看着医生们一张张严肃的脸，我觉得凶多吉少了。

“你这个情况确实比较特殊，很少见，不过再少见的情况我们肯定也碰到过。我们已经确定这个不是肿瘤，和肿瘤的结构完全不一样，这是一种特殊的腺体结构性变异。”医生认真地说，并拿来拍好的片子给我们看。

“那还用手术吗？”我妈焦急地问。

“不用，什么都不影响。”

“真的没事了吗？”我宛若重生，不敢相信医生的话。

“我们院长都在这儿呢，我敢骗你吗？肯定没事了，你放心吧。”医生终于露出了一丝微笑。

我看着我妈，她也有些激动，紧紧握住院长的手，一再表示感谢。我也想给医生跪下了，不断感谢着。

出了医院，我赶紧拨通了林风的电话。听到他的声音，我又是一阵鼻酸眼潮，这应该是今天最后一次了吧，我是真的哭累了：“林风，结果出来了，我没事了，不是癌症。”那边没说话。我喂了几声，看了看屏幕，电话是通的。我正打算继续喂，林风突然出现在我面前，一把抱住我。他抱得太紧，我的鼻子被他的胸膛硌得好痛。

“我没事了哦。”我在他怀里嗡嗡地说。

“我早就说过你没事了，我就知道你没事的，你怎么可能得绝症呢？咱明天中午去吃大餐啊，你以后不许没事就瞎哭了。你看看你眼睛肿的。”林风还在责怪着。

我忽然想起来我妈还在边上呢，赶紧挣脱了林风的怀抱：“妈，这是我同事，林风。”

林风的眼圈也有些泛红，虽然没哭，但是我知道他一定很担心我。他放松了一下，勉强调整出一个好看的笑容，说了声：“阿姨，您好。”

我妈笑了笑：“你好啊，菲儿今天肯定给你们添了不少麻烦吧。这孩子从小就胆小，有点小病小灾就一惊一炸的。她就喜欢夸张，谢谢你们这么关心照顾她啊。”

“应该的，大家都很关心她，她平时还是挺坚强的。今天确实把我们都吓到了。也是那个体检中心不靠谱，菲儿，咱们明天一起去把体检中心砸了。”

“你刚才一直在医院外面等着吗？怎么也不进来啊？”我妈不停地打量着林风。

“没有，阿姨，我刚到。我才听同事说她到嘉禾来看病了，我家就住在附近，离这儿不远，就顺道过来看看。”林风由于不善说谎，白皙的脸上不由得红了。

“你这还专门赶过来一趟，太不好意思了，走吧，咱们一起去吃饭吧。”

“不了阿姨，菲儿没事我就回去了，家里还等着我吃饭呢。等有空我再去拜访您。菲儿，你一会儿多吃点啊，看你中午也没怎么吃。这哭一天体能消耗得也不小吧。”林风露出了坏笑。

我听着我妈和林风这么你一言我一语的，把我这个虽不致死但也被吓得只剩半条命的女主晾在一旁，心里自然不痛快："行了，那我们吃饭去了，明儿公司见吧。慢走，不送了啊。"

"嗯，我走了啊。"看来他刚才是情不自禁了，这会儿又人五人六地成熟稳重起来，"你赶紧告诉别人一声，担心你的人可不止我一个啊。"

"行，知道啦。"我压低声音，"你是哭过了吗？"

"你说呢？"他也压低了声音。

林风一走，我忽然想起忘了告诉佳音了。这一下午她被我折腾得什么也没干，现在估计还在等着消息呢。我赶紧拿出手机给佳音打了电话。

佳音听到我涅槃的消息长出了一口气："小姐啊，我就说你没事吧，就没见过你这么害怕的。以前听说有人能被病吓死，我还不信。今天算是信了，我都快被你吓死了。"

"周一咱们吃饭啊，我请你吃大餐，哈哈！"我放肆地笑着，感慨着生活真美好。

"我请你吧，你今天也没吃好，下周带你去吃法国菜，我这就订位。"

"以后有事你先找我，别满世界都知道了还不告诉我，"我妈看着我得意忘形的样子，责备地说，"你再晚点告诉我，医院都下班了，我上哪儿给你找人去。"

"嗯，妈你立功了，我请你吃饭。"

"刚才那男孩儿是谁呀？"我妈一边给我夹菜，一边装作漫不经心地问道。

"同事啊，不是说了嘛。"我也给她回夹了一筷子。

"看你们关系好像很不错啊，他那么紧张你，挺好的。"

"我人缘好呗。"

"你别总嘻嘻哈哈的，我看那小伙子长得挺精神，有点像哪个明星。"

"哎哎，妈，我这刚九死一生的，您能不能关心点正经事啊。"我有意岔开话题。

"这怎么不是正经事啊，你也不看看你多大岁数了。女孩子到你这个年龄还嫁不出去，以后就更难嫁出去了。人家小伙子各方面条件都挺好的，还为你这么着急，专门跑到医院来，这份情就很难得啊。你得抓紧啊，这样的你一旦不努力，多少女孩等着呢，到时候你后悔也来不及了。"

“快吃吧您，吃完了回家我得静养一段时间。”

“大夫不是说没事吗？还静养什么啊。”

“我这心灵上的伤害还是很严重的，你看看我眼睛都肿了，必须调整一下。”

“那个林风家里是干什么的啊？家庭条件怎么样啊？”

……

作为一个大龄剩女的母亲，其实我妈还算表现不错的。读过医学博士的她，明白结婚并非一个女人唯一的出路，但看到了林风这种品学兼优的好苗子，我妈还是按捺不住内心的激动。这一晚上的话题就再没离开过他。

其实，那天我很想跟我妈上演一出母女抱头痛哭的苦情戏，无奈，我妈太过处变不惊，根本不配合我。我妈的优点，我真是全没继承，我依然我行我素地惶恐不安，贪生怕死。

24 / 睚眦必报

为了庆祝重生，林风请我在三里屯的一家意大利餐厅吃牛排。

“满意了吗？我也算带你吃过牛排，喝过红酒了啊。”

“红酒呢？”我咽下口中还没嚼烂的牛肉，“这顿只有牛排，你还得再请我一次。”

“行，你爱吃咱们随时吃啊。菲儿，我一直想问你啊，你也没经历过困难时期，干吗每顿都吃得和‘最后的晚餐’似的？吃东西应该细水长流，好吃也不能一次吃太多啊。”

“和戒哥他们吃饭吃多了，胃变大了。”沙拉再次塞满了我的嘴。

“别怨别人，佳音不也经常和你们吃饭嘛，你看人家那饭量。还有婷婷、多多她们，你看看人家都是怎么吃饭的。你吃慢点，一会儿还有甜品呢。”

“她们都是靠光合作用活着的人，我比不了。”我继续大口地吃着。

正吃得高兴，许晚晴给我打来电话，让我下午跟她去拜访一家企业。

许晚晴说是季师父找的企业，但技术上季师父看不明白，请许晚晴帮着把关。我答应后，把电话的内容转述给了林风。

“我昨天听老季说了，他要给许晚晴推荐个项目。这事确实挺稀罕的，我在这公司这么久了，从来没听说过总监之间互相推荐项目的。谁的项目不都是藏着掖着的，生怕被人抢了，怎么老季还主动送人啊。”林风喝着可乐，慢条斯理地分析着，“你说这该不会有什么陷阱在里面吧？比如这家企业是个骗子。”

“嗯，确实有可能。”我也起了疑心，“季师父怎么会有那么好心。最近因为美数的事，季师父对许晚晴应该是诸多不爽才对。这个节骨眼儿怎么还会给许晚晴推荐项目呢？这里面肯定有问题。”

我不敢耽搁，草草吃完了甜点就回到公司，接上许晚晴踏上征途。

这家公司的地址与其说在北京，倒不如直说在河北，兴许还好找些。我这儿只有北京地图的GPS完全不能识别季师父给出的地址。我只好靠肉眼一路看着路牌寻觅。还好出门早，总算在约定时间两点半准时到达了地址，此地位于北京与河北交界处，甚是荒凉。杂草都不生的地方竟突兀地冒出一座高耸入云的写字楼，傲视周围低矮的民居。

绕了一圈没找到进入写字楼的入口，我只好把车停在路边，胆怯地问："停这儿没事吧？"

"你车子有保险吗？"

"有，全保。"

"那就停这儿吧，砸了找保险公司赔。"

"那要是被贴条呢？"

"你看看这都什么地方了，哪有人贴条啊。"许晚晴四处一指。确实，附近连个人影都没有。我仍是不放心，想了许久，才跟着许晚晴跨过一排灌木，走到了写字楼前。

写字楼底层还在装修施工之中，中央空调尚未装好。北京虽然刚刚入夏，但今天的温度绝对超过38摄氏度。本就闷热难耐，走进楼里如走进蒸笼一般，我条件反射地退了出去。果然跟楼内一比，外边倒热得比较清爽。许晚晴已经进去按电梯了，我只好咬牙再次跟了进去。拜访的企业叫百千万，这名字莫名戳中了我的笑点。

前台小姐不太友善地问："你们找谁啊，有预约吗？"

"我们和董事长张总约好的，下午两点半在这儿见面。"许晚晴解释道。

前台小姐仍不热情："我们董事长出去了，要等会儿才能回来，你们去会议室等等吧。"

百千万的办公室里，竟比楼中更热，原因不言自明。一百平米的办公间里挤了三十余口人，没有空调，中间放了两台摇头扇，呼呼地吹着热风。进到会议室我已经大汗淋漓了。许晚晴虽然表现得泰然自若，但面色已然潮红，大滴大滴的汗珠从发间流至眉梢又流到脸颊。会议室里连电扇都没有，窗户也打不开。

等待的时间，许晚晴看起了企业资料，并不时跟我探讨一下她发现的问题："千百万主要是给工业企业做EMC项目的，按每个月的节约标煤量跟企业结算收费。菲儿，你看看他们的客户，主要是民营钢厂。这两年钢材价格一直在不断下跌，这钢厂的日子都不好过啊。他们这业务还做得这么激进，我担心他们收不回钱啊。”许晚晴露出担忧的神情。

“他们回款看着怎么样？一般做EMC的公司回款都是问题吧？”我问道。

在这里，我给大家隆重介绍一下啥叫EMC（Energy Management Contracting）。作为一个职业外行，我也完全是把当年阿豪给我的讲解照猫画虎地提供给大家，如果里面有什么谬误，一切后果由阿豪负责。

EMC中文叫合同能源管理，是20世纪70年代在发达国家开始发展起来的一种全新的节能机制。主要运作方式就是用能单位（比如钢厂）无须投资，节能服务公司出资去改造和升级用能单位的设备。以此而节省的能源费用（如电费，或者用煤炭量），用来支付节能项目的先期投资。其余实现的利润，由用能企业和节能服务公司按照讲好的价格分配。

这种机制听上去很阳光很合理，用能企业和节能服务公司都能挣到钱了，谁都没有吃亏，还节能环保，利国利民了。我第一次听说也是这么个反应。但立刻就被阿豪泼了一头冷水：“没你想的那么简单，EMC推了几年效果都不是很好。原因很简单，归根结底，给服务公司结账的还是用能企业，那么一个设备节能功效到底大不大，也是用能企业说了算。如果用能企业效益好，利润高，自然也不愿意和服务公司计较这点剩下的能源费用。但要是效益不好，拖欠服务公司钱的用能企业大有人在，就赖皮说这新设备没有效果，服务公司也没有办法。比较而言，用能企业都是强势机构，而服务公司作为乙方又没处说理。所以这个机制只是听上去很美。在国外，一般服务公司会在安装节能设备的同时再安装一个检测装置，节约了多少能耗一目了然，这就不能赖账了。但国内大企业都不安，即便有，检测装置靠不靠谱也不一定。”

“从企业给的财务数据看，回款情况非常好。去年实现利润3000多万。回款周期很短，应收账款占比也不大。”许晚晴仔细地指着数据给我看。

“这么好吗？我觉得这么好的企业，季师父不会推荐给你的。”我提醒着许晚晴，生怕她掉以轻心。

“我也是这么想的。”许晚晴会心一笑。看来对于形势，她更了然于心。

我和许晚晴在蒸笼中等了一个钟头仍不见任何动静，我已感到心慌气短，责备地问许晚晴："你跟人家怎么约的啊？董事长怎么还没来啊？"

许晚晴一脸委屈，"不是我约的，老季约的，我今天上午才收到老季的短信。你看——"许晚晴说着把手机往我面前一放，上面是季师父发的短信，时间确实写的是今天下午两点半。

"季师父不会是故意挑今天天儿热吧。"我警觉地说。

"不至于吧，再等一会儿他们还不回来咱们就走吧，我这桑拿也蒸够了。"许晚晴脸色通红。

许晚晴再次催促前台小姐，前台假模假式地打了个电话，说再等十几分钟，董事长就回来了。

几十分钟过后，仍是千呼万唤无人来，我怕车放在路边出事，这荒山野岭，我们今天又彻底蒸熟成了包子，只怕最后真要喂狗了。跟许晚晴请示了一下，自己出去移车了。

我寻摸到大厅里长得最漂亮的女孩，请教她如何能将车停进大厦区域内。

这女孩人美心善，加上酷热难耐也想出去避避暑，竟亲自陪我去移车了。我按女孩的指示，绕了两公里的土路，终于把车停进了院内。

想到屋内的闷热，我再不想跨出清凉的车内半步。我对女孩说："咱们就在这儿待会儿吧，你们公司里面实在太热了。你们平时能办公吗？"

她微笑着点头表示同意："是啊，我也热得不行了。前几天没这么热，还行。今天我们老板也是忍不了了，出去买空调了。"

我直接笑喷："原来是去买空调了，你们这一年利润3000万的企业，买个空调还需要老板亲力亲为啊。"

她也被我逗笑，这女孩虽算不上范冰冰类的超凡美女，但胜在五官精致，皮肤白皙，很是耐看。

"你是负责什么的？"我问她。

"我是事业部经理，主要负责跟企业联系收费的。"

"难怪招你这么漂亮的美女啊，原来是催债用的。"

她甜甜地一笑："我们事业部都是好看的小姑娘，可能做这行确实有点优势吧。"

"肯定有啊，不过美女做哪行都有优势。你们主要是给钢铁企业做项目吧？

现在钢铁企业这么不景气，你们钱好收吗？”我正好趁此机会探探口风。

“不好收啊，现在客户拖款拖半年都算是正常的了。现在是五月，我能把去年十月的钱要到就知足了。哎，现在有钱的企业都不爱给钱，就拖着。我们也没有办法啊。”她很是沮丧地说。

“有钱的企业不爱给钱？什么意思？难道没钱的企业倒爱给钱了？”我一时没听明白她的意思。

“当然不是了。”她扑哧一笑，“没钱的企业压根就没钱，催也没用。我们一打电话，人家那儿就狂吼，我们都快倒闭了，哪有钱给你们。再逼，厂长就去上吊了。所以这种企业我们连催都不敢催了，等他们形势好了再说吧。”

我也被逗笑了：“那今年能回款的企业有多少啊？有50%吗？”

“具体多少我还真不知道。我们的客户名单你们有吧，你可以去查查他们，能盈利的一般就能回款。其他的嘛，我们老板倒是挺有信心的，说都能回款的，我是不敢指望。”她无奈地摇了摇头。

我在脑海中迅速回忆了一下千百万那三十余家客户，清一色的民营钢厂，按今年的局势，能盈利的也就三四家，可见财务数据水分很大。

“那你们都靠什么方法催债啊？请客吃饭送礼？”我继续问道。

“现在的人都很实际，吃饭送礼早就看不上了，直接给钱比什么都好使。”这话说得倒是十分实诚。

“那一般给多少呢？”

“给少了拿不出手，一般是几万块钱吧。”

“给了钱肯定就能回款吗？”我不放心地问。

“大部分敢拿钱的，拿到了就给我们回款了。什么都不要的，也不会给我们钱。”

“你还挺有经验的。”

“干久了这里面的事就都明白了。”女孩有几分得意地说。

我又跟女孩聊了一会儿，想起许晚晴还在水深火热之中，只得很不情愿地跟女孩说：“要不咱们回去吧。”

“嗯，四点了，回去吧，我们老板也该回来了。”

我回到桑拿房，许晚晴正跟一个长相貌似屠夫的人寒暄。我心中一凛，这不会就是老板吧?

许晚晴看我回来赶紧介绍：“这是千百万的融资负责人。”说完冲我狠狠眨了一下眼睛。

许晚晴问了一些企业业务方面的问题。这位融资负责人很尽职地做到了一问三不知，二问仍不知。许晚晴聊得有些尴尬，不耐烦地说：“要不您给我们找个懂技术管项目的人，我们聊聊吧。”

“技术人员今天都去客户企业现场做项目施工了，今天都不在。”屠夫摇了摇硕大的脑袋。

“那张总什么时候能回来啊? 今天也有点晚了，张总要是赶不回来，我们要不另约时间吧。”许晚晴终于待不下去了。

“我打个电话问问。”屠夫当着我们的面拿起电话，“喂，张总，您就快到了是吧，哦，好好，马上到，还差两个路口。”放下电话，屠夫解释道，“张总马上就到，最多十几分钟。”

我的心在咆哮，两小时前就说十几分钟了，现在又十几分钟，你们蒙老子没戴表啊。我怒视着屠夫，不屑地问道：“您来这儿多久了，怎么企业的情况这么不了解啊。”

“我上个礼拜来上班的，就是负责给企业融资，企业的业务我不管。”屠夫傲慢地说。

果然，又是漫长的等待。我看完朋友圈看微博，看完微博看新闻，张总终于迎着晚霞回来了。张总进门完全没有表示他迟到或者说迟迟不到的歉意，只是豪气地吩咐手下：“给客人拿个王老吉，解解暑嘛。什么，王老吉没有啦，那倒杯冰水嘛。也没有冰块了? 那拿杯自来水嘛，怎么能让客人干坐着呢。”

张总四十出头，肥头大耳的，说话是地道的鸟语：“许总这里很热啦，谋意思啦。”简单寒暄之后，张总饶有兴趣地介绍起自己的生平，“我以前干过很多行业的啦。你知道，我们广东人头脑活，什么赚钱就做什么。我最早是在东莞开酒店的，东莞你们懂哈。挣了点钱，之后卖过手机，主要是把手机倒卖到阿拉伯国家，那时候很挣钱的。后来做过光伏，也做过芯片行业，当然都不是做研发生产，还是以倒卖为主啦。EMC算起来也做了好几年啦。这几年形势好啦，主要精力就放在EMC上面啦。”

嚯，我心说我这做投资的看过的企业，还没您这做过的实业多呢。

“那咱们公司的核心优势是什么啊？”许晚晴边淌汗边问。

“我们的优势就是技术过硬啦，服务周到嘛。”

“咱们有自己的技术吗？我看资料，好像核心产品都是外采的啊。”

“对，产品是外采的，技术是我们自己的啦。你看看，这是我和能源董事长的合影，他都认可我们的技术啦。”张总边说边把手机递给我们看。

我看着照片，照片的场景是一个会议中心，能源董事长的表情很不情愿，显然是被人硬拉来照相的。其实这位董事长是许晚晴科大的学长，前两天刚和我们一起吃过饭。照片这种东西实在不值得一吹啊。

张总又让手下拿来企业历年获得的奖励资质。在贝科项目之后，我视奖状如粪土。

“那企业有没有今年的年中财报啊，我想看看。”许晚晴还是一本正经地在聊，她的涵养永远值得我学习。

“有的啊，上个月刚刚做好的啦。”张总叫人拿来一份报表，递给许晚晴。

许晚晴认真检查着年报，忽然停住，问张总：“咱们公司多少员工？”

“上社保的一共一百多人，还有一些是临时雇佣的，一共一百五十多人啦。”

许晚晴给我使了个眼色，我顺着她手指的方向，停在员工工资一栏仔细一看。去年全年员工工资支出只有一百多万，按张总说的一百多人计算，又是一家盛产万元户的企业。即便按北京市最低工资标准计算，这个数儿也不够啊。

“咱们今年的回款情况怎么样啊？”许晚晴继续问道。

“我们合作的企业效益都很好啦。你看看，这些都是民营里最好的钢铁企业，没有亏损，比国企钢厂效益还好。我们的回款是完全没有问题的啦。”张总信誓旦旦地说。

我拉长脸，摇了摇头，许晚晴会意。

“我们今年也不缺钱啊，就是你们季总非说融资对企业有好处啦，说得我很心动，才想和你们聊聊的。我们这儿现金流现在很好的。”张总继续说，“我们今年还有一笔银行贷款，马上就要到账啦。银行不需要我们出任何的抵押，就是看好我们的业务啦，给了我们2000万的信用贷款。你们看看，协议我们都签好了。”

我心说，有2000万你干吗不买空调啊，我都快要热死在这儿了。

许晚晴仍是面带微笑地周旋了半天："这样吧，张总，我们回去和领导研究一下再给您答复吧。"

"你们可要尽快给我答复啊，我还有其他投资机构再谈啦。"张总起身送我们出门，"你们今天可来得真是不巧啊，天气又热，我们的空调又没装好。下次来，这里就有空调啦。"

终于走出了大楼，我犹如从地狱中重生。浑身上下的衣服全都湿透，连头发都如同洗了一样。"这罪遭的啊。"我抱怨道。

许晚晴对我一脸歉意："对不起啊，让你陪我受苦了。老季肯定是故意的，这家企业他要都看不清楚，他就不用混了。"

我长叹一口气："你们的仇有这么大吗？这是想要咱们的命吗？"

"我也觉得不至于啊，他太幼稚了。走吧，请你吃顿好的，咱们都补补。我也都快虚脱了。"

"我要吃冰淇淋，我中暑啦！"我一摸自己的头，异常的烫。

25 / 今宵共我醉明月

在经受了季师父一手策划的“蒸笼记”之后，我头晕发烧一病不起。所幸请了一周的病假在家休养。我每日抱着半个西瓜看美剧，整个人完全放空，十分惬意。眼看假期就要结束，林风终于良心发现，致电关心，并表示要来我家慰问。我看着乱得连狗窝都不如的房间，一口拒绝，咱们还是出去约会吧。

我和林风经过一番激烈的讨论，终于把约会地点定在了798。

这个地方刚刚火起来的时候我还在国外读书，等我回国以后，听同学说798已经变味了，像南锣鼓巷一样，成了一个著名景点，再不复昔日的身段和气质。我能想象混迹南锣鼓巷的那群老外心里有多么失落，尽管他们隐秘的据点尚未被蚕食，可寸步难行的一整条街绝对能把一次闲适的聚会搞得乌烟瘴气。“开发”这两个字太吓人，尤其是在北京，任你沉睡千年，也禁不住旅行团呼朋引伴的这一通吆喝。原来走在喧闹嘈杂的鼓楼东大街，一拐弯，就是一条入口毫不显眼进来却别有洞天的胡同。酸酸的非洲咖啡、芝士馅儿的意大利饺子、颤颤巍巍的杏仁豆腐、羊肉串比萨……我曾经也把这里当成是可以推荐和分享的北京。可如今，走在people mountain people sea的南锣鼓巷，也许一拐弯，你依然可以闪身回到熟悉的店，找到熟悉的那个座位。但是，就怕你根本拐不过来这个弯儿，在门口扒了一会儿，最终力竭，被人群冲走。

“已经没有798原来的样子了。”林风说，“原来确实是个有意思的地方。”

为了躲避人群，林风也在周四这天请了假。还好人不是很多，我们就这样在宽阔的空间里，漫无目的地走着。

走着走着，我终于记起，我来过这儿。那是一年寒假，我回国，一个朋友带我上这儿来。当时有好多有意思的展览，不是画或者雕塑这种静态的，是可以互动的。比如拿一人来高的纸弯成的迷宫，拿镜子搭的像《盗梦空间》一样的镜子阵，广场上的一群铜狼什么的。估计那些展览都是流动的，一段时间就被撤走了。

现在的798，流浪艺人全部被拍婚纱照的取代了。我觉得找摄影师和找理发师的感觉是一样的，和审美有关的这些事，你得先看看你托付的这个人。把自己捯饬成那样，拍出来的东西能好到哪儿去。我看着那些搔首弄姿，被摄影师们折腾得手足无措的新婚夫妇们，不由得脱口而出："我要是有一天穿成这样，堕落地去照婚纱照，你可千万别娶我。"

"你怎么突然说起这个了？"林风看着我笑。

"没什么，就是觉得这样特傻。"

"那你想怎么样？不照婚纱照？那你结婚办酒席吗？"林风竟然耐心起来，问我结婚的事。

"不办，我讨厌那些繁文缛节的东西。如果办酒席不能收红包，你说大家还会那么上心办酒席吗？让一群人凑在一起吃吃喝喝，最后跟你言不由衷地说声百年好合，这事真的有意义吗？两个人在不在一起与他人无关，又都不是演员，没必要给大家演戏。"我认真地看着林风。平日看惯了他衬衫西服的精英打扮，今天卡其色T恤配牛仔裤还真是各种顺眼。平时大家张嘴就是企业这个企业那个，中午吃饭话题也离不开投资圈，难得有机会一身休闲地抛开工作这么闲聊。

"你这么说也太片面了，人家办婚礼、照婚纱照都是为了留住这些美好的瞬间。你觉得庸俗，在人家看来是传统。让大家将来都能有个回忆，没什么不好的。你看人家那镜头，多专业啊，照出来的照片就是跟你平时照的不一样。"

"我最烦那些整日鼓捣长枪短炮玩单反的男生了，我觉得真正好的摄影作品，靠的不是设备，而是一双能够发现美的眼睛和对图片整体结构的把握。"

"来，这个风景不错，我给你也照一张吧。"

我闪着睫毛睁大眼睛看着林风："照景不照人，还是自然景观照出来好看。"

"这么说就是你不懂了。自然景观拍得再好，出来也就是电脑桌面的效果。平时你照的花儿啊草儿啊的，堆在硬盘里你根本都不会看第二眼。好多人照相就是，只照景，等镜头里人都走干净了再拍，其实你干吗不照人呢？那感觉多不一样。"林风拿出手机，找出一张照片给我看，"这是我在东京涉谷地铁站照的，那个路口通往四面八方，你去过吗？我站在路边拍过很多照片，随便哪张里面都是形形色色的各种人。你看，有步履匆匆的，有cosplay的，好玩吧。”

“没看出来你还有这方面的天赋啊！”我翻着林风的手机相册。

“你干吗？想检查啊，我上班天天忙得要死，哪儿有那么多时间照相。照片都是出去玩的时候拍的。”

“没检查，我就是看看你有没有自拍嘛。”我一脸讪笑。

“哈哈，我这么Man怎么可能会去自拍啊。你想什么呢？”林风抢回手机，“这是咱们之前去厦门我照的，你当时笑得多灿烂。”

“你什么时候偷拍的啊？我怎么都不知道啊。给我看看，还有别的人吗？”

“没有了，就照了你，也是一时兴起，看你笑得那么爽朗没忍住。”

“我不信，你肯定还照了其他小姑娘了，给我看看。”我和林风争抢着手机。我们就这样一路嘻嘻哈哈地转到了尤伦斯门口，不少人爬到三个红色的恐龙上摆着各种姿势。

“哎，像这种带人的你拍吗？”我朝恐龙努了努嘴。

“拍呀。”他对着我咔嚓就是一张。

“讨厌，都不让人家摆个pose啊。”

“你刚说完人家摆姿势的土，怎么自己这么快就要沦陷啊。”

我们进到尤伦斯里面，在商品区随便扫了两眼，转到隔壁的展览大厅。整个一面墙的抽象图案，毛线团似的笔触，色彩斑斓。走了半天，有些累了，我们就坐在了一面毛线墙下面的展台上。

“让我看看你手机里的照片吧。”林风挽住我的肩膀。

“给你，我就不像你那么小气，随便看。”

“你也可以看我的。”林风再次递过了手机，“密码是5942，我就是二，以后你什么时候想看都可以看。”

我们两人的手机里都存了很多留学时的照片，各路朋友。外国一起打球的黑哥们儿、派对上High过了的绝密照片，还有和教授的合影、和家人的碰杯……我们都毫无保留地把自己的私生活展示给了对方，讲解着每张照片背后的故事，没有任何秘密和隐瞒。

可能就像林风说的那样，取景框里一幅孤零零的画或许不值得摁下快门，但那面千丝万缕的墙下如果坐了一对热恋中的青年男女感觉就完全不一样了。我抬起头活动脖子的时候，看到对面一个男人正举着一台炮对着我们乱拍。他发现我在生气地看着他时，立刻放下了镜头走开了。

林风也发现了偷拍者，立刻跑过去，一副要跟人理论的架势。我看着他在远处和那人交涉，也不知道都说了什么，看上去倒是不像在吵架，末了两人还握了握手。

“你们说什么呢？我还以为你找人打架去了呢。”等他回来，我问道。

“我给他留了我的邮箱，让他回头把照片发给我啊。”

“哦，也记得给我发啊。”我又回头看了看那面墙，和他相视一笑。这才是我最心仪的结婚照。

798最著名的景点是那个火车头，周围竟然聚集了三对拍婚纱照的情侣。一位胖胖的新娘牵着新郎的手，沿着铁道向等在前面的摄影师缓缓走去。摄影师变换着各种姿势，越蹲越低。这是没结婚就做好了分道扬镳的准备吗？

逛了半天，已经接近晚饭时间。我们正打算寻摸个吃饭的地方，却意外地发现火车头旁边就是小柯剧场，《因为爱情》的巨大海报自上而下地盖住了半栋楼。门口的工作人员娴熟地递给我们两张话剧的宣传单。

我随便扫了一眼，演员不认识，剧情主要是探讨都市男女无处安放的情感。

“你想看吗？”我问他，我总觉得这时候看到“因为爱情”四个字，是冥冥之中自有天意。

“可以啊，反正也没事。你想看吗？”

“现在几点？还来得及吃饭吗？看呗，毕竟咱俩当年也是靠这歌一曲定情的啊。”

“咱们唱过这歌吗？我怎么没印象。”林风故意挑衅，“咱俩明明是在京味斋一碗定情的，吃货，你还是感谢炸酱面吧。”

我们在旁边的小店简单地吃了个三明治，回来正好看到小柯本人正歪在剧场的咖啡厅里和几个人闲聊着。这个剧是他编的，剧场是他建的，再这样自己来这儿当招牌吸引人。我默默感到了身为文化人的一阵心酸。以自己的名字开一家剧场，本来就有自我炒作的嫌疑，现在还要亲自坐镇，到底是缺乏信心需要造势，还是自信满满地前来等着收获成果呢？我拭目以待了。

剧场里人不算少，放眼望去没什么空位。我们一人捧着一杯软饮，坐在十分舒适的座位上，看着剧务在台上做着最后的准备。

“我看过的第一部话剧是《龙须沟》，当时我坐在第一排，你知道我什么感觉吗？”林风说道。

“从此欲罢不能，爱上话剧了吧？”我把头靠在他的肩膀上。

“不是，当时觉得特别尴尬。那小姑娘淹死以后，她妈妈抱着她哭得歇斯底里，我都不好意思看她。”

“为什么啊？”

“她连眼睛都没闭上，眼珠还转呢。不是都说话剧演员很有功底嘛，可她演得特别不到位，我就完全没有代入感了，看得我浑身不自在。”

“不应该啊，那可都是最好的演员啊，怎么会这么不敬业呢？”

“是啊，不知道是年代戏本来就有距离，还是她确实表演得太不到位了。也可能是我坐在第一排的原因吧，所有演员表演的痕迹都太重，用力过度吧。总之，没有丝毫的感染力，从那次以后我就没在北京看过话剧了。我在百老汇看了一次歌剧《猫》，感觉就特别好，以后咱们一起去看。”

“好啊。我看的第一部话剧是《暗恋桃花源》，黄磊、何炅、谢娜他们演得太好了。一会儿喜剧，一会儿悲剧，想让你笑你就会笑，想让你哭你就得哭。我一边看一边就在想，明知道是在演戏，你就是会被感动，这也真是太牛了吧。我觉得话剧这么重视现场气氛的东西，做成喜剧相对简单。让人笑总是比让人哭容易，而且看完了心情还好。再不就让人害怕好了，有没有恐怖剧这么一说啊？把贞子搬上舞台，直接从椅子底下钻出来，得吓死几个吧。”

“百老汇的《夜半歌声》可能算恐怖剧吧，中途会有东西从你头上掉下来，我不剧透了，咱们以后一起去看。恐怖片主要还是要靠剪辑剪出来的吧，镜头一切一个鬼脸，一回头一个鬼脸，弄成舞台剧难度比较大，不太好表现吧。总不能一会儿从椅子底下钻出个演员吧？”林风说着扮了个鬼脸。

“有一个场景我觉得特别吓人，那时候我上大学，宿舍还是上下铺，我睡上铺。有一次三更半夜的时候，我一睁眼突然发现我下铺的女生站在我床旁边，直勾勾地盯着我，也不说话。当时差点把我吓死。我早上起来问她是怎么回事，她说她完全不知道，还觉得我是在做梦。从那以后我根本不敢住校了，甚至都不敢和那个女生说话，怕万一哪句话说错了激发她某个神经，半夜拿把菜刀砍了谁的头怎么办啊？”

“她应该是梦游吧，梦游确实是挺可怕的。我在美国有个同学，说有段时间每天早上都发现他们家的厨房被祸害得乱七八糟。冰箱里的东西全被翻出来，每个都咬一口。他觉得肯定是浣熊干的，他爸还在厨房安了摄像头。结果第二天调出记录来一看，是他妈妈晚上梦游，像动物一样啃东西吃。他爸就把摄像头拆了，也一直没敢告诉他妈。”

“……别说了，我晚上会害怕的。”我借机把头埋进他怀里。

“你怕什么啊，有我呢。”他笑笑，又轻轻地拍了拍我的脑袋，“快点起来吧，开始了，演员都上来了。”

中间演到一半的时候，林风说：“你还看得下去吗？我可快撑不住了。”

其实我也有同感。特别是当整个剧场暗下来，唯一一束光打在即将独白的演员身上，其余演员全部保持黑灯前的姿势静止不动的时候，我体会到了他说的那种没有代入感的尴尬。

谢幕的时候，小柯登台亮相，简单介绍了演员后，不出所料地亲自演唱了一首《因为爱情》。其实就这一首歌，我就认为值回票价了。小柯的演绎确实超过之前的所有版本，歌曲听起来更有情感，当然也可能是现在的我正沉浸在爱情的幸福之中，拥有更多感悟。

散场时，街边的餐厅和咖啡馆依然人声鼎沸，我们手拉着手，像来时一样不疾不徐地走着。

“我喜欢的话剧，是那种看完之后会让你思考很久的。我看过一部孟京辉的《蝴蝶变形记》，看完之后整晚都没睡着，一直在思考里面的问题。但是今天这部，就属于看完了就完了的。你有没有一种感觉？”我问道。

“什么感觉？”

“就是这么无聊的话剧，但是跟我一起看，就一点儿都不觉得无聊了？”

“没有，话剧还是挺无聊的。但是你不无聊，你总有很多奇怪的想法，和你聊天能多开发我一部分的脑细胞。你知道西方人对一个人的评价高是说这个人很special，你对我来说就非常的special。”

“你也是，真的，我从第一次看见你就觉得你很特别。可能因为你叫林风吧，多有江湖气的名字，就好像是个侠客。对了，我刚才还想问呢，你同学父母后来怎么样了？就是他妈梦游的那个。”

“他妈的病一直也没治好，两口子就那么凑合过吧。我见过他爸，人特好，老头笑呵呵的可热情了。他爸后来想了个办法，在冰箱上装了个锁，钥匙他晚上就藏起来，他妈就不能再吃冰箱里的东西了。”

“他爸可真小气，这么点吃的也计较啊。”

“你以为都跟你似的啊，就在乎吃的。他爸是怕他妈吃到生的食物，吃坏肚子。”

“哦。”我恍然大悟。

“少年夫妻老来伴，就是这样吧。总说年轻人爱得天雷地火的，其实这种相濡以沫、看似平淡的感情才是真正的爱情吧。无论贫穷疾病，都不能阻挡。那个韩国片叫什么来着，《脑海中的橡皮擦》，还有一个日本的，《明日的记忆》，讲的都是跟痴呆差不多的，短期记忆什么的，得病的主人公都不是老人。讲帕金森的有那个，安妮·海瑟薇演的，年纪轻轻手抖得端不起咖啡，想想真惨啊！”

“还有《初恋五十次》，哎，如果有一天我们中有一个人得了这种病，另一个人能坚持下去吗？我最怕我老了得老年痴呆，你说那些病人天天不关煤气不锁门，出门就迷路，大半夜地去厨房点煤气做饭，和梦游有什么区别呢？连白天都在梦游，再也没有醒来的时候了。我要是有一天得了这些病，你就给我安乐死吧。没有意识的生活对我也没有意义。”我觉得两个人突然聊起这些好像有点伤感。

“如果我得了这种病，或者我成了植物人，你会让我安乐死吗？”林风反问道。

“不会，我哪舍得啊。就算你死了，我也要把你冻在冰柜里，这样每天还都能看见。万一有一天医学发达了，说不定我还能把你复活呢。”

“你好变态啊。放心，我尽量死你后面。你听过那个日本获奖的微小说吗？一个少年得了绝症，在他姐姐和妻子的恳求下，上帝给了他第二次生命，但代价是他重生以后只能记住两个人，这两个人是谁他可以自己选择。结果他重生后一睁眼，看到面前的两个女人就放声大哭。他说，我是谁啊？他记住了这两个女人，却把自己忘了。复活这件事本身就是有违人伦的，真的复活了，万一我爱上了别人，你不更得心痛欲绝吗？何必给自己徒增烦恼。”

“你好会讲故事啊。林风，你是不是有过很多女朋友啊？你给很多人讲过这些故事吧？”我有些难过地想，以他的条件，后宫三千确实不在话下。

“这些我没跟别人讲过。你知道的，我不爱说话，跟一般人说不上几句，哪能说到这些啊。你是我的第一个粉丝。”

“真的吗？”我睁大眼睛凝视着他。

“真的，我和你在一起特别开心。”他也深情地凝视着我，“今晚的月色真美。”

“你知道这句话不能乱说吧。”

“我知道，所以我只跟你一个人说。”

“我可以吻你吗？”我看着他的眼睛，情不自禁地问。

“随你……”

26 / 渔翁得利

我休假后回到公司，美数项目一直进行得十分顺利。一个月后，中介机构出具的尽调报告也验证了美数的业务能力。项目组十分满意，大家信心十足地给耿总做了汇报。

谁料耿总听后却皱起了眉头："这个企业听起来还行，但这个价格也太高了吧？"果然，价格是耿总的死穴。

"作为明年年底就可以报材料的项目，又是高科技企业，这个价格不算太高吧？"许晚晴答道。

"你们不能再砍砍价吗？今年整体融资形势都不好，会里也没有开闸的消息，就算明年能报材料，什么时候能上市也很难说。结合他们的业务模式，十倍的价格我觉得有些高了，我建议你们再去和企业谈谈。杜总那儿有几个类似的项目，要价都是八倍左右。价差这么大，我要是投你们这个，不投他的，有点说不过去啊。"耿总为难地说。

我心说杜总的项目都是些什么烂项目啊，能跟美数比嘛。别说八倍，他就是两倍的价格，投进去都是必赔无疑。

"美数是这个行业里的龙头，龙头企业要十倍的价格并不算高啊。"许晚晴据理力争。

"你们再谈谈吧。你可能对谈价格没什么经验，这样吧，带着万子建去，他之前做过FA，比较有经验，明白企业的心思。"

许晚晴只得无奈地接受。

"我不想跟万娘一起做项目！"我对着许晚晴吼叫。

"你以为我想啊，这不是耿总非得让带嘛，我也没办法啊。"许晚晴摊开两只手。

“我就是不要跟那种人--起做项目！”我还在吼叫。

“小姐，你别闹了，咱们先想想对策吧。真的要带上万娘去谈价格吗？”佳音也在表示抗议，“我就怕他去了把卢总得罪了。”

“现在不带，耿总会以为我们和美数串通一气的，只能带上他了。菲儿，你放心，就是去谈个价格，他干不了什么的。”许晚晴继续安慰我。

“我这眼瞅到手的项目奖励费可别被他搞砸了啊。”旦旦略带哭腔地说。

“肯定没有了。”我赶紧煽风点火，“你快别指望了，哎，20万啊，就这么没了。”

“他要是敢给我搅黄了，我找人废了他。”

“他那个德行已经废了，你不用多此一举。”

“卢总，您认为美数今年真能完成4000万的利润预期吗？”刚在卢总的办公室坐下，万娘便毫不客气地发问。

“美数去年的利润是3000万，电视控制系统每年的增长在10%以上，房间控制系统是美数这几年的新业务，每年的增长在30%左右，加上我们今年准备收购的几家硬件厂商，可以贡献500万利润，算下来4000万利润是没有问题的。”卢总淡定地说。

“但是做这行的企业非常多，我知道的就有很多家。咱们现在这个时点融资，还要价这么高，是不是不太合适啊。”万娘一贯自我感觉良好。

“我也是做投资的，咱们这行还是讲究一个愿打一个愿挨的吧。”卢总笑了笑，轻蔑地看了万娘一眼，“现在联系美数的投资机构也不只有你们一家，我们肯定会待价而沽的。如果大家都觉得我们的价格高了，我们也会考虑降价，但现在的情况并不是这样。我们没有必要为了你们降价吧。”

“我对这个行业还是比较了解的，市场竞争非常激烈，外地酒店基本都是靠关系才能做得进去。全国有上百家公司做你们这事，都是各自有各自的地盘，很多公司是和地产商直接合作的，有的就是地产商的亲戚，酒店也会听取地产商的意见。您一直在强调美数的技术，但其实这是个完全的关系型市场，技术好像没什么用吧。”万娘摆出了专家的架势。

“您说的那些都是小酒店，那些酒店不但竞争激烈，利润也非常低。老实说，美数是不做那些生意的。美数的合作伙伴全部是四星级以上的国际酒店。像国际酒店集团这样的合作方，他们的要求是非常严格的，合作企业必须在集团名录上，这个目前国内只有美数一家。你如果不相信，可以去问问。”卢总面色不悦。

“这个我们已经证实了，确实和卢总说的一样，只有美数和另外两家国外公司作为视频服务的定制供应商在国际酒店集团的名录上。”许晚晴轻蔑地瞟了万娘一眼。

“但你们没有什么核心竞争力啊，这套系统也不难做，如果将来小米想做，完全可以做，给酒店装个小米盒子就可以取代你们了。”万娘继续胡搅蛮缠。

“万经理可能确实不太了解我们的业务。我们不只是简单地给酒店装上一套系统，我们更重要的是要为酒店提供服务，包括电视的维修、系统的维护、内容的更新，甚至为一些酒店专门定制一些节目。这些都不是一个小米盒子就能取代的。我们的房间控制系统配有专业的服务人员二十四小时监控这些设备，一旦出现问题，都会在第一时间进行抢修。我们并不是简单地为酒店提供设备，更主要的，我们要为酒店提供最良好的服务，让酒店满意，让酒店里的客人满意。这不是随便一家新进入这个行业的公司就能做到的。”卢总已经有些不耐烦，“我之后还有个会，几位要就是来砍价的，大可不必浪费时间了。”

“我们不是来砍价，我是要分析一下行业，帮你做出更准确的判断。房间控制系统的技术含量就更低了，我知道好多做这个设备的企业。武汉有一家做得比较大的，我去年谈过，他们要价就很便宜，五倍就可以了……”万娘继续夸夸其谈。

“既然卢总还有别的事，我们就谈到这儿吧。”许晚晴硬生生地把万娘打断，“卢总谢谢您。我们回去再商量一下，改天再过来。”

“好，随时欢迎你们过来。”卢总恢复了往日的热情，“许总，我们还是希望你们能尽快给我们答复吧。确实有其他投资机构也在谈，名字我就不透露了。”

“没问题，我们会尽快答复您的。”许晚晴客气地答应着。

“他们就是虚张声势，我在业内认识这么多家投资机构，怎么都没听说有人要投他们。”回到公司，万娘开始发表讲话。

“反正这个价格是谈不下来，你也试过了是吧，投不投的咱们尽快让耿总做决定吧。”许晚晴说话时完全无视万娘。

“咱们这次是一起去的，当然不行。我明天要自己去一趟，再试一次。”万娘还不放弃。

“您随便，合着您的意思，我们还碍着您的事儿啦？”旦旦不客气地说。归根结底这是旦旦为公司推荐的项目，没有万娘去跟人家单独谈价格的道理。

“你们不懂，这谈判都是有技巧的，人多我施展不出来啊。”万娘拍拍旦旦的肩膀，意思是，你还嫩着呢。

“随你，随你，尽管去。”许晚晴对万娘已经无语了。

两天后，许晚晴十分失意地召集大家开会："对不起各位了，美数的项目应该是没希望了。”许晚晴哀伤地说。

“啊？为啥啊？万娘给搞崩盘啦？”旦旦立刻急了。

“卢总给我打了个电话，也没明说是怎么回事，就含糊其词地说了一句。他们还得在市场上混，不是做完这一轮融资就卷钱跑了的企业，所以不能和咱们合作。我也纳闷万娘到底和人家说了啥啊，怎么就对咱们意见这么大了。”许晚晴痛心疾首地说，“当初真不该让他加进来，不但不帮忙，还坏事。”

“这事啊，不能就这么稀里糊涂地算了吧。这样吧，咱们请卢总吃个饭，问问清楚，万娘到底跟他谈什么了，咱们也得学学万娘的谈判技巧啊，是不是，呵呵。”佳音老练地说。

“嗯，也是，咱们也得感谢卢总一下，一直都配合得很好。我这就打电话，就今天晚上吧，咱们问问卢总。”许晚晴说着就去联系。

饭局席间，大家都对此次合作不成发表了一通惋惜之词。

许晚晴一再道歉："我们真的对美数没有任何意见，那个万经理是我们老板专门派来砍价的，他如果说了什么触怒您的话，您别往心里去。他在我们公司也不招人待见。”

“你们是真不知道吗？”卢总一脸狐疑地看着许晚晴，又看看我们。

“您指的是什么？”许晚晴好奇地问。

“你们那个万经理单独来找过我一次，可不是来砍价的，他是来抬价的。”

“什么？抬价？”我又陷入了云里雾里。

“他跟我说，你们公司能给到11倍的价格，只要我答应给他五个点的财务介绍费。其实这是一笔划得来的买卖。但是我之前跟你们说过了，美数已经在上市轨道上了，我们不想冒这个险，只为了多融一点儿钱，最后违反了市场规则，传出去得不偿失啊。”卢总叹了口气。

“您说万子建去跟您要回扣，还抬价？”许晚晴瞪大了眼睛，显然是不相信万娘能做出这种事。

“我其实也很奇怪。前一天你们一起过来，他一直在找碴儿。第二天他自己来了，就跟我套近乎。他说最后投不投是他说了算，如果我不给他这个钱，你们是不会投资的。”卢总喝了一口茶，继续说道，“我做投资也有几年了，这道上的规矩我也懂。五个点的财务介绍费虽然多了点，但也不算太黑，还说得过去。如果美数现在不是实力这么强的话，我没准儿就答应了。但现在和美数接触的投资机构真的很多，现在主动权在我这儿，所以我就放弃和你们合作了。希望各位能够理解。来，我敬你们各位一杯，最近你们也都辛苦了。”

“我们都能理解。卢总，来，”佳音给卢总倒上茶，“万经理说的话只能代表他自己，他可代表不了我们公司，更代表不了我们项目组。卢总，您看这样好不好，我们回去把这事和领导反映一下，看看还有没有回旋的余地，然后我们立刻给您个答复，最晚明天下午，我们一定给您个交代。您和其他投资人再拖两天，毕竟，我们的诚意您也都能看出来。”

佳音的靡靡之音明显打动了卢总。卢总犹豫了一下，还是答应了：“好吧，那我就再等两天，你们一定要尽快给我答复啊。”

项目组在耿总面前狠狠地告了万娘一状，耿总听后依然面色平静。

“你们不要总是怀疑自己的同事嘛，这就和江鹿那项目一样。小杜到现在还总来我这儿叫委屈呢。项目做不成没关系的，大家要团结。咱们是一个团队，要相信自己的同事，不能总是被企业骗啊，怎么他说的话你们就信呢。美数肯定是因为万子建去讨价还价对他怀恨在心了，才想了这么个说辞陷害他。万子建怎么可能去跟企业抬价啊。他真答应了11倍的价格，到我这儿，我也不可能同意啊。是不是，你们啊，下次冷静思考一下，搞清楚情况，不要总是企业说什么都买账。好吧，这个项目就这样吧，万子建已经把这个行业和企业的问题都告诉我了，他们的要价确实太高了。我对这种没有信誉的企业没有信心，你们也不要再跟了。好不好，就这样吧。”耿总做出了送客的架势。

午饭时间，我撇下林风，专程去找戒哥和小侯诉苦。

“今儿你怎么想起和我们吃饭了？你和林风到底怎么回事啊，什么情况啊？”小侯说最近上火，想吃韩国烤肉，虽然这个逻辑我也不懂，但韩国烤肉听起来确实充满诱惑。我们就驱车来到了王府井AMP大厦里的火炉火，由于来得早，店里还没什么人。小菜还没上齐，小侯就开始审问我了。

“我们俩就那样呗，我今天来找你们不是来说这个的。”我愤愤地将美数事件的经过详详细细地讲了一遍，最后我还发表了总结陈词，“耿总就是书读得太多，好坏人都看不清了。这么明显的事，竟然还在偏袒万娘，真是书生误国！”

小侯看着我笑了起来：“菲儿，你一个大白兔都看明白了这里面怎么回事，你觉得耿总能看不出来吗？你真以为耿总这么多年都研究学术了啊？”

“他就是没看出来啊，他觉得是我们骗他。”我继续咬牙切齿，“难道你也认为万娘是被冤枉的？”

“你这智商啊，让我怎么说你啊。万娘肯定没被冤枉，人家冤枉他没有意义啊。你能不能往深了想一想啊，万子建就是有一百个胆子，他敢给企业打包票高价投吗？他能做得了这个主吗？万子建是谁派去谈价格的，是耿总，明白了吗？”小侯边说边用手指戳我的头。

“你的意思，耿总让万娘去收黑钱？不可能，绝对不可能。耿总多正直的一个人啊。他在我心中就是君子剑。”我满含敬仰地说，“耿总在我面前永远都是一身正气的形象，他绝不会去收黑钱的。”

“君子剑岳不群，这个说得到位。你再往下看吧。”小侯神秘地笑笑。

27 / 花谢月朦胧

自打林风参与了九优项目，在两个月的时间里，他一直在对我抱怨。九优是杜总推荐的项目，和老骗子的公司类似，也是一家疑点重重的企业。杜总又吸取了之前的项目，这次连尽调他都亲自上阵，企业业务彻底被云山雾罩起来。

“我就不明白了，一个给办公室换绿植的公司敢号称是先锋环保高科技企业，还估值九亿，写字楼绿植就是全归他，能有几个钱，哪来的九亿市场。”在项目后期，林风明显有点激动。任凭我怎样劝说，林风还是抑郁得连饭都吃不下了，人随着项目推进日渐消瘦。

“菲儿，我要走了。”林风说这句话的时候我正在大口地吃着炸酱面，每次和他吃炸酱面我都有一种我们是在搭伙过日子的错觉。

“去哪儿啊？”我故作镇定地问。

“我要去美国读个MBA，月底就走。”

“为什么突然要走？”我鼻子中的pH值明显小于7，但尽量做到满不在乎，强迫症般地数着碗里的黄瓜丝。

“不走不行了，公司决定投资九优了，还要投一个亿啊。我绝不会在九优项目上签字的。我没办法说清楚九优的问题，但这样的项目我是不能接受的。我现在能理解苏樱之前的压力了，我只能找借口离开青上了。这是我能保全自己原则的唯一选择。”

“你换一份工作不就行了吗？”我仍抱有幻想。

“我很难和我家里人解释，我不能说耿总不好，也不能说公司不好。他们都希望我在青上多历练几年，耿总的人品他们也信得过。还好这次有这么个机会，有人推荐我去康奈尔读MBA，我也想学点东西。”

“能学点东西也不错，康奈尔也是好学校，你去吧。”林风过于平静的语气让我有些生气。我盯着碗里的黄瓜，这碗的黄瓜可真多。

“我下周五的飞机，你那天要是没事去送我吧。好吗？”从林风那清澈的眼神里，我看不出他此时的心情，他对我到底还有没有留恋呢？

“你打车走呗，我家离你家好远的。”我赌气地说。

“这不是给你机会嘛。”林风苦笑了一下。

“那告诉我时间，我去接你。”今天的面好怪，一点儿味道都没有，“我给你讲个故事吧，我昨天看的，是一个俄罗斯的古老寓言。有一个穷人，听了很多守财奴的故事。他就很生气，心想这些人真笨啊。为什么不去挥霍呢？我要是有这么多钱肯定不会像这些人一样吝啬的。魔鬼听到了穷人的心声，很高兴，就来找他。魔鬼给了他一个钱袋，说这里面有一枚金币，取出来之后呢，里面就会再出现一枚，穷人可以一直这样取下去。但是穷人必须把这个钱袋扔掉之后才能花取出来的金币。当然扔掉之后，也就不能再去取金币了。穷人拿着钱袋很开心，就这样没日没夜地取金币。开始的时候他想，取一天就可以了，到晚上就把钱袋扔了，然后去大吃一顿。可是到了晚上的时候，他数了数取出来的钱，还不够去买一座城堡。他想那还是忍一忍吧，饿一天，明天继续取钱吧。可是到了第二天晚上，数了一数，还是不能买一座大城堡。他就想，那再忍一忍，晚一点再挥霍吧。于是，他就这样不停地取金币，直到饿死了。”

“你给我讲这个故事是什么意思啊？”林风不解地看着我。

“我怕你饿死在外面。”我终于忍不住流下了眼泪。

“什么啊？菲儿，我会回来的。”林风抓住我的手，“你等我，好吗？”

在林风临走前的晚上，我们一起吃了晚饭。地方是他选的，叫忆多瑞站，又是个奇怪的名字。这是一家设计得很别致的西餐厅，晚上有乐队表演。我们选了一个离表演乐队很近的沙发座。

“菲儿，随便点，我请客。”林风递过菜单，“他家的牛排三文鱼都不错，甜点也很好吃。”

“既然都好吃，那就都点吧。”我毫不客气地说。

“你还真会给我省钱啊。”

“干吗给你省钱？以后都没机会吃你的了。”说完我鼻子又有些发酸。

“机会有的是啊，你还可以来美国吃我的啊。你什么时候想来，机票钱我出，可以了吗？随时过来，咱们还得去百老汇看歌剧呢。”

“你在那边要是遇上更好的人了，别错过。”我举着菜单，挡住自己正在流泪的眼睛，“人在他乡自己过太不容易了，如果能有个人照顾你其实也挺好的。我也就放心了。”

“你要是遇见个更好的，就能把我忘了吗？”林风认真地看着我，那是我见过的最亮的眼睛。

“如果有一天，林志玲出现在你家门口，说想做你女朋友，你会不同意吗？我应该不可能去拒绝拿着花跟我表白的周渝民吧。好在这种事情发生的概率和被雷劈死一样小，所以大多数时间我们只不过是在伯仲之间犹豫不决。在我能够选择的有限男性中，你是最好的，我不太可能遇见比你更好的人了。也许是咱们交往的时间太短了，我连你有什么缺点都不知道。”此时我的眼泪已经不争气地掉了下来，“对了，你有洁癖，他还有什么缺点吗？”

“嗯，let me see，不爱吃青菜算吗？”林风做出讨喜的表情，想哄我开心。

“当然不算了，说点实际的嘛，比如我吧，缺点就很明显，馋懒奸猾，全占了，说话气人，做事讨厌，自以为是，刁蛮任性。”

“那确实。我想想我啊，我占有欲比较强，比较专一。这算缺点吧？”

“缺点，大哥，我们在讨论缺点，专一还能算缺点吗？”

“我喜欢看小说，尤其是网上的奇幻小说，这个算缺点了吧？”

“你真没诚意，点菜吧。我要大虾套餐、三文鱼、特色沙拉、三鲜PIZZA、墨西哥玉米饼、巧克力蛋糕，再要一杯咖啡，你呢？”

“我吃你剩下的。”

乐队来自英国，主唱是一个南美裔的美妞，唱得很有爆发力。

“她唱得真好，完胜一切选秀节目啊。”我大嚼着玉米饼，不忘评论。

“没你唱得好，你也唱首歌吧，这里欢迎顾客即兴表演的。”

“你想听什么？我不觉得他们会演奏《因为爱情》啊。”

“你随便唱嘛，就当是送我的歌。”

“好啊！”我又塞了几口牛排，直接奔向了舞台。

我把要唱的歌告诉了乐队，乐队非常配合，还不停夸奖我的勇气。

音乐缓缓响起，我盯着林风，唱起了精心选定的歌：“You won't admit you

love me, And so how am I ever to know, you always tell me, Perhaps, perhaps, perhaps; A million times I've asked you, And then I ask you over again, you only answer, Perhaps, perhaps, perhaps; If you can't make your mind up, We'll never get started, And I don't wanna wind up, Being parted, broken-hearted; So if you really love me, Say yes, but if you don't dear, confess, And please don't tell me, Perhaps, perhaps, perhaps。"

乐队不但帮我和声，在我快要跑调的时候主唱还会把我带回来。总之，这首英文歌曲终于超长发挥，引来了在场食客的阵阵掌声。

"I never said perhaps, right?"林风疑惑地看着我，"I love you, I love you。"

"Me too. See，这首歌还是有效果的哈。"我笑嘻嘻地说。

"你唱得真好。你每次唱歌我都觉得你是个Star，光芒四射。"

"看吧，虽然我是个缺点很多的人，但我有亮点，值得投资。"

"你亮点很多啊，在我看来你也没什么缺点，就是贪吃。"侍者恰在此时端上了巧克力蛋糕，林风把蛋糕递给我，"这个非常好吃，你尝尝。"

"你是经常来这儿吗？"这是一间非常有情调的餐厅，看着周围一对对情侣，我不禁产生了怀疑，"你都是跟谁来的啊？"

"跟我好朋友，男的。你别又往歪了想啊。"

"两个男生来这种地方干吗啊？"

"喝酒、聊天、吃饭、打台球，能干的事很多啊。外面还有电视，可以看球赛。时间不早了，吃完我送你回家了。"

"这就散场啦？"我意犹未尽。

"记得，我们以后在一起的时间还长着呢，不在乎朝朝暮暮吧。"

我不喜欢表现出伤悲，我不是一个善于表达感情的人。送林风那天还是和平常一样，我们在车里打打闹闹的，互相挖苦讽刺着，我们都不希望各自悲伤的情绪感染到对方。

"美国妞都很疯的啊，你可要把持住了。"我再次叮嘱。

"放心吧，我不喜欢洋妞。我走了，有事发消息打电话都可以，我在美国也用这个号。"林风看着我，眼神很美很认真。

“好，你在那边照顾好自己啊，别饿着，但也别吃胖了。”我痛苦地保持着微笑，我的脸是僵的，表情是不自然的。我想留给他最美的笑容，但是我做不到。

“抱一下吧！”他张开了双臂，把我拥了进去。

那一刻时间静止了，四周宁静，恍若无人。我感受到了林风的体温，他抱得那样紧，紧得我喘不上气。我决堤般地流泪，不住地抽泣，说不出一句话。

“别哭了。”他摸着我的头，安慰道，“我又不是不回来了。记得啊，现在的分别是为了将来的重聚。”

我哭了很久，眼泪沾湿了他的衬衫。他的手也逐渐松开了，我抬起头，目不转睛地盯着他。

“赶紧滚蛋吧，别惹我哭了，眼睛都肿了。”我恢复了笑容，有些释怀。

“嗯，你也照顾好自己。”我忽然看到林风的眼中也含着泪水，“菲儿，有什么不开心的一定要跟我说。你一定要来美国看我，答应我。”

“嗯。”我痛哭，看着他的眼睛。

在对视了一阵子之后，他转过身，大步流星地往安检处走去。

我在后面默默地看着，他回了三次头，每次都冲我招手。直到他的身影彻底从我的视野中消失，我还在看着，我还是可以感觉到他。我在心里念了千遍那三个字，我想他一定听见了，我不需要说出来。

有人说爱是性，有人说爱是临睡前的拥抱和醒来后的晨吻，有人说爱是天长地久的陪伴，但在我心中，爱就是在两个人对视中的无声胜有声，就是相隔万里依然心照不宣的默契。也许有一天我也会找个人过上平淡的日子，每日茶米油盐，伺候老人照顾孩子，但那是生活，与爱情无关。

我永远想不到曾经朝夕相处的两个人可以在一瞬间从彼此的生命中抹去，再无交集。林风走后，我们很少联系，偶尔发些无关痛痒的信息。在我的记忆层面上，我和他一起相处的时间好像长久得已经无法更加长久，可实际算起来，那只不过是六个月的时光。

我有时会彻夜难眠，会在微信上打上一长段话，最后又一个字一个字地删掉。不是不想关心他，是怕打扰了他。我一个人走在熟悉的路上，一个人去京味斋吃炸酱面，一个人看着楼下的大鱼吃小鱼，一个人听《因为爱情》。我会盯着他的办公桌，感受他的气息。我经常会产生幻觉他就在我身边，没离开过。

从那天起，我没有发自内心地笑过。我仍然会幻想我一打开门，就会再次看见那个梦中人。他眼中饱含深情，嘴角带着笑意。我并不痛苦，我只是不快乐。我相信有些人只是生命中的过客，而有的人是命中注定。

28 / 功败垂成

林风走后，大家都在有意无意地安慰着我。戒哥和小侯依旧带我去吃丰盛的午餐，佳音依旧陪我周旋于各色高档酒店的咖啡厅。但我的心情仍然低落，直到许晚晴用高强度的工作拯救了我。

正式跟着许晚晴跑项目，我才明白女强人不是那么好当的。许晚晴每天都会在凌晨时分给我转发各类行业信息、企业信息、政策文件的邮件，第二天早上就开始和我讨论。我不敢掉以轻心，每天都仔细研读，再神经高度紧张地和她讨论。每次和许晚晴访谈企业之前，我会像准备考试的学生一样做足功课，想好问题，并把问题写在纸上。在和企业访谈前再和许晚晴沟通，是否应该发问，用什么方式提问。和许晚晴合作的几个月，我进步很大，学到了不少东西，也终于顺利做成了几个项目。

一早上我刚到公司，耿总就把我和许晚晴叫去了他的办公室。虽然也算是公司的老人了，但我面圣的机会终归不多，这一早上就被叫去，还真有些手足无措。

“我朋友上周给我推荐了一个项目，你们看看，能不能做，催得挺急的，好像也有别的机构在看。”耿总拿出几份资料递给我和许晚晴。

“莱康，国内知名的皮鞋制造厂，这个牌子在商场和超市都很常见，属于国产皮鞋中做得不错的。”我和许晚晴交流了一下眼神，说，“这个牌子我听过，还是挺不错的。”

许晚晴也点点头：“我也听过，名气挺大的，但是我在传统行业这儿经验比较少，您还是给老季做吧。老季之前做过很多家类似的企业，他前几天还看了一家服装企业。”

“老季，哼！”耿总轻蔑地一笑，“老季做事我不放心啊，就你们去看看吧，先去趟嘉兴。企业说是着急要钱，你们要是没事，明天就去吧。”

看耿总逼得这么急，我和许晚晴都不好再推辞，只得领命走了。

“耿总不喜欢投传统行业啊，怎么这次这么感兴趣啊？”刚出门，我就问许晚晴。

“我也有点奇怪啊，而且我一向只负责高科技企业，真没有做传统行业的经验，搞不懂他怎么想的。反正领导要求，咱们就跑一趟呗，你赶紧订票吧。”许晚晴也是满脸的疑问。

嘉兴位于上海和杭州中间，没有直达的飞机，我和许晚晴只好选择了六个小时的高铁，颠簸而去。一路上许晚晴一直在给我分析莱康这个公司，成立时间长，业内信誉度高，品牌名气大，从表面上看没有明显的污点。这次融资的原因也很简单，为了收购上游常年为自己供货的皮革厂，急需5000万的资金。这次投资可以占10%的股份，按现在保底儿8000万的利润计算，完全不亏，公司完成这轮收购之后就可以正式股改进入上市轨道了，怎么看都是一笔十分划得来的买卖。

许晚晴一向很谨慎，尤其最近投资圈骗子又多，这次格外小心。面对天上掉下来的馅饼，我和许晚晴反复谈论了几项值得怀疑的地方，都不能自圆其说，只得作罢。

公司位于嘉兴郊外，绿草茵茵，规划有序，完全不像我想象中的皮鞋厂。接待我们的是莱康的副总李总。李总五十多岁，虽然有些发福，但派头还在，普通话说得也很地道。

“你们耿总和我是老乡，我们都认识几十年了。”李总一边带着我们参观厂房，一边介绍着，“这次是我联系的他，看他能不能给我这个面子啦。我们企业也很不错，老耿投资进来对企业的发展也有好处，大家双赢啊。”

“耿总非常重视，这不立刻就派我们来了。”许晚晴说。

厂房里窗明几净，十分现代化，机器和员工都井然有序地工作着。工厂很大，李总连着带我们转了七座厂房，边看边介绍，让我们了解了整个皮鞋的制作过程。

“我们用于黏合的胶，全部是国外进口的，无毒无味不伤人的。”李总有几分骄傲地说，“我们用的皮革也都是最好的，专人负责订货采购。我们要收购的那家皮革厂也是合作多年的，不光为我们供货，也为其他几家国内知名皮鞋厂供货。”

“李总，那家皮革厂为什么要卖呢？按您说的，不是发展得也挺好的嘛。”许晚晴问道。

“皮革厂的老板今年已经六十多了，儿子不争气，每天就是打高尔夫球，其他什么事都不干，后继无人啊。”李总有些愤愤地说，“老板终于想通了，准备把厂子卖了，退休安享晚年了，也操劳了一辈子了。”

我看李总那咬牙切齿的样子，估计李总的儿子也是个玩咖。其实身为富二代，选择什么样的生活本就是他们的自由。上一代人含辛茹苦了大半辈子，难道不就是希望后代过上自己想要的生活吗？在国外，很多富翁的后代选择了画画弹琴，意大利足球队的皮尔洛更是放置自家一百五十亿欧元的企业不顾，一心一意去当个足球运动员。恐怕这就是我们看来不上进的表现了，但在外国人眼中这就是一种人生的选择。成功没有那么绝对，随时随地还有选择就是一种成功。

“那这次收购是按什么价格评估的呢？”许晚晴继续发问。

“这皮革厂的老板和我们董事长徐总是多年的好朋友，这次也是平价卖，他厂里现在压的货就值5000万，一分钱都没多要，也是信任我们徐总，认为这厂子在徐总手里不会垮了，还能继续下去，比给自己儿子放心。所以对于这次收购，我们势在必行，绝对不想错过。”李总把皮革厂的存货清单交给许晚晴。

“可以理解。”许晚晴边看边点头。企业在企业家的心中就像自己辛苦抚养的孩子一样，都舍不得轻易送人，更不忍心看着被别人毁掉，能找到好的接班人的确是一大幸事。

李总带我们来到了董事长办公室。董事长徐总刚刚从外地开会回来，看到我们并不十分热情。李总简短地为双方做了介绍。

“听老李说过你们要来，没想到这么快就过来了。其实我们对于这次的收购议案还在讨论中，很多细节还没有达成共识，是否要出让一部分股权进行融资这一点，我还没有想好。”徐总吐字铿锵有力。

“做企业都非常不容易，不愿意出让股权我们也能理解。但是我们也大概了解了一下您融资的意图，这个时点融资除了出让一部分股权，恐怕也没有更好的方法了。”许晚晴从容地说，“今年一年银行都在叫着缺钱，现在是十月，年关将至，银行间的同业业务利率都升到六个点，企业想从银行贷款肯定是有困难的。至于民间拆借业务，利息也是高得吓人。徐总您是做正经生意的，轻易还是不要尝试和那些人打交道好。”许晚晴说得中肯又到位。

徐总听后若有所思：“我确实还没有想好，企业本来的计划是年底股改，明年就报材料，现在出让股份，我实在舍不得啊。”

其实我和许晚晴最大的疑问就是这里，这已经是明显的pre-IPO项目了（即将上市项目），即便要出让股份也没有必要如此廉价地转让，企业按现在15倍利润估值计算，仍然会有投资商跟进的，为什么徐总的定价会这么低?

“要不咱们一起吃个晚饭吧，吃饭时慢慢聊。”李总看到谈判出现了停顿，赶紧过来圆场，“许总她们远道而来，我们一定要招待好。”

李总带着我们来到公司的内部食堂包间。虽是食堂，但环境清幽，装修复古，很是雅致。菜点得少而精，肉少菜多。

“我和徐总都是佛门弟子，吃全素的，您二位要是肉不够，再加点儿。”李总殷勤地解释道。

“不用了，我们也爱吃菜。”我赶忙说。

席间，许晚晴问了很多企业业务上的事，徐总都一一作答。两个人的沟通十分畅快，我在一旁偶尔听到了徐总不经意间说出的京片子。

“徐总，您是哪里人啊?我怎么感觉您这口音有几分北京味儿啊。”

“我就是本地人，但我在科大上的学，学的机械，毕业后又分到一家北京的工厂做了五年，对北京还是很有感情的。”徐总解释道。

“我是物21。”许晚晴又开始对暗号。

“机02，原来是师妹啊。”徐总倍感亲切，和许晚晴握了握手。徐总的长相确实是科大男的标配，清瘦硬朗，说话总带着几分严谨。

“您怎么能想到开皮鞋厂呢?这和您专业可有点远啊。”校友之间马上就没有了距离。

“说来话长了，也是缺钱逼出来的。本来就是个小本买卖，没想到被我越做越大了。其实我之前都没想过上市，后来老李来了，一个劲儿地劝我，说上市对企业怎么怎么好，对企业的业务有多少帮助，我才动了心的。什么估值这些我都不明白，也是由老李全权负责的。老李以前在银行和投资公司干过，资本的事都明白。”

“哪里哪里，我就是在资本市场混了几年，大概了解这里面的路子，帮徐总个忙。”李总谦虚地说。

“看来是老李故意做了个低价想卖耿总个人情，事情就这么简单吗？”我这心里怀疑着。

“徐总对那家皮革厂了解得多吗？”许晚晴问。

“合作了十几年了，都是老朋友了，他最近身体也不好，想早点退休。给我的这个价格确实是赔本的。其实他完全可以涨价卖给别人的，但我们多年交情了，他肯定还是觉得交给我最放心。这次是他亲自来找我，希望我把他们厂子买下的。我也知道他有很多不忍，怎能不出手相助啊。”

我心说您这企业也可以涨价卖给别人啊。看了一眼李总，正巧看见他偷偷夹了块鱼，很隐蔽地塞进自己嘴里。原来是个假和尚。这几年越是有钱人越是讲究吃素烧香。我在投资圈中也见过不少，不过像李总这样刚说完信佛就吃肉的，倒是不常见。估计是看徐总吃素，李总才跟着爱屋及乌的。他既然明白资本市场的规矩，又给徐总公司做的估值如此的低，看来中间一定能拿到好处。这人看来心术不正，我还是多防着点吧。

“李总您跟我们耿总是怎么认识的啊？”许晚晴那边校友间叙旧，我插不上嘴，便对李总发问。

“我和你们耿总从小在一起长大的，都认识几十年啦。怎么说呢，你们耿总不也是科大毕业嘛。本来耿总毕业之后是打算出国深造的，结果私人原因没去成。毕业之后，分配也分得不好。他被分到了水管厂工作。他妈特别伤心，四处求人找关系帮他调转一下工作。我虚长他几岁，那时候社会上也有些朋友了，就把耿总推荐到了银行。耿总这么多年都很感谢我，逢年过节也都一起吃吃饭，交流一下。耿总聪明，上学那会儿全县没有一个孩子学得过他的，现在混得好也是应该。”李总又勉强吃下几片菜叶，爱吃肉的人是不会爱吃菜的。李总就是一个典型的食肉动物，吃菜跟吃草一样，难以下咽。

“我去年回了趟科大，变化真大啊。”徐总仍在和许晚晴叙旧。

我很羡慕这些科大毕业的人，他们可以随时随地地畅聊起他们的学校、他们的同学和他们的学生时代。

“我正式宣布，”饭局快要结束的时候，徐总终于表态，“我愿意接受青上的投资，我相信我的科大校友，相信我们在一起可以把公司办得更好，让莱康走得更远。老李，你明天就把所有企业信息开放给他们吧，我对许总很放心。”

没想到事情能发展得这么顺利，我有点兴奋地看着许晚晴。但此时的许晚晴眼神有几分闪烁，她一定清楚，这个价格投资莱康，徐总其实是吃了大亏。

而李总的表现，更让我匪夷所思。李总异常兴奋，面色潮红，手足无措，说话都语无伦次了："董事长您终于，终于答应了。我敬许总一杯，没有您这事儿还真不好办。”看着李总这个样子，许晚晴的疑惑已经写在了脸上。

我和许晚晴在嘉兴调研两天，走访了莱康的上下游关系。竞争对手和合作伙伴，对莱康的总体评价都很高，的确是一家难得的好企业。李总全程陪同，对我们照顾得殷勤周到。

我和许晚晴回京之前，李总在嘉兴小月河边的酒楼请我们吃饭。李总速速点了一桌子荤菜，除了和徐总一起的那顿比较清淡，之后李总带队的饭局都是大肆进补，鸡鸭鱼肉山珍海味顿顿不落。

看着李总手上那串散发着幽光的猫眼石佛珠，我在心下琢磨，佛在李总心中到底是什么呢？李总吃肉本也无妨，一些自以为沾了点儿佛气的人二话不说先把肉戒了，说是为了戒荤。可这荤字偏偏是草字头，指的本是葱蒜类刺激性的蔬菜。佛家不吃肉是为了不杀生，并非是跟吃肉过不去。可李总不但吃肉，还非生鲜不吃，牛排指明要三十天的小牛，三分熟血淋淋地上桌。吃鱼必是活鱼，上桌时须能看见鱼嘴在动。李总最爱的是醉虾醉蟹，边吃边给我们讲："这些可都是活的啊，别看不动，只是喝醉了。你看一咬，螃蟹的脚还在动呢。这么吃滋味才最是新鲜甜美，你们也赶紧尝尝。”吓得我梦里都是螃蟹复仇。这么个人何必还把佛祖天天挂在嘴边，这不是找报应嘛。

“许总，你们这一趟辛苦了，我代表莱康和徐总感谢你们。”李总端起酒杯先干为敬。

“我们得感谢您才是，这些天多亏您的照顾啦。”许晚晴也将酒杯里的酒一饮而尽。

李总又殷勤地给许晚晴的酒杯倒满，看我没喝，问道："莫经理怎么不喝啊，这是酒楼自酿的米酒，味道很好，度数也不高，快试试。”

“我酒精过敏，不敢喝，您多喝点，我以茶代酒敬您一杯，多谢您的照顾，这么好的企业，感谢您推荐给我们。”我端着茶杯和李总碰杯。

“好，我也干了。”李总很是豪爽，再次将满满的一杯酒喝干，“许总，你们之后的安排都是什么？是不是该请专业机构尽调了？”

“对，我们先回去和耿总汇报一下，然后会找机构尽调，还希望李总您到时候多配合，多帮忙。”

“没问题，只要是您许总的安排，我们这儿都一定办到。”李总拍着胸脯说。

“许总，我为你们准备了一些小礼物，主要是我们这里的特产，两位别嫌弃，一定带回去。”

“不用了，我们已经够麻烦您的了，您不要这么客气，我们很快就得回来。”许晚晴推辞道。

“一点儿小礼物，一定要带走，这是我个人的心意。”李总客气着，一路把我们送上高铁。我们只好把两个很重的袋子收下。

我在车上翻看着袋子里的礼物，除了两包粽子，还有一个精致的小盒。打开一看，竟是一枚大金币。我和许晚晴面面相觑。许晚晴拿起金币掂了掂，按这个重量，这一枚金币的价值得上万啊。

“这么值钱，我从来没收过企业这么大的礼啊。”我拿牙咬了一下。

“你咬它干吗？”许晚晴不解地看着我。

“我也不知道，我看电影里人家拿到金子都咬一口。这咱们能拿吗？”我有点担心，和当年鸣视给的螃蟹券不同，这相当于直接送钱啊。这算不算行贿啊？

“是啊，这个项目太奇怪了，明明是咱们占便宜的事，怎么还给咱们送礼呢，完全没有必要啊。估计莱康的账目肯定有问题。咱们下次想个办法把金币退回去，省得给人家抓住把柄，记住了，拿人手短。”

回到公司，我们和耿总做了简短的汇报。耿总也很满意，示意我们可以立项，下一步就是找专业机构尽调了。

“对了，晚晴，这个项目看起来不太复杂，你和菲儿负责就可以了吧。毕竟是我推荐的项目，不希望在公司闹得沸沸扬扬，还是少几个人知道的好。”耿总口气平和地交代着。

“我还需要一个财务专业人员帮我们把关，想加上唐仁宇。”许晚晴显然是对莱康的财务不放心，才特意要加上戒哥的。

“他啊，”耿总微微露出了一丝不屑的神情。小梅之前对我说过，耿总对戒哥很有意见，“他在负责几个投后项目，最近忙不过来，让阿豪跟你们一起做吧。他财务方面应该也没问题吧？”

“好，我一会儿就去找阿豪说，那项目还需不需要走个立项程序呢？”许晚晴说到我才想起，其他项目立项不但要交大量材料，还要上会听听大家的意见。

“不用了，你们尽快推荐吧。老李那边总是催我，做不做的都没关系，别耽误了人家的事。你们赶紧尽调，尽快给他们个答复就行。”

听到阿豪要加入我们项目组了，我很是兴奋。阿豪在公司是出了名的能干活，很多项目季师父都是只靠阿豪一个人就全搞定了。这个项目只要有阿豪在，我肯定是可以偷懒了。许晚晴叫上我和阿豪一起开了个会，主要是给阿豪介绍一下项目情况。

“价钱这么便宜？这不是天上掉下来的馅儿饼吗？”听过我们的介绍，阿豪也难以相信会有这么好的事。

阿豪本是广东仔，跟我们混得久了，也开始努力学习北京话，经常因为发音不准被我们笑话。有回天儿好，阿豪在办公室里大声感慨：“这么好的天儿，真想出去赛太阳。”就这一个“赛太阳”被小侯狠狠揶揄了两个礼拜。今天这馅儿饼倒是说得很地道。

“是馅儿饼还是陷阱，现在还不知道，得看财务尽调的结果。”许晚晴冷静地回答，“莱康的徐总我是信任的，他可能确实不了解投资圈的事，但那个李总可是个老油条，不会白让咱们捡这么大个便宜的。所以阿豪，你一定要把财务盯紧了。我打算请个大所（会计师事务所），多花点钱没关系，一定要查明白。”

“好，那咱们就都尽快吧，把资料发给我，我这几天好好看看，找好中介，咱们一起去一趟嘉兴。”阿豪回答得干净利落。

第二次来到嘉兴，不像上一回那么仓促，很多具体工作都安排给了中介去做。不忙的时候，李总会给我们安排一些小活动，带着我们去茶楼喝茶听曲，品尝各类小吃美食，不亦乐乎。嘉兴是典型的江南小镇，又因为中共一大在南湖上召开成为了革命圣地，城市到处都流露着南方特有的小精致。11月北京已经入冬，但嘉兴还很暖和，待久了竟想赖在这里不走了。

两周后，中介的结果出来了，莱康的财务完全没有问题，数据都是真实的，合同也都检查过，真实可靠。中介给出的财务预测与企业自己做的吻合，没挑出任何毛病。

“阿豪，财务那儿确实没问题吗？”许晚晴皱着眉头问。

“我看不出任何问题。”阿豪坚定地给出了答案。

“菲儿，法律那边有什么问题吗？”

“有一些土地合同上的小瑕疵，但不难解决，没有硬伤。我对法律尽调给出的结果也非常满意，一家成立十六年的公司，历史沿革上如此干净，真是罕见。”我感叹道。

“真的没有问题吗？”许晚晴好像是在自问自答。

我理解许晚晴此时的心情，多年的投资工作早已让她有了职业病，总是对备投企业高度紧张，诸多怀疑。

“你觉得哪里还有可能出现问题？”我看着思考中的许晚晴。

“没有什么思路啊，但总觉得too good to be true啊（好得不像真事）。”许晚晴看看我又看看阿豪，“也许就是我想多了。我总觉得李总那个人没那么简单，不像能卖这么大个便宜给我们的人，你们觉得呢？”

“对啊，咱们公司的项目介绍费也是业内最低的，李总从咱们这儿捞不到什么好处的。”阿豪说，“除非，耿总个人愿意私下里给李总一些奖励。”

“耿总个人的事咱们就管不着了，如果没有别的问题，咱们就这样跟领导汇报吧。”许晚晴叹了口气。

“看来你是不习惯被馅儿饼砸啊。”我打趣道。

“这回咱们可不是被馅儿饼砸了，是被馅儿饼店砸了，你知道嘛。”许晚晴爽朗地笑了。

我和阿豪也放下心：“就是，人一辈子总得被馅儿饼砸上几回吧。”

耿总听完我们的汇报后，露出了微笑：“看来老李不是忽悠我啊，真的是个好项目。那你们就尽快跟莱康起草合同，告诉他们，咱们要准备开投委会，投委会通过，就可以打钱，让他们放心。”

我们加班加点地准备好了上会资料，有阿豪在效率确实不一样。

许晚晴和莱康草拟了一份投资协议，两边洽谈得都十分顺畅。看起来一切都进行得很顺利，就等着耿总约好公司董事开投委会了。可左等右等，竟一直没有开会通知。许晚晴有些坐不住了，因为安抚徐总的工作一直由她负责，这一直不开会，也不给人家企业打钱，交代不过去啊。

许晚晴带着我和阿豪再次去给耿总汇报情况。

汇报后，许晚晴不失时机地说："还是尽快开投委会吧，咱们如果再不和企业签协议，企业可能会去找其他投资人谈了。"

"我比你们还着急啊，但是邓总在国外没回来，必须等他回来才能开。"耿总无奈地说。

"不能委托其他人替他开会吗？"许晚晴问，"以前也有过董事不在场的情况，可以写好委托书，让其他人代开的。"

"我也想啊，可是老邓那人事多，他要求必须他亲自参加，不然他不会同意的。"耿总继续说道，"而且这个项目是我推荐的，万一将来再给人家留下什么话柄。你们一定要想办法，稳住莱康那边，和他们说清楚，咱们的投委会只是走个形式，不会不通过的，很快就可以给他们打钱了。"

"这些话我都说了。"许晚晴也很着急，"要不这样吧，耿总您问问邓总那边到底什么时候能回来，给个准话，我跟莱康也有个交代。"

"老邓那边是他母亲去世了，在给他妈办丧事呢。这个时候，我开口问他什么时候回来，好像在催他似的，不好意思啊。现在都年底了，让企业那边再等等嘛。你们想尽一切办法，尽量拖住，好不好？"耿总有几分哀求地看着许晚晴。

听耿总这么说，我们也不好意思再穷追不舍了，只好继续和莱康耗着。这期间，许晚晴给莱康做了无数的保证，打了一堆包票："一定能通过，肯定会打钱，对，您就放心吧。"指天誓日的话说了一车，一直拖到了年底。

元旦前，徐总亲自来到了我们公司，名义上是来拜年，其实是来催债。

"许总啊，您这到底是什么情况啊？投不投的都给我个痛快话啊。我和皮革厂已经签协议了，说好的年底打钱，这眼瞅就元旦了，你们怎么还不开投委会啊。"徐总面色为难，语气也有几分责备。

"徐总，我们比您还着急啊，可是有位董事一直不回来，我们不能开投委会啊。"许晚晴也是骑虎难下，保证了那么多，真的出了差错，如何和徐总交代啊。

“徐总，我们肯定会给您投资的。真的，您一定要相信我们，我们比您还心急呢。”我赶快帮许晚晴说话，做出一脸的诚恳。

莱康这么好的企业就是一只煮熟的鸭子，谁都不希望它飞了，我是真的想投啊。投了莱康，我名字后面也就能挂号了。我还惦记着杜总说的挂号问题。

“那我再做做皮革厂那边的工作吧，看他们能不能拖到春节后。实在不行，我就只能去借高利贷还给他们了。”徐总无奈地说，“许总，我信得过你们，相信你们也确实是有困难。哎，但请你们也了解我这边的困难。”

我无论如何都没想到这竟然是我和徐总的最后一次见面。元旦前一天，公司里人丁稀少，我也忙里偷闲地玩游戏，如坐针毡地等待下班。

许晚晴忽然脸色煞白地冲过来：“菲儿，徐总去世了。”

“什么？怎么会？”我一时有些反应不过来，“怎么回事啊？咱们不是前两天刚见过他吗？”

“李总打电话告诉我的，说徐总得了急病去世了。”

“怎么会这样呢？徐总那么好的人啊，真可惜。”我心情很是沮丧，停下了手上的游戏。尽管和徐总的接触并不很多，但他给我的印象一直是真诚实在的。

“那咱们的投资还能继续吗？”我想起了正事。

“恐怕不能了，老李说企业现在由徐总的遗孀接管。孤儿寡母的也没心思打理企业，估计会把企业卖出去。”许晚晴也很无奈，原来煮熟的鸭子真的会飞。

耿总对这样的结果除了惋惜也无话可说。

29 / 水落石出

许晚晴每年1月必须要去一趟意大利，参加米兰盛大的winter sale。按她自己的话说，她一年的衣帽鞋袜就靠这一趟了。每次开销在十万人民币上下，一年不用逛商场。许晚晴走前，把工作交代给了我，并细心嘱咐，有几家企业是必须在春节前要拜访的。

许晚晴给的活儿，我从不敢怠慢，按顺序走访了几家企业。

这天我正在和顾本堂的CEO于总聊天。顾本堂是近两年迅速扩张的一家连锁中医诊所，许晚晴经人介绍认识了这位于总。项目很好，企业盈利能力很强，苦于价格过高，一时谈不下来，年前让我过来再探探口风。

于总四十出头，面色红润，谈吐上也极有修为。说的虽然都是客气话，但把意思都说清楚了。有多家投资机构在谈，待价而沽，目前经营状况良好，不缺钱用。于总边聊边给我看起了病："莫经理，你这眼睛发红，心火有点重，应该吃点莲子心压压火。中午留下和我一起吃饭吧，我们这有专门配的养生餐，我打个电话让他们给你做份下火的。"于总说着就用办公室的电话交代起来。

我看于总确实是真心让我试药，不好拒绝，赶紧感激地说："太感谢了，那恭敬不如从命，我今天就不客气了。"

于总又给我介绍了一下未来几年公司的规划和发展。

中医中药这几年伴随着电视台的一档《养生堂》节目被炒翻了天。本来无人问津的中药，随着节目的大肆宣传走进了千家万户。草根树皮都翻着跟头地涨价。我一直对国内这种盲目推崇中医的态度持保留观点。中草药到底治不治病本还尚待核实。但所有中药都不提供药检，没有副作用的说明，仅这一点，就不能让人放心。西药中的成分其实也是来源于自然界中的动植物，只不过经过层层提炼，去掉了其中的有害成分，保留了有益的精华。西药都有严格的检验流程和实验期限，先在动物身上试验，没有出现问题才会在病人身上进行实验观察。一款西药没个二三十年的临床实验，是不能问世的。西医经过多年的发展，有成熟的科学体系，不会盲目地仅凭望闻问切就对症下药，而是要通过精密的化验和器械的检查、科学的数据，再给出治疗方案。而在我们这儿，病患们总是对大医院的大夫诸多挑剔，而对靠推拿、针灸治病的中医诊所趋之若鹜。很多病入膏肓的绝症患者更是把中医当作了最后一根救命稻草。我一直想知道，如果中医还是看不好，那是不是应该找个跳大神儿的出场了。所以尽管于总说得天花乱坠，我依然不为所动。

饭还没吃上，我手机响了。我一般出门拜访客户都是把手机设置成静音，中途接电话对客户多少有些不礼貌。偏巧今天忘了。我对于总小心地抱歉，拿起手机出门接听。

“菲儿，你跑哪儿去了，还不来上班啊？”是小梅打来的，一上来就是质问。

“我在顾本堂访谈呢，许晚晴的项目，我昨天发邮件给你了啊。”

“你没发，我这儿根本没有，访谈结束了赶紧回公司。你最近经常一走就是一天，都不跟我请假，你怎么回事啊？”小梅连珠炮似的质问。

我确实有点蒙，我记得外出都按照规定发了邮件的。最近因为徐总不幸遇难的事，心情确实有些低落，但也不至于就得了妄想症吧。发邮件汇报工作情况这么重要的事我怎么都能忘了。

“我发邮件了，我确实在企业呢，下午回去可以吧，企业留我吃饭呢。”

“你骗谁啊，企业怎么会留你吃饭？你就是出去玩了，赶快回来！”小梅明显不讲理了。

听见这句话我直接火了：“你要干吗，什么意思？企业老总就在我身边呢，你要是不信，直接问问他嘛。我要是忘了请假我回去补，不跟你说了。”我挂掉了电话。

回去时，营养餐已经送到了，花花绿绿地摆了一桌子。

于总一边吃，一边给我讲养生的道理：“别看现在天气还冷，但已经立春，春天是一年中阳气最足的时候。人容易上火，这个时候就更要戒骄戒躁，多吃一些清凉下火的食物，比如百合啊、绿豆啊，这些都可以多吃一点儿。”

我临走时，于总还是不停地叮嘱："年轻人火气都大，养身先养心，内心平静身体才能好。"

于总该不会是听见了我刚才的电话吧，我不由得有些脸红，赶忙答应着。

吃饭时，小梅又发来短信："菲儿，我都是为了你好，不希望你每天玩，不好好工作，荒废了时间，领导会对你有意见的。"

我也耐心答复："没有去玩，真的在项目上。"心里非常奇怪，怎么会忘了发邮件呢？

"你这么贪玩年终奖今年你就别指望了，也不要怪我啊。"

我看着小梅给我发的信息，又愣住了："凭什么没有年终奖了？这一年我参加的项目一点儿不少。"

"为什么没有年终奖？"我又发了一条短信回去。

"你一年都没有项目，为什么会有年终奖？"小梅又发了一条匪夷所思的短信。

"我做了好几个项目，和许晚晴一起，最近不是刚做的莱康嘛，怎么能说没有项目？"我愣头愣脑地问。

"因为你们不努力啊，莱康都没有投成，以为我不知道嘛。"

我更加丈二和尚摸不着头脑："大姐您说什么呢？哪个项目是因为我们不努力没投成啊？"

"这半年来你和许晚晴去哪儿从来都不汇报，都是我帮你瞒着的。现在领导都知道了，我也瞒不住了，你自己回来解释吧。"

"我和许晚晴去哪儿我都发邮件给你了，而且领导也知道我们去哪儿了。"说到这儿的时候我都有点晕菜了。这到底是干吗呢？莱康的项目本来就是耿总让做的，几次出差也都是耿总特批的，虽然没有走过正常的出差流程，但耿总不可能不知道吧。

"我不管你是包庇许晚晴，还是自己不上进，这种违背公司规定的行为都是不允许的。"小梅继续声讨我。

我不想再回，心想这最近年关将至，大家估计都有些心浮气躁，可以理解。我只是想不明白，小梅到底是和我过不去，还是和许晚晴过不去？

回到公司，我第一件事就是打开outlook，查找自己的邮件，确实都按时给小梅发送了行程，没有任何问题。难道是公司的网络不好，或者她电脑有问题没有收到？我想着其他的可能性。但按她的说法，我这半年来的申请她都没看到，这怎么想都不可能啊。我把邮箱记录截图存好。心里琢磨着怎么和小梅沟通一下。

“走吧，开会去。”小侯走过来叫我。

“开什么会？我这儿没通知。”

“谁知道人力抽什么疯，上午紧急通知开会，要说说公司纪律什么的。”小侯也很无奈，他一向最烦开会。

“这事不是冲着我来的吧？”我想起上午小梅给我发的短信，顿时警觉起来。

“冲着你，别逗了，你有那么重要吗，为了你还开个会？冲着我还差不多，你这么老实，什么时候违反过纪律啊？”小侯不屑地说。

我把手机递给小侯，让他看小梅发来的短信。

“你到底发没发邮件啊？”

“发了啊，你看，我这儿有记录的。”我把outlook里的记录找出来给小侯看。

“这事不对劲儿啊，一会儿看看她唱什么戏。”小侯眉头紧蹙，思考着。

会议上，楠哥先对今年人力资源部门的工作情况做了总结，阐述了一些工作中的不足。

楠哥说完之后，小梅继续汇报：“今年大家的总体表现都很好，非常配合我们的工作。但也有个别同事不顾公司的纪律，出行不及时与人力资源部沟通，事后也没有任何说明，这里要特别提出批评的是许晚晴和莫菲儿。”

小梅话音未落，我就已经站起来了：“对不起啊，梅经理，我必须要解释一下。我每一次出行前都给你发了邮件说明，许晚晴的行程也基本都是由我来汇报给你的。可能由于网络问题你没有收到，但我的电脑里有邮件发送记录，我可以给你看。”

“你是学IT的，你可以随意修改邮件记录，所以你电脑里的记录不能算，我的记录就是半年来你和许晚晴都没有汇报过工作。”小梅的语气极为不讲理。

小梅刁蛮的表现彻底把我惹怒了：“既然梅经理这么说，我电脑里的记录不算，那你电脑里的记录也不应该算。咱们公司的邮箱服务器就在机房里，我现在就可以调出里面的数据，大家一起看看给我做个证。”我暗暗佩服自己的脑子转得就是快，小梅那一句我是学IT的还真是提醒了我。

小梅果然想不到还有邮箱服务器的记录，一时慌了手脚，张大了嘴却接不上话，眼睛求助般地望向耿总。

“这些都是小事，小梅也是提醒大家一下，今后一定要注意公司的纪律。菲儿啊，你和许晚晴工作努力我心里都有数。小梅，你也不要难为菲儿了，偶尔她们要是忘了申请就不要追究了吧。如果真的情节严重，咱们以后再看。”耿总温和地说，并冲我笑了笑。

“菲儿，你还是查一下服务器吧，还你和许晚晴一个清白，免得过几天服务器要是也被人动了手脚，就再也说不清了。”小侯在我身边沉稳地说，表面上是说给我听的，声音却很大，显然是要让公司每个人都听见。

“对啊，查查吧，万一是梅经理的电脑坏了，尽快发现，免得再冤枉了别人。”说这话的是戒哥，尽管他和小侯坐得很远，但默契一点儿不减。

“就是，查查吧，我说小梅怎么总说我不汇报工作呢，原来是小梅的邮箱坏了。”季师父也在一旁帮腔。

“耿总，我也希望查一下，看看到底是不是技术上的问题。如果梅经理的邮箱确实有问题，我也可以帮她修修嘛，毕竟我是个学IT的。”我微微一笑，自觉胜券在握。

“不行，公司的服务器你不能看，里面有很多公司的机密。”小梅急得满脸通红。

“咱们公司又不是安全部，有什么机密可言。”周申也在一边帮腔，“你自己私藏了什么见不得光的东西吗？”

小梅作为人力经理，平时没少得罪人。今天我踹了这第一脚，后面就是源源不断的佛山无影脚了。

“再说我只是查看我自己的邮件是否发出，你是否收到了，其余的我不会看的。我发给你的邮件没有什么机密吧，这点我很确定。”我乘胜追击。

“不行，服务器不能让你看。”小梅急得叫起来，我突然觉得她的形象和电视剧里的泼妇毫无区别，怎么是这么个人啊。

“好了，小梅，你回去好好检查一下你的电脑，估计是你自己电脑的问题没收到吧。我相信菲儿肯定是发了邮件汇报的，这件事就不要再继续追究了。小梅如果以后发现大家有没有工作汇报的情况，私下和个人沟通一下就可以了。没有必要专门开会说这种事情，耽误大家的时间。别人还有什么事嘛，没事咱们就散会吧。”耿总仍是谦谦君子之态。看到耿总已经在责备小梅了，我也就不好继续穷追猛打，但心里打了个大大的问号。

散会后，小侯和戒哥叫我去阳台议事，阿豪也跟着一起过来了。

“你最近得罪小梅了？”阿豪问。

“没有啊，我怎么会得罪她呢？上次医院的事，小梅可是欠我一个大大的人情，”这事我没跟阿豪说过。所幸借着这个机会，把医院的事又讲了一遍。

“你都帮了她这么大的忙了，她不但不感激你，还陷害你？这人怎么能这么坏啊！”阿豪愤怒地说。

“倒还真未必是冲你的，我觉得她是冲着许晚晴去的。”小侯把短信的事也讲了一遍。

“许晚晴这两年来业务做得风生水起的，是青上最大的功臣，难道小梅是嫉妒她？”阿豪接话道，“但是小梅一个后台人力，嫉妒业务部门的总监实在没什么道理啊。”

“不应该啊，许晚晴这次去欧洲还答应帮她带包儿呢，没得罪她啊。”我一脸的茫然，无论如何想不明白小梅这是要干吗。

“菲儿，不是她说你啊，我们前一阵子也总看不见你，你跑哪儿去了，忙什么呢？”小侯问。

“忙莱康的项目，是耿总推荐的，之前一直让保密就没跟你们说。阿豪也在这个项目组。”

阿豪配合地点点头。我把莱康的来龙去脉一五一十地跟小侯和戒哥说了。

“哎，真是差一点儿就做成了，very close，最后功亏一篑啊，都怪老邓不在啊。”阿豪补充道。

“老邓？你确定耿总说的是老邓不在吗？”小侯一脸狐疑地看着我们。

“确定啊，说了好几次，我们真是天天盼着他回来。这哪儿能记错啊，哎！”我叹了口气。

“老邓一直在北京呢，我前一阵子刚帮他跑了笔贷款。”小侯斩钉截铁地说，“你要不信我一会儿把老邓叫来吃饭，你自己问他。”

“耿总干吗要骗我们啊？”这一件接着一件的怪事弄得我思绪混乱。

“菲儿，咱们得把这些事一起捋一捋。莱康这个项目，是耿总引进，咱们都看好，对吧。”阿豪上演分析大戏，“咱们尽调都没有发现任何问题，投了对咱们公司肯定是百利而无一害。但当时咱们一起把工作都做好了，企业那边也非常配合，是耿总找了个老邓不在的借口，故意不投，是这样吧？”

我点了点头，等着阿豪的进一步说明。

“不投也不明说，还让咱们一直拖住对方，这里面肯定有问题啊。”阿豪慢条斯理地分析着，广东仔说广普就是慢，“之后，小梅今天分明是故意找碴儿查岗，刚查完你就要开会，目的就是要拿你和许晚晴开刀。如果你刚才不是说到了服务器的证据，她是不是要以这个为借口辞掉你们呢？而辞掉你们的目的，会不会和莱康有关呢？耿总对莱康的项目一直讳莫如深，现在是不是希望你们尽快离去，能让莱康的事在公司彻底销声匿迹。”

“大哥，我和许晚晴就算都走了，你不是还在吗？你也参与这个项目了。”我问阿豪。

“阿豪和你们不一样，阿豪一向话少，又故作清高，爱跟人保持距离。没人提，他不会说的，是吧，阿豪。”小侯恢复了嬉皮笑脸。

“我没故作清高，我是不敢跟你们说话，”阿豪有些害羞，“怕你们又嘲笑我的普通话。”

“哥们儿哪至于啊，你刚才说的就很有道理，而且普通话说得很好哦。”小侯学起了港台腔，“耿总为了这个项目这是要大开杀戒啊。”

“不就是个项目嘛，投不成也不用杀人灭口吧，这才多大点儿事儿啊？”我摇了摇头，对于小侯的阴谋论表示不赞同。

“菲儿，我也觉得这里面有事儿，我要是你就叫上许晚晴再去一次嘉兴，问问莱康那边到底怎么回事。这事听起来很蹊跷啊。按你说的，那董事长才四十出头，你们去的时候也很健康，怎么会突然就得急病死了呢？”戒哥很认真地说。

再见到许晚晴已经是春节之后了，我把这期间发生的事和大家的猜想一并告诉她。

“小侯他们说得对，咱们是应该去趟嘉兴看看，正好我有个项目在杭州，咱们顺道过去，我也一直都有预感，莱康的事可能有问题，没那么简单。”许晚晴眼睛里闪烁着智慧的光芒，思考时的她最有魅力。

“就咱们俩去吗？”我最近被他们吓得紧张兮兮。

“带上阿豪吧，他也是项目的参与者，一起做个见证。”许晚晴补充道，“而且他还是个男的。”

指望他还不如指望我呢，他比我斯文多了。

没有和任何人打招呼，我们径自来到莱康鞋厂。门口的保安见过我们几次，还认得出，也没有阻拦。春节后，大批返乡的工人还没有回来，厂房空荡荡的。

“许总，你们怎么来了？”冲我们打招呼的是一位车间负责人，之前访谈过，但说话的语气明显不欢迎。

“您好，”我想不起来这位负责人的名字，只好假装熟络地迎上去，“我们听说徐总的不幸了，想过来拜祭一下，也看看现在企业的发展情况，是否还有机会能够继续合作。”

“合作？谁还想和你们合作啊？要不是因为你们，我们徐总怎么会发生这种事。”负责人痛心疾首地说，满是懊悔之情，“徐总死得真是太冤枉了！”

“徐总不是得了急病去世的吗？”我心想这生病的事，怎么能怪到我们这里呢？

“急病？你们听谁说的？”负责人惊讶地问。

“李总告诉我们的，说徐总得了急病去世了。”

“李总那么说是为了让你们好过一点儿吧，徐总的死跟你们有直接关系啊。”负责人责怪地看着我们。

“跟我们有关系？”我看着许晚晴，她也是一脸茫然。

“你们的投资款迟迟不给，我们就一直拖欠着皮革厂的钱。出事那天，皮革厂的老板打着要债的旗号，带了一群工人来闹事。我们工厂里也有一些对自己企业有意见的员工，就跟着一起闹事。一直闹到徐总办公室，逼着徐总给个说法。当时场面混乱，有几个坏人就趁乱把徐总从楼上推下去了。”负责人伤心地说。

“啊？你们工厂没有保安吗？事后报案了吗？抓到凶手没有？”许晚晴显然是被吓到了，一连问了三个问题。

“保安去得晚了。我和保安赶到的时候，就看见楼下徐总的尸体了。事后报案了，但到底是谁推的现在也没查出来，因为当时现场实在是太混乱了。据我们在场的工人说，当时徐总办公室里涌进了很多人，根本分不清谁是谁了。大家当时又都情绪激动，没有人注意到凶手。”说到此处，负责人眼圈发红，用手狠狠擦了一把，“如果不是你们一直拖着不给我们钱，哪会发生这种事啊！”

“怎么会这样？就没有人承担责任吗？那个皮革厂的老板不是徐总的好朋友吗？怎么就不能再拖延几天了？”许晚晴露出了难以置信的表情。

“谁负责啊，这事要我说，就该你们负责，你们肯吗？”负责人责备地说，“皮革厂老板说他当时是急等钱用，就派了几个工人过来催一下。他也没料到会发生后来的惨剧。他后来给了我们徐总太太一笔补偿金。”

“那现在莱康归谁负责啊？”阿豪一直保持镇定，还想得起来问正事。

“本来是归徐总的太太的，但徐总孩子还小，老婆一直是家庭主妇，根本也没有打理企业的经验。公司的一切事务就都交给李总负责了。后来李总去联系了温州的青鸟鞋厂，人家同意把我们收购了。青鸟在国内名气也算大的，一直是我们的竞争对手，没想到这次收购倒做得挺仁义的。一次给了徐总太太5000万，还在海南买了一套别墅送给她，徐总太太春节就搬去海南了。”

“5000万就卖了？”我不敢相信，莱康当时最保守的估值是十五个亿。

“5000万还少吗？”负责人愣愣地看着我们，“我们一年的利润也就8000多万啊。徐总太太也干不了这行，要是让她接手，不到一年企业就只能破产了。”

我们三人面面相觑，一时无话可说。看来青鸟是占了这孤儿寡母一个大便宜。

“菲儿，你给李总打个电话，约他吃个饭，问问这到底怎么回事。”回到酒店，许晚晴终于想出了对策。

“他能跟咱们说实话吗？”阿豪问。

“你酒量怎么样？李总不是个城府深的人，多喝点酒，没准能被咱们套出来。”许晚晴已在心下打好了算盘。

“我酒量不行啊，”我回答道，“阿豪还不如我，上次在厦门他都进医院了。我把佳音叫来吧，她正在上海开会呢，应该能赶过来。”

“能叫来最好，那你们两个没用的就负责记录吧。”许晚晴对于我和阿豪都不能喝酒显然十分不悦，“手机也开录音，明白了吗？”

“明白，我这就给李总和佳音打电话。”

我马上掏出手机，拨通了李总的号码。

“莫经理，好久不见啊，怎么想起给我打电话了？”李总十分热情。

“李总，我们正好出差来到杭州做个项目，想您了，想请您吃个饭，您肯不肯赏个脸啊？”

“还是你们有感情，哼，不像你们老耿，拿了钱就再也不联系我了。”

听到李总说耿总拿了钱的时候，我心头一紧。我心中一向刚正不阿、谦谦君子的耿总难道真的参与了这里面的事？小侯之前的怀疑难道都是真的？

和李总约好时间地点，我打给佳音。把事情的来龙去脉挑重点都和佳音讲了。佳音听完，十分痛快地答应了。

酒席之上，许晚晴和佳音不停地给李总敬酒，言语间对李总极为恭敬。我也在一旁不停地敲边鼓，流露着仰慕之情。在两个美女的轮流战斗下，李总终于有些抵抗不住，显出了醉态。

“我们必须感谢您，给我们推荐了这么好的项目，虽然最后没合作成，但您的这份情义我们永远都记得。”许晚晴又举起了杯。

“怎么没合作成？咱们合作得不是很愉快吗？”李总脸泛红光，十分得意地说，“我就不喜欢老耿这点，什么事都藏着掖着，他没跟你们说吗？”

“我们耿总就不是您这种敞亮人儿，什么都憋在心里。”我意识到李总就要说出真相，继续怂恿着，“要都像您这么坦荡，我们工作就好做多了，您说是不是？”

“来，再喝一杯，李总这酒量真好啊。”佳音又给李总倒满，“我就佩服李总这种酒品好的。”

“我就是坦荡，从小就是敢作敢当。”李总又喝了杯酒，继续说道，“莱康这回啊，其实我得好好谢谢你们，尤其是许总。之前老徐那老顽固死活都不肯答应卖股权，直到许总您去了，三言两语居然就把他拿下了，我佩服啊。来，许总，我再敬你一杯。”

“哪里哪里，还不都是您的工作做得好嘛，要不徐总怎么能答应呢，我们都没做什么。这次的事您居首功。”许晚晴顺着李总的话说道。

我听出许晚晴是要套话才故意这么说，赶紧给他们二人的酒杯都再次斟满。

“李总，这次的合作我没能参与上，特别懊恼。还好现在有机会咱们相识了，以后还得靠您多多帮忙啊。”佳音又敬了李总一杯。

“好说好说，下次有这种好事你可一定得参与啊。”李总色眯眯地看着佳音，显然动了凡心。

“什么好事儿啊？这事儿您可得给我讲讲啊，我都不清楚呢。”佳音又给李总斟满了酒。

“这次的计划啊，其实是我和老耿一起商量出来的。年初那会儿，青鸟的董事长老范找到我，让我想个办法搞垮莱康。”李总十分得意，“其实我虽然在莱康身居要职，但要搞垮一个企业也不是那么容易的。正好啊，老耿回乡。其实老耿、老范，还有皮革厂那个老姜，我们都是同乡，从小就认识，我就安排这些人一起吃了顿饭，本来就是想叙叙旧的。”

“来，您再喝点儿。”佳音还是不忘给李总敬酒。

“饭局上，就说起了这个事。老耿聪明啊，那家伙从小就聪明，一听就有了主意。他本来的想法是让你们拖着老徐。老徐那边欠着皮革厂的钱，欠得久了，皮革厂就找人去莱康闹事，闹完再到法院去告老徐一状。这样鞋厂名誉上就损失了。我听了觉得这办法是不错，但是不够彻底啊，不如请两个人干脆趁乱把老徐解决掉，一了百了。反正老徐也信佛，我们也是帮他早登极乐嘛。你们说是不是。哈哈！”李总这段话说得极为得意，好像自己真的做了一件善事，“然后我们这几个老乡就一合计，大家相互配合，干得还真是天衣无缝啊。许总，来，为我们这次共同完成的高智商合作再干一杯。”

我听得脊背阵阵发凉，有生之年竟然真的听到了一起谋杀案的来龙去脉。我紧张地看了一眼开着录音功能的手机，心里思绪万千。都说商场如战场，我进入投资这行几年，也看见了不少尔虞我诈，但这杀人越货确实是头一次碰见。耿总和李总看上去都不是会去杀人的人，到底是多大的利益驱动让他们丧心病狂干出了这种事。

“李总，”我的声音有些颤抖，我尽量让自己平静下来，“您真是大智慧啊，我们耿总跟您没法比。您这办法想得真好，青鸟那边没奖励您啊，最后占便宜的可就是青鸟了。”

“当然，青鸟可是捡了个大便宜，5000万就把莱康收了。不过老范是明白人，我和老耿的那份一点儿没少给。老耿没分你们二位一点儿啊？”李总已经吐字不清了。

“我们耿总您还不知道啊，这种事都藏着，不会跟我们说的。哪像您这么拿我们当自己人啊。”我又把李总的酒杯斟满。

“我要是老耿，分你们一人一百万，这件事里你们功不可没啊，一趟一趟的，多辛苦啊。他可真没良心，我下次看见他，一定得说他。”

“我们真想跟着您打工，跟着耿总根本混不出头啊。”佳音继续添油加醋。

“大美女，你要是能给我打工，我可得高兴死了。”李总显然是喝高了，说话已经放肆了，“几位美女，你们都来给我打工吧，别跟着老耿混了，跟着我保证你们吃香的喝辣的。”

“求之不得，求之不得啊，李总您再喝一杯。”佳音冲着许晚晴使了个眼色，许晚晴点头，“我们帮您叫个司机送您回家吧。今天也不早了，我们还要赶着回去，下次来再请您喝酒，您可得赏脸啊。”

阿豪冲服务员招招手，示意埋单。

“哪儿能让你们请客，我的地盘，我来！”李总歪歪扭扭地走过去结账。

李总上车后，我们也立刻打了辆车直奔火车站。买了当晚最后一趟车次，火速逃回北京。一路上大家都面色凝重，说不出话来。

“我这儿有录音，咱们去公安局告他们吧。”我终于打破了平静。

“光录音恐怕不够吧。只要抓不到真凶，没有办法惩治他们。”许晚晴镇定地说。

“咱们还有这么多证人呢，现在是人证物证俱全啊。”我心里害怕，但还是尽量保持平静。

“小姐啊，李总到时候说他是喝醉了瞎说的，咱们还是没有办法啊。”佳音说。

在火车上，大家终归没有讨论出一个能将坏人依法惩治的办法。

下了火车，我和许晚晴顺路，打了一辆出租车。

“他们会不会追杀咱们啊？”我有些怯懦地问。

“菲儿，他们应该不敢对我怎么样，但我确实有点担心你，你家安全吗？”

“家里应该没事吧？我家门口有站岗的。”

“你家有人站岗的？”许晚晴惊讶地看着我。

“是啊，我爷爷有，我一直住在我爷爷家。”情急之中我也顾不得隐藏身份了。

“你爷爷不会是莫峻吧？”

“你认识我爷爷啊？”我有些惊讶地看着许晚晴。

“何止认识啊！我爷爷是许丰，你听说过没有？说起来咱们两家还真是世交呢。”

“许丰将军？那你爸不就是？”我张大了嘴。

“那是我二叔，不是我爸。”许晚晴轻描淡写地说。

“原来小侯口中公司里最有背景的人就是你啊！我猜来猜去，怎么就没想到过是你呢。你也藏得太深了吧。这种事你怎么不早一点儿告诉我啊。”我一扫刚才的阴霾，一脸的踌躇满志，“太好了，有你做靠山，现在我一点儿都不害怕了。咱们去举报他们吧。”

“你变脸变得还真快呢。我家是谁都没用，咱们现在没有真凭实据，就凭咱们说，和这段录音，没用的。”许晚晴叹了口气，“唉，我比你更想去举报他们，徐总的死跟我有直接关系，我早就觉得这事不对，却没想到是这样的。”

“咱们还回去上班吗？”想到耿总道貌岸然的样子，我又有些怯懦。

“我准备辞职了，跟这样的人怎么共事。”许晚晴坚定地说，“我会协助公安机关调查，争取为徐总做点什么，弥补我的过错。我以前一直听说咱们公司有些项目不干净，但我相信耿总的为人，我们是科大的老同学啊，我从来没怀疑过他。回头想想，怎么就信了他这么多年。”

“我也想辞职，可是我舍不得那些小伙伴。”想到要离开佳音、戒哥、小侯他们了，我心里一阵难过。

“你回去把这件事告诉他们，他们比你辞得还快呢，你不用担心。”许晚晴这话算是安慰吗？

果然如许晚晴所料，戒哥和小侯在知道了事情的经过后，立刻递了辞职信。

“老子不能跟这种人为伍，丢人！”这是戒哥的临别赠言。

相比之下，小侯的赠言就中听得多：“菲儿，没事，咱们以后经常聚，哥们儿还带你吃好的，别伤心。"

佳音也默默向公司递交了辞呈。我也紧随其后地辞了职，生怕辞得晚了被他们看不起。阿豪是慢性子，拖了两个月，找好工作后离了职。

许晚晴在公司多待了一个月收集了耿总收受贿赂的证据，向纪委实名举报了耿总。在纪委审讯的过程中，耿总交代了贝科和九优等几个项目收受贿赂的事实，并交代了莱康买凶杀人的来龙去脉。公安介入，一举抓获了李总等人。李总口中的老乡集体终于在监狱团聚了。

30 / 归去来

我离开了青上才明白，工作的实质并不是你完成了多少业绩，投了多少公司，而是在工作的过程中积累了多少经验，交到了多少朋友。功名利禄不过是过眼云烟，而朋友是一辈子的。大家虽然都陆陆续续地离开了青上资本，但我们却有事没事经常聚在一起，仍然像以前一样，喝酒吃肉，交流着投资圈里的腥风血雨。

这天是小侯生日，他提前一周召集大家吃饭，地点定在了他家附近的甲鱼馆。

"你就不能请得高端大气上档次一点儿嘛，你现在也是个小头了。"我到早了，空荡荡的包间里只有我和小侯两个人，见面就是斗嘴。

"大姐，您想吃高大上的，您可以自己点地儿啊。问您吃啥您又不说。我跟你交个底儿啊，这儿甲鱼可不便宜，一会儿我给你单要一锅，你可别给我剩下。"小侯自打进去了新公司，穿着和之前大不相同，衬衫西裤搭配得极其得当，脚上穿的皮鞋据他介绍，是飞去伦敦专门定制的。这身行头自然给他又添了几分帅气，人也显得成熟多了，可一开口还是去不掉那股胡同儿串子的味儿。

"那我可敞开吃了啊，你可得点最贵的，不许点便宜菜糊弄我。"我拿过菜单仔细翻阅。

"你个没良心的，哥哥我什么时候点过便宜菜了，一会儿你点菜，可最贵的点。"

"我这老远就听见你们俩唱戏，能不能成熟一点儿啊，都这么大的人了。"小如穿了一件艳红色的羊绒大衣，背着红黑拼色的秋千包，口罩墨镜把脸包了个严实，明星范儿十足。从青上离开后，小如跳过几家投资公司，现在已经是一家大基金的合伙人了，在投资圈内无人不知。

“这大冬天的，您戴墨镜干吗啊？没那么多人认识你。”小侯直接开炮，毫不留情。

“就是的，脸本来就不大，这么一挡彻底没脸了。”我也在旁边帮腔。

“你们俩怎么回事啊？亏我还好心给你准备了礼物，给你！”小如气呼呼地拿出一个包装精美的盒子甩给小侯。

“哎呀，还有礼物啊，我刚才说的话收回啊。咱们小如就是大明星，狗仔没跟上来吧，别让他们拍到咱们在一起。”小侯边说边假装往外面探头看。

没迎来狗仔，倒是戒哥进来了。戒哥手里拎着四瓶茅台，煞有介事地把茅台往桌子上一放，霸道地说：“今天不醉不归，都给我喝好了！”

戒哥目前在一家上市公司做CFO，天天忙到深夜，人也瘦了三圈，看上去十分精干。别说我们，连小侯和戒哥见面的机会也不多。

“菲儿啊，我可得说道你几句。你这都出了几本书了，怎么还没写到咱哥儿几个的事儿啊，难道咱们这事迹还写不成小说，写出来还怕没人看？”戒哥数落着。

“写，肯定得写，这不是我一直顶着小清新美女作家的Title嘛，你们几个一出场，哪个不是重口味啊，跟我这文风不搭啊。”我解释着。

“林风还在美国吗？”小侯看着我，突然袭击。

“我也不知道，好久没联系了。”这几年我们很少联系，但我还是听说了他的消息，他毕业后留在美国，进了摩根，还是做投资。

“菲儿，不是哥说你，有时候也该考虑考虑个人问题了，别一直守株待兔啊。最后别的兔子都被猎人打光了，你这只还没等来。”戒哥边吃着桌上的小菜，边念叨着。

“是啊，不过，小如不是也单着呢嘛，我不着急。”

“就是因为她这样的还单着呢，我们才替你着急啊。”小侯表现得痛心疾首。

“你说什么呢？我这样的怎么了？”小如脱下大衣，里面是一件黑色蕾丝镂空的连衣短裙，衬着修长的大腿分外白嫩。

“美啊，菲儿，你看看人家这衣服，全身都是洞，但一点儿不露肉，这是怎么设计的，不合理啊？”小侯念叨着，“你说你和小如比得了吗？”

“也是哈，有好的你们帮我介绍介绍。”我不是不想找，但心里总是有个人。

“有你这句话，哥今儿就给你介绍一个啊。”小侯露出一副得意的表情。

“今天你还叫外人了啊？”小如瞪了小侯一眼，“叫外人早说啊，我也打扮一下啊，以为就你们这帮人，我可是没化妆就出门了，素颜，纯素颜啊，这怎么见人啊。”

“又不是给你介绍的，你急什么啊。”小侯打量了小如一番，“你也不是素颜啊，明显涂着口红嘛。”

“你懂什么啊，这是带颜色的润唇膏，不是口红。我就是素颜，跟你说多少次了，我素颜不见外人的。”小如真有点急了。

“说什么呢？这么热闹。”佳音和阿豪一起出现了。佳音还是招牌式的扭搭扭搭地进了门，水蛇腰在一身Dior深蓝色套裙衬托下显得更加妩媚，点缀一朵白色山茶花胸针，十分耀眼。

“你这胸针快晃瞎我了，多少钻石做的啊？”我赶紧转移话题，以防小如继续追究。

“你快别提这胸针了，一提我就闹心啊。”佳音做出一副幽怨状。

“贵妇快给我讲讲，有什么闹心的？”

“我一朋友是Chanel的PR，他们做活动非叫我去，我就去了。她就给我看这个胸针，说是他们Chanel最顶级的饰物，具有标志性的意义。还给我讲了一堆故事，这个戴过那个戴过的，我就没忍住，当场买了一个。哎，290万啊。事后想想真够亏的，胸针才能戴几次啊，衣服也不好配。哎，烦死我了。”

“多少钱？”我差点把桌子掀了，“290万，一个胸针，这玩意儿啥做的啊？”我径直走到佳音面前，狠狠地端详着胸针。

“说是钻石的，嗨，不就是个配饰嘛。”佳音仍旧幽怨地说。

“哎，你说你干点啥不好啊。”我继续在旁边扼腕叹息着。

“阿豪最近怎样啊？又做了什么项目啊？”戒哥根本不理我在这边鬼哭狼嚎。

阿豪离开青上后去了星河证券，很快通过保代考试，顺利成为一名保代，现在保守估计，年入500万。

“我正想说呢，最近正给你们当年投的鸣视影业做上市呢。还都挺顺利的，年后就可以报材料了。菲儿，你名字后面也可以挂号了。”阿豪笑着说。

阿豪消瘦了不少，保代干的是这行里最苦最累的活儿，外人眼红，其实挣的都是实打实的辛苦钱。

“许子鸣怎么样了，还挺想他的，好久没见了。”我一听鸣视顿时来了精神。

“还那样，前几天鸣视办年会我去了，许子鸣还是跟谁都客客气气的，会哄人。见面就是领导长领导短的，我一进门就涌上来一堆人，说生怕我不到，就等我呢。我一看去了得有上千人吧，我去不去他们都不会知道，但人家就是窝心啊，功夫做得真足。”小如接过话茬儿。

“你们还都在圈里混着，我离这行是越来越远了。”听他们说着曾经的老客户，我不禁有些神伤。

“菲儿，你要是想做投资就说话，现在哥儿们都混出来了，跟着我们谁都行。”小侯很仗义地说，“咱们不是当年了，干什么都憋憋屈屈的。现在你想做，我就给你个投资总监，自己揽一摊事，不用看任何人脸色。”

“那不是还得看你脸色嘛，算了吧，这行真不适合我，外斗内斗我都是末流。我就适合跟自己较劲，写写小说，挣点零花钱挺好的。”

“你个没良心的，还不领情。也罢，我经常把你的小说送人，证明哥们儿也不是没有文化人朋友。菲儿，想吃什么说啊，一会儿多吃点，看你瘦的，我都心疼了。”小侯火速点了一大桌子菜。

现实生活不是fairy tale，没有人是平步青云的。看着大家现在都过得这般光鲜靓丽，我发自内心地为他们高兴。在刚离开青上的那段时间，大家也都有过各自的浮尘。

离开青上，小侯在岳父的保荐下领到一份差事，负责贷款业务。刚去的时候，小侯经常请大家吃饭，每顿饭的主题都是听他吹牛：“你们放心，就凭我在北京的这些关系，拉贷款简直是易如反掌，哥以前就是缺少个平台。我现在天天和那些高管们吃饭，都吃腻了。昨天才和神华的领导们吃过饭，几个头儿全到场了。今年神华的贷款肯定全从我这儿走，这一笔业务我今年业绩就够了。”可惜好景不长，随着几个大客户的流失，小侯的信心很快就灰飞烟灭了。他最消沉的时候，还不忘了请我吃饭，“菲儿，你知道这个世界什么最难？挣钱最难。我算是明白了，以前看人家挣钱都那么容易，如今轮到了自己，才知道里面的艰难啊。我以为都是朋友，酒桌上又答应得好好的。到了最后，根本不是那么回事，说好的事全能翻盘。我现在就信一句话，钱难挣，屎难吃。”

戒哥不想看着小侯消沉下去，通过以前安永的同事，给小侯介绍了几个业务。就是这几个业务，让小侯重拾了信心，也让他逐渐掌握了放贷业务里面的门路。一旦掌握了规则，这个游戏就再也难不倒小侯了。小侯的努力加上家人朋友的大力帮助，他做得顺风顺水。当然按他自己的话说：“没有好做的生意，没有白赚的钱，哪笔业务都是磕出来的，好在，哥就喜欢死磕。”

佳音刚离开青上的时候，本来是想去国外度假，休息一阵子。结果经朋友介绍，立刻去了国内最大的地产公司做了副总经理，马不停蹄地上岗跑业务。由于是新的领域，佳音刚开始也是完全不得要领，几个大项目都没谈成。和我们聚餐的时候，也毫不掩饰自己的失意，压力最大的时候还想过放弃。但是佳音就是有股子要强的劲儿：“菲儿，我想过了，我就拿钱砸，天天请业内的人吃饭，问他们这里面的路子，我肯定能砸出几个项目来。”功夫不负有心人，佳音请客吃饭花了几十万的时候，项目终于来了。佳音抓住机会，成功开胡。佳音挥金如土的性格非常适合地产行业，没过多久，她的项目就已经多得做不完了。当我再次和她共进下午茶的时候，几乎一直是在听她打电话，这边还没说完，下一个电话就打进来了。她不但带了两个手机，包里还备着两个充电宝。这样废寝忘食地忙了几年之后，她放弃了总经理的职位，找了份相对轻松的工作，开始享受生活。“钱是真的挣够了，就是还想挑战自己。菲儿，你知道吗？其实花钱真的没什么乐趣，挣钱才有乐趣呢。”对我这个从来没怎么挣到过钱的人来说，这句话我还真是理解不了。

许晚晴在成功地将犯罪团伙绳之以法后，自己成立了一家基金。募资时的种种艰辛实在让人不想再提。许晚晴本来是一个油盐不进的专家型人才，为了募资也只得天天和人推杯换盏联络感情。即便如此，基金整个的融资过程也持续了一年之久。许晚晴的基金主要投资环保和节能方向，也算是造福人类，利国利民。这几年成功推出了几个并购项目，基金做得很成功，但许晚晴自己没挣到什么大钱，利润都归了投资人和投资团队了。但在许晚晴看来，自我实现的意义远胜于挣钱。

至于我，在我写下第一个字的时候，就正式走上了一条不归路。作家，这个曾经在我心中无限高大的职业随着时间的流逝逐渐崩塌了。花光了所有积蓄仍没等到作品出版的那一刻，我终于恍然大悟，原来扬名立万和作家这行根本就不搭边。别再提韩寒、小四了，偌大个中国，靠写字能吃饱吃好的一共才这么几个人。我写一本书，从写到改，再到出版至少要经历六个月，最后只能挣到区区两万元的稿费。我可以明确地告诉所有有此志向的文艺青年们，当一个作家是完全不赚钱的。可能会有人质疑，那是因为我不是一个畅销书作家，我名气太小。好吧，去问问那些名气大的吧。为什么他们都改行去当导演了？因为再写下去，只能饿死了。

还好我最无助的时候，许晚晴和佳音都无偿资助了我。我为什么没有饿死，因为我有一堆有钱人做朋友。这帮人时不时地会不动声色地接济我一下。比如许晚晴每次出国都会带礼物给我，化妆品、衣服、包，我这几年的新货都是她送的。佳音偶尔会叫我参加几个饭局，饭后给我塞个红包，美其名曰车马费。

至于我为什么还在坚持写作，可能就是一种癖好吧。作品完成，等待出版，抱着殷切的希望，焦躁着作品的命运，整个过程就是一种修身养性。即使顺利出版了，离成功也还是十分渺茫。很多作品都是作者绞尽脑汁、呕心沥血的结晶，然而等待它的不过是旅途中驱除无聊的几个小时，即便是这几个小时，也逐渐被手机游戏取代了。作为一个作者，一定要从写作本身得到快乐，作为一种兴趣将其坚持下去。不去计较出版与否、稿费多少。只要我还能活下去，那写作就是我想做的事。当然我还有另外一个梦想，成为一名著名相声表演艺术家，但那行似乎入行更难且更容易饿死，因此我还是选择继续写作。

“还有人没到吗？”我看到已经开始走菜，问小侯。

“还差一个人了，许晚晴在欧洲度假，苏樱在日本度假，旦旦外地忙生意，婷婷在家带孩子，今儿都来不了。”小侯边说边让大家动筷子，“那人什么时候能到不一定，咱们别等他了，先吃吧。仁宇哥，尝尝这个，肯定合你的口味。”

“谁啊，还这么神秘，要是个帅哥你现在赶紧告诉我啊，我这就去补妆。”小如都坐不住了。

“放心吧，他绝对看不上你，人家眼界儿特高。”小侯边说边笑。

“你说什么呢，姐都这样了，还有人敢挑嘛。”小如气得已经快要爆炸了。

“他肯定不是那意思，看不上你的还给我介绍干吗啊。肯定是你看不上的，吃菜吃菜，这个炸小鱼挺好吃的。”我赶紧帮小侯打圆场。

“小侯啊，你到底要给菲儿介绍什么人啊，我也好奇了。我这两年可没少给菲儿张罗啊。菲儿连见都不见，我倒要看看什么人能入我们菲儿的眼。”佳音也跟着起哄。

“我这就是镀金狗眼，看谁都低。”我自嘲着。

“来，为了咱们今天的重聚喝一杯。仁宇哥，你可得多喝点，我们几个经常见，就你一年见不上一次，罚你几杯。”小侯端起酒杯，大家起立碰杯，很是热闹。

大家正在推杯换盏，我的手机响了，显示的是——林风。我心跳骤然加速，血液逆流，大脑一片空白，一时竟不敢去接。

“菲儿，接电话啊。”小侯在一旁讪笑着。

“喂？”话落我顿觉面红耳赤。

“你们那地儿怎么走啊，我在阜石路上呢，然后走哪儿？”确实是林风，还是当年的口气，好像我们从来就没有分开过似的。

“告诉他走莲石，就在莲石路上，招牌挺大的。”我身边的小侯显然是听到了林风的话，直接帮我回答了。

“你听见了吗？走莲石，就在这条路上。”我觉得好像在做梦一样，难道又能看见他了？

“嗯，你们等着我啊，把好吃的都给我留着。有炸酱面的话，先帮我点一碗。”

“行，你想吃什么都给你留着，赶紧来吧。”我明显哽咽了，眼泪不争气地往下掉。

“菲儿，别哭啊，哭你也等他来了再哭啊，哭给我们看有什么用啊。来，喝碗汤，吃裙边，这个大补，多吃点。”小侯安慰着。

“别哭，我马上就到了，你笑起来才好看。”

林风挂了电话，我就开始了心慌意乱地等待。按说几年不见也不差这几分钟，但这几分钟确实度秒如年，等得我如坐针毡。我能看到大家在对话，在张嘴，却一个字都听不见。我幻想过很多种和林风再次相遇的情景，每一种都充满戏剧性。幻想过他已经苍老得不成样子，正领着孙子过马路，然后我从天而降，还是原来的容貌让他追悔莫及。幻想过在我得到诺贝尔文学奖衣锦还乡后，他非要见我，一诉衷肠。还幻想过，在我的葬礼上，他姗姗来迟，看着我的遗像，哭得像个孩子。我入定一般静静地等着，不知过了多久。

他终于来了，拉着巨大的拉杆箱，满脸倦容却难掩心中的喜悦。

“菲儿，我回来了，你高兴吗？”他几乎没有变，还是那张清俊瘦削的脸，还是那双亮如北极星般的眸子，还是唇红齿白剑眉星目，还系着我送他的腰带。如果说变了，就是褪去了当年的青涩，看起来更成熟了。

“高兴啊，怎么你回来都不告诉我啊？”我尽量镇定地回答。

“这不是要给你个惊喜嘛。小侯要是不组织这次聚会，我就去你家门口堵你，一定得给你个惊喜，不然哪对得起你等我这些年。”林风说得那么轻松，几年时间就这么弹指一挥间灰飞烟灭了。

“我可没等你啊。”我说完，大家都投来不屑的眼神，我只好低下了头。

“林风，我可告诉你，菲儿就跟我亲妹妹一样。这些年她怎么过的我都知道，你要是再敢负了她，我直接找黑社会废了你。”小侯恶狠狠地说，面露凶光，一脸匪气。

“大舅哥，我是回来娶菲儿的，你赶紧准备嫁妆吧。菲儿，多讹他点儿，他现在可有钱了。”林风径直坐到了我身边的座位上，我感觉到他在看着我，我却不敢直视他的目光，“你瘦多了，想我想的吧，咱们一起再吃回去，你还是胖点可爱。”

“你俩什么时候结婚，跟我说一声，婚礼我帮你们张罗，钱都我出，算份子钱了。”小侯发话道。

“还轮得到你，我今年刚投了一家日本连锁婚庆公司。就让他们给办，我负责了，你们都别管。”小如直接大包大揽了过去。

“那姐姐我先送你这个胸针当礼物了，礼金到时候再补，嘿嘿。”佳音说着就要把身上的胸针摘下来给我。

“别别，佳音，我不要胸针，咱们折现行吗？贪财贪财。这可是290万的胸针啊，我都没有搭得起这玩意儿的衣服。”我心里算计着天上砸下来的290万该干点什么好。

“菲儿，你这点出息啊，让我怎么说你。”戒哥一副恨铁不成钢的样子。

那天我好开心，喝得大醉。

林风送我回的家，我半梦半醒间听到他和我说——他再也不会离开我了，他会一直在我身边。

我终于释然了，终于可以把《圈里人》的故事讲给你们了。